大友落月記

赤神 諒

講談社

弘治２年（1556年）ころの九州北・中部

（制作）ジェイ・マップ

大友落月記　目次

主な登場人物

吉弘《よしひろ》賀《か》兵衛《へえ》（鎮信《しげのぶ》）　大友義鎮の近習《きんじゅ》。義鎮派。十八歳。
小原《おばら》鑑元《あきもと》（神五郎《じんごろう》）　大友第二の将。肥後方分。
杏《あんず》　鑑元の娘。十六歳。
八幡丸《はちまんまる》　鑑元の嫡男。八歳。
田原民部《たわらみんぶ》　近習頭。義鎮の義弟で腹心。
大友義鎮《おおともよししげ》　大友家当主。後の宗麟《そうりん》。二十六歳。
田原宗亀《たわらそうき》　田原宗家の惣領。家中最高実力者。
大津山修理亮《おおつやましゅりのすけ》　肥後山之《やまの》上《うえ》衆の若き当主。
小井出掃部《こいでかもん》　小原家筆頭家老。
角隈石宗《つのくませきそう》　大友軍師。
志賀道輝《しがどうき》　大友重臣。加判衆。宗亀派。
田北鑑生《たきたあきなり》　大友重臣。筆頭加判衆。宗亀派。
仲屋《なかや》　府内の豪商。
戸次鑑連《べっきあきつら》　大友家最高の将。後の立花道雪《たちばなどうせつ》。

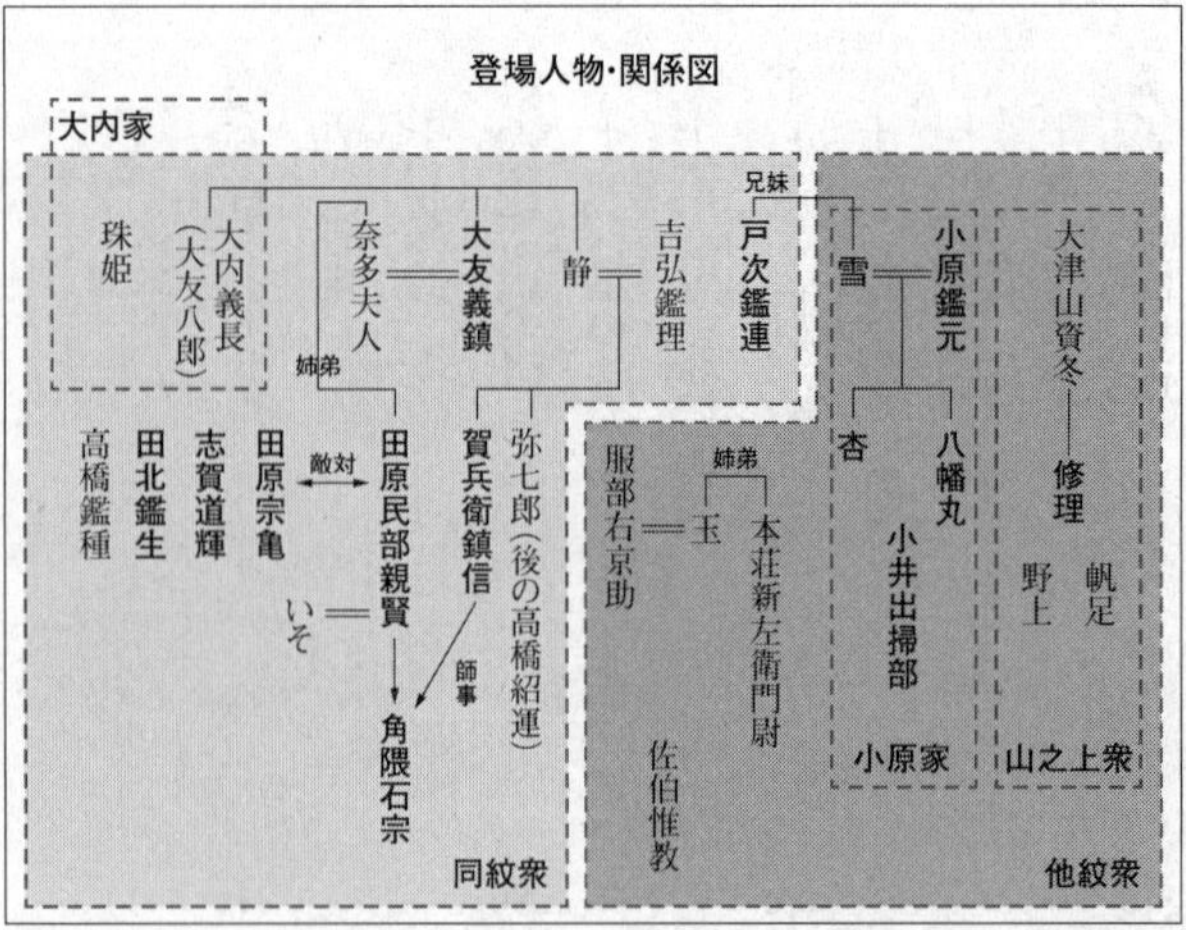

大友落月記

序

——いよいよ大友《おおとも》が誇りし双璧の決戦ぞ。お主らは鬼と仏のいずれが勝つと思う？

——鬼じゃろ。鑑連《あきつら》公は常勝将軍。戦神《いくさがみ》じゃからな。


弘治《こうじ》二年（一五五六年）五月、肥後《ひご》の北では、生への未練と愛《いと》おしさをかきたてる夏風に、戦の気配も悟らぬ青稲《せいとう》が絶え間なく揺れ、無邪気に田螺《たにし》と戯《たわむ》れていた。

吉弘《よしひろ》賀兵衛《かへえ》鎮信《しげのぶ》は鎧《よろい》で無粋《ぶすい》な金属音を立てながら、重い足取りで本陣へ向かう。

賀兵衛はこの大戦《おおいくさ》を止められなかった。

大友は真っ二つに分裂し、全土で内戦が始まっていた。

総大将戸次《べっき》鑑連率いる肥後遠征軍がゆっくりと進軍する間に、叛将を支持する将兵は続々と南関《なんかん》城に集結していた。大友に抗《あらが》う肥後勢は各地に点在するが、その主力は主城の南関城と指呼《しこ》の間にある支城に分かれて立て籠《こ》もっていた。


——聞いたか？　仏が毛利《もうり》と結んだそうな。

——まことか！　さればこたびの戦、鬼もさすがに負けるのではないか？

——わしもそう思う。何しろ兵は敵のほうがずっと多い。仏を護ろうと肥後兵の士気も最高じゃ。あの山城に籠もられては、何をやっても勝てる気がせんわ。

賀兵衛は足を止めた。見渡す限りの緑田が広がる。その向こうに聳《そび》える堅固な山城を見やった。巨城には二万を超える肥後兵が立て籠もっている。

——田北《たきた》の殿様は撤兵の支度を始められたというぞ。

——まことか！　俺はまだ死にとうない。鬼の下で戦っておれば生きて帰れると思うておったに……。

——じゃが、なにゆえ大友同士が戦わねばならんのじゃ？

友軍の田北勢はすでに一敗地《いっぱいち》に塗《まみ》れていた。足軽たちの遠慮を知らぬささやき合いが、聞くとはなしに賀兵衛の耳に入ってくる。

大友軍は一万三千。守勢より少ない兵力で、どうやってあの堅城を落とすのだ？

そうだ。勝てるはずがない。

賀兵衛の舌で和睦へ持ち込めばよいのだ。まだ望みはある。

南関城には賀兵衛の想い人がいた。敬ってやまぬ仁将がいた。肝胆相照《かんたんあいて》らした友垣がいた。

なのに、なぜ血を流し合わねばならぬ？

これはいったい何のための、誰のための戦なのだ？

足軽たちが噂するように、今回は鬼が負ければいい。いや、せめて引き分けてくれぬものか。賀兵衛は内心、大友家の敗北をさえ望んだ。

帷幄《いあく》に入ると、上座には大友最強の将が、ふてぶてしいまでの含み笑いを浮かべてどっしりと鎮座していた。

「総大将。東の城門より、小窪衆《こくぼしゆう》が南関城へ入った由《よし》」

賀兵衛が伝えるとざわめきが起こり、大友軍の諸将から低い唸《うな》り声が漏《も》れた。

「こいつは参った。いったい何とするんじゃ？　肥後の国人、他紋《たもん》衆はひとり残らず敵になびいておる」

「攻め手より籠城軍が多い戦なぞ、聞いたためしがござらんな」

「兵力の差は広がるばかりじゃ。ここはひとまず兵を引きなさるか、総大将？」

戸次鑑連《べっきあきつら》はさざめきにも似た諸将の青ざめた吐息を、鼻息ひとつで吹き飛ばすように大笑してから、短く応じた。

「この戦、大友が勝った」

諸将がどよめくなか、賀兵衛は鑑連の鬼瓦を凝視した。

やはり鬼は勝つ気でいる。だがそれは、堅城に籠もる仏とて同じはずだ。賀兵衛が角隈石宗《つのくませきそう》から学んだ兵学の常識で考えれば、あの堅城を落とせるはずがない。鑑連に勝ち目はなかった。

昵懇《じっこん》の間柄の鬼と仏は、三十年以上にわたり共に戦場にあって、大友家を勝利へと導いてきた歴戦の名将であった。いずれが勝つかは天のみぞ知るだ。

賀兵衛は覚えず天を仰いだ。一点の曇りもない蒼天には、愚かな人間どもを見下《みくだ》すように、日輪《にちりん》が不愉快なほどぎらついていた。

賀兵衛がいつ何をどうしていれば、この不毛な悲劇の戦を防げたろうか。それとも決して免れえぬ運命だったのか。

平和を謳歌していた大友家に不穏が生じ始めたのは、昨年の秋だった。すべてはあの長い一日から始まった——。

第一章　峠道

一、白い月

なだらかな峠《とうげ》から東へ目を移すと、秋風がわずかに光を乱す向こうに、蒼天《そうてん》へ昇ろうとする白い月が見えた。月は日輪を慕って昼間に出たのか、それとも天主の座を取って代わらんと挑む肚《はら》か。

吉弘賀兵衛鎮信《よしひろかへえしげのぶ》は、前者であって欲しいと願った。

弘治元年（一五五五年）十月、豊後《ぶんご》の国都府内《ふない》（大分市）と肥後南関《なんかん》（熊本県玉名《たまな》郡南関町）を結ぶ峠道には、雲雀《ひばり》たちのにぎやかな歌が聞こえるばかりであった。百人もの殺気立つ武者どもがめいめいの得物《えもの》を手に豊肥《ほうひ》国境の山間《やまあい》にあるのは、世に〈菊池《きくち》討伐〉と呼ばれた大友軍による五年前の大がかりな肥後遠征以来であったろう。

「賀兵衛よ。言い遅れたがこれは予行ではない。われらは今より小原鑑元《おばらあきもと》を討つ」

抑揚に乏しい落ち着いた声だが、賀兵衛は飛び上がって隣の男を見た。

田原民部親賢《たわらみんぶちかかた》（後の紹忍《じょうにん》）は腕を組みながら、澄ました顔で瞑目《めいもく》していた。賀兵衛と同じく食い詰めた野伏《のぶせり》のようにみすぼらしい姿形《なり》だが、背筋をぴんと伸ばし胸を張っていた。怜悧《れいり》な刃物を思わせる知性が額に漲《みなぎ》っていて、素性を隠し切れていない。

小原鑑元と言えば、戸次鑑連《べっきあきつら》、高橋鑑種《あきたね》と共に〈大友三将〉の一角をなし、戦場にあっては〈大友第二の将〉と讃《たた》えられる豪将であった。むろん賀兵衛らと同じ大友家臣である。寝耳に水の企てだった。

「ちとお待ちくだされ。それはあまりに唐突な話ではござらぬか」

賀兵衛の抗議にも、民部は目も開けず微動だにしない。

「身どもはかねてより思案を重ねて参った。急ぎではあるが、拙速《せっそく》ではない。昨夕報せが入った。小原がわずかの供を連れて府内入りするとな。われらのまだ摑《つか》めておらぬ重大事が出来《しゅったい》したようじゃ。この好機を逃すわけにはいかんのだ」

「いかにしてさような動きを摑まれた？」

「宗亀《そうき》一派もけして一枚岩ではない。敵の敵は味方という話よ」

この日、小原鑑元が肥後北部の居城南関城から数騎で府内へ向かうとの情報は、民部が政敵である田原《たわら》宗亀（親宏《ちかひろ》）派の重臣から買ったらしい。鑑元は肥後で最大の武力を持つ大友家の有力武将であった。一軍の将が小勢でひと気のない街道を抜ける機会は多くない。昨年から肥後でうち続く飢饉《ききん》のせいもあって、この街道には野伏が出没するとの噂も絶えぬから、鑑元が襲われて不慮の死を遂げたとの作り話もありえぬではなかった。

「民部殿はいつもそうじゃ。かように重大な話を今この場で言い出されても――」

「あらかじめ諮《はか》れば、其許《そこもと》は反対したであろうが。無用の論議に時を費やす暇《いとま》なぞなかった」

民部は腹立たしいほど落ち着き払って答える。人を喰ったように、目はまだ瞑《つむ》ったままだ。

「なにゆえ小原殿を討たねばなりませぬ？」

「知れたこと。やらねば、やられる。大友宗家のため、われらはまだ生きねばならんのだ」

これまで民部と賀兵衛が命を狙われたのは、一度や二度でなかった。刺客《しかく》が小原家の蔦葉紋《ちょうようもん》を付けていた時があり、黒幕は鑑元だとの噂も流れていた。一昨年のある事件以来、民部らは鑑元を敵に回していたから、殺される理由は十分すぎるほどあった。先に相手を消しておく。政争において、わかりきった理屈だ。

「されど、兇手《きょうしゅ》がわざわざ家紋を見せて逃げるなぞ、いかにも下手くそな芝居ではござらぬか」

府内では保身や利得を図らんとする連中の思惑が複雑に交錯していた。鑑元のしわざではなく、派閥の対立を煽る何者かの策謀とも考えられた。

「小原は名うての戦上手よ。裏の裏をかいておるのやも知れぬ。いずれにせよ彼奴《きやつ》は宗亀一派の重鎮。御館様とわれらの敵に他ならぬ」

大友家中では現在、大きく国主の大友義鎮《よししげ》(後の宗麟《そうりん》)と宿老の田原宗亀が対立していた。義鎮子飼いの若き近習《きんじゅ》衆である民部と賀兵衛は、共に義鎮派の中核だった。

「小原殿は肥後を実に見事に治めておると、民部殿も認めておられたではないか」

鑑元は卓越した武勇と高徳な人柄で、派閥を超えて大友家中の信頼と尊敬を勝ち得ていた。つい数日前も民部は、肥後における鑑元の内政の功を絶賛し、今後の新領地における統治の範とすべしと近習衆に述べていた。

肥後は大友が二十年来の政略と戦争の末に征服した新領地であった。占領当初は、滅ぼされた名門菊池家の旧臣ら大友に敵対する勢力が残っていたが、鑑元が肥後方分《ひごほうぶん》として事実上の守護代となって五年、肥後は平和と安定を享受していた。昨年、今年と続けて飢饉が肥後を襲ったものの、鑑元以下、領民は粛然《しゆくぜん》として動ぜず、目立った混乱は府内に報告されなかった。長らく戦地となっていた肥後が平安を取り戻し、将民共に旧怨を忘れて大友に服し、繁栄の道を歩み始めたのは、ひとえに鑑元の敷く無私の善政ゆえであったろう。

「凡将、愚将の類《たぐい》なら捨て置けばよい。力を認めておるゆえ、始末するのよ」

賀兵衛は民部と一緒に、飢饉に苦しむ肥後の救済策を立案し、実行する裏方を務めた。鑑元とは一面識があり、その誠実な人柄はすぐにわかった。民部とて鑑元に私怨があるわけではない。だが、主君義鎮にとって鑑元は邪魔だと、民部は考えていた。

賀兵衛も府内に近習として伺候するようになり、手を汚さねば政《まつりごと》なぞできぬと知ったが、口舌《こうぜつ》で相手を論破するのと違い、暗殺は賀兵衛の性《しよう》に合わなかった。

「されど小原殿を失えば、大友の敵が喜ぶだけでござろう」

足利将軍の仲立ちで休戦協定を結びはしたが、九州に触手を伸ばす中国の謀将毛利《もうり》元就《もとなり》は目下、最大の脅威であった。国内では対立陣営に属するが、国の外から見れば、鑑元は大友の肥後方面軍の最主力であった。鑑元を失えば、大友は対外的に大きな痛手を被る。

「いかにも。が、戦《いくさ》をやるなら、戸次《べつき》と高橋がおれば十分じゃ」

是非を説いても無駄なら、可否と利害打算で説得を試みるしかない。

「小原鑑元は文武両全の名将。民部殿のにわか仕立ての策と寄せ集めの兵で、簡単に討ち取れるとは思えませぬな」

鑑元は武勇伝に事欠かなかった。若いころに将来の出世運を賭け、青鬼と相撲を取って勝ったとか、二頭の大イノシシの首根っこを片手ずつで締め上げ、まるごと焼いて家臣、家族らにふるまったとか、戦場に行く際には豊後刀が刃こぼれで取り換えが必要なため百振りも持参するとか、豪勇の賛《さん》をほしいままにした逸話は枚挙にいとまがなかった。

「小原とて不死身ではない。わが家中の豪の者も三十名ばかり連れて参った。ここを縄張りとする野盗どもにも金をばら蒔《ま》いた。万一、乱戦となれば加勢する手筈よ。其許《そこもと》が手配した駆武者《かりむしゃ》どもにも抜かりのう指図したではないか」

肥後飢饉以来、大友は肥後の山賊に頭を悩ませた。民部は山賊に金を払って、支援米などの荷駄を襲わぬよう約させたが、さらに手なずけて自勢力に取り込んだらしい。いつか鑑元を襲う際に手助けをさせる目論みであったろうか。討ち取る場所や方法も、前もって思案を重ねていたに違いない。抜け目のない男だ。

昨夕、賀兵衛は民部から「来《きた》る毛利との戦に備え、奇襲作戦の予行をする」と指図を受けた。民部の武蔵田原《むさしたわら》家は家格こそ高いが、小領主のため動員できる兵力は少なかった。ゆえに民部は、諸国を流浪する浪人たちの力を試し、使えそうな人材を見つけては召し抱えていた。

賀兵衛は府内界隈《かいわい》で口の堅い手練れの駆武者を急ぎ集めた。夜明け前には民部と共に武者どもを率いて府内を出立し、滝室坂《たきむろざか》まで来たわけである。賀兵衛が仮眠を取っている間に、民部は「蟒蛇《うわばみ》の次助《じすけ》」と名乗る大柄な駆武者を頭分に任じ、すでに田原兵と駆武者を街道沿いの林に配置していたが、予行と信じていた者は賀兵衛のみであったわけだ。民部はこれまでも大友家中の要人を消してきたようだが、賀兵衛に手伝わせたのは今回が初めてだった。急な企てで、信頼できる近習が府内に賀兵衛しかいなかったせいだろう。

「仕損ずれば、何となさる？」

政敵の重臣を討ち果たせず、仮に面まで割れれば、ただでは済むまい。主君義鎮《よししげ》といえども、どこまで近習たちを守れるか知れぬ。見捨てられれば、切腹はもちろん家も改易となろう。義鎮に類の及ぶ事態が懸念されれば、死を選ばねばなるまい。

民部の鼻孔が膨《ふく》らんだ。民部は興奮すると、小さめの鼻の孔だけが大きく膨らむ。

「身どもは必ず勝つ。必要なら、駆武者どもも始末する」

民部の無私と忠烈のゆえか、親しくなると憎めない性格のゆえか、武蔵田原家の者たちは民部に絶対の忠誠を誓っていた。駆武者には賀兵衛らの素性を明かしていないが、漏れる恐れはあった。民部は目的のためなら非情になれる男だった。義鎮のために真《まこと》に必要なら、「友」と呼ぶ賀兵衛さえ平気で斬るだろう。

「過日、高野山上蔵院《こうやさんじようぞういん》の使僧が豊後に来たそうな。その者、上原《うえのはる》ではなく、妙厳寺《みようごんじ》に参りおった。これ以上、宗亀《そうき》めの増長を許すわけにはいかぬ」

田原《たわら》宗亀は政庁である大友館の北西に広大な屋敷を構えていた。近くに妙厳寺があったから、隠語でそう呼ばれた。対して上原館は、府内の南の高台にある義鎮の居館だった。寺院からの寄付要請も国主ではなく、実力者の田原宗亀に対してなされたわけである。寺院に限らず、出世や便宜を望む諸将が義鎮をさしおいて宗亀に陳情する慣《なら》わしができたのは、義鎮が国主となった当初、すべての差配を宗亀に任せたためだった。移り気な義鎮も政《まつりごと》だけにかかずらう気はなかったから、数年は巧くいっていた。だが、その間に宗亀の力は急膨張した。

民部は〈宗亀一派〉と呼ぶが、大友家中で最大の勢力であり、宗亀の排除は現実的でなかった。宗亀の高塀の屋敷には七つの隠し扉があるという噂で、常に百人ばかりの屈強の兵で厳重に警固されているうえ、影武者が複数いた。府内と所領に潜伏場所がいくつもあるらしく、国主の義鎮よりも暗殺は難しかろう。

「かねて石宗《せきそう》先生は、小原鑑元《おばらあきもと》に反骨の相ありと仰せであった。先生の人相見はまず外れぬ。あの名将が謀叛を起こさば、国を揺るがす大乱となるは必定。除いておくに如《し》くはない」

大友軍師角隈《つのくま》石宗の一番弟子を自任する民部は、頭の切れる策士だった。もともとは神官の次男坊にすぎなかったが、抜群の才覚でのし上がると、武蔵田原家の養子に収まり、義鎮の側近中の側近にまで昇りつめた。いずれは大友家の権力を一手に握る肚らしい。

賀兵衛はひとまず黙った。

邪魔立てはせぬが、賛意も示さぬ。精一杯の抵抗のつもりだ。

――乱世を生きるには、賀兵衛は人が良すぎる。

民部にも、師の石宗にも言われたものだが、袂《たもと》を分かつには、賀兵衛はすでに民部に深入りしすぎていた。民部が失脚すれば、賀兵衛も終わりだ。義鎮子飼いの近習たちは一蓮托生《いちれんたくしょう》の間柄だった。それは、近習衆が鉄の結束を固めるために民部が考え出した仕組みでもあったろう。

小原鑑元が街道を通過するまでに民部を翻意させられぬ限り、企ては実行される。

やるなら失敗は許されぬ。民部は類まれな能吏だが、はたして民部の作戦で歴戦の名将を討ち取れるだろうか。

もともと賀兵衛には没落した名門、吉弘家の復権という目標があった。だがそれは、父や弟に任せても成る。他にもうひとつ、ささやかだが是非にも果たしたい願いが賀兵衛にはあった。

色づき始めた木間《こま》から天を仰ぐ。

あの少女を想うと、賀兵衛の心は泡立つようにときめいてしまうのだ。

まぶしい青空を背に橙《だいだい》色に染まった合歓《ねむ》の木の紅葉が、秋風にそよいでいる。杏《あん》色の小袖が似合う少女に出会ったあの日も、蒼空に白い月が輝いていたのは、ただの偶然だろうか……。

†

昨秋の出来事である。

川べりで寝そべっていた賀兵衛《かへえ》は、喧《けたた》ましい馬の嘶《いなな》きで目を覚ました。肥後への救援物資の調達と輸送の手配に忙殺されていたせいで、いつしか寝入っていたらしい。

大友義鎮《よししげ》が国主となって五年。若い子弟からなる近習衆はまだ要職に就けぬが、民部は「後のために何事も経験せよ」と火中の栗を拾う役回りを率先して引き受けた。

下手を打てば刃傷沙汰《にんじょうざた》に及び、憤懣《ふんまん》を残しかねない使節遵行《しせつじゅんぎょう》（所領を巡る裁定の執行）もやった。守護不入《しゅごふにゅう》とされてきた寺社を相手に、抵抗必至の段銭《たんせん》徴収もやった。

民部ら近習衆は煙たがられる下役を買って出ては、少数精鋭で見事にこなしてきた。

他の吏僚たちと違い連日、朝《あした》に星をいただき夕《ゆうべ》に月を踏んで帰る激務だから、昼下がりには疲れがどっと出る。気持ちよく晴れた日には政庁の大友館を出て、大分《おおいた》川のほとりで寝そべりながら、しばしの間だけ空を眺める習慣が、賀兵衛にはあった。

寝ぼけ眼《まなこ》を開くと、金覆輪《きんぷくりん》の鞍の黒馬に乗った少女がいた。

――かような場所で大の字になられては、危ないではありませぬか！

色白の少女が柳眉《りゅうび》を吊り上げ、賀兵衛を見下ろしていた。

――これは失礼いたしました。お赦《ゆる》しくだされ。

賀兵衛はあわてて身を起こしたが、少女の馬が駄々《だだ》っ子のように暴れ始めた。

――御身《おんみ》を踏み渡ってもよかったのですが、わが馬はあいにくと心優しき馬なのです。

毒舌を吐きながら少女が強く手綱を引き直すと、馬は突然、棒立ちになった。少女はとっさに前かがみになって重心を移し、身体の均衡を保っている。馬の御《ぎょ》しかたを知らぬ者なら、身体をのけぞらせてしまい、落ちぬよう手綱を握り締めているだけで精一杯だったろう。そうなってはもう暴れ馬を御せはしない。

賀兵衛は急いで立ち上がると、馬の正面に回り込んだ。馬の後ろに身をさらせば、蹴りをくらう。暴れ馬は前のほうが安全だ。賀兵衛は馬が着地する瞬間を待った。

やがて、はるか高みにあった馬の前肢が地に下ろされる。

着地寸前に動いた。賀兵衛は馬のたてがみを摑むと、すばやく轡《くつわ》を取った。馬は泡を嚙《か》んでいるが、少女はすでに体勢を整えていた。手綱を握る位置を拳ひとつぶんずらしただけでも、馬の反応は変わる。相当御しにくい悍馬《かんば》のようだが、少女は慣れたものだ。

うまく馬がおさまると数瞬、見つめ合った。

――礼は申しませぬぞ。かような場所で昼寝をしている殿方が悪いに決まっていますから。

言い捨てるや、声をかける間もなく少女は駆け去った。小さくなってゆく少女と黒馬の後ろ姿を、賀兵衛は呆然と眺めていた。ただそれだけの出会いだった。

府内では見馴れぬ少女だった。齢は賀兵衛より少し下で十五、六といったところか。賀兵衛の容姿は人並みだが、少女の容貌は、たとえば蒼空で太陽に伍する白い月にも似て、他の星々とは明らかに一線を画していた。不機嫌そうな顔しか見ていないが、笑えば日輪《にちりん》にも負けぬほど輝くのではないか。

姿かたちとは裏腹にずいぶん気の強い少女だった。その逞《たくま》しさこそ乱世に必要であろう。だが、少女が最後に手綱を強く引いたとき、賀兵衛は少女の左手の甲に不思議なものを見た。火傷《やけど》であろうか、ふた筋の痛々しいミミズ腫《ば》れの痕があった。何の傷であろう。わが事のように心が痛んだ。

賀兵衛はさしたる根拠もなく再会できると期待したが、甘かった。少女は賀兵衛の前に二度と姿を現さなかった。同時分、同じほとりに何度も寝そべってみたが、物好きな赤とんぼが慰めるように賀兵衛の鼻に翅《はね》を休めに来ただけだった。

少女はあのまま大分川を下り、暴れ馬に乗って、海の彼方へ去ってしまったのか。一瞬の邂逅《かいこう》であったし、少女は賀兵衛なぞ覚えてもいまい。名も知らぬ少女である。

質素だが清潔で、可憐というより清楚な身なりからすれば、どこぞの武家の娘ではないか。十八歳の賀兵衛とて、すでに嫁を娶《めと》っておかしくない年ごろだった。賀兵衛はいつか白い月のような少女と結ばれる日を夢想した。

なぜ賀兵衛はあの少女を今、強く想うのだろう。気の進まぬ暗殺劇で命を落とすおそれを感じるせいか。叶うなら賀兵衛は、せめてあの少女の名を知ってから死にたいと思った。

†

「何を呆《ほう》けておる、賀兵衛。かような時にまた恋煩《わずら》いでうわの空か?」

われに返った。民部は茶化すでもなく、しごくまじめに問いを発していた。件《くだん》の少女に会って以来、ふだんは丹念な賀兵衛の仕事ぶりに、ささいだが過誤が目立つようになった。食も細くなり身体も痩せてきたため、民部が心配した。問い詰められて事情を打ち明けると、民部は馬鹿にするでもなく、笑いも怒りもせず、真顔でただ「恋煩いで其許《そこもと》の仕事が捗《はかど》らぬようでは困る。身どもも手を尽くそう」と協力を約してくれた。

「……面目ござらぬ」

「これほど探して見つからぬのなら、その娘は豊後におらぬな」

あの少女はあのまま黒馬で天に昇り、白い月に帰ってしまった。そう説明されても納得しそうなほど、少女の思い出は美化され、賀兵衛の中でますます甘苦しくなっていた。

賀兵衛は蒼空を見上げた。天に遊ぶ白い月は、あの日見た姿によく似ている。

二、滝室坂

民部《みんぶ》は肥後方面に目を凝《こ》らしていたが、合図の狼煙《のろし》が見える気配はなかった。

「鑑元《あきもと》め、よもや勘づきおったか」

滝室坂《たきむろ》は肥後から豊後にかけて一里ほど続く登り坂である。鑑元一行が登りに差しかかれば、杣人《そまびと》姿をした民部の手の者が焚き火に見せて煙を上げる手筈だった。

「嫌な予感がいたしまする。相手は名だたる戦巧者《いくさこうしゃ》。ひとまず引き揚げませぬか?」

小原《おばら》鑑元は三十年の長きにわたり数々の戦場を生き抜いてきた戦《いくさ》の玄人《くろうと》だった。伏兵を用いて敵将を討ち取った経験もあろう。逆に、伏兵に命を狙われる修羅場も数知れずくぐってきたはずだ。民部ら戦の青二才が渡り合える武人とは思えなかった。

「かような好機を再び得られる保証はない。物事を先延ばしにするのは、其許《そこもと》の悪い癖じゃ」

賀兵衛《かへえ》は石橋を叩くが、恐れて渡らぬわけではない。慎重を期したうえで渡る場合もあった。

「国家の重鎮を弑《しい》するがごとき大事、熟慮を重ねてからなすべきでござろう」

二人はよく暇を見つけて将棋を指した。民部は攻めを、賀兵衛は守りを得意とした。通算の勝敗はほぼ五分だが、近ごろは賀兵衛が勝ち越している。相手の思考を読み合える仲であった。

「思案しておるうちに、宗亀《そうき》の天下が固まれば何とする？」

民部が言い切った時、街道脇に身をひそめた駆武者《かりむしゃ》たちからくさめが聞こえた。長陣に油断が生まれている。賀兵衛は風音のする竹やぶを振り返った。背後は見通しが悪く無防備だが、襲われても音と気配で気づくはずだ。

「われらが力を得るには、他紋衆《たもん》を味方に付けねばならぬ。それには、鑑元が邪魔なのじゃ」

大友家臣団は大きく二つに分かれている。

大友宗家の家紋〈抱《だ》き杏葉《ぎょうよう》〉の使用を許される同紋衆《どうもん》と、それ以外の他紋衆だ。賀兵衛の吉弘《よしひろ》家、民部の田原《たわら》家も大友宗家の庶流であり、同紋衆に属する。これに対し、鑑元の小原家は他紋衆であった。

三百年以上にわたり、外来の同紋衆と土着の他紋衆は厳然と区別されてきた。田原宗亀が強大となりえた理由は、巧みな政権運営で大小の同紋衆を味方に付けるいっぽう、他紋衆の力を奪ってきたからだった。大友宗家が宗亀に対抗するには、不満を持つ他紋衆たちを味方とする方途があった。民部ら義鎮《よししげ》派の近習衆は、虐げられている他紋衆に接近し、悪く言えばその不満を煽ってきた。同紋衆の反主流派と他紋衆が手を組み、宗亀の巨大勢力に対抗する構図を作るべく蠢動《しゅんどう》してきたのである。

純粋な武人として戦場を駆け抜けてきた小原鑑元は国政に明るくなかった。だが、要職にあり人望もあって、増大する一方の他紋衆の反発を抑える役回りを果たしてきた。鑑元というたがさえ外れれば、暴発が起こる。民部は煮えたぎる他紋衆の不満を利用して、宗亀から国主義鎮の手に権力を取り戻そうと目論んでいた。

「小原殿を味方とするのは、やはり難しゅうござるか？」

本来なら、暗殺でなく近習衆の得意とする政略で味方に取り込みたい相手だった。

「無理じゃな。怨恨だけではない。武人のくせに小原は仲間うちの戦を毛嫌いしておるゆえ」

義鎮派の動きが功を奏し、個々の力は微弱にせよ、多くの他紋衆は元凶たる田原宗亀憎しの一点で結束しつつあった。小原鑑元がこれに与《くみ》すれば、他紋衆は強大な反宗亀勢力と化す。大友家中が割れ、同紋と他紋の内戦につながりかねぬ。

「何より例の件がうまくなかった」

民部はかねて鑑元を宗亀派から切り離そうと画策してきた。だが、義鎮の色情に端を発する二年前のある事件のために断念した。事件以来、鑑元は義鎮派を公然非難してはばからず、民部も鑑元を排除する路線に変更した。

「戦では相手が一枚も二枚も上手《うわて》。返り討ちに遭うやも知れませぬぞ」

賀兵衛は内心、鑑元が間道を通ってくれぬものかと願っていた。なるほど鑑元は政敵だが、毀誉褒貶《きよほうへん》の激しい義鎮や民部、宗亀と違って、悪評を何ひとつ聞かなかった。大友家全体の興隆を考えるなら、鑑元はなお生きて大友のために活躍すべき有能な重臣だった。正しき者の不慮の死を願えるほど、賀兵衛はまだ悪人になり切れてはいない。

隣では民部が一文字の眉根を寄せていた。

「くどいぞ、賀兵衛。其許《そこもと》まさかこの期《ご》に及んで、迷うておるのではあるまいな？」

「迷うも何も、それがしは端《はな》から反対でござる。同意した覚えはござらぬ」

「世の物事は要否で決まる。其許《そこもと》の賛否は関係ない。それに小原が滅びれば、豊肥に大量の闕所《けっしょ》地が出る。以前に吉弘家が領しておった肥後の領地も復されるであろう」

賀兵衛の父は義にうるさい男だった。不正義で得た所領を喜ぶまいが、民部を説き伏せられぬなら、成功させるしかなかった。もう時がない。賀兵衛も覚悟を決めた。

†

「ようやくお出ましになったようじゃ」

片笑みを浮かべる民部《みんぶ》の視線の先、肥後方面の山間から合図の狼煙《のろし》が上がっていた。狼《おおかみ》の糞《ふん》を使った黒煙である。鑑元らの一行が滝室坂の登りに入った印であった。

「よいか、者ども。標的は眉間にイボのある大男ぞ。必ず射殺《いころ》せ」

民部が合図すると、蟒蛇《うわばみ》の次助《じすけ》を先頭に野盗の姿形《なり》をした駆武者《かりむしゃ》どもがめいめいに丸太や荒縄なぞを持って、ばらばらと峠道に出た。もともと整備された街道ではなく、広い道幅はない。馬防柵《ばぼうさく》が手早く組み立てられ、通り抜けられぬように二重、三重に配置された。錐《きり》のように削りあげられた尖端《せんたん》が、肥後側に向けられている。

小原鑑元は個の武勇も際立っていた。正面から立ち合って勝機を見出せる相手ではない。だが鑑元といえども、馬防柵を前にすれば駒《こま》を止める。そこへ、峠道の左右に伏せた弓兵が一斉射撃を行う。射殺せずとも、柵のかげから討って出て、長槍でとどめを刺す。万が一の場合に加勢する野盗たちも勘定に入れれば、民部は実に百名に及ぶ員数を、この暗殺のために揃えていた。

馬防柵は峠を越えてすぐの位置にあり、坂を登っている者には見えない。坂を登り切るや突如、強固な陣地が現れるわけだ。数騎の鑑元らに対し、戦《いくさ》さながらの備えであった。

鑑元の出府は隠密であり、民部も標的の素性を誰にも明かしていない。代わりに顔の特徴を伝えてあった。鑑元の眉間には目立つイボがあった。初見でもすぐにわかる。誰何《すいか》なぞ無用。標的であるイボの男を見つけ次第、隙《すき》を与えず射殺する。

歴戦の豪将相手の企てを前に、息苦しい緊張が続いた。

が、峠道には馬の嘶《いなな》きひとつしない。

「変じゃな。なぜ鑑元は現れぬ？」

民部は滝室坂の登りに入る前の泉で、鑑元一行が馬を休ませると見ていた。その場合、一行が動き出してから合図するよう家人に申しつけていたから、煙が上がってから峠にさしかかるまで、さして時間は掛からぬはずだった。

「看破されたのやも知れませぬ。まだ間に合い申す。取りやめましょうぞ」

民部は黙って首を横に振り、腕組み思案の後、早口で告げた。

「賀兵衛《かへえ》、頬かむりをしておけ。事と次第によっては乱戦となろう」

民部の剣の腕前は確かで、せいぜい人並みの賀兵衛では歯が立たなかった。だから民部もこれまで賀兵衛に荒事《あらごと》を委ねたりしなかったし、今回の企てでも賀兵衛は民部と共に首尾を見届けるだけの役回りのはずだった。

「いかに民部殿とて、小原鑑元には敵いますまいが」

「身どもが命を粗末にするわけがなかろう。たとえ腑抜けよ、卑怯者よと誹《そし》られようと、身どもは生を選ぶ。が、其許《そこもと》を守れぬやも知れんとの意じゃ」

民部がいぶかしげに目を細めた。粗末な姿形《なり》をした小柄な百姓がひとり、峠道を登ってくる。

「これは何事にございまするか？　荻《おぎ》の里へ急いでおりますれば、どうかお通しくださいませ」

老人と思ったが、声が若い。体格からすると童《わらべ》なのか。

「見てのとおりじゃ。大人しゅう引き返せば、命までは奪わぬ」

蟒蛇《うわばみ》の次助《じすけ》には、無益な殺生をせぬよう民部が固く言いつけていた。民部は理由さえあれば平気で人の命を奪うが、理由なき殺人を嫌悪した。

「天下の公道を塞ぐ狼藉《ろうぜき》を肥後《ひご》方分《ほうぶん》、小原鑑元公がお赦しになりましょうか」

次助が怪訝《けげん》そうに腰をかがめ、ひるまぬ百姓の顔をのぞき込んだ。

「お前、女じゃな？　いったい何用で参る？」

「この先の村によき薬師《くすし》がおられるのです。母の病が重うなりましたゆえ、お呼びにうかがうところ。一刻を争う病状なれば、どうかお通しくださいまし」

民部は政敵や武士に対し容赦のない男だが、民草には慈母のごとく接する男であった。武蔵田原家を継いだ時、民部が始めにした仕事は小領地の年貢の減免であった。そのために無駄な支出を徹底的に切り詰め、田畑の開墾にも涙ぐましい力を注いだ。

民部は「不憫《ふびん》じゃがな」と呟《つぶや》きながら、手に取った弓を構え、矢をつがえ始めた。万一に備えた口封じであろう。

農家の娘が単身、野盗の出没する峠道を歩いて国境《くにざかい》を越えるのは危険だ。男装しても不思議はなかった。だが、合図の狼煙が上がった直後である。鑑元の手の者なのか。いずれにせよこれから始まる戦闘の目撃者が出る事態はうまくない。

「それでは無聊《ぶりよう》の慰みに、踊りでもひとつ披露いたしますゆえ、どうぞここをお通し下さりませ」

少女が頬かむりを取り去ったとたん、賀兵衛の心臓が音を立てて止まった。夢にも見たいつぞやの〈白い月の少女〉だった。左手の甲にふた筋の火傷痕も見える。殺伐とした馬防柵《ばぼうさく》の前でややこ踊りを披露する少女の姿に、武装した駆武者《かりむしや》どもは心を奪われたように呆けていた。

隣の民部は険しい表情で弦を引き絞ってゆく。

民部の弓の腕前は九州でも十指に入るだろう。

「お待ちくだされ！　……それがしの探しておった娘でござる」

賀兵衛がとっさに矢をつかんで押さえたため、民部はしかたなく弓を下ろした。

「あれが、其許《そこもと》の恋しておる娘じゃと申すのか？」

もしや鑑元の娘なのか。肥後に住まうなら、豊後を探しても見つからぬはずだ。

踊り終えた少女が一礼すると、すっかり毒気を抜かれた武者どもから喝采《かっさい》が起こった。それでも次助だけは憮然《ぶぜん》とした表情で、少女殺害の承諾を求めるように、樹間の民部を振り返った。この娘の振る舞いは明らかに変だ。

民部は頬かむりのまま少女に向かって姿を現し、「娘よ、馬に乗れるな？」と問いを投げた。

野伏《のぶせり》が馬を貸してやるのもおかしな話だが、命を助けるなら、戦闘を見せずに一刻も早くこの場から離れさせたいと考えたに違いない。暗殺者たちの緊張の糸はすっかり切れてしまっていた。少女を立ち去らせた後、速やかな仕切り直しが必要だった。

賀兵衛の目は白い月の少女の赤い唇にくぎ付けになっている。

†

突然、背後に気配を感じた。油断していた。

間に合わぬ。首筋に重い衝撃を感じた。

抜刀の間もなく強い力で組み伏せられた。うつぶせに押さえつけられている。身動きできぬ。落ち葉と土の味がした。後ろ手に縛り上げられてゆく。乱暴に口に布を嚙ませられた。

見ると、民部《みんぶ》も同じ目に遭っている。民部を赤子扱いしている大男の眉間には目立つイボがあった。

小原鑑元は太い剛腕で身動きひとつできぬよう民部を縛り上げてゆく。

「戦《いくさ》のやり方を知らぬと見える。これだけ兵を伏せておれば、殺気が天まで昇っておるわ」

白い月の少女は賀兵衛《かへえ》らの背後に隙を作るために、やや、こ踊りまでしてみせ、注意を峠道に引きつけた。

「この峠道で肥後から来る誰かを襲うなら、この滝室《たきむろ》坂がよい。その場合、坂の登り口に見張りを立て、相手の動きを知らせるはずじゃ。われらがさあらぬていで通りすぎると、案の定、黒い狼煙《のろし》があがった。ははは、案ずるな。お主らの仲間を手にかけてはおらぬ」

狼煙をあげた後、林間に潜んでいたところを、戻ってきた鑑元に捕縛されたのだろう。戦場では情け容赦ない鬼神と化す鑑元も、ふだんは無益な殺生を好まぬと聞く。

「殿、こやつを成敗しませぬのか？」

賀兵衛を乱暴に縛りあげた男の声はまだ若い。

「死んだ人質は物の役に立たぬぞ、修理《しゆり》」

賀兵衛は小原家臣団の名を思い巡らせてみた。

面識はないが、大津山修理亮家稜《おおつやましゆりのすけいえひと》なる国人がいたはずだ。肥後では菊池家旧臣や国人衆がこぞって鑑元の麾下《きか》に馳せ参じていた。

「ここを押し通るだけなら、人質は一人おれば足るではござらぬか」

賀兵衛の全身から冷汗が噴き出した。殺されても文句は言えまい。

「敵はこの数じゃ、危険を避くるにしくはない。武功は戦場で敵と戦うて立てよ。まことの将は無用の殺生《せつしよう》をせぬ。肥後は長らく戦に苦しみ、今は飢えに苦しんでおる。民草を野伏《のぶせり》なぞに走らせてしもうた責めはわしにもある」

鑑元は修理を諭しながら、荒縄で民部の手首、足首を固く縛り終えると、民部の長身を軽々と抱えて立ち上がった。

「さて、ここを無事に抜けるには、お主の命が必要じゃ。しばらく身体を借りるぞ」

鑑元は抜刀すると、民部を小脇に抱えて堂々と峠道に降りた。

修理と呼ばれた男も、賀兵衛を抱えて後に続く。首謀者たちを人質に取られては、駆武者《かりむしや》たちも身動きが取れぬ。民部の想定しなかった事態だ。

「者ども、決してわれらに手を出すでないぞ。お主らも大友の民なれば、命を粗末にいたすな。――小井出《こいで》」

武者どもが鑑元の気迫に圧倒される中、馬の息遣いが聞こえ、白髪混じりの小兵《こひょう》の武士がひとり馬に乗って、三頭の馬の手綱《たづな》を握りながら事もなげに坂を登ってくる。小井出掃部《かもん》と言えば小原家の筆頭家老で、賀兵衛も名前は聞いていた。

「柵を除《の》け、その者と馬を通せ。……では修理、杏《あんず》、参るぞ」

鑑元はいったん刀を小井出に預けると、長身の民部を片腕に抱えてゆうゆうと栗毛の馬にまたがった。杏と呼ばれた少女もいつぞやの黒馬に乗った。少女はその名のゆえに杏色を好むのか。

さいわい鑑元は賀兵衛らを野伏と勘違いしているようだ。肥後支援の一件は義鎮《よししげ》派が裏方を務め、少なからぬ貢献をしたが、表向きは宗亀《そうき》の手柄になっていたから、鑑元も賀兵衛の顔まで覚えてはいまい。

「その者はここで離してやれ、修理」

賀兵衛は丸太のように乱暴に放り出された。鑑元の威風に駆武者たちは身をすくませたまま、身動きができぬ。惨めな姿を杏に見られている。顔から火でも出て、面立《おもだ》ちを隠してくれぬものかと思いながら、賀兵衛は顔を背けた。

「お主らの一味は坂の下でのびておる。こたびの一件、わしはすべて水に流すゆえ、お主らも忘れよ。わしは大友宗家より肥後をお預かりしておる小原鑑元じゃ。しばし府内《ふない》へ参るが、逃げも隠れもせぬ。ふだんは南関《なんかん》城におるぞ」

鑑元は小井出と杏を先に行かせて、駒を進めた。

修理に殿《しんがり》を守らせている。隙がない。

「お主らの頭《かしら》は半里ほど行った先で下ろしておくゆえ、忘れずに助けてやるがよい」

娘に毒気を抜かれ、鑑元に気圧《けお》された武者どもは、首謀者の民部が連れ去られるぶざまな姿を、指をくわえて眺《なが》めているしかなかった。

峠道に転がされながら、賀兵衛は惨めさと敗北感よりも、不思議にうれしさと安堵《あんど》を覚えていた。鑑元が見せつけた圧倒的な力の差は、敗者に清々しささえもたらした。誰ひとり死なずにすんだ。不格好ではあれ、少女と再会できた。賀兵衛にとってはそれほど悪くない結末だった。

†

縄目を解かれた賀兵衛《かへえ》は、蟒蛇《うわばみ》の次助《じすけ》に指図して滝室《たきむろ》坂の下へ民部《みんぶ》の家人を助けに行かせ、自らは馬で府内方面へ取って返した。鑑元は約束を守る男だと賀兵衛は感じていた。

荻の里に入ると、田の畔《あぜ》で揺れる彼岸花《ひがんばな》を背に、長身の民部が鞠《まり》を蹴っていた。民部の特技は、剣以外にも蹴鞠《けまり》があった。若き国主大友義鎮《よししげ》が蹴鞠に執心と耳にするや、民部は寝食も忘れるほど蹴鞠に打ち込んだ。義鎮が最初に民部を見出したのも蹴鞠がきっかけである。民部は今でも日々、鍛錬を怠らぬ。半尺ほどの小さな蹴鞠を持ち歩き、手持ちぶさたの時に蹴る。ふだん小さい鞠に慣れておけば、本番でまず失敗はないという。

「さすがは大友第二の将よ。兵法書を諳《そら》んじえたところで、まだまだ敵わぬわ」

民部はさして悔しそうでもなく、相手を素直に誉めた。鞠を独りで蹴り上げながら、いつもの澄まし顔で息も切らしていない。蹴鞠の腕前は九州一ではないか。贅沢を嫌い、物欲の少ない民部でも、鞠にだけはこだわった。鹿革に銀繍《ぎんしゅう》の〈一文字三ツ星〉の鞠は、愛妻の手になる最近の作で、宿敵毛利《もうり》の家紋を蹴っているわけだ。

「それがしの責めじゃ。面目ござらぬ」

娘の行動を不審に思った民部がそのまま射殺し、態勢を立て直していれば、結果は違ったやも知れぬ。民部は賀兵衛の心を察したのか、小さく首を振った。

「いや、役者が違うた。何をしたとて小原《おばら》には負けておったわ。あの娘も父親に似て豪胆じゃな。小原には男勝りの娘がおると聞いておったが」

少女が月でなくこの世に生きていると知れた。相手が政敵の娘であるとしても、賀兵衛の恋は今朝に比べれば進展していた。

心がむずがゆくなって、賀兵衛は話題を変えた。

「まこと小原殿は、われらを野伏《のぶせり》と間違えたのでござろうか？」

「さてな。あれほど混乱しておった肥後を数年でまとめあげたほどの思慮深き男。駆《か》武者《むしゃ》どもの手前、つくろうただけやも知れぬ」

鑑元は事を荒立てぬよう民部らを野伏と誤解してみせたのか。なぜだ。大友家中の殺し合いは国力を損なうだけだと考えたのか。その危機を、杏が大胆不敵な役回りを演じ、鑑元は誰も死なせずに回避したのだとすれば、小原鑑元とは何と大きな度量の持ち主か。

「われらを殺さば、肥後支援が滞ると見たのであろう。一命を救っておけば、われらが恩義に感じてなびくとでも思うたのなら、小原も甘いがな」

理由はともあれ側近を殺したとあれば、義鎮の覚えは悪くなる。主君との関係を慮《おもんぱか》って、恩を売るほうが得策だと考えたのか。

「ときに賀兵衛、あの娘じゃがな。すっぱりあきらめよ。金輪際《こんりんざい》、忘れるがよい」

民部は落ち着き払った様子で「しかと言うたぞ、あきらめよ」と繰り返した。

「政敵の娘ゆえと？」

それにしても民部は退屈を感じるほど見事な蹴鞠の腕前だった。腰も膝もまっすぐに伸ばしたまま、鞠の着地寸前に「アリ」と声を掛けながら、右足で正確に蹴り上げている。時々ため息をつくのは、本当は蹴鞠などやりたくないからだと聞いた覚えがあった。

「否。あの娘こそ義兄上《あにうえ》（大友義鎮）がぜひとも側室にと強く望まれた女子《おなご》。身どもも後で知ったが、宗亀《そうき》めが仕掛けてきおった罠よ」

どこぞで杏の美貌を聞きつけた宗亀が、鑑元に言って杏を府内へ同道させ、義鎮に引き合わせたのが昨秋だったという。案の定、義鎮は娘を側室に所望した。が、鑑元は首を縦に振らなかった。義鎮には十人ほどの側室が常時おり、始終入れ替わっている。主君とはいえ、愛娘《まなむすめ》が使い捨ての慰み者にされる身の上を不憫に思ったのか。

「宗亀は小原が愛娘を差し出さぬと知りながら、献上させんとひと芝居打った。義兄《あに》上《うえ》と小原の仲を裂くためにな。ゆえに義兄上は小原をひどくお怒りなのじゃ」

好色の主君が所望し、拒絶された娘を、近習が室にはできまい。賀兵衛の心は重く沈んだ。

「民部殿。今日の襲撃も、御館様が杏殿を手に入れるために仕組まれたのか？」

「小原鑑元が死なねばならぬ理由は数あるという話じゃ。鑑元と交われば、たいていの若侍はその人物に惚れ込むと聞く。よいか、賀兵衛。其許《そこもと》は惚れるなよ。必ず火傷をするゆえな」

自信はなかった。命の恩人ともいえ、想い人の父親でもある。賀兵衛らの裏をかいた鮮やかな逆転劇と恨みを残さぬ温情は敬意に値した。鑑元も今回の暗殺未遂で身の回りに注意するはずだ。時をかければ、民部を説き伏せられぬものか。だがいずれにせよ杏は、いぜんとしてはるか遠くの想い人だった。

「して、賀兵衛。仲屋《なかや》の件はいかが相成っておる？　金が足りんでな」

民部の話はあらかた仕事だったが、金の算段も含まれる。

「……今宵《こよい》、また行って参りまする。そろそろうまく事を運べる頃合いやも知れませぬ」

賀兵衛が手首の擦過傷《かすりきず》を撫でながら答えると、民部は空高く蹴り上げた鞠を掌上に落として、小さくうなずいた。

いつしか蒼天には雲が現れている。白い月はもうどこにも見つからなかった。

第二章　武人の約束

三、山蛭とかび生柿

国都府内《ふない》に通じる沖《おき》ノ浜《はま》の船宿からは、別府《べっぷ》湾の夕凪《ゆうなぎ》に帆速を落とした異国船がのっそりと行きかう姿がいくつも見えた。吉弘賀兵衛《よしひろかへえ》の手首には荒縄の痛みがまだ残っている。

「今宵は荒れそうですねぇ」

一見穏やかな風雲に兆《きざ》すわずかな乱れが、船宿のおかみにはわかるらしかった。府内を不気味に覆いつつある政争のゆくすえも読み通せれば、助かるのだが。

賀兵衛は懐《ふところ》からずしりと重い巾着《きんちゃく》袋を取り出した。畳の上を音もなく滑らせ、

「お納めくださらんか」と前に差し出す。媚《こ》びにはならぬ程度に頭を軽く下げた。賀

兵衛は大友家重臣の嗣子だが、このおかみには権勢も諂《へつら》いも通用せぬと知っていた。

　仲屋《なかや》のおかみはでっぷりした太い腕を組み、大きな丸目で咎《とが》めるように睨《にら》んでき
た。

「受け取れないって言ってるじゃありませんか。賀兵衛さんもしつこいお人だね」

　一昨年は会ってもくれなかった。この春までは、おかみの野太い声に怒りと冷たさが混じってもいた。だが今では、笑いに通じる呆れが見え隠れしている気がした。

「それがしも山蛭《やまびる》の賀兵衛と呼ばれる侍にござれば」

　移り気な主君とは対照的に、ねばり強さ、ひたむきさが賀兵衛の取りえだった。賀兵衛と民部《みんぶ》の師である角隈石宗《つのくませきそう》が付けたあだ名だ。

　口元の笑みは引っこめずに、おかみの眉間《みけん》を見た。「相手の眼を見ておっては、睨み合いには勝てぬぞ。眉間を射ぬけ」と石宗から学んだものだ。

　やがておかみは笑って目をそらし、二の腕のたるみを丸っこい指で挟みながら問うてきた。

「あたしゃ海の人間だから、山蛭を拝んだ覚えなんてないけれど、やっぱり一度吸いついたら離れないのかい？」

「いかにも。されど酢や塩をかければ、面白いように落ちてゆくのでござる」

親指で作った山蛭が力なく落ちてゆくさまを賀兵衛が大げさに表現すると、おかみはなるほどといった様子で口を尖《とが》らせた。「山蛭には雄《おす》と雌《めす》の区別があり申さぬ。考えてみてくだされ、おかみとこのそれがしが同じ体なのでござるぞ」と神妙な顔でつけ加えると、おかみは気味悪そうな顔をした。

賀兵衛は続けて「大きな山蛭は何と、掌よりも大きくなり申す」と、伸ばした掌を縦に丸めて山蛭の形を作る。さらに調子に乗って、見てきたごとく身ぶり手ぶりをつけ足し、山に棲《す》まう奇っ怪な生き物について語り続けた。実際には賀兵衛も、山蛭に出くわした覚えはなかった。山中で吸いつかれた時に、おりよく塩や酢を持ち合わせているはずもない。府内を訪れていた旅僧から聞いた話に、尾ひれをつけて受け売っただけだ。

「山蛭と言ったたって、賀兵衛さんみたいに口八丁で喋《しゃべ》りたくっていたら、吸いついている暇もないじゃありませんか？」

「石宗先生の喩《たと》えも今ひとつでござるな。それがしの顔も、山蛭よりはいくぶん見栄えもいたそうゆえ」

父親似の賀兵衛はえらの張った四角い顔だが、はっきりした目鼻立ちはぎりぎり醜男《ぶおとこ》でもなかった。見よう次第では、なかなかいい男だと思う時さえある。

「ほほほ、どうかねえ。いい勝負じゃないのかい？　あたしゃ、賀兵衛さんのお顔が好きだけれどさ」

賀兵衛にとって、おかみは母親くらいの年齢だった。近ごろでは出来の悪い息子扱いされているが、賀兵衛の血筋は豊後で相当なもので、大友義鎮《よししげ》の実姉の長子、つまり国主の甥にあたる。一昨年の大火で焼死した仲屋の跡取り、つまりおかみの長子がちょうど賀兵衛と同じ年ごろだった。

「他によき喩えがないものか、民部殿にでも諮《はか》らねばならぬな」

民部の名を出すと、おかみの肥えた頬からえくぼが消えた。感情の起伏がすぐに現れる損な顔つきだ。近習頭田《た》原《わら》民部は冗談の通じない男で、民部自ら戯言《ざれごと》なぞ口走るはずもないが、おかみに来訪の目的を思い出させる必要があった。

「べつに賀兵衛さんが悪いわけじゃないんだよ。でもあたしゃ、民部さまが大嫌いだね。あたしだけじゃない、府内の商人《あきんど》はみんな蛭より嫌ってるさ」

一昨年の冬、大火が府内を襲い、武士、商人の家三百戸余りを焼いた。失火ではない。田原民部の指図を受けた将兵が、謀叛人服部右《はっとりう》京《きょうのすけ》助らの家に焼き討ちをかけたためだ。その火がおりからの風に煽《あお》られて四囲に移り、大火事となった。民部の謀略で非業の死へと追いやられた服部一族による無念の付け火だと、まことしやかに噂を流布する者もいた。

政争の巻き添えをくらって焼け出された中に仲屋《なかや》があった。丁稚《でっち》や女子供を逃がすうち仲屋の主人は逃げ遅れた。父を助けようと火中に飛び込んだ後嗣の長男は、ついに戻らなかった。父子とも猛火に呑まれた。

仲屋は川舟を利用した年貢米輸送から始めて頂点までのし上がった。新興の豊後商人の財力は大火でも揺るがなかった。おかみがやり手だったおかげで、商売そのものは事なきを得て、今でも繁盛している。機転の利く次男坊も、末は父親以上の大商人になると期待されてもいた。だが、死んだ仲屋の主人と長男は戻らない。

他商圏にまで切り込んでゆく仲屋の力を高く買っていた田原民部は、大友宗家との関係を慮《おもんぱか》り、大火の後、仲屋へ詫びを入れにきた。民部は大領を持つ大身でこそないが、仮にも国主第一の側近が足を運んでの謝罪は異例だった。だが、事は民部の思いどおりに運ばなかった。民部は苦み走った細面《ほそおもて》の偉丈夫だが、才が勝ちすぎて情を伴わぬ憾《うら》みがある。そつがないように見えても、乱世の商売を夫と生き抜いてきた目利《き》きのおかみの眼はごまかせぬようだった。おかみは民部に誠がないと見抜いた。

民部は引き続き賀兵衛に仲屋との関係修復を指図した。背景には、もともと賀兵衛の父、吉弘鑑理《あきただ》が大友家中で力を持っていたころ、御用商人として新参の仲屋を取り立て、育てたという事情があった。おかみは昨夏にようやく「水に流しましょう」と言ってくれはしたが、商人としての意地があるらしく、償いの金を受け取ろうとしなかった。

民部は納得せず、仲屋との関係強化を指示し、賀兵衛も根気よく仲屋に通っていたわけである。

「あの焼き討ちにしたって、本当は服部さまに何の非もなかったって話じゃありませんか？」

「いや、服部右京助が、おそれ多くも御館様のお命を狙っていたのは真でござる」

謀叛《むほん》はたしかに事実だった。だがそれは、民部の策謀によってあらぬ嫌疑をかけられ、追い詰められた末に、服部がやむなく取ろうとした最後の手段だった。

「政《まつりごと》の難しい話はわかりませんけどね。服部さまはよいお人でした。御新造《ごしんぞ》さまを気にかけて、京のつげ櫛《ぐし》やら金箔《きんぱく》のついた鬘帯《かつらおび》やらをお求めになってね。町衆には人気でしたよ」

服部右京助の愛妻ぶりは生前から有名だった。むしろそのためにこそ、服部は滅ぼされたともいえる。頰を膨らませたおかみを、賀兵衛はなだめにかかった。

「それがしも、亡き服部殿の人柄をうんぬんする気は毛頭ござらぬ。あの謀叛とて、けして本意ではなかったはず。乱世なれば、望まずして兵を挙げねばならぬ時もござろう」

賀兵衛は、民部の無法を謗《そし》る声とあわせて、服部の死を惜しむ声をよく耳にした。戦上手でなく戦功こそ立てなかったが、人望の厚い内政家であったらしい。

服部事件につき大友家中では強い非難の声が上がったが、服部殺しの汚名は、ひとり田原民部が黙って被った。悪行に対する怨恨と批判はすべて民部に向けられた。当の民部はどこ吹く風とふてぶてしいまでに落ち着き払っていたから、よけいに怒りを買った。

民部が権力の階《きざはし》を昇っていく手段はすこぶる単純だった。民部はただ盲目的に主君に尽くした。義鎮《よししげ》のあらゆる欲望を肯定し、障害を取り除くために知恵をふり絞り、力の限り行動してきた。

かくいう服部事件も、義鎮の邪欲が端緒となった。好色な義鎮は、服部右京助の愛妻ぶりを耳にすると、わざわざ服部の屋敷を訪れて、妻に酌《しゃく》をさせた。義鎮が服部の妻を見染めて欲しがるや、民部は密かに動いた。賀兵衛は義鎮から、服部との間を周旋する役回りを命ぜられていたから、服部から相談を受けた。服部は乱世に似合わぬ気優しい男で、賀兵衛も好感を持っていた。

服部の妻は義鎮よりひと回り以上も年長の大年増《おおどしま》であり、賀兵衛は義鎮の横恋慕《よこれんぼ》を戯《たわむ》れだと勘違いしていた。賀兵衛は義鎮が家臣に不正を為すはずはないと服部を安心させた。信じた服部に油断があったのは事実で、その意味では賀兵衛もまた服部事件の片棒を担いだと指弾されてもしかたなかった。

賀兵衛は服部事件の事後処理を担当した。大火後の土地の区割り、復興普請など当面の仕事に忙殺されるなか、民部は悪びれずに真相を明かし、「其許《そこもと》に諮っても反対したであろうゆえ、賀来将監《かくしょうげん》に命じたまでよ。奴ならふたつ返事で引き受けるゆえな」と真顔で答えた。

謀叛を企てるまで追い詰められた服部と一族郎党は結局、義鎮の側室となった右京助の妻を除き、民部の命により賀来将監の手ですべて抹殺された。

賀兵衛が郷里の都甲荘《とごうのしょう》を出、義鎮の近習として府内に仕えて五年になるが、服部事件はもっとも後味の悪い出来事だった。賀兵衛は民部と大喧嘩《げんか》したが、すべては後の祭りだった。賀兵衛が仲屋へ通いつめた理由には、仲屋の旧主と昵懇だった吉弘家の事情もあるが、義鎮派に属する一官吏として、服部事件に対して感じる後ろめたさも手伝っていた。

「やれやれ、どうしても受け取ってはもらえぬか」

賀兵衛はおかみとの間に置いた巾着袋を手に取ると、左手の上で軽く放り投げて弄《もてあそ》んだ。田原民部は金に細かい男で、生活も驚くほど質素だった。だが、必要な時には人が変わったように惜しげもなく金を使った。この大金にしても公金ではなく、民部自身がどこぞで工面してきた金である。

「とにかくそのはした金を受け取る理由はありませんよ。仲屋は金に困っちゃいないしね」

強情な女だ。仲屋との連携につき、義鎮《よししげ》側はむろん好条件を出していた。大友宗家の直轄領からの上分米《じょうぶんまい》は府内と臼杵《うすき》にある蔵に集められるが、その運用を仲屋に一手にゆだねるという提案であった。対外戦争を好んだ先主義鑑《よしあき》の時代を経て大友は強大化し、豊後は他国の侵略を受けぬ平和を享受していた。大友宗家の蔵を単なる兵糧米の貯蔵庫にしていては無駄だ。投資・運用米として仲屋にゆだね、その利益を折半すれば、両者が大いに潤う。他の商人なら飛びつく話だが、感情のもつれが合意を阻んでいた。

賀兵衛はふと思いついて話題を変えた。

「ときに檜扇貝《ひおうぎがい》とはさほどに美味でござろうか？　郷里で山蛭《やまびる》と戯れておったゆえ知らぬのだが」

「肉は厚くて食べごたえがあるし、甘味もある。見栄えだってきれいだよ。刺身でも、炭で焼いても、何やったって旨《うま》いわねえ。ちょうど今朝がた、いい檜扇が入ったところさ」

想像をたくましくしていたおかみの大きな口が、舌なめずりで音を発した。

「食いしん坊の山蛭から提案いたそう。この宙に浮いておる半端な金で、最高の海の幸と美酒を馳走してくださらんか？　ここでふたりして呑んで食って騒ぐんじゃ。商いで堂々と受け取った金なら、おかみの顔も立ち申そう。金さえこの店に置いて帰れば、民部殿も納得する。民部殿に苦労させられるそれがしも、美味を堪能して報われるわけじゃ」

おかみは組んでいた腕をほどくと、二重あごでうんうんうなずいた。

「よし来た。腹いっぱい旨い物を食わせてやるよ。今宵はとことんやっておくれな」

おかみは腕まくりをすると、大声で手代を呼んで仕事を言いつけた。手代が去ると、賀兵衛はにじり寄って、おかみにだけ聞こえる声を出した。

「酔いつぶれる前に、大友宗家より仲屋に折り入って頼みがござる」

「わかってますよ。あの民部さまが下心なしに仲屋とつるむはずもないだろうしね」

「まずは金を融通してもらいたい」

おかみは笑い出した。

小金を受け取らせて大金を借りるやり方が可笑しかったらしい。

「小さい金じゃないんでしょう？　いくらだい？」

「実はまだわからぬ。米の買い付けをつけで頼みたいのでござる」

おかみは察したらしく「なるほど、肥後に送るんだね？」と何度もうなずいた。

大友領肥後は昨年にひき続き空梅雨《からつゆ》のため、この秋も米の凶作に苦しんでいた。人心安定のため肥後に米を送っていたが、今年は各地で飢饉が相次いだせいで米価が高騰し、費用が嵩《かさ》んでしかたなかった。上方にまで商圏を広げ米価の変動に機敏な仲屋に安く買わせ、かつ仲屋の川上輸送網を活用すれば、作業を大幅に効率化できる。

「いかにも。民部殿は金に糸目は付けぬと仰せなれど、金はあまりない。後日、詳細をお知らせいたす」

「民部さまはいいお人なのか、悪いお人なのか、いったいどっちなんだい？」

肥後支援は、民部が義鎮からの指図の形を取り、万難を排して推し進めてきた施策だった。服部事件で損なわれた信頼回復の方便にすぎぬとの批判もあるが、民部の目論《もくろ》みはさほど単純でないと賀兵衛は見ていた。

「民部殿はかびの少し生えた生柿《なまがき》のようなお人でござる。全部捨ててしまうか、かびの部分だけ切り取って残りを食うか。味を知る者は食うが、食わぬ者のほうが多い」

かび生柿とは、例によって口の悪い師の石宗《せきそう》がつけた民部のあだ名である。

民部は誤解されやすい男だった。恐いほど明敏で先が見えるくせに一本気で融通がきかず、意外に世渡りが下手で不器用な男だった。たいていの人間は、見た目のかびを嫌って、民部という人物を知ろうともしなかった。

「いざ食べてみたら、渋柿かも知れないしね」

「当たりじゃ。そのままでは喰えぬお人ゆえ、渋抜きは不可欠でござろうな」

「わかりましたよ。肥後の米の件は、あたしに任せといてくださいな。……さてと、そろそろ酒の用意ができるころだよ」

手を打とうとするおかみを手で制して、賀兵衛はさらに身を寄せた。

「ぜひとも仲屋に力を借りたい内密の件が、他にもござってな」

「まだあるのかい？　ずいぶんと人使いが荒いねえ」

「それが田原民部というお人にござれば。さて――」

賀兵衛は苦笑でかわしながら、さらに声を落とした。

「四年前に大内義隆《おおうちよしたか》公が大寧寺《だいねいじ》で自決されしおり、末娘の珠《たま》姫も共に自害なさったとされてござる。されど、実際には替え玉だったとの噂、ご存じか？」

急成長した仲屋は今やただの豊後商人ではなかった。国外に販売網を構築した仲屋には、様々な情報が集まる。米は金さえ出せば手に入る商品だが、尋ね人は簡単に買えない。

おかみは呆れたように、苦笑いした。

「女に二言はないから、やらせてもらうけどさ。それにしても大友のお殿様と来たら、お盛んなことだねえ。ご家来はこんなに初心《うぶ》なのにさ」

賀兵衛は赤面を隠そうと、「お頼み申す。この件は、金に糸目を付けぬゆえ」とおかみに頭を下げた。

「民部さまは金に苦労していないねえ。金の算段をさせられる賀兵衛さんが可哀そうでしかたないよ。それはそうと、あたしも珠姫の話は何度か耳にしたし、他にも探しにかかってる連中がいるって話だけど、あれは眉唾《まゆつば》かも知れないね。期待しないでおくれよ」

義鎮《よししげ》は、母方の叔父にあたる中国の大大名、大内義隆の横死《おうし》には「さようか」とつぶやいただけで、さして関心を払わなかった。が、従妹《いとこ》にあたる珠姫の運命には異常なほど関心を寄せた。生存説を耳にするや、義鎮は人をやり八方手を尽くして探させた。が、まだ何の情報も摑めていない。義鎮と珠姫はたがいが幼かったころに一面識あったらしく、父の大内義隆によれば、義隆の亡き姉、すなわち義鎮が幼時に死別した母の面影が珠姫にはあるらしかった。服部右京助の妻を得た義鎮が、次にこの世で最も望む女は珠姫であった。

「最後にいま一つだけ。相済まぬが、取り急ぎ五百貫、用立ててはもらえぬか。明日にでも民部殿の家の者が取りに参るであろう」

有力家臣の中には贈賄が必要な者もいた。賀兵衛が渡した時もある。

「金の使い道は聞きたかないね。だけど、証文を用意しておくれよ」

「むろんでござる。かたじけない」

「それにしても山蛭ってのは、一度吸い付いたら血を全部吸い取るまで離れないのかい？」

おかみが笑いながら二度手を叩くと、音もなく障子が開いた。

†

賀兵衛《かへえ》は、ほろ酔い加減で仲屋《なかや》を出た。おかみの予想したとおり、小雨混じりの風が頬を殴ってくる。秋をうっかり飛び越して冬がやってきたような寒さが、酔った身にも染みた。

――ちと、過ごしてしもうたか。

おかみは最上等の酒をふるまってくれた。おかげで賀兵衛は、おとぎの国で作られたような赤、黄、橙《だいだい》、紫など色鮮やかな殻の檜扇貝《ひおうぎがい》をつまみながら、ついつい酌を重ねた。

おかみからは、死んだ主人と長男の思い出をいくつも聞いた。乱世にあって命のはかなさは今宵、運命の巡り合わせで賀兵衛に食われた檜扇貝と大差なかろう。明日にも潰えるやも知れぬ命だからこそ、愛おしい。

賀兵衛にとって故郷に残してきた父母弟妹が大切なように、亡くした家族へのおかみの思いが胸に沁《し》みた。気丈なおかみが利発そうな次男坊を抱きしめる姿を目に焼きつけながら、賀兵衛は民を守るべき武士の矜持《きょうじ》を磨こうと誓った。

金銭で籠絡《ろうらく》したのではない、策謀で騙《だま》したわけでもない。賀兵衛はおかみと心を通じ合わせた満足感に浸りながら、いくぶん千鳥足で帰途についた。酔ったせいかもらい泣きをし、泣いた後の清々《すがすが》しさのおかげか、服部事件がやっとひと区切りついたように感じた。

賀兵衛はおかみが持たせてくれた提灯《ちょうちん》の明かりを頼りに歩いていた。沖ノ浜を離れ異人街の華やぎがなくなった辺りから、尾行に気づいていた。

民部《みんぶ》には敵が多く、腹心の賀兵衛も快く思われていない。近ごろの府内《ふない》は物騒な町になった。先月、国政を動かす加判衆《かばん》で義鎮派に理解のあった他紋衆雄城治景《おぎはるかげ》が暗殺されたばかりだ。無念の死を遂げた服部の遺臣が、仇である義鎮派の賀兵衛を討つとしても不思議はなかった。

賀兵衛が歩速を上げると、背後の足音も早まった。命を下した者は誰か。昼間は大人物に見えた小原鑑元《おばらあきもと》が闇にほくそ笑む様子が脳裏をよぎった。

もともと小原家は吉弘《よしひろ》家に対し恩義があった。賀兵衛の実父、吉弘鑑理《あきただ》は先主大友義鑑《よしあき》の時代、大いに重用された。鑑理は義鑑の愛娘《まなむすめ》を与えられて婿となり、義鑑によく仕え、大友宗家に忠誠の限りを尽くした。

鑑元は今でこそ大友の宿将だが、もともとは豊後阿南荘《あなんしょう》を本貫地とする小豪族にすぎなかった。若き小原神五郎《じんごろう》の将器を見出したのは戸次鑑連《べっきあきつら》だが、鑑理の推挙で神五郎は世に出た。神五郎は戦で手柄を立て続け、ついには義鑑から偏諱《へんき》を賜って〈鑑元〉と称し、戸次鑑連、高橋鑑種《あきたね》、亡き斎藤長実《ながざね》と共に〈大友四天王〉と讃えられるまでになった。

過去の恩義に思いを致すなら、斜陽の吉弘家に手を差し伸べよと言わぬまでも、鑑元が暗殺のごとき卑怯な手を用いはすまいと信じたかった。

背後の足音はなかなか消えなかった。

大分川の西岸に開けた府内は広く、町は四十を数えるが、家臣らの居館は政庁である大友館の東側に集まっていた。吉弘屋敷は川岸にほど近い今小路《いまこうじ》に面しているから、歩けば多少の距離があった。途中にある民部の屋敷に逃げ込むほうが安全だ。

——さて、次の辻を左に折れたら、一目散に駆けてみるか。

武芸を好む弟や従弟たちと違って、賀兵衛の剣の伎倆《ぎりよう》はやっと人並みだった。暗殺者には手練《てだ》れが選ばれるだろうから、勝てはすまい。最初から戦う気はなかった。

腰に帯びた刀の柄を軽く握ってから、賀兵衛は自嘲めいてひとり笑った。

頭に府内の地図を描き、途中にある屋敷を思い浮かべ、どう逃げれば助かりやすいか思案してみた。

一度も振り向かぬまま辻を折れると、賀兵衛は提灯を投げ捨て、着物の裾をたくしあげて一散に駆けた。荒天とて辺りに人はいない。ただ、逃げるのみだ。

二丁余り（二百数十メートル）駆けて、今度は右へ折れた。足は止めない。

最短の道のりを選ぶ。駆け続けた。

背後の気配は消えていた。走ったせいで酔いが回ったのか、気が大きくなった。

賀兵衛は立ち止まって、荒れ模様の夜空を見上げた。賀兵衛はこの乱世を泳ぎ切れるのだろうか。

「命を狙われるとは、一人前になったものよ」

口に出してみた賀兵衛の声は、意外に通った。夜風だけが聞いている。

吉弘家は五年前の〈二階崩れの変〉で所領の過半を失い、当主鑑理は国東半島《くにさき》の付け根にある都甲荘《とごうのしょう》で隠者よろしく農夫のような生活を送っていた。賀兵衛は人質として府内に出されたが、母の口添えで近習として取り立てられ、民部の懐刀《ふところがたな》となった。義鎮《よししげ》の民部への篤い信頼も手伝って、賀兵衛は子飼いの側近として頭角を現した。所領回復こそまだだが、吉弘家は復権の途上にあった。

仲屋の首尾を報告がてら、民部の屋敷で時間をやり過ごしたほうがよかろう。報告が遅れると、成功しても民部は怒るときがあった。

民部に長く仕える顔見知りの老僕に来意を告げると、不愛想な老人は皺《しわ》だらけの顔をむすっとさせたまま、奥に引っ込んだ。

†

寒風が容赦なく忍び込む一室に通されてから、賀兵衛《かへえ》は後悔し始めた。

民部《みんぶ》の清貧はつとに知られているが、度を越していた。武蔵田原《たわら》家を継いだとき、民部は没落していた同紋衆から、わざわざ大友館の鬼門に位置する古屋敷を、高い金を出して買った。

大友家を守らんとする民部の気概はわかる。政庁に近いのも便利だった。だが、民部はぼろ屋敷をほとんど修繕せず、そのまま使い続けた。武蔵田原家は裕福でないが、ぼろ家の修繕費くらいは出せるはずだった。

外に比べればいくぶん寒さはしのげても、温かで快適だった仲屋の座敷を思い出すと、小雨で着物が湿っていたせいもあって、賀兵衛は心の芯まで凍えていきそうだった。途中で老僕が小さな火鉢を黙って持ってきたが、すきま風は防ぎようもない。

民部はもともと宇佐《うさ》八幡の末社、奈多《なだ》八幡大宮司の出であった。鉄資源と水軍を擁する奈多氏は世俗でも力を持つが、次男坊の民部には力がなかった。幼い頃から英才を謳われた民部は、一神官として社領紛争の公事《くじ》（裁判）、祈禱・祭事の催促、社殿・神輿《みこし》の新造替《しんぞうがえ》などに明け暮れて一生を終える気はなかった。

民部の実姉は評判の美貌を義鎮《よししげ》に見染められたのだが、すでに嫁していた。そのため民部は、実姉が義鎮の正室として再嫁するにあたり、邪魔な義兄を毒殺したとも噂されていた。もともと好色の義鎮を奈多八幡宮に訪《おとな》わせて実姉と対面させた張本人は民部であるらしく、実姉が正室に迎えられたなりゆきも、民部の計算どおりだったとされている。

驚くべき蹴鞠《けまり》の才で注目されて近習となり、義鎮の信を得ると、奈多民部はやがて田原家の分家、武蔵田原家の養子となった。小なりとはいえ、由緒ある武家の当主となったわけである。だがそれでもまだ、民部は国東《くにさき》半島東端の今市《いまいち》に小領地を持つ文官にすぎなかった。

大友家に文官、武官の明確な所掌区分があるわけではない。戦嫌《いくさ》いの義鎮が自ら戦場に出る機会は少ないから、そばにいれば結果として武官よりも文官としての役回りが多いというほどの意味である。

「待たせたな、賀兵衛」

早寝早起きを励行する民部は、とうに愛妻と寝《やす》んでいたはずだ。だが民部は、こと仕事に関する限り、深更《しんこう》に叩き起こされても嫌な顔ひとつしなかった。

憂いを含んだ一文字の細長い眉がひそめられているのは不機嫌のせいではない。民部はよく青筋を立てて怒るが、めったに笑わなかった。可笑しいときでも片笑みを軽く浮かべるくらいだ。まして声を立てて笑うことなどまずなかった。

姿形《なり》は粗末だが、月代《さかやき》がきれいに剃《そ》りあげられて頭髪に乱れひとつないのは、手早く身だしなみを整えたからだ。義鎮が見染めた正室の実弟だけあって、民部は人も羨《うらや》む美男であった。およそ義鎮は美男美女を好むが、民部を最側近としたのもむべなるかなであった。

民部はぼろ屋敷の主ながら、しぐさだけは優雅に居住まいを正すと、燭台のほの明かりに、怪訝《けげん》そうな顔で賀兵衛を見た。

「また襲われたのか？　今日は厄日であったな」

賀兵衛の着衣の乱れや訪問時刻から推測したのだろう。

「近ごろの夜道は危うござるぞ。民部殿もお気をつけあれ」

「もしや小原の報復か」

「わかりませぬ。が、それはそれとして、仲屋《なかや》のおかみが委細承知してくれました」

「それは重畳《ちょうじょう》。さすがは賀兵衛じゃ。して、珠《たま》姫の件は？」

「請けるが、期待はしてくれるなと」

「首尾よく参れば、義兄上《あにうえ》もさぞ喜ばれようが」

民部は大友家という武家集団よりも、大友義鎮という一人の主君に忠誠を尽くしていた。服部事件もひたすら主君のためと信じ、良心の呵責《かしやく》も感じぬ様子だった。

「酔っておるのか、賀兵衛」

下戸《げこ》の民部は酒を嗜《たしな》まぬぶん、酒の匂いに敏感だった。

民部は主君義鎮と対照的に清廉純潔な男で、幼なじみの妻いいそだけをいちずに愛した。いっこうに子宝に恵まれぬため側室を持つよう義鎮から勧められても、頑として応じず他の女には目もくれなかった。同僚の近習らに、己は呑めもしない高価な酒を惜しげもなく振る舞いながら、自らは領主とも思えぬ質素な生活を送った。賀兵衛はいそから家計のやりくりに苦心している事情も聞かされていた。

「おかみと一献《こん》やりましたが、寒さで酔いもすっかり醒《さ》めており申す」

「さようか。其許《そこもと》の酒好きは困りものじゃな。酒は百薬の長ともいうが、古来、身を亡ぼす元でもある。用心せよ」

昔、民部が義鎮に勧められ、主命として断らずに杯を呑み干し、その場で昏倒《こんとう》したので、賀兵衛らがあわてて介抱した事件があった。以来、誰も民部には酒を勧めなくなった。

「ご忠告かたじけのうござる」

郷里の父鑑理《あきただ》は酒好きで、賀兵衛が戻るや、待っておったとばかり喜んで酒を酌《く》み交わすから、考えてみれば身体を心配して深酒を戒めてくれる者は民部くらいだった。民部なりの友情の示し方でもあったろう。

賀兵衛の今日あるは、民部のおかげでもあった。民部は近習衆のなかでも七歳下ながら学問好きの賀兵衛に最初から目を付け、守り、育てた。

「其許《そこもと》の身体は吉弘家のものではない。御館様のものと心得て大切にせよ」

民部は将棋を指している時でさえ、仕事の話しかせぬ男である。賀兵衛からの報告は終わりだ。肌寒さで居心地も悪い。頭を下げて辞去しようとすると、民部が手で制した。

「こたび小原鑑元が出府したは、加判《かばん》衆合議のためじゃ。明朝、御館様に例の一件を承知してもらわねばならぬ。其許《そこもと》も上原館《うえのはるやかた》へ顔を出せ」

かねて民部は政敵田原宗亀《たわらそうき》に対抗する政略を思い描いてきた。

もともと大友の歴史は内紛の繰り返しだった。当の宗亀にしてもかつて先主義鑑《よしあき》に叛して追放された身であった。大友宗家をさしおいて一家臣が強大となりすぎる事態は避けねばならぬ。国主となった義鎮《よししげ》は、軍師角隈石宗《つのくませきそう》の助言を容《い》れた。すなわち次代を担う重臣たちの子弟を集め、近習としてかたわらに置き、子飼いの腹心として育て始めたのである。最側近である義弟の奈多民部を、武蔵田原家の養子に押し込んだのも、田原家内部に鋭利な楔《くさび》を打ち込み、宗亀を牽制するためだった。

賀兵衛は零落した吉弘家の次期当主として、十三の齢で近習に上がった。立身するには民部と共に義鎮派の道を選ぶ以外に選択肢がなかった。以来五年、賀兵衛は民部と一心同体といってよかった。

「では雄城《おぎ》殿の後任に、やはり佐伯《さえき》殿を？」

死んだ中立派の加判衆、雄城治景《はるかげ》の後釜として、民部は重臣の佐伯惟教《これのり》を充《あ》てる腹案を持っていたが、困ったことに義鎮が佐伯を毛嫌いしていた。理由はいくつかあったが、「あばただらけの茄子《なすび》顔が気に食わぬ」との愚にもつかぬ理由を義鎮は真っ先に挙げた。

「佐伯は己の保身のみ考える男だが、朽網《くたみ》も火中の栗なぞ拾わぬゆえ、他に人がないのだ」

近習衆では義鎮の甥にあたる賀兵衛が血縁上、最も主君に近い。民部は難しい説得が必要なとき、たがいに気心が知れ、口八丁で何かと役に立つ賀兵衛の補佐を重宝して、しばしば同行させた。最終的に物事に失敗した場合、移り気な義鎮は責任を臣下に転嫁しがちで、言った言わぬになるおそれもある。重要局面では複数の近習で事を進める慣わしがあった。

「宗亀《そうき》め、まさか本荘新左衛門尉《ほんじょうしんざえもんのじょう》なぞ推しはすまいな。奴はまだ若すぎる」

服部右京助の義弟にあたる本荘は、さながら狂犬のごとき反民部の急先鋒であった。かねて佐伯に仕えていたが、当主の病死を受けて本家を継ぎ、のし上がろうとしていた。

「仲屋のおかみの話では、志賀道輝《しがどうき》殿から過日、屋敷に祝い酒を用意したいとの依頼があったとか」

商人は政治の動きに敏感であらねばならぬ。仲屋のおかみは、最有力者である田原宗亀とその盟友志賀道輝の動向も把握していた。恩義ある吉弘家の賀兵衛相手だから漏らしてくれた情報である。

「宗亀め、いよいよ自ら加判衆に就く肚か」

民部が一文字の眉を険しくひそめている。

宴会好きの宗亀は、広大な自邸で豪勢な酒宴をしばしば催した。志賀がこの時期に祝い酒を購入する理由は、宗亀の加判衆就任祝いくらいしか考えられなかった。

これまで宗亀は加判衆でなく、国主である義鎮を補弼《ほひつ》する〈名代〉として加判衆の合議に出席していた。加判衆より上位にある名代の立場がすこぶる便利だったためである。だが近ごろは民部を筆頭とする近習衆が急速に力を付けてきた。民部はいずれ名代を廃止し、宗亀を加判衆の合議から排除しようと目論んでいた。だが義鎮派はまだ、宗亀派と正面から事を構えるほどの政治力を持ち合わせていなかった。

田原宗亀と志賀道輝の催す盛大な宴に、大友家中から誰が出席するか。祝わぬ者は反主流派として冷や飯を食わされる。祝い客がこぞって田原屋敷に殺到するに違いなかった。宗亀はこの国最大の権力者が誰であるかを世に示すわけだ。宗亀が筆頭加判衆となれば、名実共に大友は宗亀に牛耳られる。

「雄城殿の後任は、他紋衆より出す慣わしなれど、無視する肚でござろうな」

「宗亀にとっては、今や己が法じゃからな」

大友の長い歴史では、惣領とされた家嫡以外の子は、同腹であってもすべて庶子とされ、大友姓の名乗りを禁じられた。各庶子家は田原、吉弘など本領地名を苗字としたが、杏葉紋《ぎょうようもん》の使用を許された。これが同紋衆である。時代を追うにつれ同紋衆の間でも格差は生じたが、特権意識は変わらなかった。その拠《よ》り所であり象徴が〈抱《だ》き杏《ぎょう》葉《よう》〉の家紋であった。

先主義鑑《よしあき》は有力同紋衆の力に対抗すべく、能力主義で他紋衆を登用し、大友興隆の礎《いしずえ》を盤石にした。義鑑は常に二つの力の均衡に配意し、国政を預かる加判衆六人の出自につき、同紋、他紋から三人ずつ選ぶよう特に遺言したほどであった。

「あの爺め、いま少し長生きすればよいものを」

他紋衆出身の老将、雄城治景の死で加判衆に一つ空席ができた。宗亀主導の人選が進むうち、加判衆の構成は〈同紋四、他紋二〉の比率となり、先主義鑑が遺した〈同他同数〉の戒律も破られている。欠員は他紋衆から補充する流れが穏当なはずだった。仮に宗亀が加判衆となれば、他紋衆は鑑元《あきもと》ひとりになる。他紋衆の手前、宗亀がそこまで踏み切るまいと民部は見ていたが、甘かったらしい。義鎮派は追い詰められていた。

「いかん。いかんぞ、賀兵衛。ゆゆしき事態よな。やはり小原鑑元が邪魔じゃ」

もともと各地に土着する他紋衆は一枚岩ではなかったが、同紋衆への反感だけは共有していた。ところが他紋衆は、服部事件への対応をめぐって大きく割れる結果になった。

服部右京助を討った他紋衆の賀来将監《かくしようげん》は佐伯惟教《これのり》の婿にあたる。他方、正義感の強い小原鑑元は服部事件の非を糾弾し、本荘らと共に正当な裁きを堂々と要求し続け、宗亀がこれを支持した。この時代、他紋衆の雄は〈二階崩れの変〉で義鎮《よししげ》を助けた佐伯惟教と、その後の肥後征伐で戦功著しかった小原鑑元の二人であった。宗亀は佐伯の野心を煙たがって冷遇したため、佐伯は不満を抱いていた。

服部事件で佐伯は婿の賀来を擁護せざるを得ず、民部と手を組んだ。宗亀と対立した結果、佐伯ら他紋衆の一派は義鎮派に組み入れられた。だが、鑑元への他紋衆の支持は、民部が想定したよりも強固だった。そのため義鎮派は鑑元を支持する他紋衆を敵に回す形となり、宗亀と鑑元の結びつきも強くなった。民部は、鑑元と宗亀の間を裂くために、鑑元謀叛の噂を流すなど細作《さいさく》を弄したが、宗亀は一笑に付して取り合わなかった。ついに民部は鑑元暗殺まで企てたわけだが、失敗した。

鑑元との関係はこじれにこじれている。

「この期に及んで小原殿を味方にするより、国東《くにさき》から山蛭を一掃するほうがまだ易しゅうござるな。されど、やるしかありますまい」

「国東の山蛭を退治して大友の益になるのか？　身どもはまじめな話をしておる」

「難事の喩えでござる。切り離したりくっつけたり、他紋衆にはいい迷惑なれど」

「宗家のため必要あらば、やる。それだけの話よ」

二人はずけずけと物を言い合える仲だった。冷静を絵に描いたような民部は、謙虚に耳を傾け、舌鋒《ぜっぽう》鋭く反論してくるが、相手が正しいと考えれば、たちどころに翻意する場合もあった。

「さて、何ぞ妙手はないか、賀兵衛？」

便利屋扱いの賀兵衛は、民部が壊した何かを修復する役目をしばしば負わされた。

民部は利と理で人を動かそうとするが、人を支配する情を理解せぬきらいがあった。服部事件が生んだ負の感情は容易に収まるものではない。何をしたところで、服部一族の命は戻らぬ。大切な者を失った怒り悲しみを和らげるにはいかにすべきか。

長い沈黙の後、賀兵衛は首をひねりながら口を開いた。

「ひとつ方法があるやも知れませぬ。されど、なかなかに難しいかと」

「簡単な話なら、其許《そこもと》に尋ねたりはせぬ。申してみよ」

「今さらの話にはござれど、服部の一件、御館様より小原殿に衷心《ちゅうしん》から詫びていただきまする」

民部は眉を険しくひそめて腕を組むと、静かに瞑目した。民部も賀兵衛も、角隈石宗《つのくませきそう》の私塾で六韜三略《りくとうさんりゃく》を始め武経七書《ぶけいしちしょ》を体系的に学んだ身で、石宗も二人の才を認めていた。義鎮《よししげ》の謝罪が持つ意味を、民部なりに思案しているのだろう。

秋夜、聞こえてくる音は、物悲しげな虫の音《ね》だけであった。

この世に大友義鎮ほど気位の高い男も珍しい。常に美しくありたいと願う義鎮の眼には、己が非を認める「謝罪」という行為は最も醜く映るのだ。記憶をたどっても義鎮が何かを詫びた姿はなかった。失敗があっても家臣の責めにし、その者に謝罪させた。その義鎮が頭を下げれば、鑑元の心を動かせぬであろうか。

民部はゆっくりと切れ長の目を開き、鼻孔を膨らませた。

「相わかった。謝罪の件、明朝、其許《そこもと》から義兄上《あにうえ》に申し上げよ。今宵は帰って寝《やす》め。身どもは後任加判衆の件につき改めて思案する。ちと面倒な話になるやも知れぬ」

賀兵衛は屋敷まで送るという民部の申し出を断り、寒々とした小部屋を辞した。

民部《みんぶ》の部屋の寒さでかえって身体も冷えていた。賀兵衛《かへえ》は早く吉弘《よしひろ》屋敷に戻って温まり、寝床に入りたかった。昨夜も民部のせいで寝ておらず、おまけに明朝は早い。

†

道すがらには小原《おばら》屋敷があった。鑑元《あきもと》への敵愾《てきがい》心もあるが、杏《あんず》に会えぬものかとの下心もあった。辻を折れて歩を進めるうち、前方に幾つかの人影が見えた。やおら後方を見ると、黒影がうごめいている。皆、覆面で顔を隠していた。前後を挟まれた。民部の申し出を断ったことを後悔した。

道の左手には屋敷の高塀が続く。右手を見ると、小原屋敷だ。風が強い荒天のせいか、屋敷はひっそりとしていた。もし鑑元の指図なら、敵地に救いを求める話になる。だが、兇手《きようしゆ》と剣技を競って勝つ自信はなかった。一か八かだ。

賀兵衛は腰もとの鞘《さや》を外しながら、何げない風を装って門まで歩くと、勢いよく木戸を叩いた。

「火付けじゃ！　お急ぎあれ！　火付けじゃ！　大火になりまするぞ！」

小原屋敷が騒然とし始めた。一昨年の大火の記憶も生々しい府内《ふない》では、効果てきめんだった。この風で火を付けられれば、炎は瞬く間に燃え広がるだろう。

前後の者たちが抜刀した。一散に駆けてくる。賀兵衛はかまわず戸を叩き続けた。

繰り返し叫ぶ。敵がさらに近づく。木戸まで下がる。右方に刀がきらめいた。鞘で防ぐ。左腕に灼けるような痛みを感じた。背にもだ。

後方へ倒れ込んだ。木戸が急に開かれたらしい。

「何者か！　乱暴狼藉を働く者あらば、この小原鑑元が相手いたすぞ！」

凄みのきいた啖呵を浴びせられて、覆面の男たちは身を引いた。やがて、闇の中から異様に背の高い一人の男が歩み出た。

「吉弘賀兵衛は、憎き田原民部が第一の懐刀《ふところがたな》。服部様の無念を思わば、報いを受けねばなりませぬ」

覆面ごしでくぐもっているが、喉をつぶされたようなかすれ声が特徴的だった。

「その声は新左《しんざ》の手の者か？」

本荘新左衛門尉《ほんじょうしんざえもんのじょう》は、服部右京助の妻の弟にあたった。面倒見のよい服部を慕っていたらしい。覆面は答えなかった。

「何人であろうと、同じ大友に仕える者をわが屋敷内で斬らせはせぬ。右京助が一件、このまま終わらせるつもりはない。必ずわしから御館様に重ねて言上申し上げる。わしに任せよ」

さすがに大友の誇る名将だけあって、対立陣営に属する吏僚というのみで、見殺しにはせぬ気らしい。

沈黙の後、兇手どもが音もなく夜の闇に消え、賀兵衛はたくましい腕に助け起こされた。

「吉弘の賀兵衛殿じゃな。大事ないか？　急ぎ手当てさせよう」

賀兵衛の眼前には、鑑元の眉間のイボが頼もしく鎮座していた。

四、雪女と磯女

丸火鉢が置かれた一室は民部《みんぶ》のぼろ屋敷と違い、春を思わせる温かさだった。

賀兵衛《かへえ》は小原《おばら》屋敷の老人から慣れた手つきで手当てを受けた。昼間に鑑元《あきもと》を襲った時、馬を引き連れて峠道を登ってきた老臣小井出掃部《こいでかもん》である。小井出は口に含んだ焼酎を傷口に吹きかけ、馬油《ばあゆ》を塗り込んでくれた。何でも、小原家の金瘡医を兼ねているらしい。

「これしきの刀傷で、声なぞ上げなさるな。いやはや情けない若者じゃて」

小井出の独り言のような叱責に、賀兵衛は口から洩れていた鈍いうめき声をあわてて飲み込んだ。

賀兵衛が気付《きつ》けの酒を呑み干した時、廊下がにぎやかになり、障子が開いた。盆に瓶子《へいし》と杯を載せた家人を従えて鑑元が部屋に入ってくると、賀兵衛は居住まいを正し、神妙に頭を下げた。

「危急の難をお救いいただき、心より御礼申し上げます。

「なんの。火付け扱いされた殺し屋どもも、よい迷惑であったろうな」

近くで見ると筋骨隆々の巨軀《きよく》は若者にも負けぬほど引き締まっていた。黒々とした太眉はいくぶんひそめられ、その間にある例の特徴的なイボは、鑑元の精悍《せいかん》さをかえって強調している。深いほうれい線は幾多の戦場が刻んだ刀傷のように見えた。夏の間ぞんぶんに日焼けした褐色の肌が猛々《たけだけ》しさを上塗りしている。

数多《あまた》ある鑑元の武勇伝のひとつに、吸《すい》ヶ谷《たに》の雪女を降参させた話がある。相手は人を襲い生き血をすする口裂け女ではあったが、女であったために鑑元は命を奪わなかった。すると鑑元に惚れてしまった雪女が妻になりたいと申し出た。鑑元が断っても、あきらめきれなかった雪女は眉間のイボとなって、戦場で鑑元の身を守っているのだとか。

腕組みをした鑑元に対すると、これから詮議を受けるようで賀兵衛は畏怖した。歴戦の豪将がほとばしらせる気迫がひしと伝わってくる。が、鑑元の表情はいたって平穏で、敵意はかけらも感じられなかった。

「賀兵衛殿。狼藉者相手になぜ刀を抜かなんだ？」

鑑元の眉間を射抜くように見たが、鎮座するイボに睨み返された気がした。静かな威圧に負け、賀兵衛は視線を床へ落とした。

「相手は手練れの者。それがしが抜いたところで、使い物になりませぬ」

賀兵衛が頭をかきながら正直に答えると、鑑元は武骨に笑った。

「闇討ちは今宵が初めてでもあるまい」

「たしか五度目でございましたか」

「府内は剣呑な町よな。下手人の目星は付けておるのか？」

現に助けてくれた鑑元が目の前でとぼけているとも思えなかった。

「はて……無用の詮索はいたしておりませぬ。死生命ありと申しまする。人は死ぬべき時が来れば、死にましょうゆえ」

師の角隈石宗《つのくませきそう》によれば、人の運命は出生時から定められている。人はふつう決められた道を歩く。人は生き方で運命を変えた気になっているが、それは己が運命の数理を解き明かせていないだけだと喝破《かっぱ》していた。実際、石宗の見立ては怖いほど当たっ

た。賀兵衛が戦場を嫌う理由は、賀兵衛が戦《いくさ》で命を落とす運命を石宗が預言している
ためでもあった。
「悟りを開くには、ちと若すぎはせぬか。お主のような若者に大友の次代を担っても
らわねばならぬものを」
鑑元は戦に生きがいを求める生粋《きっすい》の武人気質《かたぎ》だった。服部事件への対応はあくまで
例外で、鑑元は本来、対外戦争を担当する武官としての分をわきまえ、不得手の国政
にほとんど口を出さなかった。
「ともあれ、新左《しんざ》の手の者やも知れぬ。二度と愚かな真似をせぬよう、言い聞かせて
おこう」
本荘新左衛門尉《ほんじょうしんざえもんのじょう》は、鑑元と同じ佐伯郡の国人だが、戦で早くに父を亡くした。姉の
夫に当たる服部右京助が鑑元に引き合わせると、新左衛門尉は鑑元を崇拝してやま
ず、鑑元もわが子のごとく可愛がってきたらしい。
「新左は猛々しいが、人懐こい男でな。戦場ではわしが鍛え上げ、政治では右京助が
世話してきたが、どうやら新左は戦にしか使えぬ男のようじゃ。もしも新左の狼藉で
あったなら、育て親に等しきわしが責めを負わねばならぬ」
鑑元は杯を親しげに差し出すと、瓶子から注いでくれた。否も応もない。賀兵衛も

縮こまりながら注ぎ返した。

拍子抜けするほどの愛想の良さで歓待され、鑑元の器量の大きさを再認識したつもりだが、相手は対立派閥の重鎮である。さいわい鑑元は気付いていない様子だが、昼には暗殺に失敗した相手でもあり、気づまりだった。昨夜は民部の指図でほとんど寝ておらず、怪我も負っている。長居は無用だ。賀兵衛は頃合いを見て席を立つ腹づもりだった。

「同じ御館様に仕える大友の臣なれば、それがしも今宵の話は忘れる所存にございまする」

今昼、鑑元を襲っておきながら、胸を張れた義理でもあるまいが。

「それでよい。同じ大友家中ではないか」

鑑元が大きな手で賀兵衛の肩を叩くと、傷口に衝撃が走り、思わず悲鳴を上げた。

「おお、すまぬな。されどそれしきのかすり傷、戦場なら手当てをしておる暇はないぞ」

鑑元の身体には、ちょうど煩悩の数だけ百八の刀傷があるという話を聞いた覚えがある。鑑元は百八度目の傷を受けて以来、戦からは無傷で戻り、生涯これ以上の傷を負わぬとの噂もあった。

「面目ありませぬ。戦は不得手にございますれば」

「賀兵衛殿は菊池征伐にあって、よき采配を振るったと耳にしたぞ。石宗《せきそう》先生譲りの軍略を使うなかなか戦上手の若者と見ておったのじゃがな」

「あのおりは、ない頭を使うてみただけでござります。さいわい吉弘家には腕に覚えのある猛者《もさ》もおり、刀槍の扱いは他の者に任せておりますれば」

「将たる者、それでよかろう。わしのように戦ばかりで国政に疎《うと》い者は、いつ誰に足元を掬《すく》われるか知れぬ」

服部事件への皮肉でもない様子だった。鑑元は呑ませ上手で、自らも呑みながら、賀兵衛に杯を空けさせた。今宵は痛飲すると決めたのか、簡単に帰してくれそうになかった。

「おそれながら鑑元公は、民部殿に近いそれがしを疎《うと》んじておられると思うておりました」

「ほう。わしが近習衆に刺客《しかく》を差し向けておる黒幕じゃとの噂、お主も信じておったのか？」

鑑元の浮かべる微笑に、賀兵衛は苦笑を返した。

「少しばかり疑わぬでもありませなんだ」

「知ってのとおり、わしは服部右京助の一件で、御館様と田原民部のやり方に憤っておる。されど、法による裁きを求めておるだけじゃ。あの一件、お主は尻拭いをさせられただけであろう。賀兵衛殿に別意はない」

鑑元は杯を呑み干すと、片笑みを浮かべた。

「今昼わしを襲うたのも本意ではあるまいが」

さらりと足された鑑元の言葉に全身から汗が噴き出した。

両手を突き、頭を下げた。

「お赦しくださりませ。申し開きのしようもございませぬ」

「水に流すと言うたはずじゃ。何も含むところはない。賀兵衛殿も損な役回りよな。田原民部に従うて動けば動くほど、敵が増える。政《まつりごと》に暗いわしでもわかる道理じゃ」

鮮烈な清流のごとく純粋で、すべてを刺し貫く尖った錐《きり》のような民部は、味方として頼もしくもあるが、必要以上に敵を作った。民部と対照的に、鑑元には敵がほとんどいない。他紋衆の盟主と仰がれ、誰もが味方に付けたくなる大人物だった。宿老の宗亀《そうき》も、鑑元には一目置いている。対立陣営の民部でさえ、鑑元の実力と人柄には敬意を払っていた。話題作りの意味も込めて、問うてみた。

「敵を作らぬよき方法があれば、ご指南くださいませ」

「一寸先も見通せぬが乱世なれば、わしとて偉そうに説法を垂れる気はないが、さようじゃな……。わしは恩義を忘れず、分を弁《わきま》えるよう、常々自戒しておる」

鑑元は天井の向こうに遠く天上世界があると信じるかのように、虚空《こくう》を見上げた。

「わしの今日あるは、亡き御館様（大友義鑑《よしあき》）のおかげじゃ。ゆえにわしは大友家に絶対の忠誠を尽くす。大友を日輪《にちりん》とすれば、わしは月輪《がちりん》よ。大友が輝かねば、わしは輝けぬ。大友が曇れば、わしも光を失う。月はしょせん、月じゃ。太陽より輝いてはならぬ」

鑑元は視線を戻すと、賀兵衛を直視した。

「小原家は他紋衆よ。大友の歴史を見るに、力を持ちすぎた他紋衆は必ず滅んでおる。他紋衆が同紋衆をしのぐ力を持ってはならぬのじゃ。わしはすでに肥後の太守にまで昇りつめてしもうた。なりとうて、なったわけではないがな」

大友家において同紋、他紋の別は、三百年以上の長きにわたり、厳然として存在していた。それは、太陽と月のように相容れぬ身分でもあった。同紋衆でも少数派に属する賀兵衛や民部は、他紋衆と境涯が似ているが、見落としがちな差別はいくらでもあった。

同紋と他紋、すなわち氏姓《しせい》による格差は、政治・軍事における登用や配置にとどまらない。軍評定《いくさひょうじょう》における席次から事細かな儀軌《ぎき》に至るまで、大友家中に大小さまざまな形で存在していた。

たとえば同紋と他紋では、政庁である大友館に入るための玄関口が違った。もちろん建物の中では繋がっていて、同じ帳簿に登庁の由を記帳するのだが、紋の違いだけで、出入り口がことさらに区別された。他紋衆のほうが数は多いのに、狭く低い玄関口を使用させられるため、時として長い行列を並ぶ必要があった。

人物、実力とは無関係に、氏姓のみで事が決せられる不合理への屈辱と苛立ちは、他紋衆にしかわかるまい。宿将となった鑑元でさえ、まだ何の功もない同紋衆の若者が広く心地よい玄関口を通りすぎる様子を横目で見ながら、狭く薄暗い玄関口から大友館に入らねばならなかった。登庁のたびに鑑元は出自による悲哀を嚙みしめているのやも知れぬ。

「こたび加判《かはん》衆が一人欠けましたが、やはり他紋衆から出す形になりましょうか？」

きわどい話題だが、賀兵衛は回ってきた酒の勢いも手伝って、仕事を始めた。

本人の意向に関係なく、鑑元は他紋衆の盟主と仰がれていた。他紋衆の立場を代表すべく、欠員には他紋衆をあてよと主張する可能性もあった。守護代に等しい力を持つ〈肥後方分《ひごほうぶん》〉の大役を得た際、鑑元は新領地の統治に専念したいとして、いったん加判衆を離れたが、鑑元の力で他紋衆を抑えたいとの宗亀《そうき》の思惑から、たっての願いで加判衆に復した経緯もあった。鑑元の意見は大きな力を持つ。宗亀も鑑元に根回しをしているはずだ。少なくとも今後の出方を探れる。

「はてな。宗亀殿がしかるべく思案されていよう。臼杵《うすき》殿も近ごろ病がちゆえな」

なるほど欠員は他紋衆から補充し、他方で病のため合議を休みがちで高齢な臼杵鑑《あき》続《つぐ》を下ろして田原宗亀が入る手立てもあった。それなら同紋、他紋の比率は現状と変わらない。

手の内はさらせぬのか、国政に関心がないのか、鑑元は話を打ち切るように、酒の追加を家人に命じた。賀兵衛にはすでに長い夜だった。席を立つべき頃合いと見て姿勢を正した。

「今宵は命をお救いくださったばかりか、かように過分のおもてなしを賜り、感謝に堪えませぬ」

「けが人を救うに理由は要らぬ。それに吉弘《よしひろ》家は当家にとって格別なのじゃ。零落した阿南荘《あなんしょう》の土豪にすぎなんだわしを取り立ててくだされたは、賀兵衛殿のお父上（吉弘左近鑑理《さこんあきただ》）であった。左近様は高徳なお方ゆえ吹聴されぬが、わしは御恩を忘れたことはない」

賀兵衛の父鑑理の仁徳はつとに知られていた。二階崩れの変がなければ、鑑理は今もなお政権の中枢にあったろう。

「賀兵衛殿が赤子のころ、わしも都甲を訪れ、民を慈しむ大切さを左近様に教えていただいたものよ」と鑑元が懐かしげに語ると、しばし鑑理の話題で話がはずんだ。

「先主（大友義鑑《よしあき》）の恩顧に想いをいたさば、その血を引かれる御館様に忠誠を誓うは当然なれど、賀兵衛殿もまた先主の血をその身に流しておる。わしにとっては格別の御仁なのじゃ」

すでに子《ね》の刻に近いのではないか。

賀兵衛は明朝早く主君義鎮《よししげ》のもとへ伺候せねばならぬ。民部は早寝早起きを杓子《しゃくし》定規《じょうぎ》に励行する男だ。約した刻限を過ぎれば、自他に厳しい民部はひどく不機嫌になった。幾度めであろうか、賀兵衛は居住まいを正した。

「待たれよ、賀兵衛殿。わしにとって夜はこれからでな。おや、かの御仁がお越しのようじゃ。国事を論じながら朝まで呑み明かすのが、われらの流儀でな」

木戸のほうから喧噪《けんそう》が聞こえてくる。

突然の討ち入りでもあったような騒ぎになった。

「あのお方は来られるたびに、ひと悶着起こされる。賀兵衛殿にも付き合ってもらおう。今宵は珍しい客人がおるゆえ喜ばれようぞ」

嵐でも近づいてくるように廊下が騒がしい。数頭の熊でも従えて誰かが歩いてくるような足音がすると、猛獣から逃げるような金切り声が家人からあがった。

†

「神五郎《じんごろう》はいずこにおる」

その大音声は天つ風に轟《とどろ》く雷鳴に似ていた。大友家臣なら誰でもわかる。大友家最高の将と謳われる戸次鑑連《べっきあきつら》であった。勇名高い豪将小原鑑元《おばらあきもと》でさえ〈大友第二の将〉とされる所以《ゆえん》はひとえに、その上に戦神《いくさがみ》の戸次鑑連がいるためであった。

やかましい音を立てて襖《ふすま》が開かれた。しこたま呑まされて、賀兵衛《かへえ》もしたたかに酔っていたはずが、背筋も勝手に伸び、身体じゅうの毛という毛が逆立ってくる様子がわかった。味方でさえこのありさまなら、鑑連が迫ると敵兵はどのように縮み上がるのであろう。鑑連相手の戦《いくさ》をせずに済む立場をありがたいと思った。

鑑連がだんだんと足音を立てながらずかずか部屋に入ってくると、鑑元はさっと立ち上がって出迎えた。すぐに賀兵衛も倣《なら》おうとしたが、腰が抜けたように足がすくんで動けない。

見かねた鑑元が賀兵衛を起たせてくれた。

「すまぬ、神五郎。つまらぬ用事で遅れてしもうたわ」

吠えるような大音声だが、つけ足された笑いのおかげで、鑑連に叱られているわけではないと辛うじてわかる。

「なんの。ようお越しくださいました。肥後の美酒を用意してございまするぞ」

百年来の知己《ちき》のようにずいぶんと親しげな口調である。

鑑連が音を立ててどっかと座ると、屋敷全体が地震で揺れた気さえした。賀兵衛も居住まいを正す。鑑連のすぐ近くにいるだけで、痺《しび》れるほどの威圧感を覚えた。のど元を締め上げられているような息苦しささえ感じた。

賀兵衛は知らず知らず両手を突き、鑑連に向かって平伏していた。鑑連は吉弘《よしひろ》家の大恩人でもあった。二階崩れの変で滅びの瀬戸際にあった吉弘家が今日あるのは、取り潰しの窮地を救ってくれた鑑連のおかげだった。

「ちょうど吉弘の賀兵衛殿と酒を酌み交わしておったところにござる」

「おお、よう見れば、そこにおるは賀兵衛ではないか。何を縮こまっておる？　しばらく見んうちに大きゅうなって――おらんようじゃのう」

鑑連は別段面白くもないのに、何でも豪快に笑い飛ばす癖があった。賀兵衛は鑑連の足元しか見ていないのに、矢で射抜かれるような視線を全身に感じた。

顔を上げると、燭台の明かりに鬼のごとき形相《ぎょうそう》が浮かび上がった。鬼瓦がさも愉快そうに笑っている。だが、全身からはあたかも溶岩が噴出するごとくに熱気が迸《ほとばし》っていた。ただ座っているだけなのだが、苛烈な威風に圧倒され、賀兵衛は目も合わせられなかった。

「今宵は呑み明かすぞ、神五郎」

まれに見る奇顔といっていい。美醜などまるで問題にならぬ。筋肉質の身体そのものは小柄なほうだが、腕は賀兵衛の腿《もも》ほどの太さがありそうだった。顔の作りが何もかも大きい。吊り上がった太眉を押しのけるように見開かれた巨眼、阿蘇《あそ》の山々もかくやと思うほどの団子鼻、膨れ上がった太い唇には、肩まで届きそうな大耳がしっくり似合う。

敵味方から〈鬼〉と怖れられる鑑連の押し強い容貌は、評判どおりの〈鬼瓦〉であった。いかつい顔つきの鑑元でさえ、鑑連の前では紅顔の美少年のように見える。遠征先の天草に出没していた半人半龍の磯女《いそおんな》は、鑑連に退治されかけたらしいのだが、鑑元が降参させた雪女と違い、鑑連を心底恐怖した。二度と人を襲わぬと誓うや、そそくさと海へ逃げ帰って行き、以来、姿を見せなくなったという。

件《くだん》の磯女だけではない。鑑連にまつわる伝説の数と物々しさは、鑑元の比ではなかった。

賀兵衛が耳にしただけでも、鑑連の本当の父親は人間ではなく戸次庄は高山《たかやま》に棲まう赤鬼だったとか、赤ん坊のころ近くの道三池《どうさんいけ》の畔で蜷局《とぐろ》を巻いていた大蛇の頭を握りつぶしたとか、三頭の大熊が鑑連の大音声で腰を抜かし、逃げることもできず鑑連に喰われてしまったとか、敵は戦場に鑑連が来るととりあえず逃げねばならないため鑑連の襲来を知らせる特別の銅鑼《どら》の叩き方が決まっているとか、さまざまに言い伝えられていた。

誰が言い出した話か、嘘に決まっていようが、いざ鑑連の鬼瓦を見ると、さもありなんと思わせる凄まじい気迫が、毛穴の一つひとつから噴き出しているようだった。

「ささ、義兄上《あにうえ》も一献おやりなされませ」

鑑連に弟妹は多いが、妹の一人は鑑元の正室であった。鑑連と鑑元はたがいに戦から戻ると、しばしば夜を徹して酒を酌み交わすらしい。二人の絆は若いころから幾多の戦場で培われてきたらしいが、姻戚となり、家族ぐるみでますます固く結ばれている様子だった。

「ときに賀兵衛よ。左近《さこん》（吉弘鑑理《あきただ》）殿は息災か？　奥にまた女子《おなご》が生まれたと聞いたぞ。仲睦まじゅう励んでおられるようで、何よりじゃわい」

笑い飛ばす鑑連を、「義兄上《あにうえ》」と鑑元がたしなめた。鑑連が差し出してくる空の杯に、賀兵衛があわてて酒を注《つ》ぐ。酔っていなければ緊張でぶるぶる震えていたに違いない。

「この夏、都甲《とごう》に戻りましたが、おかげさまですこぶる息災にしておりました」

鑑理は側室も持たず、妻をいちずに愛し、四人の子をもうけた。賀兵衛は長男で、弟妹が一人ずついたが、この春、妹が一人増えた。

鑑連《あきつら》は都甲の様子をひとしきり聞くと満足げにうなずき、鑑元を見やった。

「肥後の按配《あんばい》はどうじゃ？　雪《ゆき》たちは息災にしておろうな？」

鑑元《あきもと》と妻雪の間には、杏《あんず》のほかに八幡丸《はちまんまる》という八歳の男子がいるらしい。皆、鑑連の血縁になるわけだが、杏は鑑連にまるで似ていない。他の二人はこの鬼瓦に似ているのか、賀兵衛は頭の中でまず鑑連の顔を女子にしようとしたが、うまくできずに断念した。

「雪は、家臣領民と共に田植え歌なぞを作って、日々、野良仕事に精を出しております」

「病知らずの働き者ゆえ役に立とうな。昨年会うたおり、杏はまだ薙刀《なぎなた》を玩具《おもちゃ》にして遊んでおったが、少しは女子《おなご》らしゅうなったのか？」

鑑元が苦笑しながら差し出してくる杯に、賀兵衛はあわてて酒を注いだ。次は、鑑連が杯を出してくる。賀兵衛は完全に仲居扱いされていたが、大友の誇る宿将二人の話を間近で聞くのは嫌でなかった。

「近ごろは薙刀を振り回さぬようになりました。家中で杏と渡り合える者も数えるほどになってしもうて、つまらぬとこぼしており申す。実は今、杏を府内に連れて来ておりましてな。今宵はもう寝《やす》んでしまいましたが」

やはり杏はこの屋敷の中にいる。そう思うだけで、賀兵衛の心は長雨の後、陽のあふれた花園にやってきた蝶たちのように生き生きと浮遊し始めた。

「八幡丸は学問にも精を出し始めたそうじゃが？」

「早く角隈石宗《つのくませきそう》先生に学びたいとか。槍のほうもなかなかに筋が良うございましてな。末頼もしゅうござる。皆、いつ義兄上《あにうえ》にお会いできるのかと、うるそうてかないませぬ」

子宝に恵まれぬ鑑連は、甥と姪をわが子のごとく溺愛《できあい》している様子で、うんうんと嬉しそうにうなずいていた。

次々と差し出される杯に、賀兵衛は瓶子の酒を注いだ。休んでいる暇はない。

鑑連は茄子《なす》の浅漬けをむさぼりながら、話題を変えた。

「ときに、肥後は凶作で苦労しておるようじゃな」

肥後では日照りのために不作が二年続いていた。天候は鑑元の責めではないが、一揆が起こらぬのは鑑元による仁政のおかげだろう。

「城内の蓄えもとうに尽き申した。さいわい攻められる心配は当面ございませぬが」

「小原神五郎《じんごろう》の城を攻める身の程知らずもおるまいて。流民にも米を惜しまず分け与えたと聞いたが」

「近隣に大友の仁慈と度量を広く知らしめ、大友に対し恩義を感じてもらえるなら、後のため安い買い物でござる」

「なるほど。そのせいで、城の普請もいっこうに進んでおらぬわけか」

肥後攻めの際、小原軍の猛攻で南関《なんかん》城は大破した。見る影もない廃墟になったと聞くが、鑑元はろくに補修をしていないらしい。変なところが田原民部《みんぶ》と似ている気がした。

「肥後の民も土豪も、大友の起こした戦で長らく苦しんでおりました。完全なる大友領となった以上、戦はもう起こさせませぬ。城よりも、民が大事でござる」

「よう言うた。大友の名将小原神五郎なら、城はなくとも国を守れるわ」

肥後の北部、筑後からさらに肥前の一部は、戸次鑑連がほぼ平定し、すでに大友に服していた。大友は肥後中部の城家《じょう》、赤星家《あかぼし》はもちろん、肥後南部の相良家《さがら》、阿蘇家、名和家《なわ》を事実上服属させている。さらに南の薩摩島津家《しまづ》とは遠交近攻の戦略が共通し、長らく友好関係にあったから、南北の外患は少ない。鑑元は内政に専念できるわけだ。国事に疎《うと》いとは言っても、所領では優れた内政家でもあった。

「城こそ見る影もありませぬが、一朝事ある時、それがしが肥後衆に声をかければ、二万の大軍勢ともなりましょう。誰ぞが攻めて参っても追い返すのはたやすきこと」

肥後方分《ひごほうぶん》は南関城の城督となり、万の軍勢を動かせる軍事拠点の統括者でもあった。肥後の王とさえいえる。他紋衆ながら、輝かしい戦歴と大友宗家に対する忠烈ゆえに、鑑元の肥後方分就任は異議なく認められた。

「神五郎がおる限り、肥後は安泰じゃの。このわしが攻めても簡単には取れぬわ」

「義兄上《あにうえ》がお相手なら、たとえ二万の将兵ありといえども、守るには苦心いたしましような」

鑑連は太い指でつまんだ茄子の浅漬けを口の近くで止め、挑むように鑑元を見た。

「ほう。二万の軍勢あらば、うぬはこのわしに勝てると申すか？」

「さて、勝てるとは申しませぬ。負けるつもりもございませぬが」

牽制し合うような沈黙の後、二人は同時に大笑いした。無邪気な子供の乾いた笑いに似ていた。長年を戦場で共に過ごしてきた二将には、戦《いくさ》の思い出が無数にあるらしかった。最近つけ加えた武勇伝に花を咲かせている間、賀兵衛は辞去する機会を狙っていた。だが鑑元も鑑連も、ひっきりなしに空けた杯を差し出してくる。おまけに賀兵衛を大友家臣団の若衆の代表と見立てて突然、意見や感想を求めてくるため、席をはずす機会を作れなかった。

もっとも、日ごろ民部《みんぶ》のもと、主に文官として政《まつりごと》に携わる賀兵衛にとって、武官ひと筋の宿将二人の会話は刺激に富み、教わるところ大であった。鑑元は失敗せぬよう周到な戦略を練り上げた上での用兵を旨《むね》とする。他方、鑑連は直観で動く。そのため局地戦で不利になる場合もあるらしいが、「戦には失敗がつきものぞ。要は失敗した後どうするかじゃ」と笑った。この対照的な二人がもし戦場で相まみえたなら、いずれが勝つのかと興味本位に考えてみるが、答えは出ない。大友が他国に蹂躙《じゅうりん》されずさらなる繁栄に向かって歩んでいるのは、最前線で兵を指揮して戦に勝ち続けてきた両将の力の賜物《たまもの》であったろう。

「戦の要諦とはひっきょう、何なのでございましょうか？」

二人の視線を感じて口をはさんだ賀兵衛に、鑑元が即答した。

「勝つことじゃ、賀兵衛殿。漢の高祖しかり、たとえ後の世に卑怯者よと蔑まれようとも、勝たねば意味がない。命と名のいずれを惜しむかは、難しき話じゃがな」

鑑元の言葉に、鑑連が大きくうなずいた。

「神五郎の申すとおりじゃ。負けて滅ぼされれば一巻の終わりよ。わしは大友が勝つためには手段を選ばぬ。たとえ非情の鬼よと非難されようともな」

鑑連の鬼瓦を一瞬、寂しげな影がよぎったような気がした。鑑連の非情を語る時、必ず挙げられる苛烈な逸話があった。

〈二階崩れの変〉では、義鎮《よししげ》の傅役《もりやく》だった入田親誠《にゅうたちかざね》が義鑑《よしあき》に味方し、義鎮の廃嫡《はいちゃく》を企てた。鑑連の室は入田の実妹であった。義鑑が突然に横死して義鎮が後継に定まると、親誠は謀叛人とされた。鑑連は妻を離縁し、義兄の親誠を討滅する総大将となった。大軍を指揮し、別れた妻のいる津賀牟礼《つがむれ》城を攻めて城を焼き落とした。だが聞けば、鑑連と室は民部といいそのように仲睦《むつ》まじい夫婦であったらしい。

鑑連は死んだ愛妻に想いを致していたのであろうか、小さくうなずいた。

「ときに神五郎。今宵、わしが遅れた理由はの。出がけに宗亀《そうき》の奴がやって来おったからよ」

絶大な権勢を誇る田原《たわら》宗亀は、主君以外の人間をすべからく豪奢な自邸に呼びつけた。それでも戸次鑑連だけは別扱いしているらしい。鑑連は戦をするが、国政には口を挟まない。その意味では宗亀派でもなければ義鎮派でもなく、大友のために動く独立独歩、不可侵の存在であった。

鑑元はちらりと賀兵衛を見たが、鑑連は声を落とさなかった。

「うぬが急ぎ出府した理由も同じであろう。いずれ日が昇れば、府内《ふない》じゅうに知れわたる話よ。実はな、陶晴賢《すえはるかた》が毛利《もうり》に敗れた。厳島《いつくしま》で死んだそうじゃ」

驚天動地の報せに、賀兵衛は酔いも醒めそうだった。陶晴賢の死により、中国は言うに及ばず北九州をめぐる情勢は激変する。鑑元はこの大事件を受けて宗亀に呼ばれたのだ。

鑑連の話では一昨夜、中国の覇者を決める大戦《おおいくさ》があり、謀将毛利元就《もとなり》が陶晴賢を破って、自害させたという。後の世に言う〈厳島合戦〉であった。

大友が肩入れしてきた大内家の現当主義長《よしなが》は晴賢の傀儡《かいらい》にすぎなかったから、必ず大友に援軍を求めてくるはずだった。義長は義鎮《よししげ》の実弟に当たり、賀兵衛の若い叔父でもあった。この事態の急変に対し、大友はいかに出るべきか。従来どおり新興勢力の毛利と対峙するか、逆に手を結んで死に体の大内を共に喰らうか。

「神五郎よ、面白うなってきおったぞ。亡き御館様が夢見られた九州統一の志、よもや忘れてはおるまいな」

睨《ね》めつけるような鑑連の巨眼に向かい、鑑元は大きくうなずいた。

「無論でござる。義兄上《あにうえ》と轡《くつわ》を並べ、府内に凱旋する日が待ち遠しゅうござる」

「北はわしに任せよ。肥前はまだじゃが、筑後もあらかた片付いた。わしが直々に豊前、筑前に出向き、必ずや門司《もじ》を奪い返してみせようぞ」

田原民部《みんぶ》以下、義鎮《よししげ》派の少壮官僚たちは昨年、勇躍実行した対毛利戦で大敗し、筑前の重要拠点である門司城を奪われた苦い経験をしていた。

「門司城を落とした暁《あかつき》には自然、北九州も大友の手に帰しましょう」

「されば、神五郎。次は南九州の制覇となろう。薩摩の様子はいかがじゃ？」

後は肥前、壱岐《いき》の小さな大名を服属させれば済む。

「島津忠良《ただよし》は侮れませぬな」

鑑元は真顔に戻って、眉をひそめた。

「息子もどうして、なかなかの器量と聞くが」

「いかにも。島津が大隅《おおすみ》を併呑《へいどん》する日も近いやも知れませぬ」

「島津が力を持つ前に南下し、大友に従わせておきたいものじゃ」

肥後の南、九州最南端の薩摩では、守護大名である島津家の内紛が長らく続いていた。が、島津日新斎《じっしんさい》忠良なる英傑が出て家中を統一し、大隅への侵出を図っている。

府内で日々、眼前の政敵と向き合っている賀兵衛にとって、薩摩などはるか彼方の異国だった。

だが、対外戦争を担当する二人の宿将は、国内の政争に関心がない様子で、戦《いくさ》を渇望するごとく国の外を見ていた。その姿には、お山の大将で競い合う童《わらべ》に似た純真ささえあった。現体制の維持を是とするという意味で、鑑連と鑑元は宗亀派に分類しうるが、国外に目を向ける二人にとって、国内の派閥対立など最初から眼中にないのだろう。

「神五郎、この茄子は酒肴に至適じゃな」

「肥後の百姓たち自慢の名物にござれば」

夜食だからか、ひさしぶりの歓待という割には意外にもしみったれた食材であった。出てくるのはひたすら茄子の浅漬けと濁り酒だけである。だが、鑑連は満足そうにぼりぼり鳴らしていた。

「さて、御館のそばに仕える若者は、大友のゆくすえをどう見ておる？」

鑑連がじろりと見た。刺すというよりぶん殴られるような眼力だった。どっと冷や汗をかいた。緊張で心身が縮み上がっている。

答えられずにいると、鑑連が重ねて問うてきた。

「あの背の高い若造は何と申したかの？　あの洟《はな》たれは弁こそ立つが、徳の薄い男じゃ。好かぬ」

「……おそれながら、田原民部《みんぶ》の大友への忠節、高潔な人柄に一点の曇りもございませぬ」

「主家に忠義を貫く者が主家を滅ぼした例をわしはいくつも見ておるでな。才は走れども、あの青二才には何をしでかすか知れぬ危うさがある。賀兵衛よ、あやつには気を付けい」

鑑元《あきもと》も鑑連《あきつら》も大友が誇る名将だが、二人はまるで違う。鑑元には包み込まれるような、縋《すが》りつきたくなる貫禄があった。対して鑑連には、痺れて立ちすくんでしまうような、逃げ出そうにも身動きさえとれぬほどの、有無を言わせぬ威厳があった。

だが賀兵衛も戦場で、府内《ふない》で修羅場をかいくぐってきた身だ。相手はただ茄子の浅漬けを肴に呑んだくれている酔っぱらいではないか。酔いに任せて思うところをぶつけてみた。

「両公は戦《いくさ》の話ばかりなさいますが、おふたりのお力でようやく勝ち取った安寧にございまする。戦はしばし控え、内政にこそ力を入れるべきではございませぬか」

「中国に政変が起こらずば、わしも今ごろ南関《なんかん》で美味い漬物をたらふく食っておったのじゃがな」

鯨《くじら》のような口へ大量に放り込まれた浅漬けのせいで途切れた鑑連の言葉を、鑑元が継いだ。

「たしかに今、われらには九州最大の力がある。されど大乱世なれば、何が起こるか知れぬ」

ふだん民部が「われら」と言うときは義鎮《よししげ》と近習衆を指すが、鑑元と鑑連のいう「われら」はより大きく大友を指している。宗亀《そうき》派も義鎮派もなかった。

「さよう。運命も敵も待ってはくれぬ。戦は、勝てる時に攻めておかねば、負ける時に攻め込まれるもの。戦場から遠く離れた府内で乳繰り合っておるだけで安寧は守れぬぞ、賀兵衛」

鑑連が笑い終わるのを待って、賀兵衛は反駁《はんばく》した。

「されど、島津とは長年の会盟を結んでおり、北の大内は今、お味方でございまする。あえて敵を作る必要がありましょうや。今は内をこそ改め、来るべき時に備え、力を付けるべき時ではありませぬか」

「内を革《あらた》むるは常に心がけよ。当然の理じゃ。されど会盟とはすなわち化かし合いぞ。こちらが有利な時に破らねば、不利な時に相手に破られる」

「では大内を見捨てると？　手切れの口実は何となされまする？」

「それを思案するのが、府内におるうぬらの務めであろうが。宗亀はすでに幾とおりも考えておったぞ。島津はまだ早いが、大内とは今が手切れの時じゃ」

傀儡《かいらい》の大内義長に従う大内家臣は少なく、老獪《ろうかい》な毛利元就の餌食《えじき》となるのは目に見えていた。負ける側を支援して力を失うより、勝つ側と結んで共に敗者を屠《ほふ》るほうが強くなれる。卑劣やも知れぬが、弱肉強食の乱世では、迷う要もない選択か。

「わしが北を攻めておる間、神五郎は南を固めよ」

「心得ましてござる」

北を平定して大勢力を築き上げたのち、南下して島津を服属せしめる。大兵力差となれば、戦も不要になろうと、鑑元がつけ加えた。

大友家中のさかしい利害対立を超えた両将の遠大な展望は、木の枝しか見ていなかった賀兵衛の眼を見開かせるようだった。辺りには広大な森が、その向こうには未踏の山々がある。このふたりの武人はそこに足を踏み入れ、童のごとく嬉々《きき》としてはしゃいでいた。

「では、九州を征した後は、何となされまするか？」

賀兵衛の問いに、二将はたがいに顔を見合わせた。

「その先はまだ考えておりませなんだな、義兄上《あにうえ》」

「うむ。神五郎、亡き御館様なら何と仰ったであろうな？」

鑑連もまた先主義鑑《よしあき》に育てられた驍将《ぎょうしょう》であり、鑑元と同じ憧憬を抱いている様子だった。賀兵衛も、義鑑に何度か対面した覚えがある。義鎮と正反対のいかつい容貌で、逞しい体つきの豪傑だった。幼いころ膝の上に載せてもらったが、怖い祖父という印象しか残っていない。

鑑元は腕組みをしていたが、ほどなく片笑みを浮かべた。

「まずは伊予《いよ》を足掛かりとして、四国を手に入れよ、と」

伊予の河野《こうの》家とは同盟関係にあった。九州を制した大友なら河野水軍の助力を得て、実現可能な戦略だった。

「それだけではあるまい。門司から中国を攻めよとも言われたであろうが」

二百年余り前、西国落ちした足利尊氏《あしかがたかうじ》は、九州の地で再起、東進して、ついに天下を得た。この二人の口から出ると、まったくありえぬ絵空事とも思えなかった。

すっかり相好《そうごう》を崩した鑑連が愉快そうに手を打って笑った。

「わしが中国を切り取るゆえ、神五郎は四国を平らげよ。われらの約束じゃ」

「かしこまってござる。京で落ち合いまするかな。ときに約束と申さば、いま一つ。

来夏こそは、必ずや南関にお越しくださりませ」

八幡丸が鑑連に見せたい物があるという。鑑連が怪訝《けげん》そうに尋ねると、「内緒ですぞ」と鑑元が明かした。秘密の場所で燕《つばめ》の巣と蛍《ほたる》を鑑連に見せたいらしい。

「うぬら加判衆の合議でいかに決するやは知らぬが、わしは北へ向かう。されば、中国の情勢が一段落した暁《あかつき》には、必ず南関へ参ろう。うまい酒を蔵いっぱいに用意しておけ。三日三晩、雪も交えて呑み明かすとしようぞ。武人の約束じゃ」

「承知つかまつりました。八幡丸もさぞ喜びましょう」

気の合う者どうし、しばし時を忘れ、酒を酌み交わしながら時事を談ずるほど幸せな時間もあるまい。むくつけき男たちの間にはやわらかな時間が流れていた。

†

厠《かわや》に立った賀兵衛《かへえ》が奥座敷へ戻る途中、暇乞いの言い回しを思案していると、前方に籠提灯《かごちょうちん》をかざす小さな姿が近づいてきた。

「吉弘《よしひろ》の賀兵衛どのでおられまするか？」

聞き覚えのある高い声だった。賀兵衛の心がぶざまに打ち震えた。

「こ、これは杏殿《あんず》。かような夜分に何となされましたか？」

「なにゆえわたしの名をご存じなのですか？」

「……御父君よりご息女がこの屋敷におられると伺い、杏殿であろうと――」

しどろもどろの賀兵衛の答えがもどかしいのか、杏は言葉を重ねてきた。

「寝静まった夜に大声で騒がれては、すっかり目も覚めるではありませぬか。父上たちに文句を言うてきたのです。特に伯父上のばか笑いは手に負えませぬ」

たしかに先ほどまでのばか騒ぎが嘘のように、屋敷は静まり返っていた。

「小井出《こいで》から、近習衆の吉弘賀兵衛どのがお越しじゃと聞きました」

杏は義鎮《よししげ》派の官僚をどう見ているだろうか。今昼、鑑元《あきもと》暗殺を試みた時、杏は賀兵衛の顔を見ただろうか。杏とは政《まつりごと》の話をしたくなかった。

「おや、昼間出ていた月が沈んで参りまするな」

「月？　わたしは月よりも日輪《にちりん》が好きです。月は満ちようと欠けようと、しょせんは月。日輪のごとく輝けはいたしませぬもの」

ゆらめく燭台の火に浮かび上がる杏の面差しを見つめた。少女の時代が終わる間際にだけ放たれる光芒《こうぼう》が匂い立っている。それは日輪が姿を見せれば、気づかれもせぬまま消失させられる残月の淡い輝きに似て、いかにもはかなげに見えた。

「とかく世は思うようにならぬものですね」

まったくだと賀兵衛も思った。主君が見染めた政敵の娘に恋をするなど愚劣の極みではないか。たとえ小原《おばら》家を味方に付けられたとしても、杏はなお遠いままだった。

「賀兵衛どのは、恋をしたことがおありですか？」

「え？　それは……ございまするが……」

想い人に慮外の質問をされ、賀兵衛はやるせない気持ちになった。

「わたしの恋は破れてしまいそうなのです。ひと目惚れなぞというものが本当にこの世にはあるのですね。昨年の秋、わたしが初めて府内《ふない》に来た時、会うたお方でした」

賀兵衛は酔っているが、杏は素面《しらふ》だった。なぜ恋の話など賀兵衛にするのだろう。

「わたしが府内の市を歩いておりますと、人だかりができていて、腰の曲がったあさり売りの老媼《ろうおう》が意地の悪い侍に難癖をつけられていたのです。わたしがその侍をのしてやろうと思っていましたら、そこにみすぼらしい姿形《なり》をした背の高いお侍が通りかかりました。賀兵衛どの、そのお侍はどうしたと思いますか？」

腕に物を言わせたのか。思案していると、杏は話を続けた。

「胴巻に入れていた金を老媼に差し出したのです」

代わりに支払ってやった行為が、かえって侍を怒らせたらしい。だが、刀が抜かれる前に勝負はついていて、長身の侍が相手の腕をへし折ってしまったという。

「強く、お優しいお侍でした。そのお方を見つけて、妻にしてもらおうと父上に頼み込んで府内に連れてきていただいたのですが……」

賀兵衛は微笑みを作ろうとしたが、うまくできなかった。想い人から恋敵への称賛を聞くほどつらい苦行もあるまい。心がざらついた。

「その御仁が見つからぬのですか？」

「すぐに見つかりました。今日、会うたのです。わたしが恋していた相手は、不届きにも父上の命を狙う府内一の鼻つまみ者でした」

田原民部《たわらみんぶ》だ。賀兵衛の全身から汗が噴き出した。今昼、人質として連れ去られたときに、民部と知れたのだろう。杏は賀兵衛には気付かなかったのだろうか。

つましいを通り越して貧しい生活を送る民部の姿形《なり》は、正装して登庁する時を除き、清潔だがみすぼらしかった。民部は町の様子を知るべく、しばしば一人で府内を歩くから、出くわしてもおかしくはない。昨秋、宗亀《そうき》が義鎮《よししげ》に杏を側室に献上しようと企て、鑑元《あきもと》と杏を府内へ呼んだ際に、杏はよりによって民部にひと目惚れしてしまったわけだ。

杏は賀兵衛の内心など知らぬし、関心もあるまい、ため息混じりに続けた。

「民部どのには奥方がおられるとか。おふたりの仲はおよろしいのですか？」

杏もすぐに知るだろうが、民部といいその仲睦まじさは府内でも評判だ。聞けば、ふたりは生まれ変わっても、再び結ばれようと約束までしているらしい。

「ふたりは幼なじみにて、気心の知れた仲でござる」

「御館様しかり、すぐに女子《おなご》に飽きてしまう殿方もいるようですが」

「民部殿やそれがしは違いまするな」

賀兵衛はそれとなく己を入れてみたが、杏は気づいてもいない様子だった。賀兵衛など眼中になく、昼間の襲撃者であるとも気付いていまい。

「わたしには政《まつりごと》がまだようわかりませぬが、民部どのはなぜ父上の命を狙うておるのですか？」

賀兵衛はさしさわりのない程度に宗亀派と義鎮派の対立から説き起こしたが、杏はいっこうに腑に落ちぬ様子であった。

「それがしも家中融和に尽力してみたいとは思うておりまするが……」

「わたしのために、お願いいたしまする。側室は嫌ですから、民部どのには正室を離縁していただくつもりです」

杏の真剣な表情が哀れに思えた。杏の恋は、賀兵衛の恋と同じくらい難しかろう。

「賀兵衛どのは民部どのとお親しいご様子。今宵お会いできたのも何かのご縁。わたしの恋にお力をお貸しくださいまし」

賀兵衛は承諾したが、民部は理由がなければ瞬きひとつせぬ男だ。民部が杏に恋をするはずもなかった。

昼間見た月はとっくに姿を消して、国都の夜空には、賀兵衛を慰めるように、星くずがきらめいていた。

第三章　文官たちの戦

五、大内瓢箪

主君大友義鎮《よししげ》（後の宗麟《そうりん》）は、まるで歯痛を黙って耐えているかのように常にひそめられた細長い眉をわずかに吊り上げ、吉弘賀兵衛《よしひろかへえ》に向けた視線を尖らせた。

「まだもって骨喰《ほねばみ》は手に入らぬのか？　金に糸目は付けぬと言うたはずじゃぞ」

「何ぶん相手のございます話にて。京の宗歓《そうかん》様によれば、思うように話が進んでおらぬとか」

賀兵衛は主君の前に出ても全く緊張しなくなった。五年余りそばに仕える中で、大友義鎮という国主は、好色で移り気でわがままな若者にすぎぬと、骨身に染みてわかっていた。

「多賀《たが》ごときのせいで、大友の至宝が戻らぬとはな。あるいは宗歓の不手際か？」

義鎮は思いどおりに事が運ばぬとき、その原因を突き止めようとする。と言えば聞こえはいいが、問題を誰かの責任にしたがる気質だった。

「おそれながら、宗歓様は鋭意手を尽くしておられまする。多賀家とて、将軍家より拝領せし名刀を軽々に譲り渡すわけにも参りますまい。世には金で買えぬ物もございますれば、骨喰の入手には、なお時が必要かと心得まする」

近ごろ義鎮に会うたびに〈骨喰〉を催促されるが、賀兵衛はただ頭を下げるだけであった。

名工粟田口吉光《あわたぐちよしみつ》の作〈骨喰藤四郎《とうしろう》〉は、もともと大友家に伝わる薙刀を磨《す》り上げて太刀とした家宝であったが、二百年ほど前、足利尊氏《あしかがたかうじ》に献上された。時の当主が大友家を守るために忠誠の証として手放したわけだが、応仁の乱のころその名刀を将軍家の直臣《じきしん》多賀高忠《たがたかただ》が拝領していた事実がわかって以来、義鎮は家宝を取り戻したいと考えていた。

賀兵衛も、京にあって幕府、朝廷との折衝を担当する吉岡《よしおか》宗歓と連絡を取り合っていたが、多賀家に骨喰を譲渡する意思はなかった。宗歓の話では、いったん将軍家に返上させた後で、将軍家より賜る形をとれば収まりがよかろうとの見立てであった。

「平高田《たいらたかだ》でよき業物《わざもの》も出回っておりまするが」

何も聞こえなかったように、義鎮は茶杓《ちゃしゃく》を握り込んだ手で茶入れの象牙《ぞうげ》の蓋《ふた》を取ると、茶碗の右横に置いた。

豊後は古くから刀工の多い地で、名刀もあった。豊後刀は丈夫で折れず、曲がらず、よく切れる良質の刀との評が定着している。中でも南北朝期末に九州に下ってきた山城《やましろ》の了戒《りょうかい》一派による新しい豊後刀は〈平高田〉などと呼ばれ、評判になっていた。豊後刀は九州を中心に全国の武士から求められたが、あくまで実戦向きの刀で、品位に乏しいとされる。

義鎮は豊後刀を毛嫌いし、ひと振りも腰に挿さなかった。鈍重で、見た目の鮮烈さに欠けるからだ。野武士に似合うと敬遠していた。

「賀兵衛よ、この世で最も美しきものは何じゃと思うか？」

義鎮は茶碗に茶を三杓すくい入れた。流れるように鮮やかな手つきである。義鎮の所作はどれをとっても非の打ち所がなく、常に優雅だった。それにしても義鎮は、生まれつきの美を備えていた。熟達の仏師が千体に及ぶ試行錯誤の果てにようやく満足に仕上がった観音像のようだった。杏《あんず》に出会うまで賀兵衛がこの世で一番美しいと思っていた母の静《しずか》を、そのまま男にしたような偉丈夫である。それほどに静と義鎮の姉弟は容貌が似ていた。

「はて……まれにしか目にできませぬが、雪を被った杏の花なぞ、いかがでございましょうか。杏は桜によう似ておりますが、桜が雪を被ることはまずありますまい。豊後梅も好きでございまするが――」

恋する杏を想いながらの答えはどうやら期待外れだったらしく、義鎮が途中でさえぎってきた。

「余は、茶器の中でも茶入れが最も美しいと思うておる。唐物《からもの》に限らず、島物《しまもの》でも良きものがある。されど、茶入れとてしょせんは人の作り物よ」

「では、御館様は何を美しいと?」

「女じゃ。女は茶入れとは違う。天が作りしものよ。ゆえに余は今、女を集めておる。中には、たとえ国を失おうとも欲しい女がいる」

最近寵愛している服部右京助《うきようのすけ》の妻を指すのか。苦労して手に入れた女だけに愛情もひとしおであるらしく、近ごろの義鎮は他の側室に見向きもせぬとの話だった。あるいは、まだ手に入れていない珠姫《たまひめ》を念頭に置いた言葉か。おくての賀兵衛は、女の話題が苦手だった。それは義鎮も承知している。話題が続かぬと見て、点前《てまえ》に専念していた。

「御館様。民部《みんぶ》殿が約束の刻限に遅れるとは、初めてやも知れませぬな」

府内《ふない》の中心には政庁である二階建ての大友館があるが、義鎮はたいてい南稜の上原《うえのはる》館《やかた》にいた。実父の先主義鑑《よしあき》と反りが合わなかった義鎮は、顔を合わせずにすむ上原館を好み、生活の本拠とした。近習たちは上原館と大友館に交代で伺候し、両館間を行き来する。

この日は朝から後任加判衆《かばんしゅう》の一件で、民部と共に義鎮の了を得る必要があり、同席を指図されていたが、ほかならぬ民部自身が遅参していたため、茶室にひとり通された賀兵衛は、相対して義鎮の茶をいただく羽目になったわけである。

義鎮の優れた芸術の才は、茶道においても遺憾なく発揮されていた。他方、賀兵衛が身に着けた茶の作法は心もとない。剣の素人が剣豪に教えを乞うような申し訳なさが、賀兵衛を居心地悪くさせていた。

「いや、二度目じゃな。八郎が大内を継ぐと騒ぎ出した日にも遅れおった」

義鎮の二つ年下の実弟八郎、かつての大友晴英《はるふさ》は、三年前の天文二十一年（一五五二年）春に大内家の家督を継ぎ、今では大内義長《よしなが》と名乗っていた。中国・北九州の覇者であった大内家の当主義隆《よしたか》が家臣に討たれた後の傀儡《かいらい》の国主であった。義鎮兄弟の亡母が義隆の妹であり、大内の血筋であったためである。

昨夜、戸次鑑連が語っていた厳島《いつくしま》合戦について、賀兵衛は不用意に口にしなかった。主君より先に家臣からの又聞きで知った情報を伝えれば、義鎮は大きく気分を害するであろうし、情報の出所を問われれば名を出さざるを得ず、鑑元《あきもと》らの立場を悪くしかねなかった。すぐにも民部が現れて、正確に報告するだろう。

「民部殿の遅参とはよほどの話。何やら変事が出来《しゅったい》したのでしょうか」

義鎮は茶入れの口を指で拭くと、懐紙で清めてから蓋をした。賀兵衛は今でもずいぶん苦労していたが、義鎮は一度見ただけで難なく作法を覚えてしまう。最も美しいと感じる所作《しょさ》をしていればいいだけだと、義鎮は軽く言うのだが。

だいたい義鎮は諸芸に秀でていた。剣、茶、書から蹴鞠《けまり》に至るまで、わずかの努力で驚くほど上達し、人並み外れた域に達してしまう。だが、移り気の義鎮はすぐに飽きて投げ出すため、どれひとつ本物にできていなかった。それでも、剣が不得手で芸能にも不案内な賀兵衛の羨む境地で、義鎮は遊んでいる。

「姉上がお風邪を召されたそうじゃな」

初耳だった。母の静《しずか》はいちいち己の健康状態を府内の賀兵衛に知らせはしないが、姉弟間の文のやりとりで知ったのであろうか。

義鎮は二十六歳。十八歳の賀兵衛にとっては若い叔父であった。義鎮は二歳で亡くした母の面影を、齢の離れた姉の静に求めたようで、母に対するごとく姉に接した。賀兵衛も幼少から、静に連れられてしばしば義鎮を訪れた。義鎮は甥としてでなく、姉の子として賀兵衛を可愛がった。それは、父親似の賀兵衛ではなく、姉の静を喜ばせるための行為だった。

義鎮は笑わない男だった。よく見ればそれとわかる笑顔を見せるのは、静の話題になる時くらいだった。賀兵衛は嫌われてはいないが、茶に必要な風炉《ふろ》や茶杓と同じ程度に、姉を想うための便利なよすがにすぎないのかも知れなかった。

「母が臥《ふ》せりますと、父が必ずつきっきりで看病いたしますゆえ、心配はございますまい」

父の鑑理《あきただ》は主君の姫である妻をひたむきに愛した。五年前に失脚して事実上、所領の都甲《とごう》に蟄居同然の身だが、国政を離れて気楽な身上を家族、家臣、領民らと楽しんでいる風もあった。

義鎮は茶杓で碗中の茶をさばくと、茶碗の縁で軽く打ってから、茶入れの上に置き戻した。義鎮は微熱でもあるように、けだるそうにつぶやく。

「この鶴首《つるくび》も悪うないが、やはりあの唐物には及ばぬな」

鶴首の茶入れは昨年の春、義鎮の命で、賀兵衛が堺に出向いて手に入れた瀬戸焼で、仕覆《しふく》には金襴の裂地《きれじ》が用いられている。船を一艘買っても釣りが出るほどの大枚をはたいて強引に手に入れた代物であった。

「と、申されますと、やはり大内瓢箪《ぴょうたん》を――」

「さよう。八郎風情《ふぜい》には不相応な茶器よ。あれは母上の形見に等しき大切な宝物《ほうもつ》であった」

義鎮は実弟八郎こと大内義長を快く思っていない。義長の出生と引き換えに母が命を落とした時から、義鎮は怨みに近い感情を抱いているらしかった。義鎮は何をやっても不器用な義長を蔑んでいたが、傀儡とはいえ名門の国主となった弟に嫉妬を感じている節もあった。

義鎮は亡き母への想いに身を委ねているのか、穏やかな表情で茶を点《た》てると、茶碗を賀兵衛に向かって差し出した。

†

「義兄上《あにうえ》。今朝がた山口より火急の報せが参りました」

茶室に入ってきた田原民部《たわらみんぶ》は落ち着き払った様子で、優雅に正客《しょうきゃく》の座に腰を下ろした。が、民部の細長い一文字の眉がわずかに震えているのは、内心の動揺のために違いなかった。

「難儀じゃな。面倒な話か、民部？」

「おそれながら、いささか」

杏《あんず》から民部への恋を打ち明けられたせいもあって、賀兵衛《かへえ》は改めてしげしげと民部を見た。義鎮《よししげ》の前ではかすむにせよ、民部も相当な美男である。義鎮が民部を最重用している最大の理由は、たぐいまれな能臣だからではなく、無私かつ絶対の忠誠のゆえでもなく、見ていて心地よい容貌のゆえではないか。

「二日前、陶晴賢《すえはるかた》が厳島で毛利に敗れ、自害した由。これにて大内の滅亡は定まりました」

昨夜、鑑連から聞いた話と同じだった。本来、真っ先に義鎮に伝えられるべき報せだが、現大友における最高実力者は田原宗亀《たわらそうき》である。

実弟の危急を聞いても、義鎮は顔色も変えず、落ち着き払った手つきで、風炉《ふうろ》に柄杓《ひしゃく》を戻していた。話を聞きながら典雅に点てた茶を、民部の前に差し出した。

「長らく大友を悩ませてきたあの大内がついに亡ぶか。乱世とは申せ、はかなき運命よな。されど、隣国の危機はめでたき話、か」

「御意。八郎様からの援軍要請については一考を要しまする。義兄上《あにうえ》はいかがなさりたいと思し召されまするか？」

民部は現在の状況と課題を適切に説明すると、自身の意見を付加せず、必ず義鎮の希望を問うた。義鎮が欲望のままに口走る言葉に耳を傾け、その欲望を実現するための手段を思い巡らせ、利害得失を勘案する。

義鎮も決して馬鹿ではない、失う物が多ければ断念もする。他方、いかに大きな損失があろうと、何としても欲しい物なら手に入れようとする。服部右京助の妻が最近の好例であった。

義鎮は茶入れを手に取り、しげしげと眺めながら、いまいましげに眉をひそめた。

「八郎めは山口に大内瓢箪を持って行きおった。あの茶入れには釉薬《ゆうやく》が二重にかけられておってな。回すと、色がおどろくほどきれいに変化《へんげ》する。さすがに母上が愛された逸品じゃ」

義鎮と義長の亡母が大内から大友へ輿入れした際の持参品に、瓢箪の形をした茶入れがあった。〈天下ニ六ツノ内〉と謳《うた》われた〈六瓢箪〉の筆頭とされる名器である。もとは八代将軍足利義政《あしかがよしまさ》が収集した唐物で、茶人の村田珠光《むらたじゅこう》、武野紹鷗《たけのじょうおう》の手を経て、山口の大内義隆へと伝わった。宗亀なら、茶入れよりも国の大事を優先するであろうが、民部は違う。国事よりも、義鎮の感情を大切にした。

「大内瓢箪は必ず義兄上《あにうえ》のお手元に戻るよう、手配いたしましょう。されど、八郎様をいかに遇するかで、大友の身の振り方が決まって参りまする」

民部は親しげに国主義鎮を「義兄上《あにうえ》」と呼べるただ一人の人物であった。義鎮は実弟の義長にも許さなかったが、民部には快く許していた。

茶入れを見つめていた義鎮の眉のひそみが少しだけ和らいだ。

「八郎は、母上の子じゃな」

先主義鑑にも側室は数人いたが、正室の子は静、義鎮と義長の三人のみであった。

「姉上の弟でも、ある」

しごく当たり前の話だ。だが義鎮にとって、亡母と姉に対する愛情は特別だった。いや、異常と評してよいのやも知れぬ。珠姫《たま》への執心も元をたどれば、亡母への恋にも似た思慕にたどりつくのではないか。移り気な義鎮は側室を次々と入れ替えたが、亡母に生き写しの姉に対する思慕だけは変わりなかった。もしも八郎義長が母親似であったなら、義鎮は大切にしたに違いない。顔立ちが義鎮の嫌う父義鑑《よしあき》に似たことが、義長の不幸であったろうか。

「その八郎様を漫然、見殺しにしたとあっては――」

民部の言葉を、義鎮がうなずきながら引き継いだ。

「さよう。浄土で母上に合わせる顔がない。姉上も悲しまれよう。姉上は、八郎を山口へ送るおり、いずれの日にか三人で静かに午餐《ごさん》でもしたいと仰せであった。姉上のお気持ちを傷つけるわけにはいくまい」

「されど八郎様のお力では、もはや大内家の劣勢を挽回できませぬ」

「わかっておる。八郎は愚昧《ぐまい》じゃ。毛利に取られるなら、大友が取る。痛し痒《かゆ》しじゃがな」

義鎮は名君でないが、頭は怜悧《れいり》だった。だが、その怜悧さは芸能や、女や、酒など世俗の欲望に隠されて、たまにしか現れない。

対大内の戦略は自明の計算だった。大内が完全に滅べば、成長著しい毛利の魔手が北九州を襲うであろう。他方、大内に肩入れする限り、大友は北へ領土を広げにくい。もともと八郎義長を担ぎ上げた陶晴賢は、主君大内義隆を討った謀叛人であり、大内家臣の信望を一部しか得ていなかった。さらに毛利元就《もうりもとなり》の謀略にかかって晴賢が忠臣を斬るなどしたため、陶家の力は急速に衰えていた。義長は最初から沈みかけの船に乗り込んだ。その船頭が死んだのだ。

民部は義鎮に向かって恭しく両手を突いた。

「されば義兄上《あにうえ》。八郎様のお命をお救いできずとも構いませぬか?」

掌上の鶴首を眺めていた義鎮は、視線をそらさず言下に答えた。

「構わぬ。大内瓢箪さえ戻れば、それでよい」

「されば、この機に豊前、筑前を完全に大友の手中にいたしましょうぞ。大友は北九州の大内方を守る名目で豊筑に兵を進め、毛利方と戦いまする」

大内義隆の死後、豊筑は毛利、大友の草刈り場と化し、勢力図はまだら模様となっていた。大友は毛利と断続的な交戦状態にあった。昨年は義鎮が主導し近習衆が計画した戦で出兵するも敗北、門司《もじ》城を奪われた。そのため大内、大友に味方していた豊前、筑前の国人衆が毛利に鞍替えし始めていた。陶晴賢の死により、離反の動きはますます加速するであろう。大友は同盟関係にある大内を公然と攻められぬが、敵である毛利に与《くみ》する者なら討ってよい。手始めに、豊前南部の宇佐《うさ》三十六人衆が標的となろう。

昨年大友が門司で敗れた理由は、隙を突いたはずが、毛利が陶との電撃的な和睦に成功して、北九州に兵力を振り向けたためであった。大友はこれから、毛利になびく小勢力をていねいに狙い撃ちしていく。毛利が大内を滅ぼした後は、豊前、筑前の旧大内勢力の受け皿となり、両国を大友の支配下とする方針である。ここで戦功を立てれば、義鎮子飼いの近習衆も豊筑に新たな所領を得、要職に就いて、発言力を高められるはずだ。民部は加判衆就任を狙っていた。

要するに、実弟義長を見捨てず支援する姿勢を示しながら、大内領を奪って所領を拡大する。義長が脱出できれば助けてやってもよいが、中国地方に攻め入るような冒険まではしない。毛利との戦自体が義長を支援する意味を持つから、世間体はつくろえよう。

「そちに任せる」

義鎮の言葉に民部が平伏すると、賀兵衛もならった。

†

「義兄上《あにうえ》。いまひとつ懸案がございまする」

義鎮《よししげ》が面倒臭そうに眉をひそめた。義鎮の集中力には目をみはるものがあるが、ごく短時間しか続かなかった。

「こたびの中国情勢への対応は、加判衆《かばん》の合議に付すべき大きな議題となりまする。宗亀《そうき》が小原鑑元《おばらあきもと》を肥後より呼び寄せておりますれば、宗亀はすぐにも加判衆を招集するはず」

加判衆は、国主を補佐し大友家の大事を決する最高合議機関である。六名の重臣たちから成るが、夏の終わりに雄城治景《おぎはるかげ》が死んで空席が生じ、五名となっていた。

「こたびの合議で、宗亀は自ら加判衆たらんと宣言するに相違ありませぬ。されど、宗亀にこれ以上の力を与うるは危うございまする。一家臣が国主を凌ぐ力を持ってはなりませぬ」

「宗亀の専横を捨ておくわけにはいかぬな」

義鎮が細い眉を曇らせている。頭の中はだいたい察しがついた。

服部事件で、宗亀は旗色の悪い義鎮側を擁護しなかった。宗亀は罪もない家臣を滅ぼし、妻を奪った行為の正当化が難しいと考えたらしい。鑑元を中心とする他紋衆の不満を鎮める必要もあった。最終的に宗亀が家臣団を代表し義鎮に苦言を申し入れる形になった。抗弁する民部《みんぶ》に対し「若造は黙っておれ！」と一喝して退けもした。

だが、ふだんは無口で物憂げな顔をしているだけの義鎮が、宗亀に向かい青筋を立てて嚇怒《かくど》した。義鎮は怒りに震え、刀の柄にさえ手をかけた。義鎮、宗亀体制となって五年余りで初めての出来事であった。

逆鱗《げきりん》に触れた宗亀は、めずらしくあわてた様子で額の汗をぬぐい、「おそばにありながら、なぜ御館様をお止めせなんだ」と近習衆に批判の矛先を向け変えた。結局、服部事件は、義鎮を止められなかったばかりか、焼き討ちさえ実行した近習頭の田原民部が泥を被って、いちおうの幕引きとされた。主君の欲望を満たすために動き、迷わず一身に汚名を被った民部に対し、義鎮は公然、「田原民部は余の第一の忠臣である」と言い切った。

服部事件を経て、今や若き主君に最も信頼される家臣は誰あろう、田原民部親賢《たわらみんぶちかかた》となった。事を起こす前から民部がこの結果を期待していた節もある。鋭敏な民部は、義鎮の目のやり場ひとつ、ため息のつきかただけで、その意を察した。

「利のみで動く宗亀に、美を愛《め》でられる義兄上《あにうえ》のお気持ちなど量れるはずもありませまい。宗亀がさらに力を持てば、大友が利の支配する国となるは必定。されど利は醜きもの」

民部の心地よい追従《ついしょう》に、義鎮は大きくうなずいた。義鎮が側近に取り立てなければ、民部はどこぞのうらぶれた末社の宮司で生涯を終えたやも知れぬ。血湧き肉躍る政争のさなかに身を置くなどありえなかった。大友家にとって民部の登場が持つ意味は、田原宗亀の力の陰に隠れてまだわからぬが、義鎮の当面の欲望を充足させる上では間違いなく正しかった。

賀兵衛《かへえ》は五年余り近習としてかたわらに仕える中で、すでに義鎮の人となりを知悉《ちしつ》していた。

義鎮は美をこよなく愛した。亡母も姉も美しいから強く愛した。弟義長より大内瓢箪を大切に思うのは美において勝るからだ。女色が義鎮の生きがいである理由は、女が美しいからだ。代わりに義鎮は、醜いものをただ醜いというだけの理由で病的なほど嫌悪した。

義鎮は本来、争いを好まなかった。それは義鎮の生来の温厚さにも由来してはいたが、より根本的には争いが醜く、面倒だからだった。義鎮は残忍な男ではないが、美を求め、あるいは醜を退けるためには、誰よりも冷酷非情になれた。服部事件と大内瓢箪がその例である。

策士の田原宗亀はめずらしく服部事件につき計算違いをしていた。服部一族がすでに抹殺された以上、できることは反省しかなかった。反省さえすれば実害はないから、義鎮の名誉は傷ついても力までは失われまいし、義鎮が詫びさえすれば、側室の件を含めてことは丸く収まると計算したのであろう。これが誤りだった。

権力欲と物欲の塊である宗亀には、善悪がなかよく棲《す》まう義鎮の心はついにわからまい。宗亀は〈閨《ねや》〉という決して侵してはならぬ義鎮の聖域に土足で踏み込んだ。宗亀は、義鎮が美を愛でるためのこの上なく神聖な空間に手を出した愚挙に気づかなかった。義鎮の心を知り、聖域を守ろうとした民部はまさに義鎮の忠臣だった。同時に田原宗亀は、義鎮と民部が立ち向かい、いずれ滅ぼさねばならぬ強大な敵となったのである。

「して民部、何とするつもりか？」

「義兄上《あにうえ》子飼いの若い臣らも力をつけ始めた今、もはや宗亀の補佐は要りますまい」

義鎮は小さくうなずいただけで、不安げに民部を顧みた。言うは易しだが、宗亀の加判衆就任に反対すれば、宗亀と正面から対決する仕儀となる。勝てるのか。

「賀兵衛も、民部と同じ存念か？」

「おそれながら時期尚早かと思料いたしまする。宗亀派の誰かを引き入れぬかぎり、われらに勝ち目はございますまい」

現在の加判衆は一人欠けて五人だが、外交に奔走する吉岡宗歓《そうかん》は幕府、朝廷工作のため京にあるから、残りは四名である。南郡衆の総帥、同紋衆の志賀道輝《しがどうき》（親守《ちかもり》）は宗亀と利害を共にしており固い盟友関係にあるため、切り崩せまい。

「いや、勝てる。こたび臼杵《うすき》殿には病を押して合議に出ていただく。しかと約束を得て参った。当面、老骨に鞭《むち》打って、加判衆を下りぬとも約された」

臼杵鑑続《あきつぐ》は気骨のある老将で、中立的な立場で人望もあった。長らく病に臥していて本来は欠席のはずだが、「御館様のご命とあらば」と引き受けたらしい。昨夜、民部は思案を重ね、今朝のうちに手配を済ませたわけだ。民部の手回しの速さはさすがだが、重要な情報はまず宗亀に入り、遅れて民部の耳に届くから、常に後手に回らざるを得なかった。

「今朝がた伯父上にも、宗亀の加判衆就任に反対するとの確約をいただいた」

民部の伯父田北鑑生《たきたあきなり》は金に汚い金満家として評判はよくないが、筆頭加判衆として重きをなしていた。民部は仲屋から借り受けた五百貫で了解を取り付けたに違いない。他にも民部は伯父に対し何らかの巨大な利を約したはずだ。民部の母が田北の妹に当たるが、田北なら甥と手を組み、あわよくば宗亀を追い落として自ら取って代わる野心もあろう。

「あとは小原鑑元《おばらあきもと》さえ反対すれば、三対一、宗亀を入れても三対二で、われらは勝てる」

義鎮に代わって議事を仕切る宗亀は、時どき己を勘定に入れる癖があった。

「されど民部よ。鑑元がなぜ余に味方する?」

賀兵衛は昨夜の鑑元の言葉を思い浮かべた。鑑元はもともと政争に関心がないが、宗亀を信頼しており、宗亀の提案に異議を唱えた例はなかったはずである。自ら権力争いの渦中に身を投じるとは思えなかった。

「あの者は利では動きませぬ。されば情で動かすまで。荒っぽい手立てでござるが」

民部の切れ長の目が冷たく、賀兵衛を見た。

「いま一度、ひとり娘を義兄上《あにうえ》の側室として差し出すよう、小原に内々に申し入れる。さて、あの武骨者はどう出る？」

主君から重ねて所望され、娘を差し出さぬ家臣がいるだろうか。鑑元がこれを飲めば、義鎮と姻戚関係になり、義鎮派に組み込んでゆける。鑑元が愛娘を差し出したくなければ、話をなかったことにする代わりに、宗亀に対抗して手を組めと迫るわけか。娘の将来と引き換えに協力を引き出す。鑑元の家族への愛情を利用した民部らしい非情な手であった。

昨日、民部は「あの娘はあきらめよ」と賀兵衛に言い渡した。友である賀兵衛の恋心などにはいっさい頓着《とんちゃく》していない。民部が一晩、寝ずに考えた政略だろうが、民部に恋する杏《あんず》の気持ちを想うとやるせなかった。

賀兵衛は抗議の意も込めて、民部に対し露骨に嫌な表情を作った。

「小原殿は肝の据《すわ》った武人なれば、さような威迫なぞ通じますまい。断られ、そのまま黙殺されれば、御館様のお立場がございませぬ。妙手とは思えませぬが」

「其許《そこもと》は、まだ宗亀には勝てぬと見て、先送りしたいのやも知れぬが、それは違うぞ。今、手を打たずば、宗亀はますます強大となる。他に小原を味方にする手立てはないか？」

阿吽《あうん》の呼吸でわかった。民部は昨夜の提案を進言させるつもりだ。民部は憎まれ役を嫌がっているわけではない。民部から押しつけるより、賀兵衛に提案させ、客観的な立場から賛意を示し、義鎮に承諾させるほうが通りやすい。すべてを度外視して義鎮の利のみを考える民部の同意があれば、たいていの提案は通った。

「小原殿を真にわれらの味方とするには、宗家への忠誠を説くほかございますまい。ひとつ手があるやも知れませぬが……」

義鎮を遠慮がちに見る賀兵衛を、民部が促した。

「賀兵衛、其許《そこもと》の存念を申し上げてみよ」

「おそれながら服部の一件につき、御館様より詫びをひと言、賜ればと存じまする」

義鎮は冷やりとする視線を賀兵衛に送ってから、抗議するように瞑目《めいもく》した。

風炉にかけられたままの釜の蓋が、義鎮の苛立《いらだ》ちを掻《か》き立てるように、せわしげな金属音を立てている。義鎮の反応を見た民部もまた、目を瞑って思案していたが、やがてひとつうなずくと、義鎮に向かって深々と頭を下げた。

「賀兵衛の申し状、服部の件のわだかまりを逆に利用して、小原を味方につけるなかなかの妙案と心得まする。小原鑑元は恩義を重んじる義将。他紋衆なれども、大友宗家への忠烈は疑うべくもありませぬ。うまくしこりを取り除いたのち、義兄上《あにうえ》から君《くん》側《そく》の奸《かん》を除けとお命じあれば、必ずや義のために立ちあがりましょうぞ」

苦い沈黙が続いた後、義鎮はぼそりと尋ねた。

「小原は服部の件で余を愚弄した。娘も渡さなんだ。余の敵ではなかったか？」

「敵であったのは今日まで。敵を味方にせねば、宗亀には勝てませぬ」

「……余はどうしても、あのイボに頭を下げねばならぬのか？」

義鎮にとって、謝罪は醜い行為であった。美しければ、謝る必要はない。醜いから謝らねばならぬのだ。ゆえに義鎮は、明らかに己に非がある服部事件でも、ついに誰に対しても謝罪をしなかった。

「義兄上《あにうえ》がただひと言、済まなんだと仰せになれば、鑑元とて救われた気持ちになりましょう。言葉で力を買うのでございまする」

義鎮は苦み走った顔で、首を横に振った。

「余は、あの男の鼻の上にある出来物が気味悪いのじゃ。見ておるだけで、虫唾《むしず》が走るわ」

鑑元の眉間のすぐ下、鼻梁《びりょう》の上にあるイボを、義鎮は極度に嫌っていた。だいたい義鎮は好悪《こうお》や物事の是非を美醜で判断したが、人の美醜なら、男は己を、女は姉の静を基準として決めた。母親似でまれにみる美男の義鎮からすれば、賀兵衛を含めほとんどの男子が醜いと分類されるに違いなかった。

鑑元は決して醜男《ぶおとこ》ではない。出来物は余計な夾雑物《きょうざつぶつ》であり、美を壊す突起やも知れぬが、むしろ鑑元の武人としての矜持が眉間に漲《みなぎ》っているような気が、賀兵衛にはしていた。

「小原は肥後にあり、義兄上《あにうえ》のおそば近くに仕えるわけではありませぬ」

「じゃが余は、あの男をどうも好きになれぬぞ」

義鎮は鑑元を快く思っていない。理由はいくつかあった。

もともと義鎮は、父義鑑《よしあき》が育て「鑑」の字の偏諱《へんき》を受けた重臣たちをおしなべて好きでなかった。〈二階崩れの変〉で義鑑は義鎮を廃嫡、殺害しようともくろみ、失敗して死んだ。その経緯からすれば無理もない面もあった。

服部事件を巡って生じた亀裂は、鑑元が合議の席で公然と義鎮を批判し、過ちを認めさせようとしたためにいっそう深くなった。杏《あんず》の側室入りは義鎮による歩み寄りの面もあったろうが、その拒否により義鎮は、鑑元に対して陰鬱な怒りを抱くにいたった。

だが何より義鎮は、服部の妻が鑑元に恋していたのに、鑑元が身を引いて服部に譲ったとの噂に、ひどく気分を害していたようだった。鑑元の行為は不遜にも、義鎮が認めた美を否定する意味になりはすまいか。義鎮が「あのイボは美のわからぬ田舎《いなか》侍よ」と、めずらしく怒りをあらわにして、民部に嚙みついていた記憶が賀兵衛の脳裏に甦った。

「国主が頭さえ下げられれば、あの者は義兄上《あにうえ》の味方となりましょう」

誇り高き義鎮が頭を下げるからこそ、絶大な意味があった。

不興気《ふきょうげ》に黙り込んだ義鎮に、民部がたたみかけていく。

「今、宗亀に対するには、他紋衆を用いるが上策。小原鑑元こそは、宗亀に伍する力を持つ他紋衆の雄。名望もあり、他紋衆の力をまとめるにはうってつけの人物にございまする。味方とできれば、義兄上《あにうえ》を支える大きな力となり、宗亀から権力を取り戻す日も近づきましょう。むろん芝居で構いませぬ。義兄上《あにうえ》から、済まなんだ、頼むとお声がけくださるだけで結構。後はこの民部にお任せあれ」

長い息を吐き切ってから、義鎮は薄紙一枚ほどかすかにうなずいた。

「かたじけのう存じまする。さらに義兄上《あにうえ》のお気に召さぬと承知しておりますが、加判衆の欠員には佐伯惟教《これのり》を復したく存じまする」

義鎮は田圃《たんぼ》でうっかり蛙《かえる》を踏んづけてしまった時のように素《す》っ頓狂《とんきょう》な声を上げると、呆れかえった顔で吐き捨てた。

「そちは余に合議のたび、あのあばた茄子《なすび》の顔を拝めと申すか？　大友家中、他に人はおらぬのか？」

「喰えぬ男ですが、宗亀に対抗できる他紋衆で、使える者は他におりませぬ」

義鎮はこの話題にすっかり関心をなくした様子でそっぽを向き、投げやりに「そちに任せる」とだけ答えた。本来、佐伯惟教の加判衆就任を義鎮に認めさせるのも難事だったが、小原鑑元への謝罪に比べれば小さい話だ。義鎮は反駁《はんぱく》が面倒になったに違いない。民部も義鎮の操り方をよく弁《わきま》えていた。

義鎮が機嫌を損ねた様子で茶室を去ると、身を起こした民部が小さく伸びをした。

「身どもが単身、小原屋敷を訪ねれば、穏当に済まぬやも知れぬ。小原と吉弘《よしひろ》家の関わりは浅くない。其許《そこもと》も同道せよ」

†

小原《おばら》屋敷にはまだ昨夜の酒臭が漂っているようで、下戸《げこ》の民部《みんぶ》は顔をしかめたが、何も言わなかった。小書院に通されると、賀兵衛《かへえ》は民部のやや後方に控えて、鑑元《あきもと》を待った。

ほどなく現れた鑑元は、対立陣営に属する少壮官僚の突然の訪問に動じる様子もなく、ひと言も口を挟まずに民部の話を聞き終えた。たがいに、昨日の滝室《たきむろ》坂で事件など何も起こらなかったかのように、平然とふるまっている。

「あいにくじゃが、わしには民部殿の言葉の意味を判じかねる。貴殿は専横と申すが、宗亀《そうき》殿は若き御館様をよく補佐してこられたと、わしは思うておる」

鑑元の言葉に、民部は正面から反駁した。

「宗亀殿の功はどうあれ、御館様はすでに御齢二十六。もはや名代など必要ござるまい。この国では今、英邁なる御館様のご親政こそが求められてござる」

「二階崩れの変よりこの方、国主の名代として宗亀殿が果たしてきた役割は小さくない。とすれば、むしろ加判《かばん》衆に加わりいただくほうが自然ではないか」

宗亀に失政はなかった。宿敵大内家の弱体化という幸運に恵まれただけではない。国内では良くも悪くも、清濁《せいだく》併せ呑む宗亀の懐の大きさが種々の問題を飲み込んだ。対外的には負け知らずの大友三将、すなわち戸次鑑連《べっきあきつら》、小原鑑元、高橋鑑種《あきたね》の力を遺憾なく発揮させ、大友をかってない興隆へ導こうとしていた。政《まつりごと》を苦手とし、戦《いくさ》に生きがいを見いだす大友三将のごとき重臣にとっては、宗亀に不満を抱く理由はなかった。宗亀を失脚させる大義名分は特にない。が、ないのなら、作り出せばいい。そのために、民部は他紋衆の不満を煽《あお》ってきた。

「いや、宗亀殿は同紋衆を厚く遇したが、他紋衆をないがしろにして参った」

宗亀の政治に責むべき弱点があるとすれば、他紋衆の扱いだった。先主大友義鑑《よしあき》は能力主義を取り、小原鑑元ら才ある他紋衆を重用する一方、家柄だけで無能な同紋衆を虐げたため、同紋衆の妬《ねた》みと反発を生んだ。宗亀は同紋衆の支持を取り付けるべく、肥後、筑後に拡大した新領地を同紋衆に対し優先的に分け与えた。ささいな理由で小さな他紋衆を取り潰しては、同紋衆に利を与えた。他紋衆の不満は高まったが、宗亀は他紋衆に対する重しとして、人望ある鑑元を利用してきた。

「今や国政は宗亀殿がうなずかぬ限り、米粒ひとつ動かせぬありさま。宗亀殿が肥後への支援を渋った理由をご承知か？　新領の肥後には他紋衆が多いゆえでござるぞ」

この秋、凶作に見舞われた肥後の鑑元から支援要請が来た時、民部は加判衆の皆が腰を抜かすほどの支援計画を義鎮の口から提案させた。民部があまりに手厚く支援しようとしたため、国家財政の破綻を懸念した宗亀が苦言を呈したほどである。肥後の飢饉問題に関しては、義鎮派が徹底して鑑元の側に立ち、宗亀に対抗する構図を作ったわけだ。

「むろん肥後支援の一件については、近習衆に感謝しておる」

肥後への米の緊急支援は、義鎮のもと民部の指図で近習衆が実務を取り仕切った。民部は鑑元に恩を売る意味を込めていた。

「滅相もござらぬ。われらは当然のことをしたまで。ところで、雄城《おぎ》殿を暗殺した下手人は挙がっておりませぬな」

他紋衆の雄城治景《はるかげ》の死の真相は誰も知らぬが、力の構図から言えば、融和派の雄城を義鎮派が弑《しい》する益はなかった。消去法から行けば、宗亀派のしわざだとの推測が成り立つが、賀兵衛は民部が手を汚したのではないかと邪推してもいた。他紋衆の不満を高めるとともに、息のかかった佐伯惟教《これのり》を押し込むには、悪くない段取りと言えなくもなかった。

「あの夜、雄城殿は宗亀殿に招かれて帰途に就いたもの。したたかに酔わせ、人気のない夜道を数名の供だけで帰らせたのでござる。供の者も口封じに殺されておりますれば、真相は月も照らさぬ闇の中。されど、雄城殿は御館様の信ことのほか厚く、齢は違えど身どもとも、肝胆相照らす間柄でござった」

雄城は民部の鋭い舌鋒に辟易《へきえき》し、賀兵衛を通じて話をしていたほどで、二人が仲睦《むつ》まじかったとは口が裂けても言えぬ。民部は偏《かたよ》った事実を恣意《しい》的に取捨選択して並べていた。事実しか述べていないのだが、状況証拠だけで宗亀が謀殺したと言わんばかりである。

「身どもは服部の一件で、小原殿からお叱りを受けておる身なれど、われら近習衆の一存であのような真似ができたとお思いか？」

鑑元がいぶかしげに民部を睨んだ。

「ほう。では、宗亀殿の指図があったとでも？」

民部は首を横に振った。

「そこまでは申しませぬ。たしかに身どもの指図なれど、宗亀殿とは裏取引がござった。宗亀殿は杏葉《ぎょうよう》紋を用いぬ者なれば構わぬと、身どもに告げられた。大火になり事が大きゅうなったゆえ、掌を返したまで。今さら問い詰めたところで宗亀殿が認めるはずもござらぬが」

賀兵衛も初耳だった。民部は正しいと信ずる目的遂行のためなら、迷わず人を欺《あざむ》く。平気で黒も白といいくるめる男だった。対立陣営の首魁《しゅかい》に了解を得るなど通常は考えられぬが、滔々《とうとう》とした民部の語りを聞いていると、真実やも知れぬと賀兵衛でさえ思わされた。

「身どもが罪を得なんだのは、田原宗亀が身どもと同罪であり、自身に疚《やま》しき所があるため。人は宗亀を、清濁併せ呑む大器よと誉めそやすが、割を食うのはいつも他紋衆ではござらぬか。大友では今や同紋衆にあらずんば人にあらず」

民部は経を諳《そら》んじるように氏姓による格差の顕著な例を列挙してみせた。いわく、直近の論功行賞で同紋衆の託摩《たくま》、得永《とくなが》、高崎《たかさき》、俣見《またみ》、松岡《まつおか》、利根《とね》、狭間《はざま》らが得た所領と、他紋衆の神志那《しんしな》、敷戸《しきど》、下郡《しもごおり》、橋爪《はしづめ》、徳丸《とくまる》、堅田《かただ》らが得た所領の町歩を驚くほど正確に諳《そら》んじてみせた。説得のために用意したのだろう、小さな数字のつまみ食いではあったが、他紋衆の冷遇を如実に示す数値が次々と羅列されていく。

「わが姻族なれど同紋衆の田北《たきた》、あるいは南郡の志賀《しが》が得た恩賞は功にまるで見合っており申さぬ。宗亀殿から裏金で買うたゆえでござる」

鑑元は反駁せずに黙り込んだ。

宗亀の政治は汚れている。その点に誤りはなかった。

「田原宗亀はまさしく君側の奸。その宗亀に小原殿までが忠誠を尽くされるとは、嘆かわしき限り」

大げさに嘆く民部を、鑑元は手を上げてさえぎった。

「心外な言い草じゃ。わしは先主以来、宗家に絶対の忠誠を誓うてお仕えして参った身。宗亀殿の家臣なぞではない」

「おお、それを伺うて安堵いたしましたぞ。今のままでは宗家も他紋衆も力を失い、大友は宗亀の思うがまま。われら近習衆では力が足りませぬ。御館様は小原殿をことのほか頼りに思うておられ申す。宗亀を退けうる者、神五郎《じんごろう》をおいてなしと仰せでござるぞ」

賀兵衛は苦々しい思いで民部のさわやかな弁舌を聞いていた。

義鎮は戸次鑑連や小原鑑元のごとき武辺者を大の苦手としていた。義鎮は今朝がたも鑑元を「イボ」と唾棄《だき》したばかりではないか。よくも民部はいけしゃあしゃあと虚言を並べ立てられるものだ。

「御館様は小原殿こそ、加判衆筆頭に相応《ふさわ》しいとまで仰せでござった」

「ありがたきお言葉なれど、わしは加判衆にまで昇りつめ、肥後《ひご》方分《ほうぶん》も任されておる。これ以上、何も望んではおらぬ」

「今は宗家の危機でござる。小原殿、大友を牛耳らんとする逆臣から、宗家を守ってくだされ」

現在の大友では、鑑元の存在が絶妙な均衡を保っている。軍事・内政から外交政策に至るまで、大友家中に渦巻く他紋衆のさまざまな不満を、鑑元の茫洋《ぼうよう》たる大器が受け止めていた。鑑元さえ引き抜けば、宗亀が盤石としつつある国政に大きな亀裂を入れられる。

「そもそも加判衆を同紋、他紋各三人にせよとは、先主が遺言されし決め事。これに背くは、先主のご遺志をないがしろにする背信ではござらぬか。宗亀から政《まつりごと》を取り戻すのでござる」

もし〈二階崩れの変〉が父子で国を二分する争いに発展していたなら、鑑元は間違いなく義鑑《よしあき》側に味方しただろう。義鑑の遺した旧臣を説く場合、旧臣が抱く先主への畏敬と憧憬に訴えかける戦法は常套《じょうとう》だった。

「わしは反対じゃ。そもそも政《まつりごと》は戦《いくさ》と同じ。勝ち目もなく動くは良策にあらず」

鑑元の反駁は是非から可否へと移っている。民部が神妙な顔を作った。

「小原殿の娘御は、杏《あんず》殿と申されましたな」

民部が容赦なく斬り込むと、鑑元は急所を衝かれたように少し身を引いた。

「実は、御館様が杏殿になおご執心でござってな。それと申すも、小原家を宗家の姻戚とし、杏葉紋《ぎょうようもん》の使用を許したいとのお考えであるためとか」

鑑元が刮目《かつもく》した。他紋衆に対する杏葉紋の使用許諾は、同紋衆と同列に扱うことを意味した。史上皆無ではないが、たとえば大友軍師の角隈石宗《つのくませきそう》にさえ認められていない特権だった。

「小原殿への信頼と期待の表れでござる。されど身どもはこの話、あまり気が進み申さぬ。さらに側室を増やすとなれば、今いる用済みの側室をどこぞの尼寺へやらねばなりませぬ。この賀兵衛がまた苦労しましょうな。むろん小原殿が是非にと言われるなら、杏殿の側室入りの件、進め申すが……」

義鎮の側室となった場合の末路をほのめかしながら、民部は殺し文句を使った。

「身どもは杏殿をお守りしたいと思うてござる。御館様にお会いくださらぬか」

鑑元の沈黙を同意と受け取った民部は、いくぶんしたり顔で鑑元を促した。

「今夕、上原館《うえのはるやかた》までご足労たまわりとう存ずる」

†

小原鑑元《おばらあきもと》は馴れない裃《かみしも》姿に着替えて上原館に姿を見せた。鑑元はこの館で義鎮《よししげ》と面会した経験がないらしく、一挙手一投足に緊張がにじみ出ていた。

「肥後における小原神五郎《じんごろう》が政《まつりごと》、堯舜《ぎょうしゅん》（中国古代の名君）の如しと聞く。大儀であるぞ」

義鎮の甲高い声は緊張のせいか、上ずり気味だった。義鎮の完璧に近い美を損なうものがあるとすれば、ただひとつその声であった。威厳に乏しく、軽々しささえ感じさせる細く高い声音である。本人もそれに気づいていた。義鎮があまりしゃべらない理由、声を低めて小さく話す理由も、男にしては高すぎる声にあったろう。

義鎮は咳払いしてから、「まこと大儀であるぞ、神五郎」と言い直した。

裃姿の似合わぬ鑑元は「もったいなきお言葉にございまする」と深々と平伏した。

鑑元にとって、義鎮は大恩ある先主義鑑《よしあき》の後継者であった。義鎮が「鑑元」と呼ばず、かつて義鑑がしたように親しみを込めて「神五郎」と呼んだのも、むろん鑑元の亡き義鑑に対する忠誠を意識した民部《みんぶ》の入れ知恵であった。

「神五郎よ。そちにはまず、詫びねばならぬ」と義鎮は鑑元に向かい、深々と頭を下げた。

「服部の一件、そちの申すとおり、右京助《うきようのすけ》に叛意ありと早とちりしたは、余の不明であった。服部には相済まなんだと思うておる。赦《ゆる》してくれい」

鑑元は恐懼《きようく》して、両手を突き直した。

「もったいのう存じまする。御館様、どうかお手をお上げくださいませ」

義鎮は手を突いたまま、神妙な面持《おもも》ちでゆっくりと顔をあげた。目には涙さえ浮かべ、長い濡れ睫毛《まつげ》をしばたたかせている。手の突き方から瞬きに至るまで仕草の一つひとつがいちいち優雅であった。戦場を雄々《おお》しく生き抜いてきた鑑元とは対照的に、義鎮は乱世に間違ってさまよい込んできた、美しくあるためだけに生きている蝶のような男だった。

あれほど嫌がっていたのに、いざとなると義鎮は演技が上手だった。多才な義鎮にできぬ事はあまりない。それも努力なしに、できた。

「公《おおやけ》にはやれぬが、いずれは服部一族の霊を萬寿寺《まんじゅじ》にて弔いたい。余も手を合わせに行くつもりじゃ」

大友家の菩提寺《ぼだいじ》である萬寿寺には、大友家の当主十九人が弔われている。義鎮は父義鑑をついに萬寿寺には埋葬させなかったが、その寺に他紋衆の家臣にすぎぬ服部右京助を弔うという。もしも本気なら、主君が家臣に示す謝罪の表現としては最高度といっていい。

「そのお言葉を聞けば、泉下の右京助も浮かばれましょう」

「右京助が生きてあり、神五郎と共に余を支えてくれれば、宗亀《そうき》の専横なぞ許しはせなんだものを。余は愚かであった」

義鎮は女のように白く細い左手の指を小刻みに震わせながら、そっと胸を押さえただけだが、見ている者にはまるで義鎮が悲しみに心をかきむしられているように見えるのだから、不思議なものだ。武将として義鎮は鑑元に敵うべくもないが、役者としては義鎮のほうが数枚上手《うわて》だった。

「今さら言うても詮《せん》なき話なれど、雄城《おぎ》の後の加判《かばん》衆には、人望篤《あつ》き服部右京助こそが相応しかった。余は忠臣を見る目を持っておらなんだ。されど、今は持っておるぞ。小原神五郎は、右京助に勝るとも劣らぬ大友の忠臣。父上が余に遺してくれた貴き宝物よ」

興に入ってきたせいか、義鎮の言葉が演技なのか本心なのか、賀兵衛にも見分けがつかなくなってきた。

鑑元は何度か言葉を挟もうとしたが、思い直したように開きかけていた口を閉じた。鑑元は義鎮を説いて宗亀との妥協を進言しようと考えていたはずだ。だが、義鎮と民部の作り出した場の雰囲気が、鑑元が用意してきた言葉を奪ったらしい。

「今や大分川のなまずでさえ、宗亀の顔色を窺うておる始末。春空高く舞う雲雀《ひばり》も、余を飾りにすぎぬと思うておるわ。宗家は今や、仏前の三具足《みつぐそく》と何も変わらぬ。宗亀は力を持ちすぎた。このままでは宗家が危うい。もはや何人も宗亀に立ち向かおうとはせぬ。余の近習らの力では、蟷螂《とうろう》の斧《おの》じゃ。宗亀は余に女をあてがっておけばよいと高をくっておるようじゃが、余も父上の子である。このままでは大友の興隆を築かれし父上に顔向けできぬ。されば、神五郎よ。頼りはそちしかおらぬのじゃ」

義鎮の震えを帯びた声に、鑑元は感極まった様子で目にうっすらと涙さえ浮かべていた。

生粋《きっすい》の武人である鑑元は、万の軍勢を見事に指揮しえても、義鎮と民部の内心はついに見通せまい。かたわらの賀兵衛はいい気持ちがしなかったが、義鎮派も鑑元を陥れる気ではない。鑑元の力を利用しつつ、共に力を合わせて政敵に対抗してゆくとの約定《やくじょう》だ。鑑元が味方してくれるなら、心強いことこの上ない。今は口先だけだが、義鎮もやがて鑑元の人物と忠誠を知れば、心から頼りとするはずだ。

「そちも知っておろう。わが祖父は条々にて、八度も背きし田原《たわら》家を警戒せよと遺言された。武蔵田原の家に民部を入れたのも、そのためじゃ」

義鎮の祖父大友義長《よしなが》が残した「義長条々」には、田原家の扱いに関する注意が記されている。八度はむろん誇張だが、それほどに田原家は宗家が警戒すべき最有力の家臣と見られていた。

「神五郎、余は宗亀を討つと喚《わめ》いておるのではないぞ。分を弁えさせるだけよ。宗亀も余の大切な臣じゃ。されど、大友に対し不変の忠節を誓うてきたそちと違うて、宗亀は一度、父上を裏切っておる。わかるか。余は神五郎を信ずるほどには、宗亀を信じられぬのじゃ」

義鎮の涙ながらの殺し文句に、鑑元はついに涙を流して平伏した。

「この小原神五郎、これからも大友宗家のため、粉骨砕身いたしまする」

「神五郎よ。そちの力で大友を守ってくれぬか。余も必ずそちを守る」

「すべて御館様の仰せのままに」

「されば明日の合議じゃが、欠員には宗亀ではなく、佐伯惟教《これのり》をあてる。宗亀、志賀を除く加判衆には、すでに民部が話をつけておる」

「実は宗亀殿の加判衆就任に賛同せよとの要請がございました。すでに承知の返事をいたしましたが、これより宗亀殿に会い、真摯《しんし》に腹を割って話をいたす所存。宗亀殿には、名代としてこのまま――」

「いや、御館様はすでに御齢二十六。名代はもはや必要ないゆえ、廃止いたす所存。されば小原殿、この件は明日の合議までご内密に願いまするぞ。さもなくば謀《はかりごと》も破れましょうゆえ。新たな加判衆には佐伯惟教。その後に名代廃止の動議を出す手筈でござる」

口を挟んだ民部の説明を聞き、鑑元は事の重大さに改めて気づいた様子だった。宗亀の加判衆就任の意思に反対し、さらに名代廃止に合意すれば、宗亀は政《まつりごと》の表舞台から放逐され、鑑元は完全に宗亀を敵に回すことになる。だが鑑元のごとき武人に、二言はありえない。

「頼むぞ、神五郎。そちだけが頼りじゃ」

「はっ」

平伏する鑑元の裃にできていた折り皺が、賀兵衛にはどこか哀れに見えた。

鑑元が義鎮の前を辞した後、民部が満足げに義鎮をほめたたえた。

「さすがは義兄上《あにうえ》、お見事な役者ぶりにございましたな」

「じゃが、余はまことあのイボを信じてよいのか。言葉だけで足るのか」

義鎮派は強い力を得たが、鑑元が得た物は謝罪とねぎらいの言葉だけだ。代わりに宗亀という実力者を敵に回し、平穏を失う。何とも割に合わぬ取引であった。

「ご案じなさいますな。小原鑑元は何よりも義理を重んずる男。命を懸けても、約束は守りましょう」

これから鑑元は、宗亀という強大な力と敵対関係に入り、不得手とする政略闘争に巻き込まれていくはずだ。賀兵衛にも責任がある。可能な限りの支援をするつもりだった。

「義兄上《あにうえ》、宗亀のあわてる顔が見ものでございまするな」

宗亀といえどもすでに根回しを済ませた鑑元の造反と鞍替えなど夢にも思うまい。

「これで宗亀は他紋衆からの支持を失うた。対等に渡り合えよう」

宗亀はこれまで他紋衆の盟主たる鑑元を使って不満を制御してきた。鑑元が主君義鎮の後ろ盾となって宗亀に対抗する構図となれば、他紋衆への抑えが効かなくなる。

「さて、明日は宗亀の加判衆就任を封じた後、御館様には名代廃止の動議を出していただきまする」

加判衆の欠員を埋めた後、義鎮からの諮問事項として提案する。正式な身分で合議に参画していなかった宗亀の虚を衝く作戦だ。いよいよ宗亀との全面対決になる。

「そこまで追い詰めて、宗亀が自棄《やけ》を起こさぬか」

「さような動きあらば、服部右京助と同様に始末いたしまする」

だが宗亀は服部のような弱小家臣ではない。まかり間違えば、内戦へと発展しかねぬほどの重大事だった。

「討伐軍の指揮は小原鑑元にとらせればよろしいかと。刃向かうなら志賀《しが》も同罪として滅ぼせば、南郡も得られまする。恩賞に困りはいたしますまい。大友第二の将が肥後勢二万を率いて御館様の敵を薙ぎ払うてくれましょうぞ」

民部が賀兵衛を振り返った。

「小原が約束を破るとは思えぬが、牽制もあったほうがよい。賀兵衛、其許《そこもと》も合議に顔を出せ」

民部はいつになく高揚している様子だった。今、大友を動かしているのは宗亀ではない、己だといわんばかりの強烈な自負が民部の表情ににじみ出ていた。

六、不慣れな戦場

賀兵衛《かへえ》が加判衆《かばん》の合議に立ち会った経験は、これまで数度しかなかった。高かった秋陽が傾き始めても、合議はまだ始まらなかった。夏日に萎《しお》れた葉物《はもの》のようにだれきって、静まり返った大友館二階の奥座敷には、病身の臼杵鑑続《うすきあきつぐ》が咳き込む声が時おり聞こえるだけだった。

「それにしても田北《たきた》殿は遅いのう。遅い、遅い」

田原宗亀《たわらそうき》はあくび混じりに間延びした声で繰り返すと、頭頂まできれいに禿げ上がった額の汗を手拭いでぬぐった。宗亀が出入り口の襖のほうを見やると、大きな団子鼻まで覆うように下ぶくれした顔の肉がゆれた。別に焦燥があるわけでもなかろう、首も埋もれたような肥満体のために汗かきなだけだ。民部《みんぶ》を痩身の狼とすれば、宗亀は太った古狸だった。

上座には大友義鎮《よししげ》が脇息に身を預け、ほおづえを突いている。絹張りの夏扇子《せんす》を開いて時おり口もとにやる仕草は、生あくびを隠すためだった。義鎮の脇に離れて近習頭の田原《たわら》民部がある。賀兵衛はさらにその背後に控えていた。

大友家では上座から見て左列に同紋衆、右列に他紋衆が、いずれも家格と長幼の序に従って並ぶ慣わしとなっている。左列筆頭には、義鎮の名代として田原宗亀が堂々と着座し、議事を進行する。その隣には本来、加判衆筆頭の田北鑑生《あきなり》が座るはずだが、まだ姿を見せない。代わりに宗亀の盟友志賀道輝《しがどうき》が座っていた。志賀はいつも眠そうに腫れたまぶたをして、公家のように色白で小柄な優男《やさおとこ》だが、喰えぬ男である点では宗亀に引けを取らなかった。志賀の隣では、病身の臼杵鑑続がぴんと背筋を正している。

小原鑑元は宗亀の向かい、右列筆頭の座にあり、瞑想に耽《ふけ》るように目を閉じていた。

民部は涼しい顔を装っているが、膝上に置いた手でしきりに腿を握っている。民部の苛立ちが手に取るようにわかった。

「小原殿、なぜ手を付けられぬ？　毒なぞ入っておらぬぞ」

田北の遅参も計算のうちなのか、宗亀は「腹が減った」と繰り返し、酒こそ出さぬものの、豪勢な食事を出させた。はたから見れば、評定ではなくただの宴《うたげ》に見えたに違いない。

「肥後の民は連年の飢饉に苦しんでござる。されば肥後方分《ひごほうぶん》の身として、ひとり贅沢な呑み食いをするわけには参りませぬ。お許しくだされ」

賀兵衛は昨夜の小原屋敷での貧相なもてなしの意味にはたと気づいた。酒に秋茄子の浅漬けばかりでは、ひさしぶりに再会した義兄の親友を歓待するに足るまい。鑑元は最も近しい戸次鑑連にも、あえて粗餐《そさん》しか出さなかった。その理由を鑑連も解していたからこそ、旨いと誉めながら漬物をぼりぼり言わせていたのだ。

「おお、聞いておったぞ。小原殿は願掛けをして、肥後に豊作あるまでは贅沢を慎むと決められたそうじゃな。まこと殊勝なお心がけじゃ」

賀兵衛には今さらながら鑑元が眩《まぶ》しく見えた。この男は信頼するに足ると思った。

「それにしても遅いのう。が、筆頭加判衆が見えぬに、大友のゆくすえを決める大事を論議するわけにも参るまい」

焼き栗を上品に口に入れる志賀の言は正論だが、田北が不在のまま議事を進めた例は幾度もあった。臼杵は食事に手を付けず、顔面を蒼白にして苦しげに肩で息をしていた。

民部は伯父の田北鑑生と話をつけたとしていたが、田北は信用ならぬ狐だった。宗亀派に寝返ったか、あるいは最初から二枚舌を使っていたのか。何度も使いをやって呼び出しているが、田北が姿を見せる気配はなかった。甥の民部の口舌に乗せられはしたものの、さすがに政界の古狐だけあって、土壇場になって翻意し、まだ火中の栗は拾わぬと決めたのか。民部の手前、堂々と約を違えるわけにもいかぬ。それゆえ欠席を選んだのではないか。

宗亀は病欠と見て勘定に入れていなかった臼杵の出席を明らかに警戒していた。もしや宗亀は田北から仔細を聞き、臼杵が病を理由に退室する時を待っているのか。

義鎮が十幾度目かの生あくびを扇子で隠そうとした時、民部がよく通る声で口火を切った。

「御館様はご多忙であられる。加判衆の方々にもそれぞれのお役目があるはず。されば、速やかに議事をお進めいただいては如何《いかん》？」

田北が宗亀派に再び寝返ったのなら、田北、志賀で二票になる。臼杵、小原の二票では可否同数で勝てない。田北が来る前に事を運ぶほうが望ましいと考えているのだろう。

宗亀は民部ら近習衆など眼中にないかのごとく黙殺して、目もやろうとしない。あくまで義鎮と加判衆に向かって諮《はか》った。

「方々、大内家の使者も急ぎの返答を欲しがっておる様子ゆえ、やむをえぬ。田北殿は見えぬが、議事を進めるといたしますかな」

宗亀は咳ばらいをすると、中国情勢について語り始めた。座の誰もが知る四年前の大寧寺の変から説き起こし、大友八郎晴英《はるふさ》が大内義長《よしなが》と改名して大内家当主となるまでの経緯をおさらいしたところで、田原民部が口を挟んだ。

「宗亀様。大内家は今、敗亡の瀬戸際にあり、当家の決断を待っておりまする。速やかなるご審議をお願い奉りまする」

「方々、速やかはよいが、いつぞやの毛利攻めの負け戦のように、急《せ》いて誤った結論を出してはなりませぬゆえな」

宗亀が皮肉って憫笑《びんしょう》を誘うと、志賀だけが笑いを引き取って応じた。

「こたび討たれた陶晴賢《すえはるかた》と申す者、先だってわしも会うてみたが、実に喰えぬ男でしてな……」

宗亀がのらりくらりと漫談を続ける間、鑑元は泰然自若と座していたが、臼杵はますます加減が悪くなっていく様子だった。一度、咳き込むとなかなか止まらぬ。発作が起きぬようにするためか、臼杵は右手で胸を押さえながら慎重に息をしていた。

†

「方々、ご異存ないようじゃの」

宗亀《そうき》の説明がようやく終わった。大内家からの援軍要請の件については、通り一遍の質疑がされただけで、表向きは大内家に協力しながら北へ勢力を拡大する方針に異論は出ず、すんなりと合意が得られた。

「臼杵《うすき》殿はずいぶんお加減が優れぬご様子。今日はこの辺りで引き取られてはいかがかな？」

面の皮だけで同情を作って問う宗亀に、臼杵は小さく手を振りながら、何か言おうとしたが、また咳の発作を起こした。

「されば、小休止するといたそうか。臼杵殿が――」

臼杵は首を何度も横に振り、咳き込みながら「あいや、お進めくだされ」と懸命に促した。

「ここは早々に合議を進め――」

口を挟もうとした民部《みんぶ》の言葉を、宗亀が途中でさえぎった。

「では次に、加判《かばん》衆の欠員についてお諮りいたす。誰ぞ、ご意見ある方は」

「僭越《せんえつ》ながら御館様とご列席の方々に申し上げる」

宗亀が議題を提示するや、臼杵のしゃがれ声がした。臼杵は居住まいを正すと、宗亀でなく義鎮《よししげ》に向かって手を突いた。

宗亀の名が挙がってから反対すれば、波風が立つ。事前の打ち合わせでは、志賀《しが》あたりが宗亀を推挙する前に機先を制して臼杵が切り出し、佐伯惟教《これのり》の名を出す手筈だった。

「義鑑《よしあき》条々によれば、六人の加判衆のうち、同紋、他紋を半数ずつにすべしと――」

臼杵はのど元をあわてて押さえ、咳ばらいを試みて発作を抑えようとしたが、やがて激しく咳き込み始めた。

「さよう」志賀がしかつめらしい公家顔で、勝手に臼杵の言葉を引き取った。

「たしかに義鑑条々では同他半々と決めておるが、五年前とは状況が大きく変わっておる」

臼杵は「やられた」という顔をしたが、咳がおさまらない。

志賀道輝《どうき》が用意してきたように演説を始めた。宗亀の根回しは万全だった。

「わしは田原宗亀殿を加判衆に推挙申し上げたい。大友はかの二階崩れの危機を乗り越え、肥後を制し、筑後にまでまたがる九州最大の大名となり申した。御館様をお支えし、その名代として国政に当たられてきた宗亀殿のお力によること多大であるとは、万人が認めるところ。しかるに考えてみれば、宗亀殿は加判衆であられぬ。かくも面妖な話がござろうか。国政に欠くべからざる御仁を欠く加判衆とは、これ如何《いかん》？　さればこの際、宗亀殿に加判衆に就任いただくことが理にかない、大友のためになろうと存ずる」

宗亀はただちに志賀の言葉を引き取った。

「わしも求められれば吝《やぶさ》かではない。大友家のため、より一層力を尽くす所存じゃ。されどもし方々にご異存あらば――」

「異存なぞ、ありようはずもない。今日の大友の繁栄は、英邁なる御館様とこれをお支えしてきた宗亀殿のお力によるもの。方々、そうではござらぬか」

宗亀はまんざらでもない顔で座を見渡した後、追認を求めるように義鎮を見た。義鎮は目が合う直前に視線をずらし、民部をちらりと見てから、臼杵を見やった。

「お待ちくだされ」

臼杵が震える手で宗亀を制した。息も絶え絶えの様子である。

「もとよりわしとて、宗亀殿の功に異を申し立てる気は毛頭ない。されど、加判衆六名のうち、同紋衆が五名を占めるのはいかがなものでござろうか。かれこれ二十五年ほど前になるが、氏姓を巡る変事がござった」

前回の他紋衆による暴発は武力で鎮圧されたが、その後の大友家に長く影を落としてきた。現在の同紋衆、他紋衆の対立もその延長にあった。

「二度とかかる不幸を招いてはならぬ。同他の諍《いさか》いは、大友家に長年巣くってきた宿《しゅく》痾《あ》じゃ。たがいにわかり合い、折り合いをつけるためには――」

「待たれよ。他紋衆の盟主たる小原《おばら》殿は人望篤く、同紋衆も一目を置く名将の中の名将。その小原殿では不足じゃと仰せでござるかな？」

志賀の問いに、臼杵は答えようとしたが、ふたたび咳の発作を起こした。

「僭越ながら、他紋衆を代表し、ひと言申し上げまする」

鑑元《あきもと》は目を見開き、上座と宗亀のほうに向き直った。

一座の視線が鑑元の精悍な表情にいっせいに注がれた。

「そもそも加判衆は同紋、他紋を半々にせよとの先主のご遺言がござる。さればそれがしも他紋衆より選ぶべきものと存じまする」

宗亀はこの合議で初めて驚いたように瞠目《どうもく》していた。さすがの宗亀も、鑑元が異を唱える事態だけは想定していなかったらしい。

宗亀は穴の開くほど鑑元を見詰めてから、いまいましげに民部の様子を上目遣いに見た。やがて「なるほど、の」とだけつぶやくと、宗亀は志賀を促すようにちらりと見た。

「されど、先主の遺言なんぞ五年も昔の書き物。時代に合わねば意味をなしますまいの」

「この五年でさして時代が変じたとも思えませぬ。朽網《くたみ》（鑑康《あきやす》）、佐伯（惟教《これのり》）、あるいは若年なれど中村（長直）、斎藤（鎮実《しげざね》）なぞ、他紋衆にも次代の大友を支える逸材は多くござる」

反駁された志賀が思い出したように話題を変えた。

「ときに小原殿は出府のたび、臼杵の到明寺《とうめいじ》にまで足を延ばされるそうじゃな？」

到明寺には先主義鑑が埋葬されている。義鎮は義鑑を快く思わず、大友家の菩提寺である萬寿寺《まんじゆじ》への埋葬をかたくなに拒んだ。義鎮への遠慮から、墓参を控える家臣も少なくなかった。

「それが、何か？」

先主恩顧の旧家臣らにとって、到明寺参拝は格別の意味を持っていた。

「小原殿は先主に固く忠誠を誓われた身なれど、時代はもう変わったという話じゃ」

志賀は義鑑からは重用されずに不遇をかこっていた。昔のやっかみも込められていただろう。

宗亀が議論を引き取ろうと扇子を閉じたとき、上座で咳払いがし、続いて甲高い声がした。

「神五郎《じんごろう》の申し条、もっともではないか」

義鎮であった。かたわらの民部が得意げな片笑みを浮かべている。

予期せぬ方角からの発声に、宗亀は驚愕の表情で義鎮を見た。

驚く理由はいくつもあったろう。加判衆合議にあって義鎮は、議論にまず口を挟まなかった。ごくまれに質問をしたり、意見を求められて答える時はあったが、義鎮が宗亀の意に反して発言した例は、宗亀が義鎮の閨《ねや》に初めて苦言を呈した服部事件の側室問題くらいであった。宗亀の周到な根回しもあって、意見が分かれること自体がまれだが、鑑元が反対意見を出し、義鎮がこれを支持する事態など決してありえなかった。おまけに「神五郎」との親しげな呼び方は、加判衆合議という公式な場でなくとも、相当の違和感があったに違いない。

宗亀は大きな丸い目をさらに見開いて義鎮の顔を見ていた。義鎮が視線を他へ移すと、宗亀はゆっくりと顔を鑑元に向け、無言で凝視していた。始終、水の中を動くようにゆったりとした動作だが、宗亀は禿《は》げ頭の中で目まぐるしく思案を巡らせているに違いなかった。

「……なるほど。御館様ならびに小原殿のご意見に鑑み、この一件についてはいっそうの思案が必要にござるな。今日は議題の頭出しにござれば、拙速を慎むといたしましょう」

宗亀は話を終えるように大きなあくびをしながら身づくろいを始めた。

「さてと田北殿は来ぬようじゃし、臼杵殿はお加減が優れぬご様子。おまけに陽《ひ》まで傾いて参った。されば、今日の合議はお開きといたそうか」

「賛成でござる。長丁場の合議で頭も回らぬようになってしもうたわ」

宗亀の提案に志賀がすかさず同意を示したが、民部が口を挟んだ。

「お待ち下さりませ。加判衆の欠員は速やかに補充せねば、政務が滞りまする」

宗亀は民部の抗議など耳に届かなかった様子で立ち上がると、隣で志賀が即座に倣《なら》った。

「今後の段取りは追って沙汰いたす。では御館様、方々、ご機嫌うるわしゅう」

決を採っても、宗亀自身を勘定に入れれば可否同数で結論は出なかったはずだが、冒険を避けたのか。宗亀と志賀が去った後には、食い散らかした豪勢な残飯《ざんぱん》と確かな不安だけが残った。

†

宗亀《そうき》はその後、加判《かばん》衆合議を開かぬまま、半月近く不気味なほどの沈黙を守っていた。この間、近習としての日々の雑務のほか、賀兵衛《かへえ》は公務にかこつけ民部《みんぶ》を杏《あんず》に引き合わせて喜ばれたり、仲屋《なかや》の入手した米を肥後へ輸送する手配をしたり、多忙な時を過ごした。

民部は「小原《おばら》を宗亀から切り離した以上、われらの勝利と言える」とうそぶいたが、宗亀ほどの策士がやられたまま簡単に引き下がるとは思えなかった。

今朝、「小原の件で話がある」と告げられた賀兵衛は民部を訪《おとな》ったが、約束の刻限より早くに着いてしまい、例のぼろ屋敷で待たされる羽目になった。

狭い座敷の隅には、鞠《まり》を作るのであろう、きれいに積み重ねられた円形の鹿革と大麦の穀粒の入った曲物桶があった。あくびしながら待つうち、「賀兵衛さま」と、襖がそっと開いた。

「実は折り入ってお願い申し上げたき儀がございまする」

民部の愛妻いいそである。小柄で愛らしい女性で、民部とはお似合いの夫婦だが、杏といい、しばしば他人から依頼を受けるのは、賀兵衛がよほど物を頼みやすい顔をしているのか。もじもじしているいいそを促すと、どこか恥ずかしげに切り出した。

「だんな様とわたしが夫婦《めおと》になって十年余りになりますが、わたしは一度も身ごもった経験がございません。子なきは去るが武家の習い。だんな様には何度も離縁くださるようお願いしたのですが、いっこうにお聞き届けがありませぬ」

民部といいそには子がなかった。おまけにいいそは病弱な女性で、しばしば病で臥せった。賀兵衛も、病がちのいそを民部がいたわる姿を何度も見ていた。あの気難しい自信家の男が、別人のように優しげな男に変貌するのである。

「民部殿はいそ殿に惚れておるゆえ、離縁など決していたしますまい。あきらめられたがよろしかろう」

賀兵衛は公知の事実を告げたまでだが、いそは恥ずかしげに顔を真っ赤にした。賀兵衛より十歳近く年長のはずなのに、まだ年端《としは》も行かぬ少女のようだった。

「わたしをどうしても離縁なさらないなら、だんな様にはせめて側室を持っていただきたいと、つねづね申し上げておりました。ですが、やはりそれにも耳を貸そうとなさいませぬ」

「無駄でござろうな。民部殿は刀の砥石《といし》よりも固い御仁なれば、いそ殿以外の女子《おなご》には見向きもしますまい」

近習衆の宴席には、義鎮《よししげ》の指図で白拍子《しらびょうし》がしばしば呼ばれる。そんな席では賀兵衛もついつい女子に目をやってしまうが、民部だけは女子などに目もくれず、場違いに仕事の話ばかりしていた。数日前も、杏のたっての希望で小原屋敷に公務を作り、偶然を装って民部と引き合わせてみたが、民部が杏に対し何らかの感情を抱いた節などみじんもなかった。

「されど、いざ目の前にいとも可憐な女子がおれば、きっと話も違ってまいりましょう？　実は賀兵衛さま。過日、それはそれは顔だちのきれいな女子に出会うたのでございまする」

　民部はいそに心配をかけまいと、襲われた事実を隠し続けていたが、衣服に付いていた返り血の痕でいそも気づいていた。いそは民部が気に病んではと懸念し、気づかぬふりをしているのだと、賀兵衛には打ち明けていた。いそがこっそり民部の身の安全を祈願しに若宮《わかみや》八幡へ詣でた際、民部の側室にふさわしい巫女《みこ》に出会ったという。

「……して、それがしに何をしろと？」

「だんな様を若宮八幡に連れ出して、その女子に引き合わせていただきたいのです」

　民部は堅物である。いかに傾国の美女であろうと、かんじんの民部がいそ以外の女子に関心がない以上、試すだけ無駄な話だった。

「民部殿は所用もなく、それがしと物見遊山《ものみゆさん》に出かける御仁ではござらぬ。必要がなければ、御館様の命でもない限り、一歩も動かぬ男ですぞ」

「何かよき口実を考えてくださいませ。そういった話はお得意ではありませぬか？」

「思案してみましょうか。して、その巫女の名をご存じですかな？」

「たまというお名だそうです。宝珠《ほうじゅ》の『珠』と書くとか。お近づきになれればと、思い切ってうかがってみたのです。小柄で気品のあるお方でした」

「お待ちくだされ。齢はいくつぐらいでござる？」

「側室にいかがかと思うていましたので、不躾《ぶしつけ》ながら問うてみたのです。お若くお見えでしたが、ちょうど二十歳《はたち》とか」

大寧寺《だいねいじ》の変のおり、大内義隆《よしたか》の末娘、珠姫は十六歳だった。四年が経ち、年齢は符合する。

「い、いそ殿がその巫女に会われたのは、いつでござる？」

「そうですね。由原《ゆすはら》の放生会《ほうじょうえ》が終わって間もなくの時分ですから、ひと月あまり前になりましょうか」

賀兵衛はおっとり刀で立ち上がりながら、い、いそに早口でことづけた。

「ちと急用ができ申した。民部殿にはまた来るとお伝えくだされ」

「いかがなされたのです？　賀兵衛どの？」

「お国の大事でござる」

賀兵衛は民部のぼろ屋敷を駆け出ると、若宮八幡宮へと走った。

†

「して、その女子《おなご》は？」

賀兵衛《かへえ》が戻ると、民部《みんぶ》は鼻孔を膨らませながら、わずかに身を乗り出してきた。

「それが、五日ほど前に突然、姿を消したとか」

若宮八幡に珠姫《たま》らしき巫女はもういなかった。神主に問うと、神隠しにあったようだと首をかしげていた。豊後に来ていたのは本当だったらしい。

「大内家は、京の若宮八幡に神馬《しんめ》を奉納しておった。その縁《ゆかり》を頼ったとすれば、合点もいく」

「人さらいやも知れませぬが、珠姫と知って狙うたのでござろうか」

「名門大内の血を引く娘とあらば値打ちも高かろうゆえな。……引き続き仲屋《なかや》に当たらせよ」

賀兵衛がうなずくと、民部は表情は変えずに話題を変えた。

「じきに小原《おばら》殿が肥後へ戻る。されば其許《そこもと》は軍目付《いくさめつけ》として同道せよ」

次の加判《かばん》衆合議に備えて鑑元《あきもと》は府内に待機していたが、いつまでも肥後を留守にはできぬ。数日のうちに府内を発《た》つ話になっていた。

民部が心持ち賀兵衛のほうに身を乗り出すと、微風もないのに燭台の明かりが大きく揺らいだ。民部の鼻孔が膨らむ。賀兵衛にしか聞こえぬひそめられた声だった。

「来年の祇園会《ぎおんえ》に宗亀《そうき》を討つ。其許《そこもと》は肥後で小原殿の挙兵準備を手伝え」

賀兵衛は雷《いかずち》に撃たれたようにびくついた。

祇園会とは六月十五日に行われる大友家最大の祭りである。いかに主君の厚い信があるとはいえ、民部は国東半島の外れ、今市《いまいち》に少領を持つにすぎぬ。武蔵田原家の動員兵力はせいぜい一千であろう。民部はまだ他人の力を集めることでしか、宗亀と対決する土俵にあがれなかった。民部が統括する近習衆も、まだ当主でない者のほうが多い。賀兵衛にしても、父鑑理《あきただ》の復権を願う意図もあって、吉弘《よしひろ》家の家督を継いでいなかった。

「すでに義兄上の了承も得た。身どもは府内《ふない》にあって、すべての膳立てをする。其許《そこもと》は肥後へ参れ。余計な嫌疑をかけられぬよう、単身で行くがよい」

「ちとお待ちくだされ。大友が割れて内戦なぞしておるうちに、毛利が攻めて参りまするぞ」

「毛利が大内を滅ぼすにはまだ一年はかかる。外敵に付け入られる隙のない今こそ、事を成すべき時ぞ。近習衆を中心に兵を集めても五千には届くまい。が、佐伯もすでに承知した。佐伯を支持する他紋衆を入れれば、万を超える。これに肥後二万の軍勢が味方すれば、他紋衆がいっせいになびく。田北《たきた》ほか様子見の同紋衆も雪崩《なだれ》を打って味方しよう。さすれば、われらの勝ちじゃ」

賀兵衛の吉弘家も当然に兵の数に含まれている。だが、肝心の鑑元は本当に同意したのか。多くの他紋衆は鑑元の動向に従うだろう。鑑元次第で、山が動く。

「この件、小原殿は承知されたのでござるか？」

「いや、にべもなく断られた。あの男、戦上手《いくさ》のくせに、内戦には反対じゃと譲らぬ。どうも身どもとは馬が合わぬようでな。これ以上説いても無駄と見た。ゆえに其許《そこもと》を軍目付《いくさめつけ》として送り出す。もはや後戻りはできぬ。身どもが挙兵の支度を終えるまでに、必ずや小原を説き伏せよ。身どもは他紋衆の不満に油を注ぎ、火をつける。来春には、反宗亀の火柱が音を立てて、後三カ国一帯に燃え上がっておろうぞ」

民部はすでに相当動いていた。退路を断つべく、賀兵衛に内密で事を進めていたわけだ。

「事の成る成らぬは、すべて小原鑑元に懸かっておる。義を説け、利を説け、道理を説け。この企てが成るも成らぬも、あの男次第じゃ。小原さえ動かば、身どもは必ず宗亀に勝てる。勝ってみせるぞ、賀兵衛」

「非才の身ながら、それがしとて一臂《いっぴ》を仮すに吝《やぶさ》かではありませぬ。されど、こたびの企て、石宗《せきそう》先生にお諮りではありますまい。先生は天、われらに未だ味方せずと常々仰せであったはず」

二人の学問の師、大友軍師角隈《つのくま》石宗ほど風変わりな人間も珍しい。別府《べっぷ》温泉の北にある小高い丘の小さな城館に住んでいるが、ふらりと旅に出れば一年近く戻らぬ時もあった。秋口に幕府工作にかこつけて京にあると便りが届いたから、しばらく豊後に戻るまい。

義鎮《よししげ》から諮られても、石宗は宗亀の専横を知りながら「時を待たれよ」と繰り返した。石宗の見立てによると、宗亀の宿星はこれからいよいよ勢いを増し、燦然《さんぜん》と輝く。向こう十年余りは、宗亀が大友の時代を創る。老獪《ろうかい》な宗亀でなければ、海千山千の同紋衆を御《ぎょ》すのは難しい。むしろ今は宗亀の力を利用して大友をさらに強大化させるべきだと石宗は説いた。結果として石宗は、宗亀派と立場が変わらないわけだが、民部、賀兵衛らの時代が来る日までじっくり力を蓄えよと諭した。

「石宗先生は、時として天に抗わねば道は開けぬとも仰せであった。天文占筮《せんぜい》だけで世は動いておらぬ。身どもはわが手で運命を創ってみせる。旅より戻られれば、先生は魂消《たまげ》るであろうぞ。豊後が弟子どもの手に落ちておるのだからな」

民部の鼻孔が大きく広がった。民部は下戸だが、己と己の企てに酔っている。

「考えてもみよ、賀兵衛。宗亀には大義なく、己が利得あるのみだが、われらには担ぐ主君がある。戸次《べっき》も高橋も、御館様に刃を向けはせぬ。名だたる大友三将が味方して、負ける道理がどこにある？　身どもは宗亀の飛車と角を奪ったようなものよ」

たしかに豪将小原鑑元さえ打倒宗亀のために起《た》てば、必ず勝てる気がした。あのふてぶてしい最高実力者を打ち倒し、新たな体制が作れるように思えた。

「君側の奸を除くは忠臣の務め。すべては大友家の繁栄を願う企てなれど、これは同時に小原家のためでもある。小原は先だっての加判衆合議で宗亀を敵に回した。われらが敗れれば、この後ただではすむまい。宗亀亡き後、小原鑑元の忠烈と大功に報ゆるに多大なる恩賞をもってするは当然の理。されば小原家には、杏葉紋《ぎょうようもん》の使用も許されようぞ」

民部は話を打ち切るように、立ち上がった。大事であっても、正しいと信ずれば、民部は賀兵衛の諒など得ぬまま事を進める。賀兵衛が最終的には民部と一心同体であり、裏切るはずがないと確信しているせいもあった。

「田北《たきた》の伯父に呼ばれておってな。あの狐め、過日の遅参は牡蠣《かき》を食って腹痛《はらいた》を起こしたゆえなぞと臆面もなく言いわけしおった。よくも抜け抜けとほざきおるわ。口惜しいが、力を持っておるゆえ、こたびも敵には回せぬ。利に聡《さと》い俗物ゆえ、やりやすいがな」

加判衆筆頭の田北鑑生《あきなり》は、勝ち馬の見極めだけは正確な男だった。先日の合議で甥の民部との約定を平気で違えたのは、宗亀との対峙が時期尚早と考え直したためらしい。日和見《ひよりみ》の田北は簡単に動かない。宗亀、民部のいずれが勝つか。冷静に勝者を見極めてから加担し、己が力で勝利を確実にして己を高く売る腹だった。田北の助力が得られるなら、相当に勝機があると見ていい。宗亀もむろん承知していて、田北に加判衆筆頭の地位を与え、恩賞も手厚くしてきた。その田北が、宗亀の失脚に備えて、甥の民部と手を結ぼうとしていた。それだけ小原鑑元と義鎮の急接近は重大な出来事だったわけだ。

「頼んだぞ、賀兵衛。其許《そこもと》は甘い男ゆえ、しかと言うておく。この企てに敗れれば、武蔵田原《たわら》も吉弘も、この世から消えると思え。義兄上《あにうえ》も近習衆を失われる。後に残るのは丸裸にされ、宗亀の傀儡となった大友宗家だけじゃ。だが勝てば、吉弘家の復権も叶おうぞ」

民部は最後に思い出したようにつけ加えた。

「重ねて言うが、杏《あんず》と申す娘はあきらめよ。義兄上《あにうえ》のご気性は其許《そこもと》も知っておろう」

「……御勘気を被りましょうな」

「それでは済まぬ。得がたい女ほど手に入れたくなるものじゃ。ゆめゆめ服部の轍《てつ》を踏む愚を犯してはならぬぞ」

軍目付として肥後に住まえば杏に会えると胸が高鳴ったが、民部の言うとおりだった。この恋は最初から成就するはずがなかった。せいぜい甘美な思い出を作るだけでよしとせねばなるまい。

†

翌夕、賀兵衛《かへえ》が田原宗亀《たわらそうき》の屋敷の門前で名乗ると、近習には鄭重すぎる出迎えと歓待が待っていた。宗家をもしのぐと評判の権勢だけあって、瀟洒《しょうしゃ》壮麗な屋敷である。民部《みんぶ》と話をする時は、疲労に効くといいそが淹《い》れてくれる湯薬《とうやく》で清談するのがせいぜいだが、この日通された広間には、きじと山どりの刺身、鯉のかまぼこに塩あわび、新鮮なかぶらから山芋、晩梨《おくなし》、砂糖羊羹《ようかん》に至るまで、食べきれぬほどの豪勢な酒食が盛り立てられていた。家中の最有力者と若年の寵臣の大きすぎる力の差を見せつけられた気がした。

今朝、宗亀から使いが来て、今夕、賀兵衛と二人だけで会いたいとの申入れがあった。宗亀の底意は知れぬが、賀兵衛は敵情視察のつもりで請けた。宗亀は汚い手をいくらでも使った。暗殺も厭うまい。だが、対立派閥とはいえ、賀兵衛は国主義鎮《よししげ》の甥であるから、宗亀とて闇討ちはともかく、堂々と己の屋敷内で討ち果たしはすまいと踏んだ。

「おお、よう参ったな、吉弘殿《よしひろどの》」

呼びつけておきながら一刻余りも待たせ、宗亀がようやく姿を見せた。刻限を守る民部とは対照的に、宗亀は必ずといっていいほど会合に遅れてきた。義鎮さえ待たせるため、近習衆は義鎮の怒気をなだめるのに気を遣ったものだ。

「肥後への支援米の一件、お主がすべて差配したとか。大儀であった」

義鎮派に鞍替えした鑑元の支援に精を出しているとの皮肉にも聞こえなかった。ただの社交辞令と解したが、次の宗亀の言葉に、賀兵衛は身体が凍り付いた。

「近く南関《なんかん》へ行くそうじゃな。軍目付《いくさめつけ》の役目、しかと果たすがよい」

肥後行きは正式決定ではなく義鎮派の者しかまだ知らぬはずだった。近習衆の誰かが宗亀と通じているのか。宗亀は「府内《ふない》で知らぬ話はない」と言わんばかりの顔で賀兵衛を見やった。

さすがに老練の政治家だけあって、宗亀のほうが役者が何枚も上だ。

「鑑元《あきもと》公は仁政で人心を掴んでおられるとか。よく学んで参る所存にございまする」

何食わぬ顔で答えたが、賀兵衛は袖で額の汗をぬぐった。

「吉弘家は昔から処世がへたくそじゃ。今度こそは勝ち馬に乗ったほうが良いぞ」

確かにそうだ。賀兵衛の曾祖父も祖父も、大友を守る盾となって戦死し、父鑑理《あきただ》は

〈二階崩れの変〉で大いに力を落とした。大友で大事件が起こるたびに割を食ってきたのは吉弘家だった。

「はて、仰せの意味がわかりかねますが」

「鼠《ねずみ》より象に与《くみ》したほうが、得じゃと申しておるのよ」

言うまでもなく宗亀は、民部を鼠に、己を象に喩えている。

「それがしは御館様の近習なれば、象にお仕えしておると思うておりまする」

とぼけてみた賀兵衛を、宗亀は手を上げてさえぎった。

「まあよい。わしはな、賀兵衛。近習衆ではお主に眼をつけておった」

宗亀が瓶子を差し出すと、賀兵衛は杯で受けた。宗亀は先に自ら口をつけ、さりげなく毒見してみせた。

「お主は目端《めはし》が利き、なかなかに先も読める。わしはさような若者を嫌いではない。これからの大友の飛躍になくてはならぬ人材よ」

「お誉めにあずかり、恐悦至極に存じまする」

「もともと吉弘家は、わが田原家の庶流にして、所領も近い。田原の力なき分家にもぐり込んだ半人前にかき回されていがみ合うのも、大人げない話じゃとは思わぬか」

「これは異なことを。いがみ合いではありますまい。競い合うて宗家のために尽くすは家臣の当然の務めと心得まする」

賀兵衛も府内《ふない》で五年、政《まつりごと》に携わった。宗亀には通用せぬにせよ、心にもない無意味な言葉を並べて流すくらいの腹芸はできる。正面から回答できる類《たぐい》の問いでもなかった。

「ときに賀兵衛よ。お主、嫁を娶《めと》るつもりはないか」

「……今は近習として、御館様にお仕えするだけで精一杯にございますれば」

「妻を娶らば、なおいっそう励めるであろうが。どうじゃな、賀兵衛。わが娘を娶らぬか」

賀兵衛は生唾《なまつば》をごくりと飲み込んだ。宗亀に男子はないが、娘が二人いた。長女は賀兵衛より五つ下だという。宗亀の権勢をおそれ、あるいは立身を望む者は宗亀との縁組みを喉から手の出るほど望んでいた。宗亀の婿となれば賀兵衛も、命まで狙われる日々を終え、堂々と陽の当たる場所に出られるだろう。

「田原本家と当家では釣り合いませぬ」

「笑止。吉弘家は宗家のご連枝《れんし》ではないか。わしの婿になれば、貴家もいずれ往時の力を取り戻せようぞ。わしは左近《さこん》（吉弘鑑理《あきただ》）殿を臼杵《うすき》の後の加判《かばん》衆にと考えておるのじゃ」

賀兵衛は息をのんだ。

さすがに田原宗亀だ。賀兵衛の鉄腸《てっちょう》でさえ揺らぐ好餌ではないか。この縁組みは父鑑理の事実上の謹慎状態を解き、吉弘家を復権せしめる最短の道だ。宗亀を近くで牽制し、義鎮のために尽くすのも、忠臣の務めと言えなくもない……。

いや、ありえぬ。来夏までに宗亀は打倒されるはずだった。主君と親友を裏切るわけにはいかぬ。それにこの古狸はおよそ信用できぬ。

「迷うておるか。ありていに申そう、賀兵衛。民部を捨てて、わしに付け。お主は民部の家臣ではあるまいが。わしも民部も、御館様にお仕えする身。仕え方が変わるだけじゃ。わが婿とならば、むろんお主がこれまで民部の指図で行ってきたすべてを不問に付す」

賀兵衛は民部の裏も表も知り尽くしている片腕だった。目障りな義鎮派を潰すには、賀兵衛の引き抜きは決定的に有効だろう。

「……ありがたきお言葉なれど、お断り申し上げまする」

「親子揃って、頭が固いのう。民部への義理が立たぬか。損得勘定ができぬとは」

「面目次第もございませぬ」

宗亀は大あくびをじっくりと済ませてから、肥満体をゆすりゆすり身を乗り出してきた。

「わしの顔を潰してただで済むとは思うまいな。わしは裏切り者を赦さぬ。仕事熱心な若者への忠告じゃ。肥後で面倒な動きをすれば、吉弘は滅ぶぞ。小原《おばら》と共にな」

落ち着き払った宗亀の口調にはかえって凄みがあった。

「ひとつ覚えておくがよい。明日、天に旭日《あさひ》が昇るのと同じくらい確かな話を教えてやる」

宗亀は大きな眼をカッと見開いた。

「わしはこの戦いに必ず勝つ。このわしが民部の如き鼠輩《そはい》に負けるとでも思うてか。知恵比べでわしに勝てる者がおるとすれば、ただひとり角隈石宗《つのくませきそう》のみ。されど石宗はわしの味方じゃ。それでもお主は民部に与《くみ》するか？」

石宗はかねて宗亀打倒を思いとどまるよう説いていた。今ごろどこぞの旅の空の下にあるはずだが、改めて尋ねても答えは同じだろう。だが賀兵衛は、威迫に負けじと宗亀の眉間を見つめた。

「同じ大友家臣なれば、敵味方なぞないと心得ておりまする」

すでに民部は、宗亀を追い詰める包囲網を着々と作り始めていた。民部の策は、賀兵衛が小原鑑元《あきもと》の説得に成功しさえすれば、成るはずだった。宗亀は民部の動きを把握し、たとえば佐伯を抱き込み、内通させているのか。だが、周到で慎重な民部が、出だしから何かへまをしでかしたとも思えなかった。

はたして田原宗亀親宏《たわらそうきちかひろ》と田原民部親賢《たわらみんぶちかかた》のいずれが勝利を得るか。大友家にあって戸次鑑連《べっきあきつら》を第一の軍略家とすれば、田原宗亀は第一の政略家であったろう。宗亀は先主義鑑《よしあき》に一度追放されながら、見事に復活を果たした。空恐ろしい相手だった。

宗亀は賀兵衛が恐れを感じるほどに自若として、悠然と酒をすすっている。単なる虚勢なのか。宗亀はいかなる根拠で勝算を持っているのか、どこまで民部の企てを見定めているのか。賀兵衛には見当もつかなかった。

襖《ふすま》が開き、田原家の家人が宗亀の耳元に何やらささやくと、宗亀ははだけた小袖の前を直した。

「まあよい。民部は必ずわしの軍門に降る。お主も同じよ。さてと、近ごろがぜん人気者の田北《たきた》殿が来おったゆえ、わしはこれにて失礼しよう。肥後では粗餐が待っておるはず。好きなだけ呑み食いしてから帰るがよいぞ」

がらんとした広間に取り残された山海の珍味は、十人がかりでも食べ切れるかどうか。肥後の貧窮を想うにつけ、杏《あんず》に食べさせてやりたいと思った。

賀兵衛は乾きかけたあわびを箸でつまもうとしたが、箸を取り落とした。見ると、己の手が瘧《おこり》のようにぶるぶると震えていた。心意気では負けぬつもりでも、身体は敏感に反応し、宗亀に対して本能が恐怖していたらしい。小刻みに震え続ける右手を左手で摑みながら、あわびをつまみ、口に運んでみた。歯ごたえがあるだけで、味はまるでわからなかった。

賀兵衛は空威張りするように胸を張って、宗亀の屋敷を出た。濁流に浮かぶ葉のように雲が急いで流れ、その中を冷月が見え隠れしていた。

第四章　静かな雨

七、南関城

肥後で見上げる秋穹《しゅうきゅう》は、新天地での気負いがあるせいか、府内《ふない》の空よりもずっと高くにある気がした。一行は玉名《たまな》と呼ばれる里に着いた。新造と思しき水車が清流にカタカタ音を立てている。

主君大友義鎮《よししげ》の命で肥後《ひご》方分《ほうぶん》小原《おばら》鑑元《あきもと》の軍目付《いくさめつけ》となった吉弘賀兵衛《よしひろかへえ》鎮信《しげのぶ》は、鑑元一行に加わって南関《なんかん》城を目指していた。杏《あんず》は小井出掃部《こいでかもん》らとひと足先に帰ったらしく、同行していない。

賀兵衛の目には、山間《やまあい》に切り拓かれたばかりの畑や棚田がいくつも映った。連年の飢饉も、鑑元の治める肥後から民の笑顔を奪い去れはしなかった。肥後は戦乱で荒れ果てていたはずだが、秋の去ろうとする田畑に戦《いくさ》の爪痕は残っていない。空梅雨のせいで実りの秋こそ得られなかったが、人々の心は弾んでいるようにさえ見えた。

田舎道にのどかな牛追い歌が聞こえてくる。

賀兵衛の前を鑑元の栗毛の馬が闊歩《かっぽ》していた。

「権之助《ごんのすけ》、息災のようじゃな」

鑑元が馬を降りると、賀兵衛も倣《なら》った。

「おお、仏様じゃあ！　小原のお殿様がお帰りなされたぞ！」

痩《や》せて腰の曲がった小柄な老農の素っ頓狂な声に、村人たちがわやわやと集まり、鑑元を取り囲んだ。肥後に入ってからは里を通るたび、鑑元の姿を認めた村人たちが親しげに群がってきた。鑑元は行く先々で歓待されたから、肥後の道中はずいぶん時を要した。鑑元は評判どおり、この五年余で占領地の人心をすっかり摑んでいた。肥後の民や兵らは鑑元をまるで生き仏のように崇《あが》めている。

「大事な時にお殿様がおらんから、力仕事がはかどりませなんだぞ」

「おお、すまぬ。さっそく明日にも仕事に戻らせてもらおう」

「きっとですぞ。来年こそは、お殿様にたくさん米を食わせられますわい。うまい酒もなぁ」

「そいつは楽しみじゃな。頼りにしておるぞ、権之助、皆の衆」

飢饉で満足な食事もできぬはずだが、肥後では鑑元以下すべての者が等しく生活苦に耐えてきた。その鑑元の姿が、領主への信頼を醸成してきたに違いない。

この田にもやがて苗が植えられ、生育した緑の稲葉が夏風にそよぐだろう。鑑元の巨軀と権之助の腰の曲がった小柄な痩身がなかよく並び、草取りをしながら談笑する姿を、賀兵衛は想像してみた。今は鑑元を取り囲む円陣の外だが、肥後に打ち解けれれば、賀兵衛も円陣の真ん中にいるだろうか。

「さてと参るか、賀兵衛殿。城へ行く前に寄り道をいたそう」

　鑑元の居城南関城は肥後と筑後の国境《くにざかい》にあり、遠く筑前小倉まで通じる豊前街道の要衝であった。重要拠点であるため、古来この地には関が置かれた。大友にとって、肥後支配はもちろん、肥前《ひぜん》（佐賀県）攻略の橋頭堡《きょうとうほ》としての役割を担っている。南関に豪将小原鑑元ある限り、大友の西方は小揺るぎもすまい。北には戦神戸次鑑連《べっきあきつら》、南には勇将高橋鑑種《あきたね》があり、東は海に守られている。無敗を誇る大友三将がいる限り、大友の繁栄は約束されたに等しかった。

「どうじゃな、賀兵衛殿。新しい肥後に来た感想は？」

「かつて戦乱に見舞われ、二年続けて飢饉に襲われた土地とは思えませぬ。鑑元公の仁政があまねく行き渡っているゆえと存じました。故郷の都甲《とごう》もよき里ですが、南関も好きになれそうでございまする」

「わしにとっては今や南関が古里のごときものじゃ。この地にはよき温泉が湧いておってな。府内の疲れを癒してから南関に参るとしよう」

ゆらりと立ち上る湯気に誘われるように、林間の岩風呂に入った。鑑元の引き締まった裸身には噂どおり刀傷や矢傷があったが、古傷はすっかり身体に馴染んでいた。

「村人たちがわしのためにと作ってくれた岩風呂でな。浸かっておれば、傷や疲れもじきに癒える。少し下った川べりは蛍の楽園じゃ。夏の夜には蛍火を味わいながら湯を楽しめる」

賀兵衛なら、征服地の民がしつらえた岩風呂に平気で入れただろうか。源義朝《みなもとのよしとも》しかり、風呂場は昔から殺人に適した場所である。新領主に怨恨を抱く者もいたはずだが、民の善意を無視できようか。民が鑑元を試し、鑑元はそれに応えたわけだ。

「ひとえに公のご人徳の賜物にございましょう」

「大友宗家より預かりし民と土地なれば、家族同然に接するはしごく当然の話よ」

「杏殿始め、公のご家族とお会いするのが楽しみにございまする」

「みな口の悪い連中じゃがな。八幡丸《はちまんまる》はまだ可愛げもあるが」

何しろ鑑元正室の雪《ゆき》は、鬼の戸次鑑連の異母妹である。

「戦《いくさ》と違うて、妻子は思いのままにならぬものよ。仲屋《なかや》でみやげを買《こ》うてみたが、帰りが遅れてしもうたゆえ、叱られるやも知れぬ」

歴戦の名将も家族の話になると目尻が下がった。さして長い不在でもなかったはずだが、再会が楽しみな様子である。

「いずれも戸次の血を引かれる方々なれば、さもありましょう」

鬼と同じ血を身体に流す面々の顔を想像して、賀兵衛は愉快になった。義鎮《よししげ》や民部《みんぶ》の前では、賀兵衛は醜男にさえ見えるが、鬼瓦一族の中なら多少は見られる顔になるだろうかとつまらぬことを考えた。とすれば、杏の美貌は鑑元から来たわけか。

賀兵衛は首まで湯に浸《つ》かって、肥後の旻天《びんてん》を見上げた。府内での喧噪《けんそう》やこれから民部と企てる騒擾《そうじょう》など忘れそうなほどゆったりと綿雲が流れてゆく。

「この岩風呂には、廃城にした支城の石垣が使われておってな」

物言わぬ緑灰色の石を撫でてみた。戦で流れた涙と血を浴びた岩もあるだろうか。

「肥後は長らく戦地であった。国人衆は菊池と反菊池に分かれ、親兄弟が敵味方となり、殺し合《お》うてきた。さっき会うた権之助は戦で子も孫も失うた。最近ようやくわしを赦してくれたがの」

力ある君主に恵まれなかった肥後は、不幸の歴史を歩んだ。

肥後は大友家の野望の炎にあぶられ、戦火を浴び続けてきた。大友側にも言いぶんはあった。頼朝以来、大友家は豊後に加え筑後、肥後の守護に任ぜられていた。所領三カ国がいずれも「後」の字を含むため、〈後三カ国〉の守護と呼ばれた。平家に与《くみ》した土着の名門菊池家はこの屈辱を受け入れたが、大友に実質的な支配権を渡しはしなかった。大友にとって、肥後は最初から支配の届かぬ〈失地〉であり、やがては肥後守護職をも剝奪《はくだつ》されるに至った。

先々主大友義長《よしなが》の時代に豊後国内が統一され、先主義鑑《よしあき》が富国強兵に成功すると、大友は本格的に肥後の回復に乗り出した。義鑑は抜群の政略の才をいかんなく発揮して、菊池の正統を攻め滅ぼした。義鑑が実弟義武《よしたけ》を菊池家当主として送り込んだとき、穏便な肥後乗っ取りが成就《じょうじゅ》したかに見えた。だが、当の義武が大友に背いたため、平和は訪れなかった。

「わが父も異国の肥後で死んだ。肥後は戦に倦《あ》いておる。戦はもうたくさんじゃ」

鑑元の父小原右並《すけなみ》は、小領主ながらついには加判《かばん》衆まで務めたが、右並が鑑元の兄と共に対菊池戦で命を落とすと、小原家は再び零落《れいらく》した。菊池への復仇《ふっきゅう》を誓った鑑元は、後に義兄となる戸次鑑連の下で戦功を挙げ、ついには義鑑から偏諱《へんき》を受けるまでになった。

鑑元は肥後の攻略を担当し、ついには菊池を滅ぼして二十年来の復讐を果たした。だが、戦場とされた肥後に罪はない。鑑元の肥後への貢献は罪滅ぼしでもあった。

「老いて戦場に出られぬようになれば、隠居してこの地に留まり、わしが死なせた者たちの霊を供養できればと思うておる。わしは肥後を二度と戦場にすまいと誓うた。このわしが肥後方分《ひごほうぶん》である限り、肥後を戦場にはさせぬ。されば城も数は要らぬ。石垣よりも岩風呂をというわけじゃ」

誘いに乗って賀兵衛が笑うと、鑑元が述懐を続けた。

大友が武力で菊池家を完全に滅ぼした後の肥後には、戦乱への嘔吐感に似た倦厭《けんえん》と大友への根深い怨恨だけが残った。ゆえに持て余すと見て、失政を恐れた田北《たきた》、志賀《しが》ら有力同紋衆は肥後方分の地位をむしろ忌避《きひ》して、鑑元に譲ったのである。実際、新領地に赴任した鑑元を待っていたのは、戦により荒れ果てた土地と、肉親らを奪われた武士と民の怨嗟の声だった。検分のため各地を訪れた鑑元を、貧民たちは猜疑《さいぎ》と不信に濁った目で見た。

鑑元は寝食を惜しまずあらん限りの力で、荒廃した肥後の復興に尽くした。命を幾度も狙われたが、下手人を探そうともしなかった。鑑元は先頭に立って、打ち鍬を手に山間《やまあい》を開墾して農地を広げた。鑑元はいつも野良着姿で民の中にあり、畝立《うねだ》て、土寄せから植え付け、草取り、何にでも率先して精を出した。

だが、鑑元が赴任した翌年、肥後を空梅雨による凶作が襲った。治安が大きく乱れ、野盗が横行した。国内外で戦の続いた豊後にも、肥後を支援する余力はなかった。

「わしはあの時、ただ民と共に苦しむことしかできなんだ。この国を負の歴史から解き放ち、立ち上がらせるためには、肥後を押しつぶしてきた重荷を、わしが代わりに背負わねばならぬと気づいた」

かねて大友家は、征服した土着の国人衆を、さらなる領地拡大の先兵として酷使するやり方をとってきた。各地の国人衆はそれぞれに複雑な縁戚関係を持ちながら抗争の歴史を紡《つむ》いできたはずだ。が、大友に服属するや、愛憎半ばする他の国人衆を攻める先鋒に容赦なく使われたのである。大友の非情な方針は、新たな被支配者たちに甚大な被害を与え、昨日までの味方を討たせる悲劇をも生んだ。国人衆は当然、他紋衆である。大友のこの勢力拡大方針が、同紋衆と他紋衆の宿命的な裂罅《れっか》を固定し、両者の反目を増長してきた事実を、他紋衆の鑑元は知悉《ちしつ》していた。

肥後にあって鑑元は内政に力を入れ、兵役負担を軽くした。筑後や肥前への出陣要請があると、豊後内の本貫地である阿南荘《あなんしょう》から少数の精鋭を率いて出陣した。鑑元は自らに絶対の忠誠を誓う阿南荘の精鋭で敵を破り、城を落として軍功を挙げた。鑑元は新領の民を同じ大友家の民として平等に扱い、愛した。平定して間もない肥後兵には寝返りの危険があるとの口実で、巧みに肥後の兵役を減免した。この温情ある差配もまた、肥後人の鑑元に対する猜疑を少しずつ和らげていった。

かつて大友から送り込まれた菊池義武《よしたけ》は、驕慢《きょうまん》にして兇暴な暗君であり、兄大友義鑑とは対照的に、統治者としての資質をおよそ欠いていた。人心は離れ、義武は過半の菊池家臣から見放された。だが今、仁慈あふれる施政に肥後の民は、鑑元が従前の支配者とは違うのだと気づき始めた。鑑元の手で、肥後に確かな平和と安定がもたらされようとしていた。

「殿、お待ちしておりましたぞ。無事のお戻り、何よりでございまする」

湯煙の向こうでくぐもったような滑舌の悪い声がした。小原家筆頭家老の小井出《こいで》掃部《かもん》である。何やら耳打ちされると、鑑元はうなずいて立ち上がった。

「急用ができたゆえ、わしは先に城へ戻る。されど、せっかくの湯じゃ。このすぐ上にも大きな湯船がある。眺めもよいゆえ、試してみるがよい。後ほど小井出をここに寄越そう。賀兵衛殿は刀傷を癒していかれよ」

「かたじけのう存じまする」

鑑元が去ると、賀兵衛は鑑元が指差した先に向かった。奥行きのある横長の岩風呂だった。眺望を得られる奥まで行き、浸かり直した。考えてみれば不用心な話だが、鑑元はもう味方なのだ。

首まで浸かりながら、思案した。賀兵衛は義鎮派の吏僚として、鑑元を説き伏せ、来夏には肥後勢二万をもって府内へ進軍させる役目を負っている。

鑑元はふた言めには「大友」の名を口にした。同紋衆でさえ宗家に背いてきた内紛だらけの大友家の歴史にあって、鑑元の宗家に対する忠烈は異彩さえ放っている。だがそれは、おそらく横死した先主義鑑への忠誠であって、現当主義鎮への忠義と等価ではない気がした。ゆえに鑑元は杏の献上を拒んだのではないか。

鑑元はすでに一度、民部の挙兵要請をはっきりと拒絶していた。簡単には動かせまい。気分のいい話ではないが、鑑元の肥後への想いを逆手に取って、肥後を戦地にせぬためだと説けば挙兵するだろうか。誰でも考えつく手立てだが、妙案は浮かばない。民部が期限とした祇園会までまだ半年ほどある。まずは肥後を知り、鑑元の信を得ることが先決だった。

賀兵衛は半身を湯から出し、岩に腰掛けて色づいた樹間から異郷の空を見上げた。

「猿でも入っておるのでしょう。気になさいますな、母上」

岩風呂の少し離れた場所で水音がした。聞き覚えのあるしめり気を帯びた声に、賀《か》兵衛《へえ》の胸は早鐘《はやがね》のごとく打ち始めた。杏《あんず》だ。うなぎの寝床状の岩風呂の途中には大きな岩がせり出しているため、たがいの姿はまだ見えない。

湯から出ようと考えたが、着物は下の岩風呂の松の枝にかけてあった。杏の前を裸で通らねばならない。

†

「修理《しゅり》どのとの縁組みの話ですが、考え直せませぬか？」

聞き耳をそばだてずとも、話し声は自然に聞こえてきた。

「重ねて申し上げますが、お断りいたします。わたしには好きな殿方がおります」

「ですが、府内《ふない》に行っても見つからなかったのでしょう？　小原《おばら》と大津山《おおつやま》の絆が深まれば、肥後はますます安泰。殿も喜ばれましょうに」

「父上がいつまでも肥後《ひご》方分《ほうぶん》であられるとは限りますまい。それにわたしは父上や肥後のために嫁に参るつもりはありませぬ」

「かねて修理どのはそなたを憎からず思うている様子。大切にしてくれるでしょう」

低く張りのある声は、会話の内容からして鑑元《あきもと》正室の雪《ゆき》に違いなかった。女ふたりで湯に浸かっているらしい。供の者はどこぞにいるのだろうが、不用心な話だ。それだけ肥後が平和だという話か。

「男は強うなければいけませぬが、蛮勇だけの武辺者は嫌いでございます」

「そなたをもらい受ける覚悟があるだけでも、大した男ではありませぬか」

国主の側室入りを拒んだ経緯を諭しているのだろう。沈黙が生まれたが、ややあって雪が話題を変えた。

「こたび派遣される軍目付《いくさめつけ》の若い御仁には、府内で会うたのですか？」

それにしてもうまくない状況だった。今さら出て行って、裸で挨拶するわけにもいくまい。

「吉弘《よしひろ》賀兵衛どのですね。えらが張っていて四角いお顔の人です。口達者で面白いのですが、剣の腕前もからきしで、頼りないお方です」

湯から立ち上がり、湯の中を進んでくる音がした。

「杏、奥へ参りましょう。あちらのほうが眺めもいいですから——何者じゃ！」

湯けむりの立ちのぼる先に、輝くようなふたりの女性が立っていた。

「決して怪しい者ではありませぬ」

あわてて立ち上がった賀兵衛が弁解を試みようとしたとき、晩秋の風がさらりと湯気を払った。たがいの裸身がはっきりと見えた。

「無礼者！　小原鑑元ゆかりの者と知っての狼藉か！」

女たちは身体を隠そうともせずに怒っていた。

「滅相もございませぬ。それがしは――」

「問答無用。そこになおれ！　たれか、薙刀を持たんか！」

「母上、お待ちくださいまし。このお方はこたび軍目付となられた吉弘賀兵衛どの」

賀兵衛はふたりから目をそらしながら、ほっと胸をなでおろした。杏が続ける。

「女子《おなご》の湯浴みをのぞき見るとは、不届き千万！」

助けてくれると思っていたが、雲行きが怪しい。

「全くです。軍目付なれば、女子の裸身を盗み見てよいという道理はありますまい」

気づかずに岩風呂に入ってきたのは杏たちのほうではないか。

「母上。事を荒立てれば、軍目付どのの名誉にも関わり、父上に要らざるご心痛をおかけするは必定。されど、このまま何も咎《とが》めなしでは腹の虫がおさまりませぬ」

賀兵衛は申し開きもできぬまま、一方的にまくしたてられた。

「されば、城に戻り次第、吉弘どのと一手、手合わせ願いましょう。骨の髄まで懲らしめてご覧にいれまする」

「たれかある！　曲者《くせもの》をひっ捕らえよ」

雪の命令でどこからともなく現れた侍女たちが、素裸の賀兵衛を取り囲んだ。

†

かねて南関《なんかん》城は肥後北部の有力国人、大津山《おおつやま》家の居城であったが、話に聞いていたとおり、石垣は満足に修復もされぬまま、時が歩みを忘れたように放置されていた。

夜には秋虫の歌もかまびすしかろう庭で、賀兵衛《かへえ》は杏《あんず》と向かい合って立っていた。鑑元《あきもと》か小井出《こいで》がいれば誤解も解けようにと思ったが、城に戻る様子はなかった。

杏はねじり鉢巻きに袖をまくり、裾をたくしあげている。さすがに主君義鎮《よししげ》が所望しただけあって、戦おうとする姿も麗しい少女だった。

不本意ながら賀兵衛は木刀を構えた。己の身くらい守れと稽古をつけてくれた民部《みんぶ》の注意を思い出し、いからせていた肩の力を抜いてみる。

杏は剛の者が多い小原家中でも指折りの腕前らしい。まともに立ち合って勝てる相手ではない。刺客に襲われた腕と背中の傷も完治していなかった。観戦者は侍女と思《おぼ》しき女子《おなご》ばかりだが、負ければ武士の名折れだ。強い男が好きだという杏の前で、ぶざまな敗退はできぬ。

「始め！」と、雪《ゆき》が試合開始の合図をした。

先手必勝と賀兵衛が踏み込もうとした。が、すでに遅い。杏が一瞬早く動いていた。上段から振り下ろされた攻撃を辛うじて食い止める。女子なのに痺れるような斬《ざん》撃《げき》だった。息つく間もなく、杏が次の攻撃に移っている。踊るように華麗で軽やかな攻めだった。賀兵衛は守るだけで精いっぱいで、ひたすら後退を余儀なくされた。

実に惨めで一方的な展開だった。賀兵衛は攻撃の糸口さえ摑めぬまま、逃げ回っているだけだ。杏の腕前は相当なものだ。

賀兵衛はついに庭の片隅に追い詰められた。背後には山桜がある。杏の表情は真剣そのものだ。打たれれば、骨くらい砕かれよう。賀兵衛は低い枝を背に、じりじりと後退する。

杏が踏み込んだ瞬間、賀兵衛はしゃがみながら後退した。背中で押して、折れそうなほどしならせていた枝が、反動で素早く元に戻る。同時に、賀兵衛は前へ飛び出す。杏は不意に現れた山桜の枝に対応して、木刀を上げた。

一瞬、腹部に隙ができる。すかさず突きを入れた。

が、杏もさるもの、大きく飛びすさって、賀兵衛の奇襲を間一髪でかわした。

「なるほど。お見事です、賀兵衛どの。逃げると見せて、山桜のほうへわたしを引き入れたのですね。でも、たった一つの奇策を失うた今、いかに戦うつもりですか？」

杏が勝ち誇ったように問うた時、城の外で馬の嘶《いなな》きが聞こえた。鑑元たちが帰城したのであろうか。粘れば、引き分けに持ち込めぬか。

「試合は何も戦うだけが能ではありますまい。田原民部殿にこの立ち合いを止めてもらいまする」

賀兵衛は雪に聞こえるよう大声で答えた。

杏は落ち着かぬ様子で「なにゆえ民部殿が……」とうつむき加減に顔を赤らめる。

「実はそれがし、この南関城で民部殿と落ち合う約束をしてござる。あの馬の嘶きはどうやら民部殿が城に着いた様子。それまで逃げ回っておれば――」

有無を言わせず杏が打ち込んでくる。賀兵衛は再び後退しながらかわしてゆく。

杏が庭への出入り口を背に立ったとき、賀兵衛は大きく退いて、遠くに「ここじゃ、民部殿」と声をかけた。杏が「えっ」と振り向くや、踏み込む。杏の横腹を木刀の柄で突いた。

杏は「きゃっ」と短い悲鳴を上げて倒れ込んだ。

「勝負あり」と雪の声がした。

「お怪我はありませぬか？」

賀兵衛は木刀を投げ捨てて、杏に駆け寄った。

杏は顔をしかめながら「卑怯者！」と吐き捨てた。

「お赦しくだされ。これがそれがしの戦い方でござる。民部殿は今ごろ、府内のぼろ屋敷で独り将棋でもしておる時分でござろう」

賀兵衛は助け起こそうと手を差し出したが、杏は「自分で立てまする」と賀兵衛の手を取らずに立ち上がり、裾をはたいた。

「杏を打ち負かすとは大したもの。さすがは軍目付《いくさめつけ》です。杏、伎倆《ぎりよう》はともかく、負けは負け。さきほどの一件は水に流すといたしましょう。ときに民部どのとは、誰なのです？」

微笑みながら庭へ降りてきた雪の問いに、賀兵衛が笑顔で応じた。

「それがしの先輩の近習にて、杏殿を憎からず想うておる色男でござります」

杏はほっと胸をなでおろした様子で、賀兵衛の袖を引っぱった。

「ささ、賀兵衛どの。城の中を案内して進ぜましょう」

杏に続いて最初の部屋に入った瞬間、賀兵衛は脾腹《ひばら》に激しい衝撃を感じた。腰の刀に手をやる間もなく、次は後頭部だ。

何が起こったのかわからぬまま、目の前が真っ白になった。

†

重いまぶたを開くと、物めずらしそうにのぞき込む丸い童顔と芋がしなびたような老顔があった。童《わらべ》は鑑元の嫡男八幡丸《はちまんまる》らしい。芋のほうは家老の小井出《こいで》だった。

「おお、死んではおらなんだぞ。やっと気がつきおったわい」

賀兵衛は褥《しとね》の上に寝かされていた。

八幡丸は面白がるが、後頭部がずきずき痛んだ。

「いやはや吉弘《よしひろ》様。八幡丸様のご無礼、平にご容赦を。なにぶん腕白ざかりのお齢ごろゆえ」

さきほどの不意討ちは八幡丸のしわざだったわけか。あの戸次鑑連《べっきあきつら》の血を受け継いでいるせいか、八幡丸の童顔には、姉と違って猛々しい鬼瓦の面影がかいま見えた。

「賀兵衛殿とやら、すまなんだ。父上を見張る侍が来たと聞いたゆえ、てっきり父上より強い武芸者じゃと勘違いしておったのよ。が、情けないほど隙だらけではないか。その腕前ではわが小原家中で取り立てられまいが、弱き者でも家柄次第で目付になれるのじゃな」

口先で謝りながらみじんも反省がない様子に、賀兵衛は苦笑しながら半身を起こした。そっと後頭部に手をやると、こぶができていた。

「吉弘様。すべては八幡丸様の傅役《もりやく》であるこの小井出が責め。なれどこの件、殿にはどうかご内密に願えませぬか。お心を痛められましょうゆえ」

小井出は前歯が抜けて滑舌が悪いうえに、吃音《きつおん》で早口だった。よほど注意深く耳を傾けていなければ、何を言っているかが半分以上聞き取れぬ。小井出は傅役として詫びを入れに来たわけだが、鑑元がこの老人を重用する理由が賀兵衛にはさっぱりわからなかった。

「お気にされませぬよう。小原流の歓迎と心得ておりますれば」

「まったく杏様と八幡丸様には、ほとほと困り果てておるのです」

小井出は軍目付《いくさめつけ》に対し小原家の家庭事情を説明する必要があると感じたらしい。

「困り果てておる」というわりには、ふた言めには「いやはや九州一の姫君じゃ」と杏を讃え、「いやはや殿さえ上回る器におわすぞ」と八幡丸の自慢をした。もっとも、小井出の自慢話は聞き取りにくいだけで厭らしさはなく、その懸命さは微笑ましいくらいだった。

「いやはや、いけませぬ。この小井出、吉弘様をお迎えする今宵の宴の差配を仰せつかってござりますれば、迎えが参りますまで、この部屋でごゆるりとなされませい」

滑舌悪く話し続けた小井出は、ぺこりと頭を下げると、そそくさと部屋を出て行った。

「八幡丸殿はお父上が好きか？」

悪童とふたりになると、賀兵衛が話題を作った。

「好きじゃが、おれは伯父上のほうが好きじゃ。強いからのう。おれは伯父上より強い男になる。さすれば九州一の大将じゃ」

「戸次鑑連公は百年に一度と讃えられる名将。超えるは容易でないぞ」

「簡単じゃ。おれが大きゅうなったころには、伯父上もそろそろ腰の曲がった年寄りになっておるからな。おれのほうが強いに決まっておる。最初はいっしょに戦ってやるが、じきにおれが負ぶってやらねばなるまいて」

八幡丸が元服するころ、大友はどうなっているだろうか。のるかそるかの義鎮派の企てが成功すれば、鑑連や賀兵衛と共に戦場に出る日も来ようが。

「目付殿も、姉上を好いておるのであろう？」

「いきなり何を申すのじゃ？　大人をからかうものではないぞ」

あわてる賀兵衛をよそに、八幡丸は涼しい顔で鼻くそをほじっていた。

「別に戯《ざ》れ言ではない。姉上に初めて会うと、たいていの男はぼーっとして姉上を見ておる。そのまま何かおかしゅうなる。惚れてしまうからじゃ。ゆえに問うてみた」

戸惑っていると、廊下を駆けてくる音がして、「失礼申し上げまする」と杏が入ってきた。

「お気がつかれましたか、賀兵衛どの」

「ちと手荒な歓迎を受け申したが、何とか生きながらえてござる」

「かような男子に負けるとは、姉上もまだまだ未熟じゃな。むろん、ただのまぐれ勝ちであろうが」

「いいえ、まぐれでわたしには勝てませぬ。されど、かように不愉快な立ち合いは初めてでした。八幡丸、母上がお呼びです」

八幡丸が去ると、杏は厳しい表情で整った顔を近づけてきた。

「賀兵衛どの。民部どのの件、他言は無用です。余計な話をされれば、今度こそ承知いたしませぬぞ」

黙ってうなずく。見舞いにかこつけて、口止めに来たらしい。名は体を表すのか、ほのかに杏のような甘い匂いがした。賀兵衛は恋してはならぬと己に言い聞かせた。

†

杏の残り香も消えた後、賀兵衛が城の一室でうつぶせになり、痛む脾腹《ひばら》と後頭部に手を当てていると、廊下に何やら騒がしい音がし、襖が乱暴に開かれた。

「お前が新たに来た軍目付か？」

背の高い痩身の男が頭をぶつけぬよう鴨居《かもい》をくぐり、敵を睨むような目つきで賀兵衛を見下ろしていた。滝室坂《たきむろ》で賀兵衛を縛りあげた大津山修理亮家稜《おおつやましゅりのすけいえひと》である。礼儀のかけらも感じられなかった。舐め回すようにじろじろと賀兵衛を見ている。

「いかにも。それがしは吉弘賀兵衛と申す者。こたび――」

身を起こして挨拶しようとすると、修理は名乗りもせず荒々しくさえぎってきた。

「ふん、お前には滝室坂ですでに会うた。不届きにもわが殿の命を奪おうとした罪、万死に値するぞ。あの後府内《ふない》で手に入れた平高田《たいらたかだ》で闇討ちにしておけばよかったわ」

この若者とは出会いかたが悪すぎた。気まずい再会だが、うまくやっていくしかない。

「今は立場が変わり申した。それがしは小原家のお味方でござる」

「願い下げじゃな。八幡丸様はあのお齢でたしかにお強いが、しょせんは童。八歳の童にのされておる軍目付でも、物見くらいの役には立つのか？」

修理が顔を間近に近づけてくると、逆だった鬢《びん》から汗の酸い臭いがした。

「府内の木っ端役人が肥後まで何しに参ったかは知らぬが、小原家の方々には俺が指一本、触れさせぬぞ。軍目付に言うておく。心ならずも大友の傘下に入りはしたが、国中《くになか》衆は大友家に降ったわけではない。われらは小原家にお仕えしておるのだ」

ずいぶん欠けた月にも似た修理の細目には、限りない不信と一片の狂気が感じられた。

肥後人が征服者に抱く暗い怨恨は、形を変えて大友家に向けられているらしい。賀兵衛は民部に軍目付になるよう告げられてから、肥後につき改めて一から学び直した。

肥後方分として赴任した当初、鑑元は廃した小領主たちから没収した闕所地《けっしょち》を諸将にあてがったのだが、その知行預置《あずけおき》はすこぶる公明正大で評判となった。鑑元は今では金峰山《きんぽうざん》を中心とする山間地帯の小領主連合〈山之上衆《やまのうえ》〉から厚い信を得ていた。その筆頭が若き大津山修理であり、小原家中でも小さからぬ力を持っていた。

もともと大津山家は肥後、筑後の国境を挟み三百町余りを領した国中《くになか》（肥後北部）の最大勢力であり、南関城を居城としていた。大友に最後まで頑強に抵抗し、ついには捕えられた大津山家八代目の修理亮家稜を、鑑元は本領を安堵する寛大な処分で遇した。

「よいか。俺は鑑元公の御ためなら火の中、水の中、どこへなりと出向く所存じゃ」

賀兵衛は南関城の明渡しをめぐる逸話も耳にしていた。

大津山家は父祖伝来の城たる南関城に並々ならぬ思い入れを抱いていた。ゆえに鑑元の猛攻を受けても、修理以下、大津山兵は城を破壊されるまで戦い続けた。

鑑元は攻略後、生け捕った修理以下の山之上衆を城の大広間に連れて来させた。修理らは歯嚙みしながら鑑元を睨みつけ、「早う斬れ」とわめき、鑑元を口汚く罵《ののし》り続けた。だが、鑑元は修理の縄目を解くと、「本日、確かに南関城を譲り受けた。されば、これよりこの城を大津山修理に任せる。わしは近くの支城を使うゆえ、気が向いたら取り替えてくれい」と笑ったという。

鑑元は南関城の南東にある善光寺山《ぜんこうじやま》に、単郭《たんかく》の支城を築いた。〈小原城〉と名付けて入り、そこで政務をとり始めた。その後、紆余曲折《うよきょくせつ》があったらしく、修理は今や鑑元に絶対の忠誠を誓うようになった。

「単刀直入に尋ねる。わが肥後に軍目付が派遣されしゆえんは、わが殿に不穏の動きありと府内が見ておるためじゃな?」

なるほど修理は鑑元の身を案じて肩をいからせ、賀兵衛を睨んでいるわけだ。修理が知る由もないが、真相は府内の権力争いが肥後に飛び火しただけだ。

「ご案じ召さるな。鑑元公の大友への忠節を疑う者などおろうはずもない」

「ならば、なぜお前が寄越された?」

「肥後支援の総仕上げでござる。非力ながら鑑元公の仁政の手伝いをいたす所存」

「無用の節介よな。わが殿は仁義厚き英雄じゃ。肥後の将兵は殿のためならいっせいに立ち上がるぞ。俺は殿ほどのお方が大友の風下に立たれるのが悔しゅうてならぬ。もし殿が大友から独立されるなら、邪魔となる軍目付を俺が真っ先に血祭りにあげてやるわ」

真顔の修理の剣幕に、賀兵衛は笑い流そうと頭をかいた。

「修理殿、滅多なことを口にされるな」

「ふん。軍目付とて、半年も肥後にあれば、わが殿こそが大友随一の将じゃと気づくであろう」

修理は挑みかかるように賀兵衛に再び顔を寄せた。唾が容赦なくかかる。

「重ねて軍目付に尋ねよう。豊後の者たちは戸次鑑連を大友第一の将とぬかしおるが、俺は認めぬ。戸次は先の変事にあって、正室を焼き殺したと聞く。一片の情けも持たぬ鬼なぞに、肥後の民に生き仏と崇められるわが殿が劣るとでも申すのか」

「たしかに鑑連公と鑑元公が戦場で相まみえたら、いずれが勝つか――」

「明らかじゃ。わが殿に決まっておるわ。徳なき将に兵らが本気でつき従うはずもない。俺は殿のために早う戦《いくさ》がしたいと思うておる」

修理は乱世によくいる根っからの戦好きのようだった。鑑元がどうしても動かぬ時は、修理を焚きつければ火を熾《お》こせるやも知れぬと賀兵衛は思った。

言いたいことを洗いざらい言い捨てた様子の修理の長身が立ち上がった。

「色狂いの大友の御館は家臣の妻まで奪うと評判じゃ。側室は百人近くおるというではないか。身のほど知らずにも杏姫を所望したとの噂まで聞く。が、断じて姫を渡しはせぬぞ」

修理が襖を開け放ったまま去った廊下から、秋夜の寒気が忍び込んできた。

†

「あいや、済まぬ。それは散々な出迎えであったな、賀兵衛殿」

雪《ゆき》と杏に続いて、八幡丸が賀兵衛にした仕打ちを面白おかしく順繰りに披露してゆくと、鑑元が愉快そうに笑った。八幡丸の悪戯《いたずら》を暴露された小井出は神妙な顔で控えていたが、鑑元の笑顔に胸を撫でおろした様子だった。

「この絶品の太刀魚《たちうお》のおかげで、痛みも帳消しにございまする。何と申しても、魚は焼くに限りまするな」

賀兵衛の箸が止まらない。ほどよい塩加減とさっぱりとした旨味が舌の上でほどけてゆく。鑑元の帰国を聞きつけた漁師たちがさっそく最上の獲物を献上に来たのである。飢饉のせいで歓迎の夕餉も本来は質素なはずだったが、新鮮な魚介が加わって一気に贅沢になった。

「軍目付《いくさめつけ》と聞き、うさんくさい年寄りの小役人でも来るかと思うていましたら、気のよい若者で、よろしゅうございました」

雪は鑑連《あきつら》の異母妹に当たるが、似ているのは顔の輪郭だけで、幸か不幸か、丸顔に鬼瓦の面影はなかった。杏に至っては負けん気くらいしか遺伝していない様子だ。

「母上、お気をつけ遊ばせ。賀兵衛どのは外当たりはよいのですが、小井出のごとくばか正直に見えて、肚の中では何を考えているか知れぬ策士ですから」

たしかに賀兵衛の胸の内を知ったら、杏も魂消《たまげ》るに違いなかった。何げない風を装ってはいても、杏がそばにいると杏のことばかり考えてしまう。いかぬ。

「今日の立ち合いでも、ろくに打たせてもらえませんでした」

「正々堂々と戦って、杏殿に勝てるはずもありませぬゆえ」

「男らしく真っ向勝負で負ければよいのです。弱くとも負けっぷりが大事です」

「負ければ、痛いではありませぬか。こうして太刀魚のご馳走にもあずかれぬまま、うんうん呻《うめ》きながら寝込んでおったやも知れませぬ」

「痛みが何です、太刀魚が何です。情けないお人ですこと」

杏には遠慮がまるでない。賀兵衛は杏の歌うような声を聴いているだけで浮き足立つのだが。

「わたしは醜く勝つより、美しく負けるべきだと思います」

勝利が美しいとは限らぬが、敗北ほど惨めなものはない。鑑元は敗者に情を示し、見事に肥後を統治してきたが、それは勝者ゆえに可能だったのだ。

「杏と賀兵衛どのはなかなか気が合うようですね。まるで痴話げんかを聞いておるようです」

雪のからかいに杏は口を尖らせたが、賀兵衛は己の顔が真っ赤になるのがわかった。雪は杏の輿入れ先を思案していた。雪が賀兵衛を気に入れば、義鎮《よししげ》の件はともかく、この恋を成就させられぬかと甘いことを考えた。

想いを打ち消すように、小井出に注がれた酒を勢いで呑み干した。

「豪快な呑みっぷりじゃな、賀兵衛殿」

酒豪の鑑元は、賀兵衛を酔い潰さんばかりに、自らもしきりに瓶子《へいし》を傾けてきた。

「賀兵衛殿はどうして芯の強い男よ。刀槍を振り回すだけが男ではないぞ、杏」

「わたしは伯父上のように強い男子が好みでございまする」

「じゃが義兄上《あにうえ》は、世辞でも美男とはいえんな」

「まことの男なら、顔なぞ関係ありませぬ」

杏は岩風呂で、武勇一途の男も好かぬと雪に語っていた。賀兵衛は己が、杏のいう「まことの男」にあたりはせぬかと思いを巡らせてみたが、途中でやめた。杏が己より弱い男を好むとは思えなかった。

「食った。ひさしぶりにたらふく食えたぞ。満足じゃ。ときに父上、おれの初陣はいつになりそうじゃ？」

黙々と食べ続けていた八幡丸が顔を上げ、ふくれた腹をさすっていた。

「さように急《せ》くな。あの義兄上《あにうえ》でさえ、初陣は十三の齢であった」

「ならばおれは十二で初陣したい。伯父上に負けぬ大手柄を立てるぞ」

「吉弘殿は戦に出られた経験があるのですか？」

雪が口を挟んだ。気にかけてくれるのは、賀兵衛に好意を抱いているせいかと勝手な期待を抱く。

「それがしは十三で菊池討伐に加わりました。されど昨年の毛利攻めでは惨憺《さんたん》たる敗北を喫しましたる次第。戦とは難しい代物でございまする」

売り込むべきところで卑下する癖を直さねばと、賀兵衛は答えてから悔いた。

「おれも目付殿などに負けてはおられぬ。おれの出陣は十二と決めた。父上が連れて行ってくれぬなら、伯父上に頼んでみる。戸次勢《べっき》は年じゅうあちこちで戦ばかりしておるゆえ」

「戦は命のやりとりじゃ。物見遊山ではないぞ、八幡丸」

鑑元はたしなめたつもりのようだが、杏がすかさず言葉を重ねてきた。

「わたしも一度は戦場に出たいもの。一手をお任せあれば、敵将の首を挙げてご覧に入れまする」

杏と八幡丸の前では歴戦の豪将も、ただの人のよい父親だった。家族がずけずけと何でも言い合える間柄は、賀兵衛の吉弘《よしひろ》家と似ていた。

「賀兵衛殿、見てのとおりよ。うちの連中は手に負えぬ者ばかりで困る」

「お察し申し上げまする」

「ふん、賀兵衛どのが当家の何をご存じだというのですか」

「されば杏よ。お前は今日よりしばし賀兵衛殿をお連れし、肥後の地を案内《あない》して差し上げよ。国政を担う気鋭の吏僚なれば、お前が学ぶことも多かろう」

「このお人から何を学べとおっしゃるのですか？」

杏は不満げに口を尖らせたが、明日も杏に会えると思うだけで、賀兵衛の心のなかは、酔っ払った蝶が浮かれ舞っているようにうわついていた。

その夜は眠れず、宿所として割り当てられた清潔な部屋から、夜空に浮かぶ異郷の月を眺めた。十三夜だ。満ちたため欠けるしかない満月より希望がある。月の白さが杏の肌を賀兵衛に思わせた。

恋してはならぬと言い聞かせながら、杏に惹かれてゆく自分に気づいた。嫌いな人間のよい所を見つけ出して好きになることは可能でも、好きな人間を無理に嫌いになるのは難しいらしい。つくづく面倒な女性に恋をしたものだ。民部《みんぶ》の忠告が頭をよぎる。

端《はな》から無理と知れた恋だが、肥後に派遣されたのは、運命が二人を結びつけるためではないか。いや、杏が賀兵衛などに恋をするわけがないし、角隈石宗《つのくませきそう》によれば、人の運命などあらかた決まっている。恋をして破滅する運命なら逃れられまい。何事も、なるようにしかならぬのだ。

いつしか月は雲に隠れていた。ぶあつい雲が過ぎ去るのを辛抱強く待ってから、賀兵衛はようやく眠りに就いた。

八、秋木立ち

翌朝、杏《あんず》は城内を手始めに、周囲の城や砦を案内してくれた。相変わらず無遠慮な態度だが、根は気立てが良いらしく、賀兵衛《かへえ》を嫌っている様子でもない。家老の小井出《こいで》が数騎の供を連れて同道してくれたのはありがた迷惑だったが、安全のため当然の措置であったろう。

高い秋空の下、木立ちが切れた先に、荒れ城が見えた。崩れた石垣の一部は苔《こけ》むしている。

「父上は石垣を築き直すより先に、まず民の信を築こうとされているのです。石垣は乗り越えられますし、力で崩せますが、敵を皆、味方にしてしまえば、誰も攻めて参りませぬ。城はいくつも必要ありますまい」

さらに駒を進めるうち、秋の色がにぎやかな山の向こうに、壊れた隅櫓《すみやぐら》が見えた。

「あれに見えるが日暮《ひぐらし》城にございますな」

「さようです。来て二日目ですのに、肥後の城は支城に至るまで、賀兵衛どのの頭にすっかり入っているようですね」

府内《ふない》大友館にあった絵地図が必ずしも正確でなく、城の位置は実際に検分して確かめる必要があったが、賀兵衛は赴任するにあたり、主要施設の配置をひととおり記憶していた。記録では小原鑑元は南関城攻略に際し、交通の要所に位置する日暮城を真っ先に落として拠点とした。

「城へ戻る前に、小原城の修理《しゆり》殿を訪ねましょう」

大津山《おおつやま》修理は最初から賀兵衛に反目しているが、小原家を義鎮《よししげ》派の盟主として挙兵させるには修理の力が不可欠だった。少しずつ理解し合うほかなかろう。

杏と小井出の姿を見るや、門番が笑顔で小さな城門を開けた。征服者と被征服者によくあるわだかまりは微塵も感じられない。それほどに鑑元の小原家は肥後に同化していた。

門をくぐり馬を預けると、何やら怒鳴り声がした。声の主は大津山修理で、台所口から聞こえている。

杏に続いて台所に足を踏み入れると、修理に向かってひざまずき、震えている者が見えた。その男の前には羽をむしりとった山鳥の肉が置いてある。「打ち首にせよ」と家臣に言い捨てた修理に杏が尋ねると、かしこまった答えが返ってきた。

「肥後は続けて飢饉に遭い、鑑元公以下、杉菜《すぎな》飯《めし》や稗粥《ひえがゆ》で糊口《ここう》をしのいで参ったおりもおり。この者、民から殿に献上されし山鳥を、ひそかにわが物にせんとしたのでござる」

今夜は定例の寄合《よりあい》があり、肥後の主だった国人衆が南関城に集う。鑑元は領内の様子を把握し、国人衆の要望などを知るために時々、寄合を催し、ささやかな心づくしの宴を催していた。今回は軍目付《いくさめつけ》である賀兵衛の顔見せも兼ねる。その差配を修理が任されていたが、先ほど修理が支度の進み具合を確認に来たところ、料理番の下役が山鳥を一羽くすねる場を目撃してしまったという。ひもじい思いをする幼子の誕辰《たんしん》の祝いに食べさせてやりたかったらしい。

「されど、修理どの。山鳥一羽で打ち首とはあまりに酷なお話ですこと」

「何の。鑑元公以下、肥後は隅々まで公明正大であらねばなりませぬ。小原第一の臣を自負する大津山家中に不義不正がまかり通ったとなれば、公に面目が立ち申さぬ。さあ、死して詫びんか」

修理の大音声に、哀れ下役は震えあがっている。

「民を大切になさる父上がこの者の死を望まれるでしょうか。今宵の宴とて、しょせんは軍目付どのをもてなすだけの趣向。さしたる話でもありませぬ。そうでしょう、賀兵衛どの？」

容姿からは想像しにくいが、杏は口が悪い。賀兵衛はすでに馴れたが。

「いかにも。歓迎の宴など本来無用の話にて、雨の日に草木に水をやるようなもの。それがしなんぞのために人が命を落としたとなれば、寝ざめも悪うござる。もとより旱魃《かんばつ》は、人力にては如何ともなしがたい自然の摂理。この者も飢饉さえなくば、峻厳なる大津山家で、出来心なぞ抱かなんだはず。そもそもそれがしが肥後にあるは大友の御館様じきじきの命あってのこと」

憮然《ぶぜん》とした表情で己を見る修理に、賀兵衛は続けた。

「されば大津山殿、いかがでござろう。ここはそれがしの主の顔を立てて、見なんだことにしてはいただけませぬか？」

修理は鼻を鳴らして吐き捨てた。

「ふん、大友宗家がなんじゃと申す。ここは肥後ぞ。新参者なれば、杏葉紋《ぎょうようもん》なんぞより小原家の蔦葉紋《ちょうようもん》が通用すると知らぬようじゃな。俺の家中の者を何としようと、軍目付には関わりあるまいが」

修理が大友家に対する一片の敬意も持ち合わせず、近習衆出身の軍目付など歯牙にもかけぬと知ってはいた。だが、敵対する相手を説くには、相手に一本取らせる余裕も肝要だと石宗《せきそう》から学んでいた。落としどころへ持っていくには、対極を示すのも一つの手だ。

「関わりは大いにござるぞ。肥後の民は大友の民。大津山家中の人間も、鑑元公に預けし大友の民。鑑元公は盗人《ぬすっと》の首を刎《は》ねる正しき国よりも、誰も盗みなどせずとも済む豊かな国を目指してこられたはず。今はまさにその途上。鑑元公は人を死なせて用意したもてなしなぞ望まれますまい。左様ではございませぬか、小井出殿」

「いかにも。いやはや修理殿、ここはひとつ姫の顔を立ててくださらんか」

修理は小井出の滑舌悪く長い説得を聞き終え、重ねて杏からも頼まれると、ようやく下役を赦した。宗家の顔は立てぬが、姫の顔を立てるという結末を小気味よく思ったらしい。だが始終、賀兵衛には目をやらぬままだった。

†

肥後には酒豪が多いのか、その夜の寄合では賀兵衛もずいぶん酒を呑まされた。夜気に当たろうと庭に出て縁側に腰かけると、明月が南関を見下ろしていた。もうすぐ満ちる月だ。満ちようという勢いがあるせいか、満月よりも明るく輝いている気がした。

一度だけ賀兵衛の杯に酒を注いでくれた杏の姿を想い起こしながら月を眺めるうち、かたわらでふわりと柔らかな気配がした。

「賀兵衛どの、秘密を教えてくださいまし」

ほろ酔い加減の杏の頬が上気している。杏は屈託ない性格もあって、肥後の諸将に絶大な人気があった。雪と共に女として別のやり方で、鑑元の肥後統治を支えているともいえた。その一環だろうが、引っ張りだこの杏が賀兵衛の姿を探してそばに来てくれたと思うと、月にまで聞き耳を立てられそうなほど鼓動が激しく打ち始めた。

「狐につままれたような気持ちです。賀兵衛どのは一度会うただけで、すべての人の顔と名を覚えられるのですか？」

宴に先立ち、寄合で肥後の国人衆が紹介されたのだが、賀兵衛は会う者一人ひとりに名を告げて挨拶し、酒を酌み交わしながら談笑した。その様子を見て不思議に思ったらしい。

「名を呼んで話すほうが、親しみも増す道理でござれば」

賀兵衛は師の石宗《せきそう》のごとき博覧強記ではないが、ちょっとした工夫をしていた。

「軍目付になると決まってから、大友館の書庫に積まれた肥後の資料をすべて読み直しました。されば、肥後に来る前からたいていの氏姓は頭に入ってござる。あとは、顔や体つきの特徴などと結びつけて覚えれば、難しくはありませぬ」

「どうやって、結びつけるのですか？」

「たとえば、舟足が遅いと叱られた舟の帆が足を生やしてましてな。進もうとするのですが、右にばかりぐるぐる回ってしまう。原因は寄り目だからでござる。誰かおわかりか？」

「帆足《ほあし》右衛門大夫どの。たしかに寄り目です」

「あるいは、ある侍が野っぱらの上で寝そべっておりましたら、毛羽だっておる髯《ひげ》が左のほうだけ天まで伸びて、月に巻きついてしまう姿を思い描きまする。何でも大げさに考えるのがコツでござるな」

「野上《のがみ》左衛門大夫どの！　たしかにお髯がご自慢です。天まで伸びてしまうとは」

杏は腹を抱え、天を仰いで笑い転げた。

「賀兵衛どのは見かけによらず、面白い殿方ですね」

府内《ふない》で日ごろやっている腹の探り合いなど必要なかった。裏表のない杏とのやりとりは、賀兵衛にとって新鮮だった。たとえ成らぬ恋でも、胸はときめくものだ。

「おっと、すまんのう」

背後に突然の衝撃があった。とっさにそばのやわらかい何かをつかんだ。杏の身体だった。杏も支えきれぬ。杏を守るように抱きとめ、己の背を下へやる。折り重なるように庭に落ちた。大きな庭石を背に、頭が下になっていた。酔いも手伝って、すぐには起き上がれない。

「杏殿、あい済みませぬ」

目の前にある杏の瞳と、己の身体の上にある柔らかな杏の感触に、賀兵衛はどぎまぎしながら謝った。が、杏は柳眉を逆立て、きっと目を見開くと、振り返った。

「修理《しゅり》どの。わざとじゃな？」

杏が身体をのけると、賀兵衛の視界に大津山《おおつやま》修理が赤ら顔で立っていた。賀兵衛と杏が談笑する姿を見て立腹し、膝頭を背に当ててきたのだろう。

「厠《かわや》から戻るうち、考え事をしており申した。ご容赦くだされ」

修理は杏に向かって頭を下げているが、賀兵衛とは目を合わせない。

「何を考えておられたと言うのです？」

杏は立ち上がり、賀兵衛を助け起こしながら、鋭く問うた。

「実は姫が帰られてから、例の物盗りのねぐらをついに突き止めたとの報せがあり申した。者どもを連れてただちに襲ったのでござるが……」

飢饉のこととて南関《なんかん》でも〈藟団《あまずら》〉なる野盗の一団が跋扈《ばっこ》しているらしい。なかなか周到な野盗で、ねぐらの場所がわからなかった。家人から尻尾《しっぽ》を掴んだと聞いた修理はさっそく急襲をかけたが、すでにもぬけの殻で、盗まれた米や金を取り戻せなかったらしい。

「各地で被害が出ておったゆえ、相当ため込んでおったようじゃが、すべて持ち出して逃げ出す余裕などなかったはず。明日も朝餉《あさげ》の後に、いま一度じっくり探しまするが……」

賀兵衛はしたたかに打った腰をさすりながら、杏と修理の会話に口をはさんだ。

「探すなら、朝餉の前がよろしかろう。今宵も冷えて参ったゆえ、簡単に見つけられるはず」

いぶかしげに見る杏と修理に、賀兵衛は続けた。

「宴はほどほどで切り上げなされ。それがしがお供いたそう」

「ほう。軍目付殿はかの高名な大友軍師に師事したと聞く。さぞかし頭の切れる御仁と拝察するが、『武士に二言なし』との言葉、まだ教わっておらんか？」

修理は勝ち誇ったような顔で、賀兵衛を見下ろしている。

「もし明日、ねぐらに着いて半刻のうちに隠し物を見つけられなんだら、軍目付を辞して府内へ戻ると約せ。受けて立つか？」

「承知した。大津山殿の説明に間違いなくば、見つかるはず。されば、もし見つけたときは、願いをひとつ聞いてもらいたい」

賀兵衛も男だ。売り言葉に買い言葉、杏の手前もあって引くに引けなくなった。

「ほう？　槍の稽古でもつけて欲しいのか、軍目付殿？」

「さにあらず。今日会った料理番に腕を振るってもらい、小原城にて杏殿とそれがしに馳走してくだされ。大津山殿と親しゅうなれれば、肥後での暮らしも楽しめそうでございますゆえ」


ござるゆえ」

「ふたりとも、お待ちなされませ」

割って入ろうとする杏を、修理も賀兵衛も押しとどめた。

「よかろう。軍目付殿、明日が楽しみじゃわい」

「では、夜明け前に」

「わたしも参りまする」

晩秋の冷月が初冬の寒月に変わり始めているようだった。

†

翌朝、酔いつぶれた国人衆を残して、賀兵衛は修理とその家士らに従い、小原城を目指した。杏も同道している。

修理の案内した野盗のねぐらは、日暮《ひぐらし》城近くの山間《やまあい》にあった。廃城をうまく利用して木々の間に隠されている。賀兵衛はねぐらの周囲をしばらく歩き回ってから、最後に古井戸の水を汲んで口に含んだ。杏が心配そうな顔で賀兵衛につき従っている。

「隠し場所はおおよそわかり申した」

修理は吹き出すように嗤《わら》ったが、杏は驚いた顔で賀兵衛を見ている。

「大友の軍目付も血迷うたようじゃ。歩き回って水を飲んだだけではないか」

「銭はこの井戸の底にござる」

「昨日調べたが、砂しかなかったぞ」

「その下に埋めてござる。底まで掘りなされ」

さらに賀兵衛は足元の地面を指さし、大津山の家士らに手で示した。

「俵物《たわらもの》は、この辺りの土を掘り返せば出てくるはず」

半信半疑の家士らが賀兵衛に言われたとおりにすると、はたして井戸からは木箱に入れられた銭が、土の下からは米俵やら甕《かめ》が出てきた。

修理はあっけにとられた様子で掘り出されてゆく隠し物を見ていた。賀兵衛の隣には杏が息を弾ませて立っている。

「驚きました。どうして場所がわかったのですか？」

賀兵衛は微笑みながら杏と修理に種明かしをした。

「逃げる暇《いとま》がなければ、ねぐらの近くに隠して取りに戻るはず。井戸は隠し場所に悪くない。案の定、井戸の水はかすかに金物の味がしました。銭を沈めてから砂をかぶせたのでござる」

「俵物が埋められた場所は？」

「掘り返されて埋め戻した土には、霜ができにくい。見た目は辺りと違わぬよううまく工夫しておりましたが、あの場所だけ霜がありませなんだ」

「なるほど霜を見るために、朝餉前とおっしゃったのですね」

杏は興味深げに賀兵衛をしげしげと見た。

「乱世において男子たる者、父上のごとく槍ひと筋に生くるべしと常々思うておりましたが、賀兵衛どののようなお侍に初めてお会いしました。腕ではなく、頭と舌先三寸で世を渡るのも、なかなかに面白そうです」

「初めて杏殿に誉められたと思っておきまする」

「早とちりなさいますな。別に誉めたつもりはありませぬ」

杏が口を尖らせると、修理が会話に割って入ってきた。

「いずれにせよ今日、われらはすべての土を掘り返し、井戸もいま一度検《あらた》める心づもりであった。お前などおらずとも、すべて見つけておったわ」

「されど、賀兵衛どののおかげでしょうね。昨夜あのまま酔いつぶれて、陽が高く昇ってからここに来ていたのでは、野盗どもが取り戻した後だったでしょうから」

修理は終わりまで聞かずに家士たちに大声で指図すると、賀兵衛と杏をじろりと見た。

「軍目付はのんきに肥後見物などしておればよいが、俺にはこれからやっかいなお役目がある。夕餉の支度は早めにさせるゆえ、日の暮れぬうちに来るがよい」

負けは認めぬが、約束は果たすつもりのようだった。

「では賀兵衛どの、気散じに肥後見物にでも参りましょうか？」

笑い混じりに杏が誘うと、賀兵衛も笑った。

†

早朝に修理《しゅり》らと城を出たせいで、この日は小井出《こいで》と家人が同道しなかった。杏と二人で愚にもつかぬ話をするうち、ずいぶん打ち解けられた気がした。

いくつかの城や里を巡った後、ふたりは立願寺《りゅうがんじ》の足湯で休んだ。

「おや、賀兵衛どのは疋野《ひきの》長者の話を知らないのですか？」

杏によれば、はるか昔、京に美しい姫がいた。姫は、肥後の疋野の里に住まう「炭焼き小五郎《こごろう》」という若者と夫婦《めおと》になるよう、神の御告げを受けたという。

「大きな賭けでござるな。その話、杏殿であれば、いかがなさる？　都からはるばる来てみたはよいが、相手が蛆虫《うじむし》のような下らぬ男であったら何となさる？」

もともと賀兵衛は口達者だが、厄介な恋心を隠して杏をからかう余裕もでてきた。

杏は賀兵衛より二つ下で、子どもらしい所も残っている。

「神様はさように酷い真似をなさいますまい。とにかく姫はここに来たのです」

炭焼きで生計を立てる小五郎は貧しい若者で、「食う物にも困っているから」と姫の嫁入りの申し出を断った。が、姫はあきらめず金貨を渡し、米を手に入れてくるよう頼んだ。

「小五郎が家を出ると、空を飛ぶ白さぎを見つけたのです。金貨を投げつけると見事に命中しました。けがを負った白さぎが落ちていった谷間に、立願寺の湯があったのです。湯に浸かった白さぎは不思議にすっかり傷も癒えて——」

「面妖な話でござるな。若者は何ゆえ咎なき白さぎに金貨を投げつけたのでござろうか？」

「若者は金貨の使い道を知らなかったのです。白さぎを捕えて米に替えようとでも思ったのでしょう」

若者が家に戻り、買えなかったと姫に告げると、姫は金貨が貴重な物で、都では米でも何でも買えると教えたのだが、若者は金なら小岱山《しょうだいさん》にたくさんあると応じた。

「たくさんの金を掘り出した若者は疋野長者と呼ばれ、姫と幸せに——」

「解せませぬな。疋野の里で金が出ることに、なぜ周りの者たちも京の者たちもそれまで全く気づかなんだのでござろうか。炭焼きの商いをしながら金の——」

「もうけっこうです。賀兵衛どのは理屈ばかり申されて、話が先に進みませぬ」

「面目ありませぬ。が、白さぎとて、親もあれば子もございましたろう。京には姫に恋する貴族もおったはず。何かと恵まれぬ境涯ゆえ、つい負けた側に肩入れしてしまうのでござる」

「白さぎや、姫に懸想《けそう》していた公家衆の気持ちなど考えもしませんでした。賀兵衛どのは面白いお人じゃ。ときに喉が渇きませぬか。美味しい清水のある場所に案内いたしましょう」

二人はまた馬で駆け、大津山のふもとの湧き水で喉を潤した。杏が美味しいと勧める水にはほのかな甘みがあった。

気づくとすでに、ムクノキの巨木が長い影を地に落とし始めている。

†

秋陽が傾き始めると、賀兵衛は杏と共に小原城へ向かった。要塞化による伐採を免れた善光寺山の樹々の色づきが陽光で鮮やかに映えている。

城内に入るや、怒鳴り声が輻輳《ふくそう》して聞こえた。修理の声も時おり混じっている。

「修理どののせいでしょうが、この城はいつも騒がしいですね。今日は何があったのやら」

杏に袖を引っ張られ、垣根から書院の中をのぞくと、寄り目の帆足《ほあし》と髯の野上《のがみ》が口角泡を飛ばして何やら議論していた。時々、修理の怒鳴り声が介入するが、収まるどころかかえって火に油を注いでいるありさまだった。

「取り込み中の様子。杏殿、出直しまするか」

「いいえ。面白そうではありませぬか。そばで見物いたしましょう。領内のいざこざには軍目付どのもご関心がおありでしょう？」

止める間もなく杏は入っていき、書院の中に陣取った。見知った仲であるせいか、闖入者《ちんにゅうしゃ》に会釈しただけで、渦中の三人は絵図面を囲んで口論を続けた。

もめごとは領地の境界争いだった。修理は帆足、野上両名の主張する中間線でと提案しているようだが、両者は聞き入れない。声が嗄《か》れるほどの怒鳴り合いをかれこれ半日ほど続けていたらしい。あげくは、武をもって鳴る両名の果し合いで決めるべしと言い出す始末だった。

ついに修理が「お好きになされよ。俺が立ち会う。果し合いの期日はいつになされる？」とぞんざいに匙《さじ》を投げると、黙って聞いていた賀兵衛が初めて口を開いた。

「いかがでござろう。鑑元公のもと、肥後からようやく戦乱がなくなり申した。ここで公を支える山之上《やまのうえ》衆が血を流すとは何とも惜しい話。平和裏に話し合いで決められませぬか？」

修理がかすれ声で嗤《わら》った。

「軍目付殿はとことん阿呆とみえる。見てのとおり、いくら話し合うてもまとまらぬゆえ、真剣勝負で決するのではないか。天もご照覧あれ。生き残ったほうが正しいのじゃ」

「さような真似をすれば、どちらに転んでも必ず怨みが残り申す。鑑元公は酒をこよなく愛されるお方。なればここはひとつ、呑み比べで決めませぬか。帆足《ほあし》殿も野上《のがみ》殿も音に聞こえる酒豪。これより夜明けまで呑み続け、多く呑んだほうが勝ちといたしまする」

修理らはあっけにとられて賀兵衛を見た。

「酒の呑みっぷりなんぞで、命より大事な所領の帰属を決めると申すのか？」

「土くれより命のほうが大事でござる。死ねばご両人の遺された幼子はどうなります る？　二日酔いで済むなら安いもの。それがしと大津山殿、杏姫が証人でござる。折よく酒肴《しゅこう》は用意されてござる。されば、いざ始められませ」

家人が酒食を運び込んだ。帆足と野上はにらみ合ったまま酒を呑み始める。

「先の戦《いくさ》で、ご両人はあの鑑元公を相手に大いに奮戦されたとか」

賀兵衛が武勇伝に水を向けると、二人はたちまち乗ってきて、兜首をいくつ取ったなどと、山之上衆として奮戦した過去の手柄話を誇らしげに始めた。賀兵衛が誉めそやすと、まんざらでもない顔で酒をあおる。

「あの戦のおりは資冬《すけふゆ》殿がご健在であったな」

記録によると、修理の父、大津山資冬は重要拠点であった日暮城の櫓《やぐら》に自ら火を放ち焼死したとされている。うまくないと思い、賀兵衛はすぐに話題を変えた。

「おお、帆足殿はもう七本目の瓶子を空けられましたな。野上殿、負けてはおられませぬぞ」

賀兵衛は杏と二人で次々と杯に注《つ》いでいく。いくら酒豪でも際限なく呑み続けられはしない。次第にろれつが回らなくなってきた。

話は自然、鑑元も力を入れている野良仕事の話になった。つるはし、熊手、苗かご、草削りなどの農具の改良についても、両人は自慢して競い合った。

呑み比べを続けるうち、両人は次第に静かになっていった。賀兵衛が調子よく酒を勧めるので、両人ともすっかり酒を過ごし、一刻も早く屋敷に戻り寝《やす》みたくなったようである。

「さあ、まだまだ時はござるぞ。ご両人とも底なしの酒豪にて、ちょうど引き分け。これでは勝負がつき申さぬ。ささ、ここは戦場でござる。相手を呑み込む勢いでもっと酒を呑まれませ」

ふたりとも我慢比べでなお杯を空けていくが、震える手で酒をこぼし始めたのは、身体が受け付けなくなってきたせいだろう。

「吉弘《よしひろ》殿、しばし、しばし待ってくださらんか」

「おや、野上殿ともあろうお方が、ついに降参でござるか？」

「馬鹿な。注いでくだされ。まだまだ呑めまするぞ」

帆足、野上の両人は座っているが、泥酔してふらふら揺れている。相手をにらもうとしても、重く閉じそうになってきた瞼《まぶた》でうまくゆかぬ。

「過日、修理殿と面白き話をいたしました。大友第一の将戸次鑑連《べっきあきつら》と、第二の将小原《おばら》鑑元《あきもと》が戦場で相まみえれば、勝利はいずれの手に帰するか、と」

仮の話にすぎぬが、帆足が即座に「鑑元公に決まっておる」と答えると、野上も「帆足もまれに正しきことをいう。そも戸次を第一じゃなぞとほざいておる阿呆は、どこのどいつじゃ」と応じた。

「それがしは、引き分けではないかと思うておりまする」

賀兵衛は帆足、野上を順に見た。

「ご両人は山之上衆にとっては、いずれ譲らぬ双璧。ご両人の武勇は大友家、小原家にとってなくてはならぬ宝でござる。両家のいがみ合い、まして当主の果し合いなぞ、ただ外敵を利するのみ。ここは山之上衆の盟主と肥後《ひご》方分《ほうぶん》の顔を立ててくださらぬか。大津山殿は鑑元公の意を受けて、この面倒な仲裁をしておられるもの。大津山殿の顔を潰すは、鑑元公の顔を潰すも同じ。それがしは夜明けまでこの呑み比べにつきあう所存なれど、これまた戸次と小原の戦いに似て、容易に勝負がつきますまい。さればいかがでございましょう。いっそ大津山殿の提案を受け容れられ、お引き取りになりませぬか」

ふらふらになった帆足、野上の両名は結局、賀兵衛に勧められるまま念書に署名すると、家人らに助けられながら、小原城を後にした。

ぷんぷんと酒の匂いが残る書院で、杏があきれ顔を浮かべていた。

「あの酒豪の二人が足腰まで立たぬとは。賀兵衛どのは呑ませ上手ですこと」

「いかに酒が強くとも、酔いは呑む速さで決まるもの。競い合わせれば潰せまする」

「帆足殿のほうが多く呑んでおったようじゃが」

首を傾《かし》げている修理に、賀兵衛は笑顔を向けた。

「いかにも。されど、帆足殿を勝たせては話がきれいにまとまり申さぬ。実は野上殿のほうが弱いと見て、瓶子には途中から酒を少なめに入れさせておりました。酔っ払っておる二人は気づきませなんだが」

「最初からあの二人を同時に酔い潰すつもりであったわけか」

「間に入ってまとめるには、最初から落とし所を見極め、そこへ持っていくもの」

修理はからから笑うと、賀兵衛の肩を乱暴に叩いた。

「賀兵衛殿、どうやら俺はお主を見誤っておったようじゃ。わが殿の敵とならば容赦はせぬが、軍目付のお役目、この大津山修理も手伝わせてもらおう。もとより名君小原鑑元には、称賛されこそすれ、後ろ指をさされるような筋合いは何ひとつありませぬがな」

賀兵衛は笑顔で修理に頭を下げた。

「小原家第一の将のお力添えが得られるなら、肥後は安泰にござる」

†

「この山鳥はことのほか美味でござるな」

その後の小原城でのもてなしは、ささやかだが心配りのある宴となった。

「わたしは、命を許されたからますます美味しく作れたのではないかと思います」

「俺も料理番を失わずに済んだ。姫と賀兵衛殿には礼を申す」

「何の。それがしは旨い山鳥を食いたかっただけでござる」

「忘れておったわ。帆足、野上の騒ぎで言いそびれておったが、いやはや殿が二人を探しておったぞ」

「小井出を忘れておりました。あの者は小心者ゆえ大騒ぎをしたやも知れませぬ」

杏が早朝、賀兵衛を連れて南関城を出てしまい、そのまま戻らなかったため、家老の小井出があわてふためいて探し回っていたらしい。

「あの御仁はいやはや、いやはやと口うるさいわりには、何を言っているか、聞き取れぬゆえ困るのじゃ」

修理の愚痴に杏が相槌を打ち、ひとしきり小井出の話題になった。

小井出はよく言えば慎重居士《こじ》で、「出る杭《くい》は打たれ申す」が口癖だった。主君小原《おばら》鑑元《あきもと》のとんとん拍子の出世には、喜びよりも心配が勝っていたようで、むしろ苦言を呈する具合であったが、それでいて口を開けば主君の自慢ばかりしていた。小井出は息子たちを若くして戦で亡くしたため孫もおらず、杏と八幡丸《はちまんまる》を孫代わりに可愛がっているとの話だった。

「八幡丸の元服までは隠居もせぬとか。城も、土地も、小原の家臣団も変わったのに、小井出だけは昔のままです」

「殿のお越し以来このかた、肥後は大きゅう変わった。山之上《やまのうえ》衆も俺も、変わらねばならぬ」

修理の鑑元に対する忠誠は、大友宗家を蔑ろにしかねぬほど強烈だが、鑑元の大友への忠義が揺るがぬ以上、さしたる話でもなかった。来たる政変にあって鑑元が義鎮《よししげ》派の中核となれば、修理もまた肥後勢の主力を成すであろう。事が成った暁《あかつき》には共に新たな義鎮派を作ってゆく同志となる。

賀兵衛は杏と修理に出会い、異郷の肥後で杯を交わせる喜びをかみしめた。

「わが殿はいわばわが父の仇よ。さればあのとき俺は降ると見せて、鑑元公を騙し討ちにする肚であった」

修理の父大津山《おおつやま》資冬《すけふゆ》が死んだとされる櫓の焼け跡を調べても、武名を謳われた猛将の遺体がどれなのかはついにわからなかった。

「刺し違える覚悟で出向いたつもりが、俺は丸腰の鑑元公に気圧《けお》されて、鯉口《こいぐち》さえ切れなんだ。いつでも斬る機会はあるとうそぶいたが、内心ではわが身可愛さと一族郎党を死なせとうない気持ちがあったんじゃ」

肥後《ひご》方分《ほうぶん》の鑑元を弑《しい》すれば、大津山家の取り潰しは明らかだった。

「俺はしばらく様子を見ると決めた。殿が赴任されて間もなく、この国を飢饉が襲った。戦乱の次は飢饉じゃ。大友、菊池の争いで肥後は長らく地獄を味わってきた。誰もがまた地獄が来ると思うた。むろん地獄は来た。だが、今までとは違ったんじゃ。民が怒り悲しみではのうて、希望を抱ける地獄だった。それは治者が民と共に苦しむ地獄だった」

民の間で、豊後から来た新しい統治者がこれまでとは違うとの噂が広まり始めていた。修理は、鑑元が城のわずかな備蓄米を民に分け与えているとの話を聞いた。

「俺は嘘じゃと笑った。見せかけの仁に騙《だま》されておるだけじゃと思うた。戦場で荒れ狂ったあの恐るべき鬼神は、一片の慈悲心さえ持ち合わせておらぬと思うておったからじゃ」

小原軍の怒濤の猛攻に大津山勢を中心とする山之上衆は惨敗し、当主資冬を始め多くの将兵が死んだ。修理の鑑元への恨みは骨髄に徹していた。

「ある夜、俺は家来を連れて、殿の小原城を襲った。義賊を気取っておったのよ」

修理たちは無防備な城にあっけないほど簡単に潜入した。すぐに米蔵を開いた。

「殿の偽善を暴いてやるつもりが、裏目に出た。城には物々しい警固の兵もおらねば、一俵の米とてなかった。薪蔵にも、具足蔵にも隠されてはおらなんだ。皆は知らなんだが、殿は小窪《こくぼ》や日多《ひた》の民にも米を与えておられたからじゃ。代わりに中庭には芋が植えられておった。俺は腹いせに畑をほじくり返してやったが、小指ほどの芋しか出てこなんだ」

「芋畑を掘り返した下手人は修理どのだったのですね」

修理は「お赦しくだされ、姫」と神妙に頭を下げてから続けた。

「金蔵もむろん空っぽじゃ。金目の物はすべて売られておった。殿があるだけの持ち金で食い物を買い、肥後の民に分け与えておられたからじゃ」

菊池家最後の当主義武《よしたけ》は、我欲のために戦乱を起こし、民を奈落の底へ突き落とした。義武にとって、生きとし生けるものは己が保身と野望のための踏み台でしかなかった。だが小原鑑元は違った。菊池、大友の戦乱で焦土と化した肥後と疲弊した民に、平和と安寧をもたらそうと心を砕いていた。修理が修復もされぬ荒れた城で見たのは、肥後の将兵と民草に寄り添い、地獄を楽土に変えようと苦悩し続ける領主の姿だった。

「俺は初めて杏姫にお会いした。雪様、八幡丸様と談笑される殿のお姿を見て、この世には本当に仏がおるんじゃと思うた。その時、俺にはもう、このお方を討てぬと悟った。逆に、死んでもお守りすると誓うた。俺は殿と共に国中《くになか》を蘇らせると決意したんじゃ」

南関は山間の小盆地だったが、鑑元が治めた五年で田畑は倍近くに広がった。南関だけではない、国中《くになか》は豊かな穀倉地帯に生まれ変わろうとしていた。だが、鑑元の仁政を組織的に妨害する蓋団《あまずら》なる一団があった。今回の飢饉が深刻化した一因には、戦さながらに青田刈りをしたり、城の米蔵を襲う蓋団が出没したせいもあった。貧窮策の手抜かりと己が不徳のゆえであると鑑元は一団をかばい、大事としなかったため、府内《ふない》には知らされていなかった。だが、秋口から蓋団の活動がまた激化しており、鑑元も対応に追われているらしい。肥後入りした日に岩風呂から急用で城へ戻った理由も腑に落ちた。

「今朝行ったねぐらを使うておった野盗どもも、蓋の一味でしょうか」

「おそらくは」

「どこぞの流れ者でござろうか」

「いや、肥後者であろう。奴らは国中《くになか》を知り抜いておるゆえな。やっかいな連中じゃが、俺が必ず仕留めてみせる」

田原民部《みんぶ》は肥後の国境を荒らす野盗を買収していた。蓋団との交渉はいずれ可能やも知れぬ。賀兵衛は同郷の先人として鑑元を誇りに思った。小原を、杏を、肥後を守りたいと願った。

小原城の片隅を吹き抜けた秋の夜風には、もう冬の気配がしっかりと織り込まれている。

†

冬の冷たい糸雨《しう》が肥後の山間に降り注ぐうち、年も暮れようとしていた。

雨天は開墾作業も休みだ。早めに政務を終えた昼下がり、賀兵衛は奥座敷に呼ばれた。鑑元と二人きりで酒を酌み交わすのはしばらくぶりだった。鑑元は仕事が終わるまで決して酒を口にしなかったから、疲れきって酒を呑まずに寝てしまう日も多い。音もなく降りしきる冬の雨は、理不尽な寒気から南関《なんかん》を守ってくれているかのようだった。

「雨の日は実に安らかでございまするな」

鑑元は先頭に立って大斧を振るい、樹を伐り出す。賀兵衛も修理《しゅり》も早朝から泥だらけになって固い土に打ち鍬《くわ》を入れる。雪や杏の作ってくれる小昼の握り飯が待ち遠しかった。鑑元は飢饉を二度と起こすまいと、田畑を広げてきた。さらに賀兵衛の進言で、来年からは二毛作を導入する予定だった。賀兵衛の故郷、都甲荘《とごうのしょう》ではすでに主流になっていたが、戦乱の打ち続いた国中《くになか》ではまだ行われていなかった。

「わしは戦よりも野良仕事のほうが向いておるやも知れぬ」

とは鑑元の近ごろの口癖であった。

「修理は最初のころ、雨の日が一番好きじゃなぞと弱音を吐いておったものじゃ」

「気持ちがわからぬでもありませぬ。都甲の父も鑑元公と同じく、いつも民に混ざって真っ黒に日焼けしておりました。ぜひとも父を公に会わせとう存じまする」

「それはよい。春が来て暖かくなれば、ぜひお招きしたいもの。弟御もおられたな」

「弟は八幡丸《はちまんまる》殿と一つ違い。やんちゃな性格も似てござれば、気が合うのではと思いまする」

「次代の大友を支える大切な子らじゃ。八幡丸も肥後も、いずれ宗家のお役に立てよう」

「これだけ汗を流したからには、来年こそ実り豊かな秋を迎えられましょうな」

このふた月足らずで賀兵衛は肥後の事情をあらかた把んだ。菊池討伐後の五年余り、肥後は一度も戦地とならなかった。鑑元の献身的な施策で、肥後の国力は急速に回復し、豊饒《ほうじょう》の地として蘇りつつあった。富んだ国になると賀兵衛は確信した。

「大がかりな戦《いくさ》に巻き込まれたりせねば、肥後は大友にとって大きな力となる」

鑑元に呼ばれた理由は察しがついた。まだ何も切り出していないが、賀兵衛は、田《た》原宗亀《わらそうき》打倒の盟主として鑑元を肥後で挙兵させる使命を帯びていた。民部《みんぶ》の要請を峻拒した鑑元がそれを察せぬはずもなかった。

賀兵衛は静かに杯を黒漆の角膳に戻すと、鑑元に向かい、背筋を伸ばして恭しく両手を突いた。

「公のお力で肥後は蘇り申した。されどおそれながら、肥後二万の精兵は小原家の私兵にあらず。宗家に危急の秋《とき》あらば、公に率いていただかねばなりませぬ」

鑑元は手にした杯の酒をゆっくりと呑み干した。

肥後方分《ひごほうぶん》となった鑑元は当初、近隣国への出兵要請に対し、豊後阿南荘《あなんしょう》の寡兵を率いて見事な軍功をおさめていた。だが筑後、肥前の国人衆らが大友に背いて肥後に危機が迫った時、大津山修理《おおつやましゅり》は山之上《やまのうえ》衆をまとめて鑑元のもとに馳せ参じた。鑑元の巧みな用兵と軍略で見事に勝利すると、敗北に馴れていた肥後の将兵は勝利の味を覚えた。外地の戦場で共に戦い、命を預け、助け合う中で、肥後は鑑元のもとで次第にひとつになっていった。優に二万を超える肥後兵は今や、鑑元のためなら死を厭うまい。肥後兵の動きが大友の内部抗争のゆくえを決定づける力を持っていた。

「わしはただこうして、静かな雨を見つめていたいと思う。それ以上は何も望まぬ」

賀兵衛も同じ気持ちだった。大友家中の政争などに巻き込まれず、民草と共に汗を流し、豊かな実りを待つ生活ができれば、どれほど幸せであろう。

「釈迦に説法なれど、今は乱世にございまする」

「小原はもともと没落した他紋衆であった。父と兄が戦死した後、叔父は小原領のほとんどを奪った。わしが世に出た時、わしのかたわらにおったのは小井出《こいで》だけであった。ゆえに今の小原家臣団はわが手で築き上げた家族も同然。わしは妻子を、一族郎党を守り抜くと誓った。そのためにわしは戦《いくさ》に勝ち続けてきた。だがこれまで、わしのためにいったい幾千の人間が死んだか。幾万の人間が悲嘆に暮れたか。雨は天の流す涙やも知れぬと思うときがある。あまりに業深き人の世を憐れんだ、神の嘆きなのではないか、とな」

父祖からただ受け継いだのではない。身ひとつで創ったがゆえに、鑑元は家族も、家臣も、領民も人一倍大切にしているのだろう。

「それがしは鑑元公のごとき領主に、夫に、父になりたいと願うておりまする」

「これまでわしと義兄上《あにうえ》は戦に勝ち続けてきた。なぜわしがこの三十年、一度も負けなんだか、わかるか？」

差し出された空の杯に、賀兵衛は酒を注ぐ。

「日ノ本広しといえど、機を見るに敏く、万の軍勢を自在に操る公の巧みな用兵に及ぶ者が敵になく、麾下《きか》の将兵も公を信じ、絶対の忠誠を尽くしておるがゆえにございましょう」

答えじゃ」

鑑元は賀兵衛の称賛に対し、ゆっくりと首を横に振った。

「違う。勝てると見た戦しか、やらなんだからじゃ。わしは負ける戦はせぬ。それが答えじゃ」

賀兵衛は「田原宗亀には勝てぬ、と仰せにございまするか？」との問いを飲み込んだ。鑑元の言葉は、万全の態勢を作り上げ、勝利が確信できるなら起《た》ってよいとの意にも取れた。賀兵衛は明確な拒否を恐れた。

「おお、見よ。虹が架かっておるぞ」

馥郁《ふくいく》たる濁り酒の香を舌の上で転がしながら杯を重ねるうち、いつしか雨はやみ、晴れ間が光の帳《とばり》をそよがせていた。南関城は山城である。暮れなずむ夕空の下、山裾まで広がったふくよかな耕地を見渡せた。

二人して平和で満ち足りた年の暮れを楽しむ。思えば、滝室坂で鑑元暗殺を試みた日から三カ月も経たぬが、三年を共に過ごしたような心地だった。

虹がゆっくりと夕闇に消えてゆくころ、にわかに廊下が慌ただしくなった。聞き馴れた声が近づいてくる。鑑元の小姓らが襖を開いた。

「殿、一大事でござる！　府内《ふない》から意味のわからぬ書状が届きましたぞ」

化け猫に追われた痩せ鼠《ねずみ》のように小井出が慌ただしく現れ、憮然とした表情の修理が続いて入ってきた。

鑑元は手渡された書状に目を通すと、表情を変えず黙って賀兵衛に手渡した。

賀兵衛は刮目《かつもく》した。要するに「豊前征討のため兵糧米を供出せよ」との内容である。中国地方の混乱に乗じて豊前に侵攻する方針は、加判《かばん》衆合議で決定ずみであった。方針にしたがい、戸次鑑連《べっきあきつら》が遠征軍の総大将となって、豊前南部への侵攻を開始している。だが、二年続けて肥後を襲った不作と飢饉は周知の事実であった。なればこそ一連の肥後支援策が講じられてきたはずだ。

「肥後が余剰米を持たぬ事実は明々白々。何じゃ、豊後は肥後の民に餓死せよと申すのか！」

修理が激しく吠えても、鑑元は瞑目して腕を組み、書状の意味を思案している様子だった。

田原宗亀が義鎮《よししげ》の名代として発する書状はめずらしくなかった。すでに合意された豊前侵攻の実行に関する庶務であり、いちいち加判衆合議にかける内容でもない。他方、肥後支援は既定の方針であり、兵站《へいたん》の調整は事務方にも裁量がある。民部《みんぶ》なら阻止できたのではないか。鑑元ほどの有力他紋衆を後ろ盾にしている以上、宗亀も義鎮派の意向を無視しえまい。民部はいったい何をしていたのか。隠密の企てゆえ民部との連絡は軽々にできぬが、なりゆき次第では会いに行く必要もあろう。

「捨て置けばよいのじゃ。小原城にも余剰の米なぞひと粒もないわ」

「肥後をよくご存じの吉弘《よしひろ》様に府内《ふない》へお出ましいただくのは如何？」

「いや、軍目付《いくさめつけ》が肥後方分のために申し開きをするわけにも参るまい」

賀兵衛は名目上、鑑元の監視のために派遣されている。監視役が代人として代弁するのは筋違いだ。癒着を疑われる懸念もあった。

「糸のもつれは早めに解くがよろしいかと存じまする。お手数なれど公自ら出向かれては如何？」

賀兵衛の進言に鑑元はうなずいた。単なる手違いと考えたいが、周到な民部なら関与できたはずだ。どこか腑に落ちぬ。

「明朝、府内へ参る。肥後の窮状を改めて説き、供出の免除を願い出るとしよう。小井出、修理、供をせよ」

鑑元は思い立ったように縁側へ出て、虹の消えた空を見やった。

「案ずるな。よい望月《もちづき》が出ておる。何かの過誤であろう」

賀兵衛たちも鑑元の隣に並んだ。いつしか宙《そら》は澄み渡っている。ちょうど月は満ち、空高く昇ろうとしていた。

第五章　欠け月

九、青雨

新緑の爽やかな香りが南関《なんかん》の山野をすっかり包み込んでいる。春は闌《た》けて、ときおり夏の足音さえ聞こえていた。

吉弘賀兵衛《よしひろかへえ》は杏《あんず》と八幡丸《はちまんまる》、小井出《こいで》と共にムクノキの巨木の下で、旅人を見送っていた。小原鑑元《おばらあきもと》の招きで肥後を訪れていた父鑑理《あきただ》と実弟弥七郎《やしちろう》（後の高橋紹運《じょううん》）一行の姿が林に消えてゆくと、かたわらの杏がつまらなそうにつぶやいた。

「行ってしまわれましたね」

杏とて、去りゆく二人の身上は弁えていた。鑑理は六年前の政変で失脚して以来、都甲荘《とごうのしょう》で不遇をかこっている。弥七郎は賀兵衛に代わり府内《ふない》で義鎮《よししげ》の近習となったが、実際には人質の身であった。だが吉弘家の不遇も、民部《みんぶ》の企てが成り、義鎮派が実権を握れば、終わる。

「賀兵衛どのと違うて、弥七郎どのの武勇は本物のようですね。末頼もしゅうございまする」

杏の遠慮ない言葉遣いは相変わらずだが、年来の友のごとく口調はすっかり角が取れていた。

槍を取らせれば、九歳の弥七郎に賀兵衛はすでに敵わない。八幡丸は最初、弥七郎に反発していたが、相撲で簡単にのされると、子分のごとく慕うようになった。弟のいない弥七郎も、実弟ができたように八幡丸を可愛がった。

「おれは弥七郎どのに約束した。強うなって、ふたりして九州をぜんぶ大友領にするんじゃ」

ムクノキの天辺《てっぺん》のほうから八幡丸の声が聞こえてくる。

虎の血筋に犬は出ないらしい。小原鑑元の嫡男にして、戸次鑑連《べっきあきつら》の甥にあたる八幡丸は勇敢なだけでなく、若年ながらなかなかに思慮深い。長ずれば大友を支える驍将となろう。大友三将に加え若武者が育っていけば、九州制覇はあながち絵空事でもなかった。

「姉上と賀兵衛どのが夫婦《めおと》になれば、おれは弥七郎どのを義兄上《あにうえ》と呼べるのう」

賀兵衛も当然、義兄になるはずだが、そちらは別段ありがたくもないらしい。それはともかく八幡丸が無邪気に置いた仮定に、賀兵衛は己が赤面する様子がわかった。

「それがしは気にせぬが、杏殿に失礼であろう、八幡丸殿」

思い切った言葉でたしなめると、杏が言葉を引き継いだ。

「まったくです。賀兵衛どのはえらの張ったお見かけによらず、御館様の甥御にして、名門の御曹司。ゆくゆくはしかるべき同紋衆のしとやかな姫君が嫁がれるはず。野山に育ち、馬を乗り回しておった蓮《はす》っ葉《ぱ》では釣り合いませぬ」

賀兵衛はかたわらの杏をちらりと見た。はきはきとした口調はふだんと変わらぬが、いつもより早口な言い回しで、賀兵衛と目を合わせようとしない。

杏と賀兵衛はかなり親しくなった。いや、なりすぎた。力を失った吉弘家にとって、本来なら、他紋衆の雄である小原家との縁組みは復権に有効な方途といえた。義鎮派の土台を固める意味合いもある。だが、杏には主君義鎮が側室に所望した経緯があった。真っ赤に燃え盛る火中の栗そのものだ。民部から強く釘を刺された事情もあって、これ以上杏に恋してはならぬ、淡い恋で終えようと、賀兵衛が己に言い聞かせて久しい。その成果か、心の中では恋へのあきらめが賀兵衛を正しく踏みとどまらせていた。

「賀兵衛どのはさっき、己は気にせぬと言うておったぞ」

「あいや八幡丸殿、それがしの意思なぞ何の関わりもない。乱世で婚姻は家同士が政略で決めるもの」

杏との恋が成らぬさだめは覚悟していた。杏も十二分にわかっている。今の間柄が最善なのだ。恋などすれば互いに不幸になるだけだった。

「姉上が政略に従うとも思えんが、ふたりとも構わぬのなら、良いではないか。ふたりはたいてい一緒におるし、好き合うておるとばかり思うておったが、違うのか？」

八幡丸はするすると木の幹を伝い降りると、置いてあった弓矢を拾った。

「さてと、おれは川に寄ってから、城へ帰る。小井出、ついて参れ」

川の淵で立ち泳ぎしながら弓を射る稽古は、弥七郎の影響で始めた八幡丸《はちまんまる》の新たな鍛錬だった。

†

二人だけになると、賀兵衛の心が手の施しようもなくざわついた。八幡丸のあけすけな物言いのせいで、妙に杏を意識していた。

賀兵衛は沈黙が怖くなって、巨木を見上げた。

「見事なクスノキでござるな」

「いいえ、これはムクノキです。夏には小さなまん丸の実が生《な》ります。秋には瑠璃《るり》色に変わって、甘くなるのですよ。ムクドリも大好物ですから、先を越される前に採らねばなりませぬ。昨年は修理《しゅり》どのと八幡丸が競って採ってくれましたが、今年は賀兵衛どのもお手伝いくださいまし」

「承知いたした」と答えながら、賀兵衛は思案を巡らせた。ムクノキの実が生る秋、大友はどうなっているか。

民部は六月の祇園会《ぎおんえ》までに挙兵するとしていたが、その後、詳しい報せはなかった。民部が他紋衆の結集に手間どったあげく、延期、さらには断念をも思案に入れてはいまいかと憶測してみる。有言実行の民部が口にした以上、あらゆる努力を惜しまぬであろうが、敵は強大すぎた。計画の変更があっていい。一挙に転覆を狙わず、少しずつ力を蓄え、宗亀《そうき》から権力を取り戻してゆけばいいのだ。

「されど毛虫なんぞおりませぬかな。また八幡丸殿に馬鹿にされそうじゃ」

「八幡丸も陰では、賀兵衛どのを大した知恵者じゃと誉めそやしておりますよ」

初耳だった。賀兵衛は虫が苦手で、昨日も八幡丸にいたずらをされたばかりである。乞われて武経七書《ぶけいしちしょ》を講じもしたが、敬う様子もまるでなかった。賀兵衛は八幡丸や修理とも頻繁に接し、野良仕事や遠出で一緒に時間を過ごすうち、ずいぶん親しい仲になった。

特に近ごろは二年続いた空梅雨に備えるべく、杏の思いつきで雨乞いに力を入れていた。〈大津山阿蘇神社〉は創建三百年以上と伝わるが、中でも雨乞いでは霊験あらたかとされていた。里の若者を締太鼓《しめだいこ》などの楽手《がくしゅ》、諫振《いさみふり》、笛方、行燈《あんどん》持ちの役回りに分け、老齢の権之助まで混じえ、予行を重ねて古代楽を奉納した。浴衣に赤い腰巻姿で襷《たすき》をかけ、菅笠《すげがさ》をかぶる。腰には瓢箪《ひょうたん》を下げ、団扇《うちわ》を持って、雨乞い踊りを何度もした。これだけ雨乞いをすれば必ず聞き届けられるだろうと、杏以下、権之助まで皆信じて疑わなかったのだが、実際、幸先よく青雨《せいう》で山野が湿り、畔も青み始めていた。この調子なら、今年は空梅雨になるまいと杏たちも喜んでいた。

鑑元の挙兵と宗亀打倒の内戦は、賀兵衛が肥後で作った新たな友たちの運命を左右する重大事だった。確実に成功させねばならぬ。

「今日はどうも調子が狂いまするな」

いや、今日だけではない。最近の杏は少し様子が変だった。

数日前の昼下がり、賀兵衛と杏は「髪の伸びる仏像がある」との面妖な噂を聞き、玉名《たまな》のとある寺に出向いた。戦乱で幼子を失った母親の髪を、鬼子母神《きしもじん》尊像の頭部に植毛したところ、不思議にその髪が伸び続けているとの話だった。杏は「世を惑わす仏像の正体を暴いてやります」と息巻いたが、賀兵衛が寺の住職に理詰めで問い、あるいは誘導するうち、住職はついに尊像の髪を植え替えていると白状した。杏は顔を真っ赤にして怒り、仏像を壊すといきり立ったが、賀兵衛が「金も米も使わず、髪の伸びる仏像で心の救われる民がいるなら、ありがたい話ではござらぬか」と諭すと、意外と簡単に納得したものである。以前の杏なら間違いなく口論になったはずが、近ごろの杏には、杏らしからぬ素直さがあった。

「ところで賀兵衛どのは、祇園会《ぎおんえ》をご覧になりましたか。わたしはぜひとも山鉾《やまほこ》見物をしてみたいのです。わたしをお連れくださいませぬか」

毎年六月に府内《ふない》で行われる〈祇園会〉は、京の祇園祭を模して始められた疫病退散の祭りであった。八月の〈八幡由原《ゆすはら》宮の放生会《ほうじょうえ》〉と並ぶ、豊後の二大祭礼である。六月十五日には十二基の荘山を曳《ひ》く山鉾巡行と、社殿のある岩屋寺《がんおくじ》から上河原《かみがわら》の御旅所《おたびしょ》までの神輿渡御がとり行われる。巡行の道筋にある町屋には多数の見物席が設けられ、万を超える民衆が熱狂した。歴史は古く、大友初代能直《よしなお》が建久《けんきゅう》年間（十二世紀末）に祇園社を勧請《かんじょう》して以来、実に三百年以上も続く伝統行事であった。

「聞けば、大乱がうち続く京の祇園会よりもずっと壮麗であるとか」

賀兵衛も先主義鑑《よしあき》の時代、父鑑理《あきただ》と一緒に〈屋形桟敷《さじき》〉と呼ばれる最高の見物場所で見た覚えはあるが、ふるまわれた汁粉とまんちう（饅頭）が美味だった記憶くらいしかなかった。近習となってからは市中警固の裏方の用務に忙殺されて、ろくに見物していない。

「民部《みんぶ》殿に相談すれば、よい席が取れるやも知れませぬ。おりを見て、かけ合ってみましょう」

賀兵衛は民部の名を出しながら隣を見たが、杏の表情に変化はなかった。

「府内では賀兵衛どのにお骨折りをいただきましたが、民部さまはもうよいのです。わたしのような小娘など端から眼中にないご様子。思い返してみるとだんだん腹が立ってきました。あれだけすげなくされれば、恋も冷めてしまうものです」

「さようなものでござるか」

賀兵衛の実らぬ恋にいくつもある障害の一つがいつの間にか消えていたらしい。いや、だとしても、この恋を実らせてはならぬのだ。

「されど府内では氏姓《しせい》のいさかいが起こっているとか。不安でなりませぬ」

鑑元《あきもと》は妻子に心配をかけぬよう、いちいち国事について知らせていないはずだが、遠く肥後でもどこぞで仄聞《そくぶん》してしまうほど事態は切迫しつつあった。民部の煽りが奏功していいるに違いない。他紋衆の不満は日に日に高まり、府内では小原《おばら》鑑元が他紋衆を引き連れて肥後で独立するとの噂さえ飛び交っていた。賀兵衛は二度ほど府内に戻ったが、民部は不在で会えなかった。

「ときに賀兵衛どの。先ほど八幡丸が口走っていた件ですが……」

賀兵衛はごくりと生唾を飲み込んだ。

近ごろの杏のふるまいを見ていると、賀兵衛に好意を抱いているように思う節もあった。肥後領内の案内はとっくに終わったのに、いつしか杏とふたりでいる状態がごく自然になった。どちらからともなく声をかけて遠出をした。ふきのとうやタラの芽をふたりで摘みに行きもした。修理は小原城におり、八幡丸はたいてい武技を練っているが、杏と賀兵衛を二人にする心遣いやも知れぬと感じてもいた。だめだと知りつつ、想い人と一緒にいる幸せを拒めなかった。

賀兵衛はにわかに怖《お》じ気づいた。

「ああ、九州制覇の野望でござるな。鑑元公のおかげで肥後は安泰。筑後も完全に平定し、後三カ国の力を用うれば、大友の九州平定も夢ではありますまい。もっとも、戦《いくさ》が不得手のそれがしには夢のごとき話でござるが」

義鎮《よししげ》の側室入りを拒んだ娘を妻とする愚か者は、少なくとも豊後の大友家臣にはおるまい。服部右京助《うきようのすけ》の例がある。己を拒絶した女を妻とした家臣を、義鎮はいかなる眼で見るだろうか。

「戦が不得手で、乱世を渡って行けるのですか?」

「戦巧者《いくさこうしゃ》だけが世の役に立つわけでもありますまい。それがしが最前線で鈍い槍を振るうてみたとて、何ほどの話でもござらぬ。大友三将の強さは本物。されば三将の向かう戦場をあらかじめ政略で有利なものとし、後方から支えて存分に活躍させる。その舞台を整える者がおってもよいはず」

「なるほど。出陣のたびに母やわたしは父上の身を案じておりましたが、賀兵衛どのの妻は、夫が戦死する心配をせずとも済むわけですね」

偶然ではあるまい。杏は縁組の話に引きつけようとしている。

「先年の肥後討伐では、鬼神のように強い叔父が戦死しました。残された叔母も悲しみのあまり病を得て亡くなり申した。それがしは戦のない世を作れぬものかと考えてござる」

「乱世なのに、賀兵衛どのは変わったお人ですね」

賀兵衛の生き方を杏が認めてくれたように聞こえる。杏は確実に変わった。

「杏殿もじゅうぶんに風変わりじゃ。それがしの母や妹は薙刀など扱いませぬ」

「わたしと賀兵衛どのは似た者同士、おたがいさまですね」

もしや賀兵衛の恋心はすでに杏に届いてしまっていて、杏の心もまたいつの間にか賀兵衛のすぐそばまで来ているのか。思い切って手の届く扉さえ開けてしまえば、そこには杏がいて、賀兵衛の腕に飛び込んでくるのではないか。

思い悩むうち、牛に乗った老農の権之助が通りかかったので、渡りに舟とばかり声をかけると、手伝いを頼まれた。

その後、賀兵衛は杏と野良仕事に精を出した。陽が傾き、腰が立たなくなるほど草取りをしてから、畔《あぜ》に並んで腰を掛けた。

「夏が近づけば、日が沈んだころ、この川べりで蛍火が見られます。府内で伯父上に見せてあげる約束をしたのですが、今年は賀兵衛どのに見せてさしあげます」

「それは楽しみでござるな。蛍は何年か生きた後、たった七日ほど光を発しながら舞い、命が尽きるとか。蛍は何のために生を得たのでしょうかな」

「蛍はきっと、最後に美しき光を放つために生まれたのです」

今、杏は女として、生涯で最も美しい光を放っているのやも知れぬ。義鎮が言うように、女は美しくあるために生まれて来たのか。いや、蛍と女は違う。だが――

「乱世を生きて死ぬわれらも、蛍と大差ないのやも知れませぬな」

「違いまする。蛍は戦なぞいたしません。男と女も違いまする。男は女を守り、女は男に幸せを託すもの。己を幸せにしてくれると信ずる男子に賭けるのです……」

杏は賀兵衛に幸せを託そうとしているのか。本当に賀兵衛では杏を守れぬのか。賀兵衛はろくに考えもせず、最初からこの恋をあきらめてはいなかったか。山蛭《やまびる》失格ではないのか。

杏が胸の前で合わせた手を見た。泥で薄汚れていても、左手の甲にはふた筋のひどい火傷の痕があった。守ってやりたいと強く願った。いや、だめだ。

天を見上げた。目の端に、昇り始めた望月《もちづき》が賀兵衛の背を押すように輝いて見えた。

すぐそばに杏の温もりを感じた。隣を見る。杏の顔がすぐそばにあった。

夕闇がふたりを覆い隠そうとしている。賀兵衛がおそるおそる顔を近づけると、杏も近づけてきた。たがいに唇を重ね合わせた。杏のやわらかい身体を抱きしめると、さわやかな杏の香りが賀兵衛の腕の中ではじけ飛んだ。

†

次の日の夜、賀兵衛は悩み抜いたすえ、鑑元に面会を求めた。決意の揺るがぬうちに、話をしてしまいたいと思っていた。あれ以来、杏とは顔を合わせていない。

賀兵衛の悩みごとは二つ、宗亀《そうき》打倒のための挙兵と、杏への恋心であった。いずれも鑑元に直接関わる事柄であり、いずれは告げねばならぬ。遅いか早いかの違いだけだ。この半年で賀兵衛は鑑元の信を得ていた。いや正確に言うなら、賀兵衛のほうが鑑元に惚れ込んでいた。乱世にあるべき武将として、領主として、父として、夫として理想の姿を鑑元に見出していた。

「済まぬ、賀兵衛殿。ずいぶん待たせた」

奥座敷で待つうち、鑑元はいつになく沈んだ面持ちで現れた。いつもの覇気が見当たらなかった。

「何ぞございましたか？」

鑑元は伏し目がちだった視線を、澄んだ夜空へ移した。

「実は新左《しんざ》から報せがあった。……お玉《たま》殿が亡くなったそうな」

義鎮《よししげ》の側室となって寵愛を受けていた玉は、服部右京助が奪われた正室であり、本《ほん》荘《じょう》新左衛門尉《しんざえもんのじょう》の姉にあたる。仔細はわからぬが、急死らしかった。

「心労が重なったのであろう。お玉殿を不幸せにしたのは、このわしやも知れぬ」

玉は単に親友の妻というだけでなく、鑑元にとって格別な女性だったらしい。しがない国人、本荘家の分家の娘であった玉に、鑑元が初めて会ったのは、縁戚の若者と玉の祝言の席であった。玉が結婚してすぐに肥後で戦《いくさ》が起こった。戦には出ていたが、いまだ名もなき鑑元は、服部右京助と玉の夫の三人で、わずかの家人を連れて戦に出た。

「あの時わしは功を立てるため、無理をして戦場にとどまった。わしが死なせたようなものじゃ」

若き戸次鑑連《べっきあきつら》率いる大友軍三千余は、最終的に菊池勢との激戦を制したものの、少なからぬ戦死者が出た。鑑元は武勲《ぶくん》を立てたが、玉の夫は戦死した。責めを感じた鑑元は服部と二人で、戦友の遺品を手に寡婦《かふ》となった玉を慰めに出向いた。静かに悲嘆に堪える玉の様子は捨て置きがたく、服部と共に幾度も出向くうちに、鑑元は玉に強く心を惹かれた。だが、玉を想い染めていたのは鑑元だけではなかった。わずかに早く右京助が玉に求婚すると、鑑元は身を引いた。夫を死なせた身で妻にはできぬと、分を弁えたつもりだった。

「つまらぬ話を聞かせた。して、賀兵衛殿、わしに何か用でもあったか」

鑑元は昔語りをするほど賀兵衛を信頼している。鑑元を「義父上《ちちうえ》」と呼びたいと強く思った。

賀兵衛は「数ならぬ身なれど」と、鑑元に向かって恭しく両手を突いた。

「杏姫をそれがしの室として賜るわけには参りませぬでしょうか」

勇気を振り絞った賀兵衛の言葉に、鑑元が驚いた様子はなかった。

「今朝、杏が髪を下ろすなぞと言うて来おったのじゃが、話が腑に落ちたわ。杏も賀兵衛殿を憎からず思うておるようじゃ」

賀兵衛の心が沸き立ってゆく。天にも昇る思いだった。

「されど、好き合うても結ばれぬのが乱世の常。済まぬが杏はやれぬ。吉弘家への輿入れは本来寿《ことほ》ぐべき話なれど、杏を室とすれば、吉弘家は身を亡ぼす火種を抱え込む仕儀となろう」

むろん義鎮が側室に所望した件だ。当時、鑑元は悩んだが、最終的には宗家からの要請ならばと申入れを請けるつもりであったらしい。だが、杏が嫌がった。杏は想い人と添い遂げたいと繰り返し、娘の幸せを願う雪《ゆき》も側室入りに反対した。田原民部《たわらみんぶ》に出会ったためだと賀兵衛は事情を知っている。忠義者の民部が義鎮の恋の邪魔をしたなりゆきは皮肉な話だった。

「杏はあの気性ゆえ、無理に話を進めれば何をしでかすか知れなんだ。現にやりおった。御館様は改めてわが屋敷に足をお運びになり、酌をする杏の左手が練り絹で作ったように滑らかで美しいと誉めそやされた。その夜の話よ」

「では、まさかあの傷は……」

「さよう。杏はわしの目の前で焼け火箸を己が左手に押し付けて焼いた。これで御館様も失望されましょうと笑いながらな。が、側室入りを拒んだ以上、不憫なれど杏は嫁入りの難しい身となった。むろん杏も覚悟の上じゃ。こたび尼になると言い出したのは、賀兵衛殿への想いに気づいたゆえであろう」

杏はやはり賀兵衛を真剣に想ってくれていたのだ。杏の心を知れば知るほど、杏が愛おしくなった。杏と結ばれるためなら、吉弘の家も要らぬと思った。

「おそれながらこの吉弘賀兵衛、たとえ御館様のご勘気をこうむろうとも、家を捨てる覚悟で、杏殿をもらい受けとう存じまする。吉弘は弟が継げばよろしゅうござる」

鑑元は小さく笑うと、首を横に振った。

「一時の情に流されては一生を過《あやま》つぞ。わしは亡き御館様の血を引く賀兵衛殿を守らねばならぬ」

「祖父は苛烈なる君主であったと聞きましたが……」

「あのお方に敵とみなされた者は皆、震え上がった。心底憎んだ者もおろう。されど味方に対しては心優しきお方であった。家臣が受けた痛みを、己が痛みと感じ、瞋恚《しんい》を燃やすお方でもあった。その孫である賀兵衛殿を、右京助と同じ目に遭わせるわけにはいかぬ」

　なお言いつのろうとする賀兵衛を、鑑元は逞しい右腕で制した。

「賀兵衛殿はあきらめぬ男と知っておるが、杏をまことに想うてくれるなら、あえて身を引いてはくれぬか。さらに済まぬがこの話、わしから申し入れたが、賀兵衛殿が断った体《てい》にしてもらいたい。さすれば、杏もあきらめが付こう」

　歯を食いしばった。だが、賀兵衛にはまだ力がなかった。場合により出家した杏を還俗させ、違う名で室とする奇手も悪くないとも考えた。あきらめの悪い賀兵衛が、相愛の想い人のために恋をあきらめるという甘美な自己犠牲に酔いもした。もともとこの恋は禁じられていたのだ。皆を不幸にしかねぬ恋なのだ。簡単に成就するはずもなかった。時間を掛ければいい話だ。

「杏をお玉殿と同じ目に遭わせとうないのじゃ。頼まれてくれぬか」

「……いったんは承知仕りました。されど、あきらめたわけではございませぬ」

　杏との間にはいぜんとして大きすぎる障害が横たわったままだ。だが、杏が誰かの室に入るわけでもない。心が通じ合っている限り、どこかに道はあるはずだ。賀兵衛も杏も若い。ふたりの恋はまだ始まったばかりだ。まずは宗亀打倒の難事をやりとげる必要があった。

「実はそれがしが軍目付《いくさめつけ》として肥後に派遣されたは、理由あってのこと」

「そのことよ」

鑑元は懐から一通の書状を取り出すと、賀兵衛に手渡した。

†

書状に目を通した賀兵衛は、覚えず声を上げた。

豊前戦線への兵糧米の輸送の遅れを厳しく詰問する内容だった。過去の城内備蓄米の民への配分まで不正な使用として難詰していた。鑑元《あきもと》は城の修復より民の生活と復興を優先した。備蓄米は飢えに苦しむ民らに分与したもので、いずれも府内《ふない》が承認してきた公知の施策であった。

鑑元に呼ばれ、書状に目を通した小井出《こいで》は狼狽し、修理《しゅり》は憤慨した。

小井出はすっかりうろたえた様子で、泣き出さんばかりの声で叫んだ。

「われらが府内へ出向いたとき、志賀《しが》様は苦境をお察しくださり、手違いの発状であったと仰せだったではありませぬか！」

昨冬、供出米の要請があった際、鑑元は小井出と修理を伴ってただちに府内へ出向いた。宗亀《そうき》は不在で会えなかったが、代わりに志賀道輝《どうき》に面会し、供出不要との回答を得た。その際、挨拶伺いに上原館《うえのはるやかた》へ出向くと、義鎮《よししげ》は兵站の詳細など知らず、「神《じん》五郎《ごろう》、役目大儀である」と鑑元を親しくねぎらったという。

ところがこの春、二度目の催促状が府内から届いた。驚いた鑑元は府内へ急ぎ出向き、志賀に面会を求めたが、所領にあって不在であった。やむなく居城の岡城まで出向いたところ、つるりとした公家顔で供出免除の話など覚えていないという。鑑元は府内へ戻り宗亀に事情を話したところ、宗亀はうんうんうなずきながら聞き、「肥後の事情は重々承知しておる。わしに任せられよ」と請け合ったはずだった。今日、三度目の書状が届いたわけである。

「府内の狸どもに謀《はか》られたわ。肥後はすでに強国となった。殿、この際、大友より独立し、新たな王国を築かれませ。山之上《やまのうえ》衆は一人残らず殿に従《つ》いて参りまするぞ」

修理が吠え、小井出がなだめる間も、賀兵衛は必死で思案を巡らせた。

単なる手違い、行き違いとは考えられぬ。鑑元は嵌《は》められたと見ていい。民部の工作で豊後における他紋衆の怒りが高まっている。宗亀も苦々しく思っていよう。宗亀は反抗する他紋衆をまとめて、盟主たる小原鑑元ともども滅ぼそうとしているのか。

命令違反を理由に、このまま鑑元が加判《かばん》衆の任を解かれなどすれば、義鎮派は貴重な政治力を失う。民部《みんぶ》にしては一方的に押されすぎではないか。義鎮や伯父の田北《たきた》らを動かし、宗亀と志賀の動きを牽制できなかったのか。民部らしからぬ失策続きだ。

「事を荒立てるはたやすき話なれど、収めるには骨を折りまする。理不尽な応対とは百も承知。されど、まずはおとなしく従うが得策と心得まする」

賀兵衛の進言に鑑元がうなずいた。

「事ここに至っては、これ以上要らざる誤解を生まぬためにも、米を用意するほかあるまい。じゃが、肥後には金も米もないゆえ、借りるほかはない。賀兵衛殿、よき手立てはないか」

違反状態の解消が先決との判断は正しいはずだ。軍目付《いくさめつけ》は府内の命令を実行させる役回りだから、賀兵衛が動いても揚げ足は取られまい。

「豊後一の豪商、仲屋《なかや》のおかみはきっぷのよい女子《おなご》にござる。それがしから頼み、何とかいたしましょう」

「恩に着るぞ、賀兵衛殿」

うなずく鑑元に向かい、小井出がくぐもった声でこぼした。

「殿、懸案は今ひとつござる。過日、宗亀様にお会いしたおり、南関《なんかん》城の修復についてご指摘がありましたろう。いやはや何といたしたものか」

宗亀は供出米の件について引き受けた後、むしろ南関城の現状を問題視した。肥後の政庁が荒れたままでは大友の権威に傷がつく、万一の場合の肥後防衛にも支障を来すと不安を述べた。「穴子を馳走になりたいものじゃな」とも言い、宗亀が訪れる夏までには修復を済ませるよう口頭で要請したはずだった。

「府内の古狸どもが、まだぼろ城のままかと、重ねて言いがかりをつけてくるやも知れませぬぞ」

「やむを得ぬ。野良仕事も忙しい時分じゃが、手分けして城の普請を少しずつ始めるといたすか」

「はっ。山之上衆にも指図いたしまする」

†

その夜、眠れなかった賀兵衛は独り、もはや異郷とはいえぬ南関の月を眺めながら思案していた。何かが変だ。

修理《しゅり》が懸念したとおり、次は南関城を始め肥後諸城の普請を怠っているとして、肥《ひ》後方分《ごほうぶん》の職務懈怠《けたい》を難詰してきてもおかしくはない。これまでは戦災の復興と飢饉対応、新規開墾を優先する鑑元の施策に対し、豊後は支援の姿勢を示し、これを是認してきた。すべては当然の事理として承認され、あるいは黙認されていた話だった。

なぜ義鎮《よししげ》と民部《みんぶ》は鑑元を守ろうとせぬのか。宗亀《そうき》打倒の盟主に立てるべき鑑元が力を失えば、義鎮派も弱体化する。宗亀の横暴を止められぬのか。賀兵衛が民部なら、どうするか。民部は政争に敗れたのか。

いや、違う――。

賀兵衛の背筋を悪寒がぞくりと走り抜けた。大粒の汗が背骨をなぞるようにゆっくりと流れ落ちてゆく。

他ならぬ民部こそが、鑑元に対する一連の政治攻勢の起点なのではないか。府内《ふない》で民部が宗亀と手を組むと見せかけ、鑑元を滅ぼすべく協調しているとしたらどうか。宗亀と民部は鋭く対立してきた。だが、実はふたりの思惑と利害は、鑑元を追い詰める一点では一致していた。宗亀は鑑元を盟主と仰ぐ他紋衆を滅ぼすために、民部は鑑元を宗亀打倒の盟主として起《た》たせるために。

民部は他紋衆の不満を煽りさえすればよい。他紋衆は鑑元を頼る。放っておいても、同紋衆の盟主たる田原宗亀と他紋衆の小原鑑元は勝手に対立していく。すでに昨秋、手切れとなって以来、宗亀もまた鑑元を滅ぼすべく本気で手を打ってきたのだ。民部はそれを止めるどころか、ほくそ笑みながら手を貸してきたのではないか。民部なら平気でやりかねぬ。

これまで賀兵衛は府内で民部に会えなかった。おそらく民部は不在だったのではない。賀兵衛を避けていたのだ。民部は賀兵衛による鑑元の説得など最初から期待してはいなかった。鑑元を挙兵に追い込むべく、府内で自由に動く肚だったのだ。軍目付《いくさめつけ》としての肥後行きも、邪魔になる賀兵衛を府内から追い出したかっただけだ。このように考えれば、すべてが腑に落ちる。

空はすでに白み始めていた。

小原家を、肥後の皆を守らねばならぬ。民部が打ってくる手はこれで終わるまい。一刻も早く民部に会わねばならぬ。急ぎ府内へ帰参する旅支度を整え、出立しようとしたとき、民部が間もなく来訪するとの書状が届いた。

十、謀計

田原民部親賢《たわらみんぶちかかた》がわずかな供を連れて肥後南関城を密かに訪れたのは、府内《ふない》から言いがかりの書状が届けられてから数日後の昼下がりだった。鑑元は支城修復の普請現場から戻っていなかったため、在城していた賀兵衛が先に応対した。

民部に文句をぶつけたい気持ちもあったが、親しき友である。半年ぶりの再会に賀兵衛は微笑みかけたが、民部はあいさつもそこそこに、注視していなければ見過ごすほどの片笑みを苦み走った顔に浮かべただけだ。

民部の表情は相変わらず自信に満ち溢れていた。民部は南関城の縄張りにいちいち目をやりながら、「城の普請が進んでおらぬようじゃな」と眉をひそめた。

府内からの要請を受けて、にわかに城壁の補修作業を始めたばかりだ。見た目の進捗《しんちょく》が大事だと、正門付近の土塁を杏《あんず》や修理《しゅり》と作り直してはいるが、手が回らぬ部分のほうが多かった。

「国が富めば、城などいくらでも作れ申す。鑑元公は城より先に肥えた土を作り、人の和を育んでおられまする。きばって肥後に米を送った甲斐があり申した。鑑元公以下、肥後は一つにまとまってござる。肥後は大友にとって打ち出の小槌のごとき国となり申そう。米も、金も、兵もこの国から湧き出て参りまするぞ。二度の飢饉がかえって肥後の絆を――」

民部は「ふん」と鼻息で賀兵衛の説明をさえぎった。

「小原《おばら》が苦労して実らせた果実を捥《も》ぎ取るのは誰かのう。うかうかしておれば、宗亀《そうき》のでかい口に入るだけぞ」

「いかに宗亀とて、鑑元公ある限り、さような真似はできますまい」

賀兵衛は南関の盆地を望む櫓《やぐら》へ民部を案内した。山裾まで切り拓かれた田畑が緑に色づき始めている。杏たちと一緒に、神様がうんざりしそうなほど雨乞いもやった。

今年こそは豊穣の実りをとの皆の祈りが、必ず天に通じる気がした。

「府内では他紋衆の動きがいよいよ不穏とか」

賀兵衛が本題に入り始めると、民部も応じた。

「おうよ。小原は怒っておったか？」

「多少。すべて民部殿の差し金にござるな。それがしを府内から離れさせたのも」

「いかにも。追いこまれぬ限り、小原は起《た》つまいでな。すべては身どもの計算どおりに進んでおるゆえ、案ずるな。人の心を操るのは実にたやすい。まずは同紋衆に虐《しいた》げられておる他紋衆の話を聞いてやる。わざわざこちらから出かけもする。訴えがあれば、うんうんうなずき、『其許《そこもと》の申すとおりじゃ、身どもに任せよ』と安請け合いしてみせる。されど端《はな》から通らぬと知れた話。『すまぬ、御館様は深くご理解あったが、宗亀がどうしても首を縦に振らぬのじゃ』と、真四角になって頭を下げる。これの繰り返しよ。笑いが止まらぬわ」

民部は他紋衆に不首尾の結果を伝えて悲憤慷慨《ひふんこうがい》させ、自らは涙を流さんばかりに同情し、時を待て、小原鑑元は必ず起つ、と軽率な行動を思いとどまるよう説得するわけだ。

「抑えれば抑えるほど不満の炎は燃え盛ってゆくものよ。見ておって実に小気味よいぞ。中村新兵衛《なかむらしんべえ》だけではない、あの本荘でさえ、反宗亀に改宗させたのじゃからな」

本荘新左衛門尉《ほんじようしんざえもんのじよう》は服部事件で宗亀を頼って以来、反民部、反義鎮《よししげ》の急先鋒だった他紋衆である。かつて民部や賀兵衛の暗殺まで企てた急進派が義鎮派として挙兵するとは、人も変わるものだ。

「なにゆえ本荘までがわれらに味方を？」

「田北《たきた》の伯父と本荘は、猫の額ほどの土地を巡って争っておる。悪いのは明らかに田北じゃ。あの狐は黒を白と言い含めおるゆえな。伯父は強欲ゆえ譲らぬ。宗亀とて本荘如きのために田北の支持を失うつもりはない。身どもは御館様に任せよと、本荘に安請け合いをした。実際、無理と知りながら、宗亀や田北に談判するふりもした。後は推して知るべしじゃ」

民部は不気味な笑みを浮かべると、得意げに天を仰いだ。

「本荘は崇拝する小原鑑元に味方するのじゃ。何も不思議はあるまいが」

服部事件で失った一部他紋衆の支持を反宗亀の一点で取り込み直し、今や他紋衆は義鎮派一枚岩となりつつあるらしい。これまでと違うのは、本荘さえ慕う小原鑑元を義鎮派に引き込んだ点だった。盟主として鑑元の名を出せば、あらかたの他紋衆が立ち上がると、民部は誇らしげに語った。

後三カ国に激震が走ろうとしている。その中心に、田原民部はいた。

「賀来《かく》はもちろん、本荘、中村も兵を挙げる。佐伯、小原が加わる。われら近習衆も然り。準備万端相整った時、義兄上《あにうえ》が宗亀打倒を宣言される。この戦、勝ったぞ、賀兵衛」

民部の清廉さと純潔さは尖った錐《きり》のごとく、目的のために手段を選ばず突き進む。民部は欺罔《ぎもう》、教唆《きょうさ》、裏切りも厭わず、主君大友義鎮のため一途に励む。忠誠の点で賀兵衛は民部に引けはとらぬと思っているが、生き方がまるで違った。

民部は興奮に声を弾ませているが、あの宗亀が黙っているだろうか。

「いずれ肥後勢に府内へ入ってもらう。祇園会《ぎおんえ》を利用してな」

かねて祇園会は「大友大切ノ神事」とされ、祭りには必ず国主が参加し、家臣らも出府を命ぜられた。祭りの間は、治安警備目的で万に近い武装兵が府内入りする。豊前攻めの兵役を免除されている肥後勢が担当するとしても不自然ではなかった。

民部は得意げにつけ加えた。

「佐伯、本荘、中村ら義鎮派に取り込んだ他紋衆の兵五千も府内入りを準備させる。小原が肥後で起ち、二万の軍勢で府内へ進軍すれば、大勢は短時日で決する。われらは御館様を担ぐのじゃ。刃向かう者は皆、逆臣ぞ。戸次《べっき》も高橋も味方しおるわ」

ふだんは冷静なはずの民部が、異様な高揚を押さえきれぬ風で、拳を振るって弁じた。まだ力のない民部は一人で土俵に上がれぬが、持ち前の才覚と行動力で反宗亀の事実上の盟主となっていた。押し立てる旗は義兄の国主義鎮であり、頼みとする最大勢力が小原鑑元であった。

神官の次男坊にすぎなかった男が今、絶頂へ駆け上がろうとしていた。

†

鑑元《あきもと》が戻ると、民部《みんぶ》は酒膳を峻拒《しゅんきょ》し、時候の挨拶もせぬまま、深呼吸をひとつだけしてから用件を切り出した。

「小原《おばら》殿。時は参り申した。打倒宗亀《そうき》の盟主としてお起ちいただきたい」

高揚感であろう、民部の声はいくぶん上ずり震えていた。思いつめたような民部の青ざめた表情には、悲壮めいた使命感が漲《みなぎ》っていた。対する鑑元は、異臭の出所でも確認するように、いぶかしげな顔で民部を眺めているだけだ。民部の言には、楽しい祝宴の席で真剣を抜いて武骨な舞を踊り始めたような場違いさがあった。

「いよいよわれらは逆臣を討ちまするぞ、小原殿」

繰り返す民部を、鑑元はゆっくりと手で制した。

「聞き違いかと思うたが、まさか貴殿は内戦でも始めるつもりではあるまいな？」

「そのまさかでござる。田原宗亀を討ち、大友宗家のもと、正しき政《まつりごと》を取り戻しましょうぞ」

民部が府内《ふない》の最新情勢と他紋衆結束の経緯を意気揚々と語る間も、鑑元は悪戯をした子供の言いわけを聞いてやるような穏やかさを顔に浮かべたまま、全く表情を変えなかった。

「戦《いくさ》とはまた、ずいぶん大仰じゃな」

「小原殿も本荘と田北の諍《いさか》いは耳にされておろう。本荘家は父祖伝来の所領をかすめ取られ、さらにこたび高野山《こうやさん》上蔵院との取次の役目も召し上げられ申した。本荘の面目は丸潰れ。御館様は服部殿とご側室の件もあって、本荘に相済まぬ、何とかならぬかと身どもにご下問でござった。が、今の御館様のお力では何ともでき申さぬ。田原《たわら》宗亀の専横、もはや度し難し」

民部は熱っぽく語るが、鑑元は眠そうに黙したままだ。今のところ民部の独り相撲である。見かねた賀兵衛《かへえ》が代わりに問うた。

「されど、宗亀は同紋の大身をあらかた味方につけてござるぞ。戦で勝てるとお思いか？」

民部は待ってましたとばかり、仰々しくうなずいた。

「勝てる。其許《そこもと》が肥後で土いじりをしておる間、身どもは他紋衆を固めておった」

民部が他紋衆の団結と祇園会《ぎおんえ》にかこつけた兵の府内入りを説明しても、鑑元はさも関心なさげに口ひげをまさぐっているだけだった。

「佐伯ら他紋衆の軍勢を府内へ進駐させる名目は何とされるおつもりか?」

「御館様は弟御思いであられる。されば、周防《すおう》の八郎様に援軍を送る」

「山口に出兵すると?」

賀兵衛の問いに民部が答えてゆく。鑑元は聞いているのかいないのか、居眠りでもしそうな無関心さをことさら示している様子だった。

「実際にはせぬがな。佐伯水軍にも手配させる」

外征なら万の大軍を要する。海を渡るには水軍が要るから、他紋衆の雄、佐伯惟教《これのり》も兵を動かせる。なるほど妙案ではあった。

「出兵するなら、加判《かばん》衆の合議に諮らねばなりますまい」

「八郎様からは援兵をよこせと矢の催促じゃ。実際に戦はせぬ。形だけ兵馬を整えて虚勢を張る目的での出兵ならば、昨秋の合議の結論にも沿うておるはず」

理屈は立つ。だが、宗亀が祇園会の警固と名目的な出兵に警戒せぬはずがない。

民部は居住まいを正すと、正面から鑑元を見た。

「御館様の命を請けて起つ打倒宗亀の盟主は、忠臣小原鑑元でござる。小原殿の宗亀討滅の檄《げき》に、近習衆はもちろん、他紋衆がいっせいに呼応して挙兵いたす。府内に兵を集めこれを制した後、ただちに宗亀のおる妙見岳城《みょうけんだけ》を目指しましょうぞ」

民部は落ち着き払った態度で、順序よく話を進めてゆく。

府内の他紋衆の兵で大友館を占拠した後、肥後勢二万を堂々と府内に入れる。賀兵衛の吉弘家《よしひろ》は本領の都甲で挙兵し、北の豊前に侵攻中の戸次鑑連《べっきあきつら》を牽制する役目を担う。宗亀派とみなされている鑑連が国外にある隙に政変を起こす算段だ。

「宗亀殿はいうに及ばず、志賀《しが》、田北《たきた》ら同紋衆が座視してはおりますまいが」

まるで乗り気でない鑑元に代わり、賀兵衛が問う。

一昨年、近習衆は毛利元就《もうりもとなり》に敗れた。机上で謀《はかりごと》を巡らしている間は、民部の弁舌のせいで戦に勝てそうな気もする。だが、戦とはいざ始まると思いもよらぬ展開を見せ、手に負えなくなる魔物だった。だがそれでも、鑑元さえ味方にあれば、勝てる気がした。

「宗亀一派に戦支度をする暇《いとま》は与えぬ。われらが府内を掌握した後、小原殿を総大将として三万を超える大軍で北上し、一気に宗亀の城を落として首を刎《は》ねる。負ける道理があるまい」

民部は絵地図を広げて、妙見岳城への侵攻経路まで示した。大戦《おおいくさ》の立案と準備に興奮を隠せぬ様子だった。民部はたしかに能吏だが、戦の経験も数えるほどで、まして勝利した経験がなかった。国東半島のはずれの小領主にすぎぬ一吏僚が、主君のため大軍勢を動かし、君側の奸を除くという筋書きに酔いしれているように見えた。

一気呵成に説明を終えると、民部は挑むように鑑元を見た。

「されば小原殿。肥後にても、このひと月のうちに兵馬を整えてくだされ。表向きは祇園会の警固でござるが、真なる目的は別にござる」

ずっと黙って話を聞いていた鑑元が、ようやく口を開いた。

「民部殿。わしは大友の臣じゃ。大友のため微力を尽くすが、亡き先主へのご恩返しでもある。さればこの話、聞かなんだことにいたそう。わしは宗亀殿に何も含むところはない」

とりつく島もない様子に民部が動ずるかと思いきや、整った顔には余裕の片笑みさえ浮かんでいた。

「小原殿になくとも、宗亀にはござる。他紋衆の苦渋、見て見ぬふりをなさるか」

「大仰に戦なぞせずとも、話し合いで改めてゆけばよい」

「近ごろの府内では、肥後の小原に独立の動きありと噂されてござるぞ」

民部の手になる流言のたぐいであろうが、鑑元はまるで相手にしなかった。

「口さがない噂話など気にかける必要はない。わが身の潔白は天がご承知じゃ。ここにいる賀兵衛殿も証してくれよう」

「小原殿。宗亀打倒は、御館様の密命にござるぞ」

「大友の重臣と、御館様側近の融和こそが今、求められておる。宗亀殿とも知らぬ仲ではない。わしが説けば疑いも晴れる。改めて執政の報告も兼ね、出府するといたそう。同他のいさかいについても談合する所存じゃ」

鑑元は話を打ち切るように、ゆっくりと立ち上がった。

「田原殿、今宵はささやかなもてなしを用意しておる。賀兵衛殿と湯浴みでもされ、ゆるりとなされよ」

†

山間の岩風呂の湯に浸かるまで、民部《みんぶ》は口を閉ざしたままだった。

「われらは着実に力を付けてゆけばよいのでござる。別の方法を思案いたしましょうぞ、民部殿」

慰めるように話しかけると、民部は肩まで湯に浸かり、目を閉じたまま答えた。

「小原《おばら》は言を左右にして動かぬと踏んでおった。だが、必ず動く。いずれ小原は肥後《ひご》方分《ほうぶん》を解かれ、改易となるゆえな」

寝耳に水の事態に賀兵衛《かへえ》は仰天し、水音を立てて民部に詰め寄った。

「待たれよ！　それはいかなる名目でござるか！」

「理由など必要があれば勝手に作られるもの。肥後では二年続けて飢饉が起きた。運の悪い方分はお役御免よ」

無茶な話だ。天候不順は誰のせいでもない。

「南関城の普請を怠った。あるいは今日、田原《たわら》民部と謀叛の謀議をしたとの理由でもよい」

初めはこじ付けでもよい。服部事件しかり、追い詰めて謀叛させるのが、大友の得意とする政敵の滅ぼし方だった。

民部は他紋衆の結集に、鑑元を徹底的に利用してきた。民部はあくまで盟主たる鑑元の意を受けた代人として動き、打倒宗亀《そうき》を目指す鑑元の挙兵に他紋衆が協力する形を作り上げた。鑑元のあずかり知らぬところで、鑑元を首魁《しゅかい》とする宗亀打倒の陰謀が具体的な形を取り始めている。民部の陰謀に、何も知らぬ鑑元はしっかと組み込まれていた。今回の民部の訪問を、宗亀の情報網が摑んでいないはずもない。いや、民部なら、わざと知らせたはずだ。

「民部殿は、小原家を滅ぼすおつもりか！」

賀兵衛がさらに詰め寄ると、民部はようやく切れ長の目を開いた。

「身どもは違うが、宗亀は滅ぼす肚よ。次の肥後方分は田北《たきた》の狐と決めておる。追い詰めぬ限り、小原は起つまい。宗亀を討つ千載一遇の好機を逃すわけにはいかぬ」

民部も伯父の田北に肥後方分の地位をちらつかせ、宗亀を裏切った鑑元を排除する動きの作出に一役買わせたに違いなかった。

生まじめな親友が恐ろしいほど冷徹に打ってくる手に、賀兵衛は戦慄した。

油断していた。小原家の改易にまで踏み込むとは思っていなかった。民部は昔から手段を選ばぬ男だが、味方に対しても同じだった。賀兵衛は容赦ないやり口に腹が煮えくり返ったが、懸命にこらえた。

「御館様は何と仰せにござる？」

「義兄上《あにうえ》が力を取り戻すための企てじゃ。反対なさろうはずがない」

「そうではござらん。よもや御館様は鑑元公の独立、謀叛などの虚言を信じておわしますまいな？」

民部は直接問いに答えず、鼻孔を膨らませた。

「結果がすべてぞ、賀兵衛。宗亀《そうき》を討ち滅ぼし、大友宗家に真の玉座を献上する者こそが忠臣であろう。その中に小原鑑元もいる。この戦、われらは絶対に勝つ。勝てるんじゃ、賀兵衛」

この半年で民部は反宗亀勢力を周到に結集した。後は鑑元さえ起てば、民部の描いた筋書きどおりに事が運びそうな気もした。だが、絶対の勝利が約束された戦《いくさ》など、この世にない。

「近ごろ宗亀とは仲良うしておるぞ。まさか身どもが宗亀を討つべく動いておるとは、周りの誰も思うまい。宗亀自身は百も承知であろうがな」

「田原《たわら》宗亀を見くびってはなりませぬぞ。先主にさえ獅子身中の虫と恐れられ、追放されてもなお不死鳥のごとく蘇り、最高の権力を手にした男でござる」

「宗亀を見くびっておるのは其許《そこもと》のほうじゃ。身どもは宗亀が恐ろしい。敵に回した以上、われらが滅ぼされる前に、あやつを滅ぼさねばならぬ。われらが力を付けるまで待つなぞと悠長に構えてはおられぬわ」

抗議の意も込めて賀兵衛が黙りこむと、民部は続けた。

「よいか、賀兵衛。手順を誤るな。近く祇園会《ぎおんえ》を警固せよとの要請が府内から参る。肥後兵を二千、府内へ進駐させよ。その後、肥後方分解任と改易の報せが届く。進退窮まった小原は挙兵に追いこまれる。府内では本荘、中村が呼応し、佐伯も動く手筈よ。されば其許《そこもと》は肥後にあって兵馬を整えておれ。義兄上《あにうえ》から宗亀打倒の檄文が届き次第、小原に挙兵を決断させよ。そこまで追い詰めれば難しい話ではなかろう。吉弘《よしひろ》家にも、戦支度を極秘裏に進めさせておくがよい。必ず復権させる」

湯に浸かっても青白いままの民部の顔を、賀兵衛は食い入るように見つめた。

「小原は大友の忠臣にして、軍事において欠くべからざる第二の将。決して悪いようにはせぬ。身どもは今後も、肥後を小原に任せたいと考えておる。田北に肥後はやらぬ。これは小原と肥後を守るための戦でもある。賀兵衛、其許《そこもと》の力で肥後勢二万を起たせよ」

　鑑元も賀兵衛も、民部によって完全に追いこまれていた。挙兵以外に道はないように思えた。義鎮《よししげ》と民部は一心同体だ。背くわけには行かぬ。やるからには何としても勝たねばなるまい。起って勝つ以外に、生き延びる道はなさそうだった。

　賀兵衛はかすかにうなずくと背を倒し、耳まで湯につけて樹間の夕空を見上げた。もう民部の声を聞きたくなかった。

†

　田原民部《たわらみんぶ》親賢《ちかかた》が南関城を去った翌日、小原鑑元はさっそく小井出を伴って府内に出向き、数日後に笑顔で戻った。

鑑元は行き違いの疑いを解くため、府内で宗亀《そうき》と義鎮《よししげ》に会っただけでなく、宗亀派と義鎮派の融和を図ったらしい。本荘、中村ら不満を持つ他紋衆とも親しく交わって酒を酌み交わし、軽挙を慎むよう諭した。手ごたえを感じたらしく、鑑元は満悦の様子だったが、賀兵衛《かへえ》はかえって不安になった。鑑元は名うての戦巧者《いくさこうしゃ》ではあっても、政略においては宗亀、民部のほうが数段上だった。同他の衝突と鑑元の挙兵は回避できまいと覚悟していた。

案の定それから数日後、府内から届いた書状に、鑑元主従は仰天した。「小原鑑元に謀叛の疑いあり、出府して弁明せよ」との趣旨が書かれていた。

やむなく実施した兵糧の購入と諸城の修復が挙兵準備とみなされたのである。兵糧の調達も、城の普請も、府内からの要請に応じたためであった。それを謀叛の疑いとみなすのは言いがかりでしかない。賀兵衛が奔走して仲屋《なかや》に米を調達させている件も逆手に取られた形だった。無理難題を押しつけて鑑元を追い込みながら、南関城で巧みに挙兵準備をさせる一石二鳥を、民部は狙っているわけだ。今、賀兵衛が府内に出向いたところで、事態は改善されまい。民部から謀計の段取りを繰り返されるだけだ。

「……まったく話が違うではないか」

修理《しゅり》の声が怒りに震えていた。

「いやはやいったい府内はどうなっておるのじゃ」

小井出の嘆きに、修理が憤慨しながら「独立せよと申すのじゃな」と同調した。

「われに私心なし。何度でも府内へ出向き、潔白を訴えるほかはない」

「殿、おやめくだされ。もう何をしても無駄じゃ。これで幾たび罠に嵌《は》められたか知れませぬ。行けば、闇討ちに遭《あ》うは必定」

だが府内で申し開きをしなければ、さらに嫌疑は深まる。それこそが狙いなのだ。

他方、申し開きをしたところで既定された流れを変える気はあるまい。すでに道は塞がれていた。

「願ってもなき好機到来にござる。殿、大友から独立なされませ。山之上《やまのうえ》衆は言うに及ばず、肥後の国人衆はこぞって殿にお味方いたしまするぞ。戦支度《いくさじたく》じゃ！」

賀兵衛は必死で思案した。民部の計略ではこの後、府内からは祇園会《ぎおんえ》警固のための派兵要請があり、さらに「肥後方分《ひごほうぶん》の解任、小原家の改易」という最後通牒が届くはずだ。

「お待ち下さりませ。短慮はなりませぬ」

「賀兵衛殿。こうなれば、もう肥後人の問題じゃ。控えられよ」

事態がここまで来れば、民部の力を信じ、挙兵して勝つしかない。勝てば杏《あんず》を、小原を、肥後を守れる。賀兵衛もついに肚をくくった。

「もう止めはいたしませぬ。されど小原の挙兵は大友からの独立にあらず。他紋衆の盟主として、大友を牛耳る田原宗亀《たわらそうき》を除くために立ち上がるのでござる。今、田原《たわら》民部《みん ぶ》殿が宗亀打倒の勢力を結集しておりまする。やるからには勝ちましょうぞ」

「吉弘《よしひろ》様、もしや最初からわが殿を嵌《は》める算段でござったか」

小井出の問いに賀兵衛は頭を下げた。

「昨秋、鑑元公が宗亀の加判《か ばん》衆就任に異を唱えられし時から、宗亀との対決はいずれ避けられませなんだ。公よ、今こそ大友宗家のために、お力をお貸し下さりませ。逆臣田原宗亀を討ちまする。速やかに戦《いくさ》支度を進めましょうぞ」

「わしに府内《ふ ない》を攻めよと申すか」

「御意」と答える賀兵衛に、鑑元は首を横に振った。

「かけられた疑いさえ晴らせば、戦などせずとも済む。大友は内輪揉めなぞしておる場合ではない。こたびこそ宗亀殿とじっくり腹を割って話をして参る」

「甘うございまする。宗亀殿も民部殿も公を利用するだけでござる」

鑑元なりに思案を重ねたのであろうが、結局、鑑元は翌日、小井出と修理を伴って府内へ向かった。が、やがて腑に落ちぬ顔をして戻ってきた。

鑑元が意を決して府内の田原屋敷を訪うと、何もなかったように盛大な歓待を受けたらしい。申し開きを始めると、宗亀は「すべて承知しておる。わしに任せられよ」と胸を叩いた。今回ばかりは鑑元も食い下がった。何度も念を押して念書を求めたところ、宗亀は「どうやら志賀道輝《しがどうき》との間で行き違いがあったようじゃ。仔細を改め次第、書面をしたためて南関へお送りいたそう」とつるりとした顔で応じるや、女たちを呼び、酒に酔い潰れたという。この結果に小井出は気を揉み、修理は憤慨し、鑑元は黙っていた。

賀兵衛の脳裏には、扇子《せんす》で口元を覆いながら大あくびをする宗亀の姿が浮かんだ。府内を離れるとき、宗亀は賀兵衛に小原を滅ぼすと明言した。だが、民部の策を成功させ、宗亀と戦って勝てばよい話だ。愚弄され続けた鑑元も、すでに肚を固めているのではないか。

夜、賀兵衛は杏たちと作った城門近くの乾いた土塁にひとり、腰を掛けた。いつかこの南関城を大軍が取り囲む日が来るのだろうか。攻め手の将は誰か。その時、賀兵衛は、杏は、どこにいるのか。

賀兵衛は拳を強く握りしめて、月の見当たらぬ曇り空を見上げた。

城の外では春が熟れていた。

†

この日、賀兵衛は山間で見つけたエビネの黄色い花の場所を教えようと杏を誘ってみたが、すげなく断られた。しかたなく八幡丸を同道させたが、メジロたちがいくら長い歌をさえずっても、賀兵衛の心は晴れなかった。

小井出《こいで》に書状を渡す鑑元の手がわずかに震えていた。鑑元の剛毅な性格からすれば、怖れではなく、怒りのせいであろう。

「肥後《ひご》方分《ほうぶん》の任を解く、速やかに南関城を明け渡せとある。加判《かばん》衆の合議による決定だそうじゃ」

「お国替えにございまするか？」

「いや。明け渡せとのみ記してある」

加判衆解任はともかく、代わりの所領が与えられぬ以上、肥後方分の解任と南関城の明渡しは、鑑元の肥後における所領召し上げと同義だった。鑑元は肥後方分就任にあたり、阿南荘《あなんしょう》にあるわずかな本領以外、豊後の主な所領を肥後の大領と交換させられていた。大所帯となった小原家を豊後の小領地で養えるはずもなかった。事実上の改易に等しい。

「われらは殿に従い、やっと得られた平穏に心を休めておった。なのになぜ大友は平和を奪おうとする？」

修理《しゅり》の嘆きと怒りは肥後の多くの者たちが等しく抱く思いであったろう。が、宗亀と民部の術中にはまった以上、小原家と肥後は地獄の川を泳ぎ切って、生き延びるほかはない。

ずっと瞑目していた鑑元が意を決したように、ゆっくりと目を開いた。

「かくなる上は是非もなし。事ここに至っては起つほかあるまい。私怨ではない、御館様のため、逆臣田原宗亀《たわらそうき》を討つ」

時は来た。大いなる賭けが始まる。

大友第二の将、小原鑑元の挙兵により、田原宗亀討伐劇の幕が開く。

「戦《いくさ》じゃ！　肥後の力、豊後に見せてくれようぞ！」

修理が気勢を上げた。だが、賀兵衛の心の底には一抹の不安が引っかかっていた。

解任と改易の報せは予定どおりだが、段取りが食い違っている。予定よりも動きが早すぎた。何より重要な宗亀打倒の檄文《げきぶん》がまだ義鎮《よししげ》から届いていなかった。祇園会《ぎおんえ》に合わせて肥後兵を府内《ふない》に進駐させておき、一気に府内で戦局を動かすという重要な点も抜け落ちたままだ。佐伯ら他紋衆の挙兵準備は仕上がっているのか。本当に今、挙兵してよいのか。

賀兵衛は鑑元に向かって手を突いた。

「お待ち下さりませ。早まってはなりませぬ」

「なぜ止める？　お主も先だって、わが殿に挙兵せよと説いておったではないか」

「御館様の檄文がまだ届いておりませぬ。府内の情勢もわからぬまま、今、侵攻すれば、こちらが逆臣とされかねませぬ。田原宗亀の権謀術数を侮ってはなりませぬ」

「それがどうした？　また話を違《たが》えおるなら、府内を落とし、宗家を滅ぼせばよいのじゃ」

「わしが宗家に反旗を翻すなど断じてありえぬぞ、修理」

「それはいずれでもようござるが、戦《いくさ》は先手必勝。殿、ただちに打倒宗亀の旗を掲げ、府内へ攻め込みましょうぞ！　佐伯は知らぬが、本荘、中村ら殿を慕う他紋衆も呼応するはずじゃ」

民部の計略では佐伯も動く手筈だったが、山口出征の件は順調に進んでいるのか。わからぬ話だらけだ。やはり義鎮の檄と民部の最後の指図を待つべきだろう。

「お待ち下さりませ。敵情も知らずに動くは危のうございまする」

「賀兵衛殿は軍目付《いくさめつけ》じゃ。役目を果たせず責めを負わされるのが怖いのではないか」

鑑元は修理を手で制したが、顔は武神のそれに近くなっていた。

「戦は神速を貴ぶ。戦をする以上は必ず勝つのがわしの流儀よ」

府内では何が起こっている？　民部に会って確かめねばならぬ。もともと稀代《きたい》の策謀家を敵に回した綱渡りの謀略だ。うまく事を運ばねば、鑑元が逆臣にされかねぬ。

「挙兵までしばしの時を下さいませぬか。府内に赴き、仔細を確かめて戻りまする。それがしをお信じ下さりませ」

修理が噛みつき、賀兵衛と押し問答をしたが、鑑元が収めた。

「よかろう。わしは御館様と賀兵衛殿を信じておる。大友宗家をお守りするための肥後の精兵二万、南関城にてしかとお預かりいたそう」

「されば賀兵衛殿、三日だけくれてやる。三日後の夜明けまでにお主が戻らねば、われらは予定どおり挙兵する。負ければすべてが終わりじゃからな」

府内との往復だけで二日近くを要する。短時日で府内の情勢を把握し、皆にとって最善の決断をせねばならぬ。賀兵衛がうなずくと、鑑元がゆっくりうなずき返した。

「小井出《こいで》。お前は賀兵衛殿に同道せよ」

†

賀兵衛はただちに出立の支度を整えたが、鑑元と修理は挙兵準備に入り、見送りに姿を見せたのは、雪《ゆき》と八幡丸だけだった。

「当家の命運は吉弘《よしひろ》どのの双肩にかかっておるのです。くれぐれも頼み入りまする」

雪の重い言葉に、賀兵衛は「承知仕りました」と、鄭重に頭を下げた。

「姉上からは、賀兵衛どのは意気地なしじゃ、大嫌いじゃと伝えてくれと言われたぞ」

言葉とは裏腹に心配そうな表情の八幡丸に、賀兵衛は苦笑いしながら頭をかいた。

「さようか。八幡丸殿、手間をかけてすまなんだ」

「姉上と喧嘩《けんか》しておるようじゃな」

「そんなところじゃ」

「仲が良いからこそ喧嘩もするんじゃろうが、姉上は相当怒っておるみたいじゃぞ。ちゃんと謝れ」

「府内から戻り次第、さようにいたそう。されど杏殿からはいつも元気がもらえる。不思議な話じゃが、叱られても元気が出る」

「変わっておるのう。そうじゃ、今日見たら、今年も隅櫓《すみやぐら》に燕《つばめ》が巣を作っておった。もし伯父上に会うたら、南関に来るよう言うておいてくれ。燕の話は秘密じゃぞ」

「承知した。が、こたびは南関にすぐに戻るつもりゆえ、お会いはすまい」

「何やら慌ただしいのう。これから戦《いくさ》になるのか、賀兵衛どの」

幼いながら八幡丸も、小原《おばら》家と府内で起こっている騒乱の予兆を感じ取っている様子だった。心配そうに尋ねる童に向かい、賀兵衛はゆっくりと首を横に振った。

「いや、この吉弘賀兵衛が決して戦にはさせぬ。この半年余り、それがしは南関で鑑元公、雪様、杏殿、八幡丸殿と共に暮らした。小原家では誰もが言いたいことを言い合い、たがいを思いやる。わが家におるごとく居心地がよかった。それがしもいつか持てるなら、かような家族を持ちたいと思うた」

「ならばなぜ、姉上と夫婦《めおと》にならぬ？」

「あきらめてはおらぬ。されど、何をどうすればよいのか、まだそれがしにはわからぬ。杏殿に、それがしを信じ、待っていてくだされと伝えてはもらえぬか」

「承知した。エビネの場所と一緒に伝えてやる。それにしても直接話せばよいものを。近ごろはどうも世話が焼けるふたりじゃわい」

八幡丸の言葉に賀兵衛は苦笑し、雪と小井出が笑った。

「吉弘様、参りましょうぞ」

小井出に促され、賀兵衛は鐙《あぶみ》に足をかけた。

馬上から振り返って城の杏の部屋を目で探すと、杏色の小袖が見えた。以前、府内に戻った時、仲屋のおかみに冷やかされながら求めた杏への贈り物だった。

賀兵衛が左手を高く挙げると、杏は小さく手を振って応じた。

小井出が馬を鞭打った。賀兵衛も馬を駆る。

振り返るともう、遠く杏色は見えなくなっていた。

天を見上げると、雲を伴って月が出ていた。満月ほどの大きさなのに、星たちを気遣って控えめに輝いているような、どこか優しげな月だった。

第六章　肥後の王

十一、星のさだめ

吉弘賀兵衛鎮信《よしひろかへえしげのぶ》は府内《ふない》の空に浮かぶ明月を見上げた。ちょうど欠け始めた月だろうか。ひたひたと迫る戦《いくさ》の気配を聞き逃さぬよう、皆が耳をそばだてているかのように、府内は不気味に静まり返っていた。疲労と眠気が賀兵衛を責め立てるが、眠っている場合ではない。

「いやはや吉弘様、これから如何いたしまするか」

小井出《こいで》の問いに返す言葉が見つからなかった。賀兵衛は途方に暮れていた。田原民部親賢《たわらみんぶちかかた》が行方をくらましていた。

夜通し駆けて朝、府内へ戻った賀兵衛は、民部を探し回った。が、どこにも見つからぬ。大友館の鬼門に位置する民部のぼろ屋敷には、急展開する政情など露も弁えぬ忠実な老僕が独りいるきりだった。主不在の間も、せっせと箒《ほうき》を動かす老僕からようやく聞き出した話では、民部は三日ほど前の夜更けに「しばらく留守にいたす」とだけ言い残して、いそと二人で出て行ったらしい。

賀兵衛は意を決して、その足で田原宗亀《たわらそうき》の屋敷を訪問したが、門前払いされた。庭で何やら宴を催している最中らしく、広い屋敷はにぎやかだった。賀兵衛は門前に立ち、大声で宗亀に面談を乞うたが、女たちの高い笑い声が返ってくるだけだった。

いずれにせよ今の賀兵衛には、宗亀を止める力などなかった。志賀《しが》、田北《たきた》ら他の加判衆《かばんしゅう》もそれぞれの領地に帰っていた。不穏な空気を察知して兵馬を整えるためであろうか。

その昔、源 頼朝《みなもとのよりとも》は源平争乱で平家に味方した豊後を関東御分国《ごぶんこく》（頼朝の知行地）となし、初代大友能直《よしなお》を遣わした。能直は頼朝の落胤《らくいん》ともいわれる。遠国からきた歓迎されざる支配階級と土着国人衆の対立の構図が、三百年を超える歴史を経て、頂点に達しようとしていた。

とにかく賀兵衛は民部に会って事情を確かめる必要があった。落胆して府内を歩くうち、角隈石宗《つのくませきそう》の私塾で同門だった若侍に会い、石宗の帰国を知った。

「小井出殿。それがしはこれから別府の石宗先生を訪ねまする。小井出殿は府内で引き続き民部殿を探してくだされ」

賀兵衛が馬を駆り、府内の北、別府に着いた時分には、夜が明けていた。

民部の隠れ場所は複数あったが、府内にいないなら、師の石宗のもとに身を寄せている可能性もあった。

†

別府の北の小高い丘にある石宗の貴船城は、その昔、源鎮西八郎為朝《みなもとのちんぜいはちろうためとも》が築いたと伝わる砦に手を加えただけの小城である。賀兵衛が小城の門番に名乗って面会を求めると、石宗は今朝も登城しておらず、庵《いおり》で酒でも呑んでいるだろうとの話だった。賀兵衛が石宗の粗末な庵を訪問したことは何度もあった。鉄輪《かんなわ》温泉の湯で作った岩風呂にいつでも浸かれると、石宗はつねづね自慢していたものだ。

賀兵衛はすぐに馬首を返して、庵へ向かった。生垣からのぞくと、瘦せ枯れた初老の男が瓶子を片手に、縁側でだらしなく横になり、いびきをかいて眠っていた。すぐに馬を飛び降り、手綱を門前の柱にくくりつけた。

「吉弘賀兵衛でござる。先生、おひさしゅうございまする」

大声に目をしばたたかせた石宗はゆっくり身を起こすと、太陽に向かって大きく伸びをした。沓脱石《くつぬぎいし》には、ひもの擦り切れそうなわらじが無造作に脱ぎ捨てられていた。洗いざらしの小袖は乞食を思わせるが、骨ばった痩身に総髪と白髯を付け加えれば、ちょうど仙人のような姿形《なり》である。

「おう、賀兵衛。民部に会いに参ったか。早かったのう。どうじゃな、一献《こん》？」

石宗は無類の酒好きで、二六時中呑んでいた。素面でいる時のほうが少ないやも知れぬ。

「陽も高うございますれば、ご遠慮申し上げまする。それより先生、民部殿はこちらにおるのですか？」

「お前たちは宗亀《そうき》に完全にしてやられたそうじゃな。干し柿のごとく萎れた顔で逃げて来おったぞ。民部もまだまだ若い。いかに策を弄したとて、天の時を得ぬ限り、事は成らぬ。宗亀とはまだ事を構えるなと、やつがれは言うておったはずじゃ。師の言葉を聞かぬゆえ、かような仕儀に立ち至るのじゃ」

民部は負けたのか。なぜだ？　どのように？　いったい府内では何が起ころうとしているのか。

「それがしは南関におりましたゆえ、府内がどうなっておるのか皆目わかりませぬ」

「どこで足元をすくわれたのか、本人に訊いてみよ。今朝もいそと仲むつまじゅう出かけたが、夕餉のために山で筍《たけのこ》を採っておるか、川で釣りでもしておろうて」

大戦《おおいくさ》が始まろうとする大事を前に、民部は捨て鉢になって何もかも投げ出したというのか。

石宗がまた瓶子に手を伸ばした。賀兵衛は石宗のもとを辞すと、馬に飛び乗った。

†

はたして澄んだ小川のほとりに、釣り糸を垂らしている細長い孤影が見えた。

民部は同紋、他紋の対立を煽るだけ煽り、小原鑑元と肥後を絶体絶命の危地に陥れておきながら、敗れるやのんきに川魚相手に暇つぶしをしているのか。驚きと呆れで満ちていた賀兵衛の心は、すぐに怒り一色で埋め尽くされた。

賀兵衛は能弁な民部でもやり込めてやる言葉の束を十分すぎるほど用意していた。が、いつもとはあまりに違う丸みを帯びた寂しげな背に、憐れみを覚えた。

賀兵衛が近づくと、獲物が掛かっているのであろう、竹竿が引っ張られている。

「引いてござるぞ、民部殿」

「おう、さようか」

われに返った様子の民部が急いで竹竿を引き上げると、餌だけ奪われた釣り針が宙にむなしく揺れていた。

「釣果《ちょうか》はさっぱりのようでござるな」

賀兵衛は初夏の小川のほとり、民部の隣に腰を下ろした。

「世は万事、思うように行かぬものよ」

いつもの自信はどこへやら、憔悴《しょうすい》しきった顔にうすい苦笑を浮かべた民部を見ると、賀兵衛の舌鋒も鈍らざるを得なかった。

「いったい何があったのでござる？」

賀兵衛は民部の端整な横顔を凝視しながら、身を乗り出した。大きな生唾を飲み込むと、緊張のせいか喉の痛みを感じた。

「……済まぬ、賀兵衛。まんまと宗亀《そうき》めに出し抜かれた。われらは、他日を期すほかない」

「待たれよ。肥後はいかが相成り申す？　あれほど自信満々で勝てると大見得《おおみえ》を切っておったではござらぬか」

民部は名も知れぬ小川のほとりで釣り糸を垂らしておればよかろう。だが改易され、挙兵準備を進める鑑元や他紋衆はどうするのか。杏や八幡丸や、修理《しゅり》はどう身を処すればよい。

「それゆえ、さっき済まぬと詫びた」

「謝って済む話ではござらぬ。何がどうなったのか、教えてくだされ。対処を思案いたしましょうぞ」

「身どもが理由もなくここで釣り糸など垂れておると思うか？　もはや万策尽きた。石宗先生の鬼謀を以てしても、打開の策はない」

賀兵衛が睨みつけると、民部は説明を続けた。

「身どもが南関《なんかん》より戻ってから、予期せぬ出来事が起こった。まず、本荘《ほんじょう》の阿呆めがまた宗亀に寝返りおった」

他紋衆の両雄、小原鑑元と佐伯惟教《これのり》を味方に引き入れた民部は、小原と佐伯のもとに他紋衆を結束させて、宗亀に対抗する戦略を描いていた。だが、服部事件で引き裂かれた他紋衆をまとめるのはもともと無理があったのだろう。宗亀派だった本荘が元のさやに戻ったとしても不思議はなかった。

宗亀は他紋衆の分断工作を幾重にも仕掛けてきたという。

まず、民部が取り込んだ本荘新左衛門尉を雄城治景《おぎはるかげ》暗殺の下手人とし、田原民部、吉弘賀兵衛暗殺未遂の嫌疑までかけてゆさぶった。さらに三年近く前の服部事件を蒸し返し、責めを負わせる名目で服部討伐の実行者であった賀来将監《かくしょうげん》の処罰を今さら提案してきた。本荘はこれに飛びついた。暗殺の嫌疑を取り引き下げるという裏取引もあったに違いない。民部は本荘を離反させたつもりが、宗亀の横槍で振り出しに戻ったわけだ。

「実に心憎い手を使いおってな。じゃが最大の誤算は、服部右京助の妻が自害して果てた件よ」

賀兵衛は驚いた。玉《たま》の死は鑑元から聞いていたが、真相は病死ではなく、抗議の自決だったという。ふだん冷静を装う義鎮《よししげ》でさえひどく取り乱し、ふさぎ込むほど凄惨な死に方であったらしい。

「あの女、余計な真似をしおって……。宗亀の遣わした女が侍女に入っておったのに気づかなんだ。その女が唆《そそのか》したらしい」

民部は玉の死に様を伏せたが、侍女を通じて本荘に死の真相が漏れ伝わった。本荘は玉の弟である。姉の凄絶な自決に激高し、義鎮への怨みを改めて強くした本荘は同紋衆憎しで固まり、完全に反義鎮の急先鋒に戻った。

「痛ましき一件にて、本荘の寝返りもわかり申すが、それと今回の件との関わりは?」

「本荘なぞ小さな話よ。それより、日夜走り回っておった身どもの背後で、右京助の妻を失うた御館様のお心には無視できぬ隙間ができておった。じゃが、身どもはそれに気づかず、最前線ばかり気にしておった」

民部は義鎮をいつものように「義兄上《あにうえ》」と呼ばなかった。

「身どもが気づいたときには、宗亀に……王将を取られておった」

賀兵衛の背筋が凍り付いた。声が震えた。

「まさか……御館様がお心変わりを？」

民部は苦々しくうなずいた。ありうる話だが、宗亀はいかなる手を用いたのだ。

「身どもが肥後に行っておったすきに、宗亀が傷心の御館様をお慰めせんと屋敷に招待して宴を開いたらしい。彼奴《きやつ》はその座でひとりの女を御館様に引き合わせた」

義鎮が顔だちの良い女を見染めるのは何も珍しい話ではない。だが、ただ見目麗しいだけの女ではなかったのか。

「なぜわれらが古狸めに大逆転されたか。其許《そこもと》なら察しがつくであろう」

賀兵衛は己の顔から血の気が引いてゆく様子がわかった。

――完敗だ、と思った。民部が釣り糸を垂らしている理由が腑に落ちた。

その女は死んだ大内義隆《よしたか》の遺児、珠《たま》姫に違いない。

義鎮にとって、大内の血筋には格別の意味があった。珠姫は亡母と同じ血を引く、亡母の面影のある従妹《いとこ》だ。宗亀は新しく側室にしようとした娘の出自をたまたま知ったと述べ、義鎮が所望されるなら謹んで献上したいと申し出た。

「珠姫の献上には条件がひとつあった。宗亀は、謀叛人小原鑑元の首と引き換えに、献上したいと抜かしおったのよ」

「……御館様がその条件を飲まれたと？」

尋ねるまでもない問いだが、民部は力なくうなずいた。

「お諫めしたが、承知された後であった。撤回されるよう何度も説いたが、御館様にとって珠姫は別格じゃ。たとえ肥後一国と引き換えても手に入れたいと仰せであった。ついには身どもにも会われぬ始末。御館様が、宗亀の手に落ちてしもうた」

賀兵衛は、義鎮が涙ながらに鑑元の手を取った時の様子を思い浮かべた。

「して、民部殿は何となさるつもりじゃ！　そもそも鑑元公はこたびの挙兵に強く反対しておられた。されど、御館様のご命ゆえと重い腰を上げられたのでござるぞ！　このままでは大乱になるではござらぬか！」

「知っておる。すべては身どもが仕組んで参った話ゆえな。されど主君がわれらの企てから抜けられた以上、身どもも抜けるしかない」

義鎮が宗亀と手を組んだ今、鑑元は必ず逆臣となる。他紋衆の不満を一身に背負い、宗亀打倒の盟主として祀り上げられた鑑元は、最後の最後で梯子《はしご》を外された形になった。義鎮派の完敗の後に残ったのは、同紋、他紋の抜き差しならぬ対立と、その結果としての大規模な内戦であった。

「この内戦は同他氏姓の争いとなる。長年、大友の安定を脅かしてきたのは、氏姓の別じゃ。他紋衆がいなくなれば、大友はひとつになれる。悪い話ではない。こたびの敵は宗亀にあらず。すべては運命じゃ。身どもは星のさだめに逆ろうたゆえ、負けただけよ。われらにはまだ力がなかった。こたびは勝ち馬に乗る。御館様の命じゃ、賀兵衛。従え」

「都合のよい時に運命やら、御館様やらを持ち出されるな。民部殿の独り相撲で負けただけではござらぬか！」

民部はひねたような笑みを賀兵衛に向けた。

「そうでもないぞ、賀兵衛。半年余り前、滝室坂で小原の命を狙った時の失態を覚えておるか？　あの時には討てなんだ宗亀派の邪魔者を除けるのだ。われらにとって望むべき結果ともいえる。じっくり構えて宗亀から権力を取り戻してゆけばよいのだ」

賀兵衛は右手を握って拳を作った。

振りかぶると、思い切り民部の頬を殴りつけた。

民部はみっともなく川の浅瀬へ倒れ込んだ。避《よ》けようともしなかった。

川の水を飲んだのか、民部は川の中で四つん這《ば》いになって咳き込んでいた。使い込まれた小ぶりの鞠《まり》が民部の懐から落ちて、おだやかな川を悠然と流れてゆく。

民部はそのまま凍りついたように動かなくなった。賀兵衛に尻を向けたままだ。

「恥を知りなされ。強がりもいい加減にされよ」

肩の震えが見え、民部が泣いているとわかった。

「……なぜわれらは負けたのだ？　身どもの忠誠が足りなんだゆえか？」

民部のささやくような自問自答に、賀兵衛は答えた。

「高い山の頂を目指すなら、ゆっくりと登らねばなりませぬ。民部殿は急ぎすぎたのじゃ」

民部の主君への忠誠は痛ましいほどだった。だが、主君に見捨てられたとき、民部は生きる理由も、生き方さえも見失い、川べりで釣り糸を垂れるしかなかった。忠義以外に生きる方を知らぬという意味では、民部は哀れなほど不器用な男だった。

「小原には済まなんだと思うておる」

「謝っておるだけでは、何も変わりませぬ」

「ならば何とする？　御館様に逆らって、他紋衆に与同《よどう》でもするつもりか？」

「否。知れたこと。戦を止めるのでござる。さいわいまだ誰も戦を始めておらぬ。民部殿、ここで釣り糸を垂れておっても、鯉ならぬ大きな悔いが釣れるだけじゃ」

賀兵衛は言い捨てて立ち上がると、すぐに踵《きびす》を返した。賀兵衛の背に、民部が川から上がる水音が聞こえた。しばし歩いてから振り返ると、ずぶ濡れで釣り糸を垂らす民部のしょぼくれた後ろ姿があった。

†

「このままでは大友は真っ二つに割れ、大乱が起こりかねませぬ。石宗《せきそう》先生、それがしは何としてもこの愚かな戦を止めねばなりませぬ」

石宗はひじまくらで横臥《おうが》したまま、杯を口に運んだ。

「すでに大岩は坂を転がり始めた。止めるのは無理じゃろうて」

「もとより鑑元公に叛意なく、戦もまだ起こってはおりませぬ」

民部が失脚し、宗亀《そうき》と義鎮《よししげ》が手を結んだ今、打倒宗亀が打倒同紋衆にすり替えられ、事態は小原鑑元を盟主とする他紋衆の叛乱として歪曲《わいきょく》されるだろう。

「さような話は皆、百も承知よ。服部右京助にも叛意なぞなかったではないか。神五郎《じんごろう》は後三カ国に二百町を超える所領を持っておる。この際、神五郎に味方する他紋衆も多かろう。報奨としては十分。宗亀の狙いは最初から神五郎じゃ」

石宗は師だが、賀兵衛や民部の味方とは限らなかった。この無欲で風変わりな老人は何を考えているか知れぬ。だが今、最悪ともいえる事態がこれ以上悪化はすまい。ならば今は師弟の絆を信じようと賀兵衛は思った。

「宗亀は最初から他紋衆を根絶やしにする肚よ。民部は己が服部事件を起こしたと思うておろう。が、服部の妻の美貌をことさら御館に告げたは宗亀じゃぞ。民部の一本気の忠誠を使うて、宗亀は見事、他紋衆の一角を切り崩して御館の敵に回しおったのよ。やつがれが宗亀なら、この機に乗じて佐伯も滅ぼしておくがの」

義鎮が宗亀の罠にかかり、民部は宗亀に掌上で踊らされて汚名を負ったわけか。田原宗亀という男の恐ろしさに、賀兵衛は改めて戦慄を覚えた。宗亀に勝つにはどうすればよいのだ。

「もし主だった他紋衆が滅ぼされれば、田原《たわら》家の力はますます強大となりまする」

石宗はひじまくらで手が痺れたのか、節くれだった細い手指を振りながら顔をしかめた。

「よいではないか。民部もお前も、御館に権力を取り戻さんと苦心しておるが、力とは面倒臭い代物でな。御館にとっては、煩わしい力なぞ持たぬほうが、気楽で幸せやも知れぬぞ。やつがれなんぞは湯に浸かり、酒を呑んでは居眠りしておる怠け者じゃが、宗亀なら放っておいても、喜んで仕事をしおる。使い方さえ間違えねば、大友を強大とするにあれほど便利な男はおらん。大友宗家とも当面は利害が一致する。九州を統一するくらいまではな。使える者を使うて、何が悪い？」

石宗は子どもに諭すような口調でゆっくりとしゃべる。いらいらするほどだった。

「宗亀殿の件はおきましょう。されどこのままでは、豊後と肥後の内戦となりかねませぬ」

「なるのう。宗亀はこの機にまつろわぬ他紋衆を根絶やしにする肚よ。が、神五郎は強い。大友が勝つには鬼を使わねばなるまいて。結局は戸次《べっき》と小原《おばら》の戦になる。見物《みもの》じゃわい」

他人事《ひとごと》のように語る石宗に、賀兵衛は次第に腹が立ってきた。

「鑑元公は稀代の名将。やすやすと負けはいたしませぬ。大友は得難い将を失うのみならず、長引く内戦によって大いに国力を落としましょう」

石宗は注げとばかりに空の杯を差し出してきたが、賀兵衛は応じなかった。

「いや、大友の星の巡りはすこぶる良いぞ。神五郎を失うは惜しいが、同紋衆を結束させ、大友がさらなる高みを目指すには必要な生みの苦しみなのやも知れぬ。神五郎には英雄の相がある。いつまでも大友の下でくすぶっている星ではない。神五郎は必ず大友に背く。星のさだめは変えられまいて。定石《じょうせき》を重んずる神五郎の手堅い用兵はまさに鉄壁。いかなる相手にも負けぬ。ただひとり、鬼を除いてな」

鬼とはむろん大友第一の将、戸次鑑連《べっきあきつら》のあだ名である。

「何人たりとも、予測も真似もできぬ型破りの用兵。鬼は戦をするためだけに生まれてきた男よ。神五郎相手でも、鬼が負ける姿は頭に描けぬな」

石宗はさも楽しそうに独りで杯を重ねた。

「二人を戦わせぬ術《すべ》をお尋ねしておりまする。先生が宗亀殿を説いてはくださいませぬか？」

「たやすく申すな。やつがれの弟子の裏を見事にかいて、今、すべては宗亀の思惑どおりに動いておる。順風満帆の古狸めが酔いどれの駄法螺《だぼら》なぞ聞く耳持たぬわ」

石宗はヒッとしゃっくりをしてから、つけ足した。

「もとよりこの戦を避けるには、ひとりの女を奪えば、足る」

珠《たま》姫さえ奪えれば、義鎮を宗亀から取り戻せる。むろん宗亀も承知だ。ならば乱の終結まで秘密裏かつ厳重に珠姫の身柄を確保しているはずだ。居場所さえ摑めまい。

「それがかなわぬ時は？」

起き上がった石宗はゆっくりと硯《すずり》で墨を磨《す》っていたが、やがて何やらさらさらと書き始めた。

「……気は進まぬが、鬼を動かしてみよ。宗亀を抑え込める男がおるとすれば、鬼だけじゃ」

女に心を奪われた義鎮の説得は無理だ。ならば、宗亀を説得するしかない。だが、軍事に徹し、政《まつりごと》と一線を画しているあの戸次鑑連が、国政の中枢に口を挟んでくれるだろうか。

先主の時代から、鑑連だけは別格の扱いを受けてきた。宗亀でさえ、下にも置かぬ扱いで祀り上げていた。以前、鑑連の勲功にかんがみ、先主義鑑《よしあき》が鑑連を加判《かばん》衆のひとりに加えようとしたとき、鑑連は「不調法にて」と固辞した。政《まつりごと》については下戸《げこ》だと言うのである。大友で政に携わる者たちの間では、敵味方を問わず、ひとつの不文律が作られていた。「触らぬ鬼に祟りなし」と。下手《へた》に鑑連に意見を求めて介入を許した場合、他の選択肢が奪われかねぬ。戦神《いくさがみ》は戦以外に用いないのが、大友家中の常識であった。

宗亀も民部も、政争には鑑連をいっさい関わらせぬようにしていた。それは鑑連が関わろうとせぬからだ。賀兵衛が頼み込んだところで、鬼瓦に一喝されて終わりやも知れぬ。

石宗に手招きされて近寄ると、封をした書状を渡された。宗亀と鑑連宛ての二通である。

「この文を鬼と宗亀に届けよ。鬼を連れて宗亀に会い、やつがれの名を出せば、宗亀も折れるであろう。されど、たとえ鬼の力を使うたとて、人が持って生まれた宿命は変えられまい。宿星の回座を見るに、近く大友の将星がひとつ、隕《お》ちる。鬼ではあるまい。惜しいかな、小原神五郎であろう。すべては星のさだめし運命よ」

賀兵衛は書状を懐に入れると、立ち上がりながら問うた。

「人には決して、運命を変えられぬと仰せですか？」

「運命には動かせる幅がある。が、その幅を越えては動かせぬ。天に昇った月は必ず地に堕《お》ちる。鬼と違うて、神五郎には独立の相がある。危険な芽を摘んでおくにしくはないのじゃ」

石宗は震える手で杯を口に運んで呑み干すと、だらしなく大の字になった。

「さてと、やつがれもこの酔いが醒めたら、また旅に出るといたそう。中国にまた大嵐が吹いておる。面白うなってきおったわ」

気配を感じて背後を振り返ると、釣竿を肩にかけて戻ってきた民部であった。多少の罪悪感は持ち合わせているらしい。

「まだ間に合うと思うか、賀兵衛？」

「間に合わせるのでござる。先生から禁じ手の策を授けられ申した。それがしは宗亀殿と直談判し、何としても小原改易、方分《ほうぶん》解任の件を取り消させまする。民部殿は他紋衆が暴発せぬよう抑えてくだされ。頼み入りまするぞ」

「承知した。身どもはただちに府内へ戻ろう」

鑑元とその家族だけではない、多くの者のゆくすえが賀兵衛と民部の双肩にかかっていた。二人の気概と緊張を嗤《わら》うかのように石宗のいびきが聞こえてくる。

豊前の鑑連の陣に着くのは夜半だ。すぐに府内へ同道できたとして、今夜も賀兵衛は眠れそうになかった。が、何としても鬼を説き伏せねばならぬ。

十二、鬼の使い道

賀兵衛は急ぎ別府を後にすると、北上して自領の都甲荘《とごうのしょう》に向かった。馬を替えただけですぐに発ち、豊前南部にある戸次軍《べっき》の陣所を訪れた時にはすでに夜になっていた。甲冑《かっちゅう》は身に着けていない。戦を止める以上、不要と考えた。

驚くべきことに戸次鑑連《あきつら》は城をまだ一つも落としておらず、苦戦しているとの噂を都甲荘で耳にしていた。もしも結束する宇佐《うさ》三十六人衆を攻めあぐねているなら、一時的にせよ府内へ連れ出すなどかなわぬ話だ。道中、何と切り出したものかと思い悩んだが、鑑元と修理に約束した刻限まであと一日しかない。当たって砕けるしかなかった。

だが、戸次軍の帷幄《いあく》を訪れてみると、重苦しい雰囲気はなく、緊張と活気が満ちていた。

賀兵衛が来意を告げて片膝を突くと、鑑連が巨眼を見開いた。射抜かれそうな視線に全身から汗が噴き出したが、すでに一夜、酒を酌み交わしたせいか、親しみも湧いていた。

「いかがいたした、賀兵衛？　うぬは肥後で神五郎《じんごろう》のもとにあったはず。殊勝にも戦《いくさ》の作法でも学びに参ったか？」

鑑連は賀兵衛の話も聞かず、楽しげに戦の話を始めた。堅い守りを固める宇佐三十六人衆相手に、鑑連はまだ本格的な戦をしていなかった。「なぜかわかるか」と問いかけながら、鑑連は自ら答えた。

「滅ぼすのはたやすい。されど、それでは大友のためにならぬのじゃ」

鑑連は三十六人衆すべてを降らせ、大友に忠誠を誓わせたいと考えていた。ただの勝ち戦では足りぬ。鑑連は相手が絶望するほどの圧倒的な力の差を見せつける肚だった。そのために十数度に及ぶ小競り合いに完勝し続けていた。怨みを残さぬため、できるだけ敵を殺さぬようにし、捕虜もすぐに解き放っているという。余裕綽々《しゃくしゃく》の戦い方だった。

「何をどうやっても、わしには絶対に勝てぬと宇佐衆も気づき始めておるわ。いずれ大軍を率いて御館じきじきの出馬あらば、宇佐衆すべてに大友への忠誠を誓わせられようぞ」

賀兵衛は一近習の身だが、相手は大友が誇る最強の宿将である。大事を依頼する側が話をさえぎるわけにもいかなかった。心は焦るばかりだが、賀兵衛は黙って鑑連の戦話《いくさばなし》を拝聴していた。鑑連にとって戦以上に重要な事柄はない。

敵陣営に変化なしとの物見の報告を受けた後、鑑連は思い出したように「ときに賀兵衛、うぬは何用で参った？」と尋ねた。

「おそれながら、お人払いをお願い申し上げまする」

「無礼を申すな。この場にわしを裏切る者なぞ一人もおらぬわ。遠慮せず申せ」

賀兵衛が鑑元に対する一連の処分について述べると、鑑連は太い眉根を寄せた。

「鑑元公には一片の叛意もございませぬ。軍目付《いくさめつけ》のそれがしが保証いたしまする」

「むろんじゃ。何やら府内《ふない》に不穏な動きありと耳にしてはおったが、噴飯物《ふんぱんもの》よな。さしずめ民部の洟《はな》たれがさかしげに出しゃばりおったせいであろうが」

鑑連は民部を嫌っている。が、今は過去の失敗を振り返っている場合ではない。

「なにとぞ公のお力で、小原と大友を内戦からお救いくださりませ」

「神五郎に惚れたな、賀兵衛？」

「はっ。小原鑑元は大友になくてはならぬ将にございまする」

鑑連は大きくうなずくと、ただでさえ大きな眼を見開いた。

「されど賀兵衛。わしの仕事は戦じゃ。そのわしに何をせよと申す？」

鑑連が太すぎる眉をしかめると、巨眼がぎらりと光った。鬼瓦が悪鬼のそれに変わった気がした。賀兵衛の全身から汗が噴き出してきた。下腹に力を込める。

「今よりただちに、それがしと共に府内へ戻り、田原宗亀様にお会いいただきとう存じまする」

鑑連の鬼瓦に、敵の珍しい陣形でも見た時のようなひそみが浮かんだ。

「ほう。総大将に向かって、陣から抜け出せと申すか？」

「御意。仰せの戦況ならば可能かと。大友のため一昼夜だけ、公の御身をお借りいたしたく」

「じゃが、賀兵衛。うぬはどこまで先を読んでおる？　大友の命運をうぬに託してよいのか」

「されば、師の石宗《せきそう》より書状を預かっておりまする」

石宗からの書状を手渡すと、鑑連は一読したが、すぐに篝火《かがりび》にかざして焼いた。

「あの酔いどれめ、気に入らぬな。わしがうぬに賭けて負けた場合の処方箋《せん》を書いておるわ。わしと石宗は昔から反りが合わぬ。吉弘賀兵衛は仕損じると書けば、かえってわしがうぬに乗ると見ておるのじゃ。小憎らしい男よ。して、賀兵衛。宗亀に会って何をする？　政《まつりごと》はわしの領分ではないぞ」

巨眼が賀兵衛を睨みつけていた。答え方ひとつで、すべてが決まる。

「政にはあらず。こたびは鬼の威をお借りするのみ。されば公はただ、それがしのかたわらに座し、腕組みをなさっておるのみで結構。それで話をまとめてみせまする」

賀兵衛が大見得を切ると、しばしの沈黙があった。

「ははは、面白いぞ、賀兵衛！　わしは座って腕を組んでおるだけか。愉快な政じゃ。よかろう」

鬼瓦が破顔一笑、鑑連は手を打ちながら、さもおかしげに大笑した。

「馬、引けい！」

鑑連は立ち上がると、賀兵衛を顧みた。

「うぬがわしの馬について来られればよいのじゃがな」

まだ間に合う。大友家に大乱を引き起こそうとしている首謀者は田原宗亀だ。宗亀さえ止めれば、戦は避けられる。民部が府内で他紋衆を説いているはずだ。暴発を止め、小原家の改易さえ取り消せば、危機は回避できる。戦さえ起こさせねば、時間はかかっても、関係を修復できるはずだ。賀兵衛は鬼さえ動かしたのだ。

暮れなずむ豊前にあって、賀兵衛はいつかの夕暮れ、唇を重ね合わせた後の杏《あんず》の恥ずかしげな表情を思い浮かべた。

†

肥後を出て三日目の昼下がり、鑑連と賀兵衛が府内に着いた。同紋、他紋の対立が喧伝《けんでん》されているわりには商魂たくましく市も立っていて、ふだんと変わらぬ生活が営まれているように見えた。

二日前には門前払いを食らわせた田原宗亀も、賀兵衛が戸次鑑連を伴っていると聞いては、会わぬわけにはいかぬ、二人はただちに書院へ通された。人を待たせることで有名な宗亀も、鬼だけは別扱いなのか、すぐに姿を見せた。

「戸次殿。豊前攻めの首尾は如何でござるかな?」

鑑連と鑑元の関係を考えれば、鑑連の来意は察しがつく。宗亀の浮かべる作り笑いがひくついているのは、事が成ろうとする土壇場になって、主君よりもやっかいな邪魔が入ったことへの苛立ちゆえに違いなかった。

「豊前南部はすでにわが大友の手の内にある。日ならずして宇佐《うさ》三十六人衆はすべて大友に服するであろう」

「それは重畳。戦《いくさ》は戸次殿、政《まつりごと》はわしに任せておれば、大友家はますます栄えましような」

「さようであればよいのじゃが、何やら物騒な話を耳にしたものでな」

鑑連は時候の挨拶を打ち切ると、賀兵衛の隣で腿のように太い腕を組んだ。

「それで戸次殿がわざわざ戦線からお戻りなされたと？」

「さよう。吉弘賀兵衛よりうぬに話がある。聞かれよ」

宗亀は入室以来、一度も賀兵衛を見なかったが、鑑連の大音声《だいおんじょう》に、宗亀は賀兵衛に初めて目をやった。いたずらが見つかってしかたなく親の前に出頭した童《わらべ》の目にも似ている。

「民部から聞いてはおらぬか？　すでに手打ちは済んでおる。角隈石宗《つのくませきそう》のとりなしゆえ、こたびは赦してつかわした。わしが勝ったのじゃ。蒸し返すな」

宗亀も権力者としての風格を備えているが、鑑連に比べれば何ほどでもない。鑑連が隣で文字どおり眼を光らせていることもあって、賀兵衛は堂々と宗亀に対した。

「聞きましたが、承服できませぬ」

「お主はあきらめの悪い男と聞くが、こたびばかりはあきらめよ。早々に都甲《とごう》へ立ち返り、戦支度をいたすがよいぞ。肥後攻めで手柄を立てれば、吉弘《よしひろ》家には以前に召し上げられし五町歩《ちょうぶ》が改めて下賜されるであろう」

すでに肥後における恩賞配分まで、宗亀の腹の中では決まっているに違いない。旧領回復は吉弘家の悲願であったが、急ぐ話ではない。賀兵衛には肥後に守りたい人たちがいた。

「戦は起こしませぬ。今から宗亀様に小原家に対する処分の取消しを賜りますゆえ」

「ほう。肥後攻めの総大将まで決まっておったのじゃがな」

宗亀はちらりと鑑連を見やった。

「味方を討つ遠征なぞ、鑑連公はお請けになりますまい。そもそも――」

賀兵衛は宗亀に向かって身を乗り出した。

「加判《かばん》衆の合議では、必ず六名の加判衆の過半が出席し、その多数を持って事を決するならい。しかるに、こたびの肥後方分《ひごほうぶん》および加判衆解任の件について、吉岡様は京にあられ、臼杵《うすき》様と小原様が欠席。残りの田北《たきた》様、志賀《しが》様では過半に届きませぬ。瑕《か》瑕疵《し》ある手続で出された無効な決定にほかなりませぬ」

「現在の加判衆は五名。一名の欠員は数えぬ。当の本人である小原の欠席は当然。かかる場合は御館様及びその名代であるこのわしも決に加わるが道理じゃ」

「これは異なことを。肥後の行く末を決める大事にござる。加判衆が欠けるなら一名追加してから審議さるべきでありましょう。当人が評決に加わらぬにせよ、鑑元公からの申し開きを聞き、仔細を詳《つまび》らかにして十分な討議をせねばならぬはず。まして加判衆にあらざる者が何ゆえ加判衆の合議にて票を投じうるのでございましょうや？」

「大友の将来を左右する大事にあって、当主と名代が決に加わるは当然であろうが」

「当然どころか、明々白々な誤りでござる。名代は御館様の代人。代人と本人が票を投ずれば二重に数える仕儀となり申す。御館様は御齢二十七にして、名代など必要ありませぬが、そこは百歩譲るとして、御館様が合議に出席されたのなら、名代はお役目御免のはず」

賀兵衛はさらに宗亀のほうに詰め寄った。

「そもそも加判衆は、大友家のため御館様に進言申し上げる重臣らの寄合。その決に御館様ないしその名代が加わられるは面妖な話。御館様にしてみれば、自ら加わって出した結論につき、改めて賛否を決する仕儀となりまする」

鑑連が眼前にいなければそもそも話など聞くまいが、宗亀は苦虫を嚙み潰したような顔のままあくびをしていた。

「結局こたびの解任は、宗亀様と御館様が加判衆に諮らず、勝手になさった話にて、法に照らし無効というほかございませぬ。宗亀様ほどの公明正大なお方がかくも重大な瑕疵ある決定を押し通されるとは思えませぬ。さればただちに取り消し、改めて正当な手続にて結論を出されるべきものと思料いたしまする」

鑑連は賀兵衛の隣で眼を剝いている。鑑連の視線に射すくめられた宗亀は、手拭いで額の汗をぬぐいながら、器用にあくびをした。

「宗亀様。それがしは大友軍師、角隈石宗の指図で、鑑連公と御前に参ってござる」

懐から石宗の書状を渡すと、宗亀はあくびを嚙み殺しながら読んだ。宗亀の脳裏に石宗の痩せ枯れた姿が浮かんだろうか。

「小原家に対する処分の一切、今ここでお取り消しくださりませ」

賀兵衛の隣では、戸次鑑連が腕を組み、眼をらんと光らせている。言葉がとぎれると、鑑連の荒い鼻息だけが聞こえるあんばいだった。

宗亀は額の汗を拭い終えると、あくびをていねいに嚙み殺した。

「ふん、鬼と仙人を使いおるとは。わしとしたことが、小鼠《ねずみ》の片割れを甘う見ておったわ。よかろう。改易と解任の件、取り消すといたそう」

賀兵衛はすかさずたたみかけた。

「その旨の書面を賜りとう存じまする。行き違いなきよう南関城に伝えまするゆえ」

「戸次殿が証人じゃ。紙なぞいるまいが」

「誤った文書がある以上、訂正した文書もなければ、無用の紛争を招きかねませぬ」

「よい――」と宗亀は渋面を作りながら、賀兵衛を手で制すると、家人に紙と硯を用意させ、さらさらと書いた。

「これへさらに御館様の署名を賜り、肥後へ持参いたしまする。これにて小原家改易も肥後討伐もなく、これまで同様、鑑元公が肥後方分、加判衆として御館様をお支え申し上げる。しかと間違いございますまいな？」

宗亀はいまいましげに「ない」と吐き捨てながら、賀兵衛をぎろりと睨《にら》んだ。

「内戦を回避するご英断、さすがは大友が誇る名宰相、厚く御礼申し上げまする。ときに珠《たま》姫の件にございまするが、いつ上原館《うえのはるやかた》にお出ましになれましょうか」

義鎮《よししげ》を宗亀から取り戻して確実にうなずかせるには、珠姫が必要だった。

「ちと虫が良すぎはせんか？　ただで珠姫は渡せぬぞ」

確かめると、珠姫はこの田原屋敷に匿《かくま》われているらしい。真偽のほどは知れぬが。

「御館様とのお約束を反故《ほご》にはできますまい。お引き換えにお望みのものは？」

「ふん。足元を見おるわ。されば、わしの加判衆就任を認めよ。田原民部はこたびの混乱の責めを負い、御館様のおそばを離れ、所領の今市にて蟄居《ちっきょ》謹慎、仏門に帰依《きえ》せよ。民部の出家を見届けた後、吉日を選んで珠姫を上原へお連れいたそう」

鑑元の代わりに民部を差し出すわけだ。民部の失脚は自業自得といえた。珠姫を手に入れるために鑑元も民部も捨てた義鎮に、異存はあるまい。何かの名目でいずれは謹慎を解き、再び出仕させればよい話だ。今は人質同然の珠姫も、いったん身柄を上原館に確保してしまえば、こちらのものだ。

「承知仕りました」

「これからはお主に御館様との間を繋いでもらうとしよう。じゃが、わし相手に、民部のごとく妙な小細工を弄するでないぞ」

屋敷を出ると、賀兵衛は鑑連に何度も礼を言い、豊前へ戻る鑑連と供の者と別れ、小原屋敷を目指した。

――やったぞ、杏殿。これでひとまず危機は脱せそうじゃ。

賀兵衛の心は身体ごと浮かび上がらんばかりに弾んでいた。

†

「吉弘様。火急の用なれば、改めてお取次ぎを願うわけには参りませぬか？　上原《うえのはる》に来て二刻近くになりまするが……」

必死さの混じった小井出《こいで》の声に、賀兵衛はわれに返った。うたた寝をしていたらしい。この三日間は一睡もせず、馬を駆っているか、思案しているか、さもなくば誰かを説得していた。

小原屋敷に待機していた小井出に宗亀《そうき》の文書を見せてあらましを説明すると、小井出は泣き出さんばかりに何度も礼を述べた。宗亀が承諾しており、珠《たま》姫も手に入る以上、義鎮《よししげ》が異を唱えるはずもなかった。だが、賀兵衛が小井出を伴って上原館に駆けつけた時にはすでに陽が傾き始めていて、おりあしく義鎮は側室と閨《ねや》に入ったばかりとの話だった。

閨事《ねやごと》の邪魔だけは避けるべき掟《おきて》を、賀兵衛は近習として熟知していた。義鎮にとって女は政《まつりごと》より重要だった。閨事を中断させた場合、義鎮は必ずつむじを曲げた。義鎮の機嫌を直し、事情を説明したうえで説得するほうが、かえって時を要するおそれが高かった。

賀兵衛はひとまず待ってみたが、一刻ほど待っても呼び出しがかからぬ。この際、署名の偽造も考えぬではなかったが、後に宗亀に問題視され、無効とされる事態を恐れた。侍女に問うと、相手はつい最近、田北鑑生《たきたあきなり》から献上された側室らしかった。新しく入った側室の場合、閨事はふだんより時を要した。

だが豊後、肥後の大乱を防ぐための面会である。賀兵衛はやむなく侍女に取次ぎを依頼して宗亀の書面を渡し、連署するよう義鎮に求めたのだが、書院で待ち明かすほどに寝入ってしまったらしい。閨事が終わる頃合いを見計らえば、確実に署名をもらえたはずだった。早まったやも知れぬと気を揉んだ。

なおも待ったが、虚しく時だけが過ぎてゆく。

小井出と並んで天井の板目を眺めている間も、肥後では大津山修理《おおつやましゅり》ら山之上《やまのうえ》衆を中心に肥後勢が着々と戦支度《いくさじたく》を進めているはずだった。この間にも事情を知らぬ鑑元が決断し、宗亀打倒の兵を挙げるおそれがあった。

あと少しのはずだと思うが、義鎮は現れぬ。夏の長い日がゆっくりと暮れてゆく。

このままでは南関城に戻るころには夜が明け、約束の刻限に間に合わぬ。

「小井出殿。御館様のご署名を賜り次第、それがしがすぐに届けまするゆえ、ひと足先に南関へお戻り下され。今昼、鑑連《あきつら》公と共に宗亀殿との直談判に成功。小原家の改易および肥後《ひご》方分《ほうぶん》、加判《かばん》衆解任の取消しがいずれも得られた由、しかと鑑元公にお伝えくだされ。戦《いくさ》はござらぬゆえ、決して兵を挙げられますなと」

「いやはやかたじけのう存じまする。吉弘様のこたびのご周旋なくば、危うく小原家は——」

「礼は無用でござる。上原で時を無駄にしましたゆえ、とにかくお急ぎくだされ。ひとたび挙兵して戦となれば、火を消すのは至難でござる」

あわてて去る小井出の後ろ姿がどこかこっけいに見えた。

賀兵衛の力で小原家の危機を回避したのだ。杏と小原家の面々が笑顔で賀兵衛を出迎える様子を思い描いた。珠姫《たま》を手中にした義鎮は、杏にはもうさほど関心を持たぬのではないか。賀兵衛は杏と祝言を挙げる己の姿を思い浮かべた。自然に笑みがこぼれてきた。

小高い上原館からは府内の町全体を見下ろせる。残照だけの夕空に、月はまだ昇っていなかった。

さらに一刻ほどして、ようやく義鎮が書院に姿を見せた。義鎮の手に書状はない。まだ署名を済ませていないのであろう。つむじを曲げたのかと気に病んだ。

「御館様、夜分に拝謁を願い出ましたるゆえんは——」

「賀兵衛。玉《たま》が自裁しおった件、聞いておるか？」

「はっ。耳にしております。おいたわしきお話にて」

主君の顔はひどく青ざめ、やつれていた。義鎮は腰に挿していた脇差を外すと、刀身をゆっくりと抜いた。

血糊が渇いたものだろう、ゆらめく火影に赤黒い筋が見えた。

「あの夜、余は顔にかかる生あたたかい血の雨で目を覚ました。玉はこの脇差で己が首筋を切っておった。噴き出す己の血で、余と褥《しとね》を真っ赤に染めながら、笑って逝《い》きおったわ。余はぬるぬるする血の海で、なすすべもなく血を浴びておった。まだ血の匂いが鼻から去らぬ」

すまし顔で語ってはいるが、さしもの義鎮も取り乱したに相違なかった。

「玉は余を恨んでおったのか。ならば、なぜ余を刺さなんだ？　余を殺し、自らも命を断てばよかったではないか。誰が悪い？　余が悪いのか？」

義鎮の甲高《かんだか》い声が裏返り、かすれていた。たとえ肥後一国を失おうとも、父の代から仕える忠実な宿将が叛しようとも、義鎮はこれほど取り乱さなかったろう。

賀兵衛は男女の仲をまだよく弁えぬが、口先だけでも話を合わせる必要があった。

「玉様のお心のなかで、亡き夫への気持ちと御館様をお慕いする心がせめぎ合っていたのやも知れませぬ」

「苦しいぞ、賀兵衛。女を失うことが、これほどに苦しいとは思わなんだ。余はよく玉の胸に抱かれて眠った。余は玉に、母上の面影を求めておったのやも知れぬ」

玉の自決が、義鎮の心に深傷《ふかで》を負わせている。玉は義鎮の心を奪い、虜《とりこ》にしてから、飽きられる前に自らを失わしめることで、義鎮を絶望へと追いやった。報復を意図したのなら、見事な最期《さいご》ともいえた。

「この館の側室たちは、余が死んだ時、余を悼《いた》むであろうか？　今の余と同じように苦しむであろうか？　賀兵衛よ、いかにすれば、真に女の心を手に入れられる？」

義鎮は飽きた側室を平気で捨てるが、玉は捨てられる苦悩を義鎮に味わわせた。義鎮は尋ねる相手を間違えているのだが、民部《みんぶ》がそばを離れた今、心を打ち明けられる者がいなかったのであろう。問われた賀兵衛は杏《あんず》の笑顔を思い浮かべた。

「それがしごとき未熟者には判じかねますが、真心をもって接すれば、相手も――」

「女を失った痛みは、女でしか癒されぬものぞ。余がかねて想いを寄せる女の名が玉と同じであったのは、偶然ではない。そもそも余が玉に惹かれたのは、その名ゆえであった」

義鎮は賀兵衛に尋ねているのではない。自問自答しているだけだった。

「賀兵衛、そちが参った理由は承知しておる。あの民部でさえ余に思いとどまれとしつこく抜かしおったからな。が、いくら言うてもむだじゃぞ。余には珠姫が是非とも必要なのじゃ」

義鎮にとって今、最大の気懸りは巻き起ころうとする氏姓の争いでも、肥後の独立でもなかった。義鎮に復讐して死んだ側室から受けた心の傷を、新しい女によって癒すことだった。

「賀兵衛よ。重臣と一国とを引き換えにしてまで望まれた身と知れば、珠姫も余の心を疑いはすまい。余を失ったとき、珠姫は今の余のごとく苦しむはずじゃ」

義鎮は一人の女のために多大な犠牲を払う行為に酔っている。手に入れるために多くを失うほど、深い愛が得られると考えている。

だが、杏と恋をした今なら、賀兵衛にもわかった。愛は日々の思いやりの中で、少しずつ育んでゆくものだ。人は犠牲によって愛を得るのではない。時に愛は人に対し犠牲を求めるが、犠牲は愛の本質ではない。犠牲とは、美しくも醜くも、運命の悪戯であらわになる愛の表現にすぎぬのだ。

杏は片想いの相手のためにかつて側室入りを拒んだ。賀兵衛とささやかな恋をすると落飾を決意した。愛のために払う犠牲でも、義鎮とは違う、報われぬ愛への秘《ひめ》やかな犠牲だった。杏が愛おしかった。運命が許すなら、賀兵衛は杏のために命を捧げようと誓った。

「英雄は古来、国も女も同時に手に入れておりまする。されば、一兵も損ずることなく珠姫をお迎えする手立てがございまする」

賀兵衛は早口で来訪の意を告げて事の経緯を説明し、取次に手渡した書面への署名を求めた。義鎮は拍子抜けしたように眉根を寄せた。

「宗亀が承知しておるのなら、余とて異存はない。して、珠姫とはいつ会える？」

義鎮は一刻も早く珠姫を得て、凄惨な記憶を上塗りし、玉を忘れたいのであろう。

「姫は宗亀殿のお屋敷におられるはず。民部殿の出家と蟄居《ちっきょ》を見届けて後、吉日にと宗亀殿は仰せにございまする」

「小原を拾うて、代わりに民部で手を打つわけか」

義鎮はわずかに思案するそぶりを見せたが、小さくうなずいた。

「やむをえまい。民部ならわが意を汲んでくれような？」

「民部殿の忠義にはひと筋のひびも入りますまい。生きてある限り、望みはございまする。いずれほとぼりが冷めれば、民部殿を御館様のおそばに戻せましょう。されば、御館様のご署名をたまわり次第、ただちに肥後へ立ち返りとう存じまする」

義鎮を待つ間にうたた寝をしたおかげで、若い賀兵衛の身体には力が戻っていた。

一触即発の状況下では何が起こるか知れぬ。事情を最もよく知る賀兵衛が鑑元を止める必要があった。

「誰かある。先ほどの紙と硯を持て」

義鎮の声の終わらぬうち、館の外で馬の激しい嘶《いなな》きが聞こえた。胸騒ぎがした。館の衛士《えじ》が慌ただしく書院に駆け込んできた。

――大友館の田原宗亀様より急使！　小原鑑元の謀叛にございまする！

賀兵衛は驚愕した。心ノ臓を氷の手でいきなり鷲摑みにされたようだった。

立ちあがって府内の方角を見やると、大友館付近に火の手が上がっている。賀兵衛が肥後を出てちょうど三日、鑑元が約を違えて先走るとは思えなかった。いや、小井出と行き違いになり、必ず勝つために兵を進めたのか。暴発阻止に動いていた民部が失敗したのか。

とにかく今は主君を守らねばならぬ。何としたものか。

他紋衆の怒りは宗亀に向けられている。その宗亀と義鎮が手を結び、小原家を改易して鑑元との手切れを公にした以上、同紋衆はすべて標的とされても変ではない。他紋衆は国主義鎮の首を取ろうとするやも知れぬ。姉の死の真相を知った本荘新左衛門尉は義鎮を激しく憎み、復讐に燃えていよう。上原館にも攻め寄せてくる。

「さてと賀兵衛、いかがしたものかな？」

義鎮は声の震えを押し殺し、平静を装いながら問うた。突発の事態にあって、内心は恐怖が渦巻いていても、ぶざまな姿を見せぬ器量はさすがだった。恐怖はあろうが、それにまさる虚栄のなせる業《わざ》であったろう。

上原館の警固兵は五十人にも満たぬ。一刻も早く逃れたほうがよい。

「御館様は側室の方々と共に陸路、いったん丹生島《にゅうしま》へ落ち延びられませ」

府内《ふない》を除けば、至近の大友宗家直轄領は臼杵《うすき》の丹生島である。近くには忠臣臼杵《うすき》家の城があり、身の安全は保障されよう。

「無用じゃ。女を連れ歩けば足手まといになる。めいめいに落ち延びさせよ」

いずれの側室も義鎮が見染めて上原館に入れたはずだが、珠姫以外にはまったく未練がないわけか。簡単に見捨てられる側室たちを不憫に思ったが、数名の供を付けて、義鎮とは別の経路で落ち延びさせるほうがかえって助かりやすいと思い直した。

「それがしはこれより大友館へ取って返し、御簾中《ごれんちゅう》（奈多《なだ》夫人）と姫君をお救い申し上げたく存じまする。後ほど御館様と合流いたしますれば、丹生島へただちに出立なされませ」

炎上する府内に戻ったところで、賀兵衛の力で救出できるかはわからぬ。これが今生の別れやも知れぬと思うと、不思議と心が澄み渡った。

「いや、余は宗亀の屋敷に参る。国主自ら命がけで珠姫を窮地から救い出したとなれば、今度こそ余は真の愛を得られるであろう。愛は美しきものぞ」

「なりませぬ。おそれながら、今はお命が大事――」

義鎮は賀兵衛を手で制すると、力強く下知《げじ》した。

「馬引けい！　参るぞ、賀兵衛。余は生きて珠を抱かねばならぬのじゃ」

義鎮は今、己の命よりも珠姫を失う事態を恐れていた。それを愛と呼ぶのか、賀兵衛は知らぬ。だが義鎮はそのために失われる家臣らの命など、微塵も心にかけてはいまい。賀兵衛は府内に戻り、もし鑑元がいるのなら止めねばならなかった。必ず止めてみせる。

†

「もうよいぞ、賀兵衛《かへえ》。生き恥をさらすのだけはご免じゃ」

想い人の救出という物語を作れなかった義鎮《よししげ》は落胆しきった様子で、天を焦がす炎を見つめていた。賀兵衛は放心状態の義鎮の腕を強く引きながら、叱咤《しった》した。

「お気を落とされますな。珠姫は宗亀殿と共に逃げられたのやも知れませぬ」

府内中心部への潜入はやはり無謀であった。上原館《うえのはるやかた》にあった甲冑を急ぎ身に着け、警固兵の大半を失いつつ何とかたどり着いたが、真っ先に焼き討ちに遭っていた大友館と田原宗亀の屋敷はすでに激しく燃え盛っていた。さいわい大友館の親兵に守られて義鎮の妻子らは脱出できたらしいが、田原屋敷から逃げ出してきた者に聞けば、屋敷の一番奥に匿《かくま》われていた珠姫《たま》らしき女性の救出を命ぜられたものの、女性は逃げ遅れ、煙に巻かれたらしかった。狂奔する他紋衆の兵らによって、同紋衆は見境なく敵とされていた。炎上する吉弘《よしひろ》屋敷から弟の弥七郎が無事に脱出できたかもわからない。

むりやりにでも義鎮を落ち延びさせるべきであったと後悔しながら、賀兵衛は脱出路を求めていた。火に巻かれぬよう大分川の方角へ向かっている。戦闘で馬も失くしていた。

周囲で鬨《とき》の声が上がった。

賀兵衛は義鎮と共に、急いで破れ戸の陰に身を隠した。

小原家の蔦葉紋《ちょうようもん》の旌旗《せいき》が夏の夜風にひるがえる姿を、義鎮はいまいましげに見ていた。

「もしこの場を生き延びたなら、小原も他紋衆も根絶やしにしてくれようぞ」

今や義鎮にとって愛する女の命を奪った他紋衆は、激しい憎悪の対象となり果てた。

鑑元《あきもと》が大友に叛旗を翻すとは思えなかった。これは恐らく他紋衆の暴発だ。だがもし鑑元が確実に勝利するつもりなら、賀兵衛が府内に戻り融和のために画策している最中を狙うのが得策かも知れなかった。

なだれ込んできた兵たちを前に、生き残っていた数名の衛兵が逃げ出した。いずれも上原館で長らく義鎮に仕えてきた者たちだが、主のために命を捨てる気まではなかったらしい。

逃げ道はどこにも見当たらなかった。

「もはやここまでじゃな。賀兵衛、介錯《かいしゃく》せよ」

生きて辱めを受けるよりも誇り高き死を望む選択は、義鎮らしかった。

「もし敵がまことに鑑元公なら、御館様のお命を奪うことはありませぬ」

「余に命乞いをせよと申すのか？」

この世に命乞いほど醜い行為は少なかろう。義鎮がもっとも忌み嫌う行為のひとつであり、死よりも厭《いと》うに違いなかった。

「それがしが鑑元公に義を説き、必ずや御館様のお命を拾うてみせまする」

だが鑑元の挙兵が真実でないなら、行動は裏目に出る。たとえば本荘、中村らが小《お》原《ばら》家の偽旗を用いていたとすればどうか。本荘にとって、義鎮は義兄と姉の仇だった。命はあるまい。

「もうよい。潔く死ぬるも一興ぞ。珠姫のため命を散らせたと思わば、美しくもある」

「生きられませ。御館様のため命を散らせた兵らの思いにお応えくだされ」

数間《けん》ほど離れた路地を走る鎧武者どもの騒々しい音がした。

「ぶざまな死に方だけはしとうない。賀兵衛、冥途《めいど》に供をせよ」

「それがしは山蛭《やまびる》の賀兵衛、簡単にはあきらめませぬ。御館様はこの場に潜んでおられませ。醜男で相済みませぬが、それがしが身代わりとなりまする」

一兵卒は義鎮の顔を知らぬし、同紋衆である賀兵衛の鎧にも抱《だ》き杏葉《ぎょうよう》の紋があった。齢も大きくは離れていない。義鎮として捕縛されれば、叛将のもとへ引っ立てられよう。鑑元がいるなら、義鎮を救え、己も助かるはずだ。本荘なら処刑されようが、少なくも大将として名乗り出れば、多少の時間稼ぎにはなる。

「されど、それがしが賭けに敗れしときは、お覚悟召されませ」

義鎮は「うむ」とうなずいた。義鎮は繊細だが、臆病ではない。見事美しく自刃《じじん》してみせるだろう。

「忠義もまた美しきものよな。賀兵衛、余が生き延びられたなら、そちのおかげじゃ」

義鎮はしばしば失敗の責任を家臣に転嫁するが、裏返せば、成功の恩義を忘れぬ主君でもあった。

「余の命、そちに預ける。好きにいたせ」

賀兵衛は一礼して御前を去ると、敵兵らの前に堂々と歩み出た。

「われこそは後三カ国の守護、大友左衛門督《さえもんのかみ》なり。こたびの騒擾《そうじょう》につき、小原鑑元に話がある。されば余を、そちらの総大将のもとへ案内《あない》せよ！」

色めき立った雑兵《ぞうひょう》どもがすぐに賀兵衛を取り囲み、いっせいに長槍を向けた。

鯉口は切ってあるが、腰の刀に手はやらぬ。抜いたところで切り抜けられる窮地ではなかった。

「重ねて言う。余は後三カ国の王である。今日の他紋衆の苦境はすべて田原宗亀が責め。宗亀の専横に怒り、佞臣《ねいしん》を除かんとして兵を挙げた他紋衆の心意気や良し。そちらの忠義に報いようぞ。わが忠臣、小原鑑元はいずこにおるか？」

部隊長と思しき鎧姿の中年の武士が前に歩み出た。異様に背が高い。

「ほう。誰かと思えば、吉弘《よしひろ》の賀兵衛殿ではないか。あいにくと鑑元公はまだ府内におわさぬ。わが主、本荘新左衛門尉《ほんじょうしんざえもんのじょう》は同紋衆を見つけ次第、皆殺しにせよと仰せである。わざわざ身代わりに名乗り出たところを見ると、この辺りに大友の御館がおるようじゃな」

賀兵衛は唇を噛んだ。喉をつぶされたようなかすれ声はいつかの夜、賀兵衛を討ち損じた兇手のものだった。その特徴的な声には同紋衆に対する確かな憎悪が込められている。やはり鑑元はまだ兵を挙げていなかった。暴発した本荘、中村らが偽旗を使っているだけだ。鑑元がいないなら、助かる望みは薄い。

「御館様の身代わりは他にも十人ばかりおる。簡単に当たりくじは引けぬぞ」

賀兵衛は腰の刀を抜き放った。せめて義鎮が見事に自裁する時間稼ぎができぬか。

「同紋衆を始末せよ！」

雑兵どもが長槍を構え直したとき、背後でにわかに鬨《とき》の声が上がった。包囲網が崩れる。その先には、長身の侍が抱き杏葉《ぎょうよう》の陣羽織を身に着けて、立っていた。田原民部《たわらみんぶ》は先陣を切って飛び込むと、長身の兇手を一刀のもとに切り捨てた。

田原兵が雑兵を蹴散らした。

「探したぞ、賀兵衛。御館様はご無事であろうな」

大友館にいた民部は奈多《なだ》夫人と子らを陸路落ち延びさせてから上原館《うえのはるやかた》に向かったが、行き違いになったため、義鎮を救いに戻ったらしい。

賀兵衛が民部を伴って義鎮のもとに戻ると、民部は「義兄上《あにうえ》、お迎えに上がりました」と恭《うやうや》しく片膝を突いた。すぐに府内からの脱出路を探す。

急場は凌いだが、民部の兵は二十名に満たず、脱出は容易でなかった。南へ向かったが、義鎮が難を逃れて丹生島《にゅうしま》に落ち延びようとする動きは本荘らも先刻承知らしく、府内の南は厳重に封鎖されていた。

夜陰と混乱に乗じて強行突破をかけた。

義鎮もひとかどの剣士である。自ら太刀を抜いて敵を切り伏せた。が、多勢に無勢、やむなくとって返し、半焼した屋敷に身を隠した。民部の兵は皆、勇敢に戦って散り、あと数名しか残っていない。賀兵衛らは再び追い詰められた。誰も口には出さぬが、疲れとあきらめが賀兵衛たちを死へといざない始めていた。

返り血で半身を染めた民部は、倒した敵兵から奪った槍を手に立ち上がった。

「えてして世の大事は、小人のなす些事《さじ》で起こるものよ」

民部によれば本荘はいったん説得に応じたらしい。だが、ひょんなきっかけで他紋衆の怒りが先鋭化し、暴発に至ったとの話だった。大友館の警固を担当する家臣らは登庁の際、氏名を番帳に記載する慣わしだが、二日前の欄にあった他紋衆の佐伯、本荘両家臣の氏名が今夕、墨の一本線で消されていたという。誰のしわざかは知れぬが、氏名を抹消された家臣らは憤激し、同紋衆による侮辱と捉えた。

「田北《たきた》のしわざとされた。佐伯は矛を収めたが、本荘がの」

約二十年前には、逆に同紋衆の氏名に墨が引かれた同様の事件があり、同紋、他紋間の戦闘にまで発展した。今回の事件はどうやらその故事にならって、跳ね返りが対立を煽ろうとしたようであった。

義鎮の冷たい笑みが狂気を含んだように見えた。

「先代の遺言で他紋衆に情けをかけたが過ちであったわ」

他紋衆を引き込んで宗亀に対抗する策は、民部に諮って義鎮が採用した基本方針だったが、義鎮は今回の叛乱を父義鑑《よしあき》の責めとしたい様子だった。

「義兄上《あにうえ》、夜が明ければ追捕《ついぶ》はさらに厳しくなりましょう。最後にいま一度、南に抜けられぬか、試してみとう存じまする」

民部は武人の顔になっていた。包囲網を抜けられた場合、賀兵衛は義鎮を守りながら逃げ、腕の立つ民部が踏みとどまって追っ手を迎え討つ手筈である。民部は死ぬ気だった。賀兵衛が生き延びたならいいそを頼むと告げてもいた。賀兵衛とて覚悟はとうにできているが、この少人数で敵兵の壁を突破できる見込みはなさそうだった。

賀兵衛は死の影を払うように進言した。

「短慮はなりませぬ。南はあきらめて北へ向かいましょうぞ。陸路がだめなら船で逃れる手もございまする」

北の包囲が薄いわけでもない。何より船のある保証がなかった。

「運を天に任せるわけか」

陸なら山中に逃れられようが、船がなければ、海に追い詰められて死を選ぶしかない。だが、府内中心部から離れた沖ノ浜には火の手が及んでいない。他紋衆とて商船を焼きはすまいと考えた。たどり着けさえすれば、仲屋《なかや》のおかみの助けが得られるやも知れぬ。

†

最後の一兵まで奮戦した田原《たわら》兵のおかげで、夜が明けるころ、三人となった義鎮《よししげ》一行はようやく沖ノ浜にたどり着いた。仲屋は無事だったが、沖に一艘、船が浮かんでいるきりで、船着き場に船影はなかった。追いすがる敵を何とか振り払ったが、敵はいずれここへも押し寄せるに違いなかった。

「常人なら万策尽き果てたと見るであろうが、山蛭《やまびる》の賀兵衛はどうじゃ?」

賀兵衛は義鎮の身代わりに負傷した民部《みんぶ》に肩を貸していた。出血のせいで民部の色白の肌はいっそう青白く見えた。手当てをせねば命にも関わる深傷だが、驚くべき気丈さだった。

「生きておる限り、まだ望みはござる」

そろそろ他紋衆の蹶起《けっき》を知った同紋衆が救援に駆けつける可能性はあった。様子見を決め込む将も出ようが、少なくも戸次鑑連《べっきあきつら》や高橋鑑種《あきたね》が大友宗家の危機を座視するはずがなかった。もっとも、鑑連は豊前の陣へ取って返している途中で、府内の異常をまだ知るまい。知ったところで、最前線から撤兵するには時を要する。他方、日向《ひゅうが》との国境で南を固める高橋鑑種はすぐに動けるが、ようやく報せが届いた頃であろうか。救援はまだ宛てにできまい。

義鎮と民部を港の埠場《たでば》に残して仲屋を訪うと、「そろそろお見えになるころだと思っていましたよ」と、おかみが化粧《けわい》を済ませて待っていた。

昨日、軍師角隈石宗《つのくませきそう》の手の者からおかみに依頼があったという。石宗は暴発阻止を無理と見て、船を沖合に停泊させていた。神の如き深慮にはいつも舌を巻くが、石宗が裏で糸を引いているのではないかとの疑いさえ頭をもたげてくるほどだった。

おかみが船頭に合図を送ると、やがて沖ノ浜に船が着岸した。

義鎮が乗り、手当てを済ませた民部を助け乗せると、賀兵衛はひとり岸に上がった。

「何の真似じゃ、賀兵衛？」

驚く義鎮に向かって、賀兵衛は深々と頭を下げた。今度こそ、今生の別れやも知れぬ。

「これにてご免。それがしは都甲へ戻り、ただちに兵を整える所存にございまする」

賀兵衛はできる限り早く、吉弘《よしひろ》兵を率いて再び府内《ふない》入りする肚だった。戦《いくさ》をするためではない。止めるためだ。氏姓の争いと騒乱を引き起こしたのは、義鎮派の近習衆だった。賀兵衛はその責めを負わねばならぬ。

「死ぬ気か、賀兵衛？　かくなる上は、大戦《おおいくさ》は避けられぬぞ。やめよ！」

ふらつきながら立ち上がった民部が、賀兵衛の袖を懸命につかんで引き留めていた。ふだんは小憎らしいほど冷静な表情も、今はすっかり血の気も引いて、親友の身を案じる必死さしか感じられなかった。死地の府内は通らぬが、氏姓の間で内戦が勃発した以上、大友領内は危険に満ちていた。

「何事もやってみねばわかりますまい。鑑連《あきつら》公に仔細を伝えまする」

しばらく無言で見つめ合った後、民部は袖の手を放して艫《とも》にへたり込んだ。

「……あきらめの悪い男よな。事が終わった後、また一局、指そう。勝ち逃げは許さぬ」

「承知。くれぐれも御館様を頼みましたぞ、民部殿」

「賀兵衛」義鎮の強い声に振り返った。

「そちが死ねば、姉上が悲しまれる。必ず生き延びよ」

義鎮らしい言い方に苦笑した。義鎮には大きな欠点が幾つもあった。だが、賀兵衛の叔父であり、主君であり、五年余りを共に過ごした仲間だった。涙をこらえた。

賀兵衛は義鎮に深礼して前を辞すると、おかみから借りた馬で単騎、都甲を目指した。

これから同紋衆による叛乱軍の討伐戦と報復が始まる。鑑元は本来、府内の騒擾と関わりがない。これは、すべての事情を知る賀兵衛だけが止められる戦だ。止めて見せる。改易と解任が取り消され、鑑元に挙兵の理由もなくなった以上、戦は広がらぬはずだった。

振り返ると、遠く沖合を進む船影が見えた。臼杵《うすき》に逃れられれば、義鎮と民部は無事であろう。

——神慮天命、誠あらば、我と杏と小原家を、肥後の皆を、救いたまえ。

賀兵衛は手綱を引き締めて鐙《あぶみ》を踏ん張ると、馬首を鬱蒼とした北の森へ向けた。

第七章　月、堕つるとも

十三、杏葉旗に背きて

吉弘賀兵衛《よしひろかへえ》は着馴れぬ甲冑姿で、濡れそぼちながら馬を駆った。

今朝がた、急ぎかき集めた数十騎の小勢を引き連れて所領の都甲荘《とごうのしょう》を先発し、府内《ふない》を目指していた。軍勢が整い次第、父鑑理《あきただ》が吉弘家の本隊一千余を率いて府内入りする手筈だった。

事態は予想を超えてはるかに速く展開した。それも、賀兵衛の希望とは正反対の方向へまっしぐらに進んだ。

府内から脱出した賀兵衛が何とか都甲荘にたどり着いて数刻もせぬうちに、大友第三の将、高橋鑑種《あきたね》が寡兵で他紋衆の軍勢を破り、府内を解放したとの報せが届いた。

このころ鑑種は、日向との境目《さかいめ》の城にあって常時、戦に備えていた。現在、豊後の南方に不穏な動きはないから、府内の変を知るやただちに兵を動かせたわけだ。本荘新左衛門尉《ざえもんのじょう》は高橋勢に討たれ、中村新兵衛ら他紋衆は肥後の小原鑑元を頼って落ち延びた。後三カ国の各地で他紋衆が蹶起《けっき》し、その一部は肥後南関城に集結している模様であった。

昨夜、小原鑑元を盟主とする叛乱軍の討滅を命ずる書状が、田原宗亀の名で都甲にも届けられた。府内の騒擾のために小井出《こいで》の帰還が間に合わず、鑑元が挙兵したのか。それでも鑑元の肥後勢が動かぬ限り、まだ和平の望みはあった。

だが続いて、いちはやく府内入りした同紋衆の実力者田北鑑生《たきたあきなり》が、高橋鑑種と共に肥後へ侵攻したとの報せが届いた。もとより鑑元の挙兵は本意ではない。服部右京助と同様、追い詰められてやむなく挙兵しただけだ。証となる書状は上原館《うえのはるやかた》で焼けたろうが、戸次鑑連《べっきあきつら》の前で宗亀に処分を取り消させた。賀兵衛が説けば、必ず肥後の戦乱は収められる。自信があった。本来戦うべきでない者同士の内戦だ。開戦の回避は可能なはずだった。

鑑元の肥後勢二万を相手にして、決着は簡単につくまい。事情を最もよく知る賀兵衛が府内にあって、同紋衆の意思決定に関与する必要があった。ゆえに賀兵衛は急いでいた。

昼前には別府に着き、滝の汗をかく馬を休ませた。府内まではあとひと息だ。賀兵衛は別府湾に浮かぶちぎれ雲を見ながら思案した。

賀兵衛の希望は戸次鑑連だった。

肥後攻めの総大将には当然に鑑連の名が挙がるはずだ。肥後攻めでは、論功行賞を見越した諸将の利害が複雑に絡み合う。恩賞を望む海千山千の同紋衆に睨みを利かせられる老練の将は戸次鑑連のみだった。

だが、鑑連は豊前の陣中にある。鑑元に叛意がないと知る鑑連は請けないのではないか。鑑連に見放されれば、鑑元率いる肥後勢二万の脅威に同紋衆は震え上がるだろう。賀兵衛が鑑連と連携して、和議に持ち込む隙はあるはずだ。

星の巡りで人の運命を読む石宗は無理だと言うが、府内の混乱を賀兵衛が生き延びられたのは偶然ではない。鑑連と二人で、皆の運命を変えてやるのだ。

†

府内に入った賀兵衛はまず、大友軍先遣隊の敗報に接した。賀兵衛は歯噛みした。遅かった。高橋鑑種戦死の噂まで流れていた。開戦は止められなかった。だが、肥後勢の優勢は和睦に有利に働く可能性もあった。まだ、あきらめるには早い。

萬寿寺《まんじゆじ》に集まった同紋衆の兵はせいぜい三千余で、肥後の大軍来たるの噂が飛び交うなか、諸将は震え上がっていた。

翌朝になっても鑑元の侵攻はなかった。敗れた田北鑑生が逃げ戻り、志賀道輝が府内入りするなど、同紋衆の将兵がそろい始めている。

夕刻には、どこに隠れていたのか、逐電していた田原宗亀が何もなかったように飄《ひょう》然《ぜん》と現れ、ただちに軍議が招集された。

萬寿寺の大伽藍《だいがらん》で行われた軍議では、国主の名代として宗亀が上座にあった。家格と長幼の序に従い自然に形成された席次で、田北、志賀ら有力同紋衆が居並ぶなか、賀兵衛は末席に近い位置に座した。白杵《うすき》勢は丹生島《にゆうしま》で義鎮《よししげ》を保護しており、姿を見せていない。

宗亀は二重あごをだぶつかせながら、扇子でパタパタと肥満体をあおいでいる。

「南部三家も兵馬を整えておるが、まずは様子見のようじゃ」

肥後守護職となった大友家は、国中《くになか》（肥後北部）を直接支配したが、南部の諸勢力とは融和、共存政策をとっていた。阿蘇、相良《さがら》、名和《なわ》の三家による小領の支配を認めつつ、肥後《ひご》方分《ほうぶん》小原鑑元の下に事実上組み入れていた。三家の動向は読めない。

「やはり茄子《なすび》めは来ぬようじゃな」

志賀道輝が座を眺め回しながら、ぼやいた。

茄子とは他紋衆の雄で、顔の長い佐伯惟教《これのり》のあだ名である。佐伯に鑑元ほどの人望はないが、仲間の他紋衆らと兵約五千を擁して栂牟礼《とがむれ》城にあった。佐伯は己を大友、小原のいずれに売るべきか、いつが最も高く売れるか思案中で、日和見を決め込んでいるに違いなかった。

「小原が毛利《もうり》と結んだとの噂、まことにございましょうか」

中国の雄、毛利元就《もとなり》が小原鑑元の要請で、門司《もじ》城から海路で南下するとの噂がまことしやかに流れていた。陶晴賢《すえはるかた》を破り瀬戸内の制海権を手にしつつある毛利なら可能な戦略だった。

誰ぞの問いに、宗亀はあくび混じりに応じた。

「古来、遠交近攻は戦略の基本。ありうる話じゃな」

西の肥後では先遣隊が敗れ、鑑元の軍勢はいずれ二万に届くとも見られている。府内の南には旗幟を鮮明にせぬ他紋衆の佐伯惟教ら兵五千余があり、双方の動向を見守っていた。北からは毛利元就の南下が懸念された。頼みの戸次鑑連は豊前の陣中にあって身動きが取れず、高橋鑑種も行方知れずとなっていた。

もし大友が次の戦で敗れた場合、諸将は雪崩《なだれ》を打って離反するのではないか。いや、はたして今、萬寿寺に集《つど》う同紋衆に、命を賭してまで大友を守る意志があるだろうか。田原宗亀がこの機に乗じ、志賀や田北と示し合わせて独立し、小原と結べばどうか。鑑元と違い、宗亀なら大友宗家を迷わず攻め滅ぼすだろう。もしや宗亀は初めからこの恐るべき筋書きを描いていたのか。そうでなくとも本荘、中村の暴発後、かねて抱く野心が首をもたげてはいまいか。

「御館様は丹生島にてご無事なれど、身動きが取れぬそうな」

賀兵衛は己の甘さを痛感した。賀兵衛は小原家を救うつもりで府内へ戻った。だが、どうやら話は逆だった。救うどころか、鑑元は初戦で勝利を収め、毛利と結び、佐伯に働きかけ、大友宗家を追い詰めようとしていた。

鑑元は望まぬながら挙兵した。だが、挙兵したからには、必ず勝つ気なのだ。このまま大友はあっけなく滅びるのではないか。

「して、鑑連公は？　肥後攻めの総大将は戸次鑑連公にございましょうな？」

座から出た誰ぞの必死な問いかけに、宗亀は太鼓腹をさすりながら答えた。

「鬼はまだ豊前におる。すっかりおかんむりじゃわい」

豊前侵攻の最前線にあった鑑連は、宗亀の使者に対し「なにゆえわしが府内の阿呆どもの尻拭いをせねばならぬか！」と激怒したとの逸話を、宗亀は面白おかしく披瀝《ひれき》してみせた。

「大友の滅亡を座して眺めておる御仁でもなかろうが、動けんものは動けんからの」

宗亀が他人事のように付け加えると、座が大きくどよめいた。諸将は鑑連なら、いかに不利な戦でも勝利できると信じていた節がある。だが、鑑連来ずと聞き、己の身の処し方に不安を覚えたようだった。

ざわめきの中で、賀兵衛ははたと気づいた。これは軍議ではない。中には吉弘《よしひろ》家のごとく、大友宗家に忠誠を尽くす家臣もいよう。だが、より多くの者にとってこの会合は、この争乱で最後に誰が勝つかを予測し、勝ち馬に乗って生き残るための情報収集の場にすぎぬのだ。

宗亀にとって勝敗はいずれに転んでもよい。勝てば、小原から奪った肥後を新たな報奨地として分け与え、影響力をさらに強められる。負ければこの際、大友宗家を滅ぼして独立する。大友の負け方次第では大友宗家に取って代われるだけの力を、宗亀はすでに手中にしていた。

「ここは府内《ふない》の守りをしかと固めるが得策であろうな」

宗亀の言葉に、志賀と田北が続けて同意した。だが宗亀は水面下で工作を続けるだろう。大友のためではない、宗亀にとって最も有利な展開へ持ってゆくために。鑑元とて、生き延びるためなら宗亀との連携もひとまず厭うまい。多くの同紋衆は強きに従う。大友宗家は戸次鑑連か、はたまた亡命して小原鑑元の庇護下で生き延びる事態になるやも知れぬ。

賀兵衛は拳を握りしめた。

鑑連さえいてくれれば、この流れは変えられるはずだった。

豊前の鑑連には吉弘家からも使者を走らせたが、いかに神速で知られる戦神であっても府内入りは時間的に不可能だった。

賀兵衛は何のために府内へ戻ったのだ。大友を二分する大規模な内戦が起こるのを座して見過ごすためか。

賀兵衛は末席からにじり出ると、宗亀らに向かって声を張り上げた。

「おそれながら肥後方分の軍目付《いくさめつけ》として、ひとつ提案がございまする」

田北と志賀が視線をよこしたが、宗亀はゆったりと扇子をあおぐ動作を変えなかった。

「小原鑑元に叛意はございませぬ。それがしにお任せあれば、小原軍の陣中へ赴き、和議を整えてごらんに入れまする」

田北が口を尖らせると、欲深そうな狐顔ができた。

「小原は中村らの引き渡しを拒んできた。叛徒を匿《かくも》うておる以上、叛意は明々白々で

「あろうが」

鑑元は、本荘や中村らが宗亀や民部ら同紋衆に踊らされてきた経緯（いきさつ）を知っている。

己を頼って落ち延びてきた哀れな他紋衆を見捨てられなかったに違いない。

「若造が何を抜かすかと思えば、和議じゃとな。近習衆は降伏でもするつもりかの」

宗亀が誘うように嗤（わら）うと、座が追従笑いに包まれた。

「重ねて申し上げまする。小原鑑元には大友宗家に弓引く気など微塵もありませぬ」

「寝言を申すな。小原は田北勢とも一戦交えておる。叛意は疑いない」

志賀が同調すると、宗亀はあくび混じりに天を仰いだ。

「聞けば、吉弘賀兵衛は軍付の身でありながら、鑑元のひとり娘と仲睦まじゅうしておったそうな。和議と見せかけて敵に通じ、われらを油断させる肚ではないのか。

小原のもとで、吉弘家念願の復権も成るわけじゃ」

ここが正念場だ。

「当家には初代吉弘正堅（しょうけん）以来二百年余り、大友宗家に弓を引いた者は一人もおりませぬ。鑑元公はゆえなく改易の憂き目にあい、やむなく挙兵したもの。宗亀様もその経緯は重々ご存じのはず」

宗亀は初めてじろりと賀兵衛に視線を重ねてきた。

「おお、よう知っておるぞ。小原は豊前への兵糧供出を拒んだ。命令違反を指弾《しだん》されるや、兵糧を買い集め、城の修復に励み始めた。さらには府内で挙兵した他紋衆を匿《かくま》い、田北、高橋の軍勢をも破り、気勢を上げて、府内を窺《うかご》うておる」

賀兵衛は宗亀の言葉をさえぎるように立ち上がった。居並ぶ諸将に向かい、直接訴える。

「鑑元公の身体には、無数の刀傷がござる。そのすべてが大友のために負われし傷。若き日より大友のために最前線で戦い続け、数多《あまた》の勲功を立てられし仁徳あふれる名将でござる。近くは方分《ほうぶん》として、あれほど戦乱のうち続いた肥後を見事に治めてこられた。この戦、無用でござる！　方々、鑑元公をお信じ下されい！　それがしを使者としてお遣わしあらば――」

――申し上げます！　日暮《ひぐらし》城が落ちた由にございまする！

賀兵衛の演説をさえぎった使者の悲鳴のような言上に、座がどよめいた。

鑑元は、大友への帰属を明らかにしていた木野《きの》親政《ちかまさ》が籠る城をひと揉みで落としたらしい。親政は戦死し、鑑元は旧菊池家の重臣隈部《くまべ》親永《ちかなが》を置いたという。

絶句して立ち尽くす賀兵衛をことさらに黙殺しながら、「さてと叛将、小原鑑元討伐の次第じゃが」と、宗亀がまとめに入った。

「未だわれらの兵も満足に集まっておらぬ。されば当面、府内の守りを固めるといたそう。方々、ご異存あるまいな？」

諸将らが宗亀に向かっていっせいに額ずいた。

——無理だ。もう、止められぬ。

賀兵衛はその場にへたり込んだ。大友家が瓦解してゆく崩壊音が聞こえた気がした。

†

まるで大部隊の奇襲でも喰らったように、背後の境内がにわかに騒がしくなった。合議の行われている大伽藍のほうへどよめきが近づいてくる。

振り返った賀兵衛《かへえ》の目に、金の獅子頭の兜を被ったその男は救い主のように映った。賀兵衛の聞いた音は鬼の足音であったのやも知れぬ。

軍議に乱入してきた漢《おとこ》は誰あろう、戸次鑑連《べっきあきつら》その人であった。

鑑連は鎧音をじゃらつかせ、板の間にぎしぎし悲鳴を上げさせながら、居並ぶ諸将のど真ん中を踏み歩いた。鑑連は田北《たきた》、志賀《しが》を押しのけて上座に出ると、宗亀《そうき》の隣にでんと腰を下ろした。座を見渡すらんとした巨眼は、寝不足のせいか充血している。

賀兵衛には鑑連の行為の意味がわかった。もともと鑑連は粗野でがさつだが、かろうじて無礼ではない。宗亀はあくまで大友宗家の名代にすぎず、本来、上座から物を言う立場になかった。鑑連は一瞬で座の空気を摑むや、あえて無作法に出て、宗亀と対等の座を占めた。諸将が宗亀に従うのではなく、この場が大友宗家を守るための家臣の合議だと明らかにしたわけである。

「ずいぶんとお早いお越しじゃの」

「こたびは相手が相手じゃからな。うぬらには任せられぬ」

豊前にありながら、鑑連も、賀兵衛と同じ危惧を抱いたに違いなかった。鑑連は宇《う》佐《さ》三十六人衆を牽制する兵を豊前の戦線に残したまま、一千に届かぬ手勢で府内入りしたという。

「今しがた合議で府内の守りを固めると決したばかりにて――」

説明を途中で叩き折るように、鑑連は宗亀を太腕で制した。

「総大将の不在中に物事を決めるな。さてと戦況はどうなっておる？　わしが神五郎《じんごろう》なら、まず日暮《ひぐらし》城を落とすがの」

「今しがた落ちたとの報せが入り申した。木野殿が戦死したと――」

「神五郎には敵うまい。惜しい将を死なせた」と、鑑連は西を向いてしばし両手を合わせていたが、やがて口を開いた。

「されど、神五郎は抜かりおったぞ。まだ府内《ふない》に兵を入れておらぬ。わしならとっくに国都へ攻め入り、うぬらを蹴散らしておったわ。神五郎の迷いが大友に勝機を残してくれたようじゃ。皆の衆、明朝、出陣じゃ！　戦支度《いくさ》をせい！　一刻も早う肥後へ攻め込むぞ！」

鑑連の大音声は、地響きのごとく床からも伝わってきた。

諸将は戸次鑑連さえ戻れば勝てると確信していたのか、座の空気は一変していた。

鑑連は田原宗亀の実力と権威をことさら無視するように大きく座っている。

「総大将。釈迦に説法なれど、府内を空《から》にすれば、佐伯らの軍勢に背後を突かれはしませんかな？」

「うぬの田原《たわら》勢を府内に残す。茄子は味方せんでもよいが、動かぬようにせい。うぬならできるはずじゃ」

不承知を焼殺するように巨眼を剝く鑑連に向かい、宗亀は不承不承うなずいた。鑑連の指図の意味は賀兵衛にも察しがついた。

宗亀が佐伯に対し、所領安堵はもちろんたとえば加増と加判《かばん》衆の座を確約すれば、日和見の佐伯の動きをしばし止められよう。佐伯としては小原鑑元と戸次鑑連を天秤にかけ、初戦のゆくすえを見届けてから、勝者の側に参戦したいはずだった。

「されど戸次殿。府内に兵を残さば、動かせる兵はせいぜい七千。いま少し兵が集まるまで待つべきではございませぬか。敵は、高橋大夫《たいふ》（鑑種《あきたね》）でさえ泡を食って遁走《とんそう》した相手でござるぞ」

田北鑑生《たきたあきなり》の口出しが終わらぬうちに、鑑連が嚙みついた。

「大夫は阿呆な戦で命を散らせる玉ではない。うぬの無謀な作戦につき合わされて、しかたなく死んだふりをしておるだけじゃ。府内に戻らぬのは、次の一手を周到に準備しておるからよ。大夫ならおそらく筑後に落ち延びたはず。今の大友軍は戦支度《いくさ》も満足にできぬ。寡兵は承知の上よ。じゃが、すぐに動かねば、大友は滅ぶぞ」

田北ら先遣隊の敗北は、鑑種の反対を受け入れず、田北が功を焦った結果であったらしい。田北はぶすっと押し黙り、宗亀が口をはさんだ。

「肥後勢は初戦の勝利で士気も高まっておる。小原神五郎《おばらじんごろう》は名だたる戦上手。その勢い当たるべからざるものがござろう。総大将には勝算がおありか」

「戦でこのわしが負けるとでも思うてか」

鑑連はひとり豪快に笑いあげてから、真顔の鬼瓦に戻った。

「されど、相手はあの神五郎。今、正面から戦うても、いたずらに兵を失うだけじゃ。されればわしに策がある。大友には高橋大夫もおれば、角隈石宗《つのくませきそう》もおる。安心せい」

「わしの兵は二千に満たぬ。田原勢だけで府内を守るは、ちと心もとのうござるな」

「さよう。出陣はさらに兵を集め、態勢を立て直してから――」

すかさず宗亀に同調した志賀道輝《しがどうき》は、鑑連にひと睨みされると、猛獣を間近に見たごとくひっと身を引いた。

「黙りおれ！　こたびの要らざる紛擾《ふんじょう》、なにゆえに起こった？　政局を弄《もてあそ》び今日の事態を招いたは、いったいどこの罰当たりのせいじゃ？」

鑑連の一喝に、座はもちろん兵らのいる境内まで、しんと静まり返った。

「わしは豊前攻略の途にあり、神五郎は肥後の治政にいそしんでおった。府内の加判《かばん》衆がしっかり政《まつりごと》をしておれば、かような仕儀には立ち至らなんだはず。わしは戦が生業《なりわい》ゆえ、失政の詮索はせぬ。されど――」

鑑連は当たれば痛みを感じるほどの眼力で、座を睨《ね》めつけるように見わたした。

「国の外に目を向けてみよ。叛将に国都へ攻め入られた国か、それとも叛乱軍討伐に出向いておる国か、いずれが勝つと見る？　肥後に小原が蟠踞《ばんきょ》し、北の毛利《もうり》と結べば、大友は強大な龍虎を前後同時に敵に回す羽目に陥る。このわしでさえ勝てる気がせぬぞ。神五郎は今、討ち果たさねば、将来に禍根を残す。神五郎とていつ気が変わり、府内へ攻め入るか知れぬ。一刻も早う肥後に兵を進めねば、この戦は負ける。確実に勝てる時なぞ待っておっては、戦には勝てぬ。戦はこの戸次鑑連が領分。加判衆といえど、口出し無用」

鑑連が座を見回しながら、賀兵衛に目を止めたように感じた。

「されば、出陣は明朝。今宵は兵らにたらふく飯を食わせてやれ」

従わねば炸裂するような鑑連の威風に、諸将はいっせいに平伏した。宗亀から事前に肥後の所領割り当てがされた者も中にはいるやも知れぬ、勝てそうな戦《いくさ》と見れば、死肉に群がる蠅のごとく、嬉々として肥後攻めに兵を繰り出すに違いなかった。

「今ひとつ、大事がある。吉弘賀兵衛」

「はっ」と前に出ながら、賀兵衛は和議の使者に命ぜられるものと確信した。だが、違った。

「うぬは仲屋《なかや》に顔が利くと聞いた。されば、府内のあり金全部で米を買え。足りねば借金してもよい、後三カ国とその周りの国の米を買い尽くさせよ。金に糸目は付けるな。この戦、米で勝負が決まる。今宵、首尾を報告に参れ。合議は以上じゃ。皆の衆、早う戦支度に入れ」

賀兵衛は米買占めの指示が、鑑連による戦争回避工作であろうと考えた。報告に来るよう命じたのも、賀兵衛と和議につき密談するためだ。鑑連は士気を高めるために鑑元を討つと公言したが、戦をするためではなく、避けるために戻ったのだと賀兵衛は信じていた。

†

戸次《べっき》軍の宿所には屈強な鎧武者たちがたむろしていた。賀兵衛は巨木のような戸次兵の間をすり抜け、小書院に通された。

しばらくすると甲冑に身を固めた鑑連《あきつら》が現れた。ほとばしる威厳に痺れて、いつも身体が自然に平伏してしまう。

「公のお戻りなくば、危ういところでございました」

「宗亀《そうき》の使者が来おる前に、石宗《せきそう》から報せがあったのじゃ。高橋大夫《たいふ》は勇将じゃが、まだ若いゆえ、古参の将らが従わぬ。わしでのうては神五郎《じんごろう》に勝てまいとな」

角隈《つのくま》石宗の神出鬼没と深謀遠慮は今に始まった話ではないが、腑に落ちなかった。石宗の関心事は大友の強大化だ。意に添わぬ他紋衆を一掃して内部対立を解消すれば、大友は一枚岩となろう。大友を率いる者が誰であろうと石宗は意に介さなかった。石宗に抱く疑念が頭をもたげてくるが、今はそれどころではない。

「米の買占めを仲屋に依頼いたしました。されどすでに鑑元公も動かれておる由」

「さもあろう。が、肥後に余分な金なぞあるまい。神五郎が最初から独立する気なら、とうに買い占めておったじゃろうがの。ところでそのかっこうは何じゃ、賀兵衛。明朝には全軍で肥後へ出陣するぞ。こたびは大戦《おおいくさ》となろう」

賀兵衛はただちに使者として赴けるように狩衣《かりぎぬ》姿で、寸鉄ひとつ身に帯びていない。戦への抗議の意を込めてもいた。

「その儀にございまする。この乱を収めるに、戦は必要ありますまい」

鑑連が、盟友の鑑元相手に無益な戦をするはずがない。事情を知る味方が総大将となり、実に好都合だった。鑑連と賀兵衛がこの戦を止めるのだ。

「肥後《ひご》方分《ほうぶん》の軍目付《いくさめつけ》であったそれがしが誓って申し上げまする。公もご高承のとおり、鑑元公のこたびの挙兵は、田原宗亀殿の謀略により追いこまれし結果にて、本意にあらず」

「わかっておる。府内の不忠者どもが権力争いのために、同紋、他紋の対立を煽った。神五郎は愚かな内輪揉めに巻き込まれただけじゃ」

「いかにも仰せのとおり。鑑元公は宗亀打倒を旗印に挙兵されたもの。大友宗家への叛意はありませぬ」

「うぬは宗家と申すが、御館から宗亀の追討令が出たとは聞かぬぞ。逆に神五郎の追討令が正式に出されておる。今しがた宗亀が見せに来おったわ」

賀兵衛は愕然としたが、すぐに事情を解した。丹生島《にゆうしま》に無事に落ち延びた義鎮《よししげ》は、臼杵《うすき》家の水《みず》ヶ城に身を寄せた。水ヶ城には臼杵勢に義鎮の親兵を合わせ二千余の兵でこもっているらしいが、同他の勢力が入り乱れて残る地で身動きが取れなかった。

「後三カ国で氏姓の争いが激発した。されば宗家は同他いずれを取るかを迫られた。御館は同紋衆を選んだのじゃ。宗亀には同紋衆の大半の支持がある。宗亀を討つとは同紋衆を討つとの意よ。他紋衆とその盟主たる小原神五郎は、同紋衆以外の誰と戦うのじゃ？　これを大友への叛逆と言わずして、何と言う？」

賀兵衛は返す言葉が見つからなかった。

民部《みんぶ》の企ては打倒宗亀だったが、義鎮は宗亀と手を結んだ。他紋衆は同紋衆打倒のため挙兵し、氏姓の争いが各地で始まっていた。大友軍で宗亀打倒を訴えても、すでに政争には敗れたのだ。よしんば鑑連が宗亀打倒に与してくれたところで、同紋衆から成る大友軍が分裂瓦解するだけだ。宗亀が義鎮を取り込んだ時点で、打倒宗亀は大友への叛逆となった。

「されど公もご覧あったとおり、すでに鑑元公への処分は取り消されてございまする」

「わかっておる。されど、賀兵衛よ。もう氏姓の争いは始まってしもうたのじゃ。戦《いくさ》はやりたい時にだけ、やれるものではない。往々にしてやりとうない時に、一番やりとうない相手とやらされるものじゃ。この戦、神五郎《じんごろう》も嫌で堪らぬであろうがな」

「されば、それがしが総大将の使者として肥後へ出向き、和睦をまとめて参りまする」

鑑連はゆっくりと鬼瓦を左右に振った。

「戦には勢いがある。戦況は今、他紋衆が有利じゃ。圧倒的にな」

府内は解放されたが、半ば焼けている。突然の暴発で国主は丹生島に落ち延びた。先遣隊は敗れて、散り散りになっている。ようやく府内に集まりつつある諸将の兵らが八千余。豊前遠征軍も北の国境防衛の兵を豊前に残しているから、戻った戸次兵を加えても、総勢で一万には届かない。何しろ豊後各地で他紋衆が蹶起《けっき》しており、諸将は自領防衛のためにも兵を割かねばならず、おのれ可愛さに兵を多く出そうとしない。これから加わる軍勢を数に入れ、行方も知れぬ高橋勢と合流できたところで、兵力は二万にも遠く届くまい。

他方、小原鑑元には二万に届くほぼ無傷の精兵があった。肥後兵は恩義ある鑑元に熱烈な忠誠を尽くし、初戦の勝利で士気も大いに高まっている。かつて義鎮の叔父《よししげ》菊池義武《よしたけ》が肥後で背いた時、大友方は肥後方諸将の調略に成功した。義武に味方せず、菊池家臣でも大友方につく者が続々と出た。だが、今回は違う。鑑元は名君だった。最後まで抵抗し激闘の果てに降り、鑑元に怨みを抱いたはずの大津山修理《おおつやましゅり》でさえ鑑元に率先して従うように、肥後は一丸となっていた。肥後勢の切り崩しは容易でなかった。

「勝利を確信しておる側が膝を屈するとは思えぬ。いかに肥後勢と他紋衆を説き伏せる？　うぬは魔法の舌でも持っておるのか」

「相手は味方でございまする。鑑元公の大友への忠誠は疑うべくもありませぬ」

鑑連は腿のように太い腕を組んだ。瞑目すると、木彫師が失敗して途中で投げ出した仏像のような愛嬌が鬼瓦にもあった。

「わしは長らく神五郎と戦場を共にしてきた。幾度《いくたび》互いの命を救い合《お》うたか知れぬ。酒を酌み交わした数など覚えておらぬぞ」

「ならば、ご承知にございましょう。鑑元公に叛意はみじんもございませぬ」

「わかっておるわ。あの男に二心なぞ端《はな》からない。されど神五郎は他紋衆の盟主じゃ。今、後三カ国では同紋衆と他紋衆が戦っておる。わしは神五郎という男をようう知っておる。あの男が負けを承知で兵を挙げるとでも思うてか。起ったからには勝つ気でおるわ。神五郎は肥後方分《ひごほうぶん》の座にあった五年で、肥後の民、国人衆、土豪から、草木の一本一本に至るまで己に従わせおった。今や南関《なんかん》の新しい田んぼで喧《やかま》しく哭《な》いておる蛙までが、神五郎のためなら命を捨てかねぬありさまじゃ」

鑑連は巨眼を開き、賀兵衛をじろりと見た。

「とにかく神五郎は戦を始めた。賀兵衛よ。戦では何が一番肝要か、覚えておろうな？」

昨秋、小原屋敷で茄子の浅漬けを肴に酒を呑んだ夜に出た話だ。

「勝つ……ことにございまする」

「しかり。神五郎は己に救いを求めて続々と集まった他紋衆、小原を救わんと駆けつけた肥後の国人衆を見捨てられまい。神五郎は叛徒の盟主に祀り上げられた。もはや後へは引けぬ。わしに勝つ以外に、責めを負いようがないのじゃ。わしも同じよ。同紋衆とて、府内を焼き親族の命を奪った他紋衆への怒りは容易に解けぬ。小原は目下、大友にとって最大にして最強の敵じゃ。大友の敵を打ち払うのが、わが務め。今動かねば、大友は滅ぶ。それが、わしの戻ってきた理由よ」

鑑連が〈小原《おばら》〉と〈大友〉を対置して表現したことが、賀兵衛にはたまらなく悲しかった。

「なにゆえ、義兄弟にしてあれほど親しきお二人が戦わねばなりませぬ？　南関城には公のお身内もおられるではありませぬか」

「戦《いくさ》に私情を交えるな、賀兵衛。たとえ相手が親兄弟でも、戦に情け容赦は無用ぞ。

勝たねば、負ける。それが乱世の決まりきった道理よ。それにわしは神五郎と一度、戦うてみたいと思うておった。わしにだけは及ばぬと評されてきた神五郎のほうが存外、この戦いを望んでおるやも知れぬぞ」

「公の仰せのとおり、大友は今、断然不利にございまする。それでも公は、鑑元公に勝てると仰せにございまするか？」

「勝てる」寸分の迷いも見せず、鑑連は即座に言い切った。

「神五郎ともあろう者がただひとつ手抜かりおった。府内攻めを躊躇し、このわしを府内へ戻してしもうたことじゃ。小原が府内を制しておれば、佐伯も動いたはず。背後の府内を固められれば、このわしとて手も足も出なんだわ。されどこの戦、わしが勝った。今なら、神五郎の命は助けられるじゃろうが、神五郎はわしに降れぬ。降らぬ。どころか、このわしに勝つ気でおるわ」

「大友は味方さえ信用なりませぬ。敵は大軍。かかるありさまでいかにして勝つと公は仰せにございまするか。鑑元公は名うての戦上手、侮ってはなりませぬ」

鑑連ははじけるように笑った。

「神五郎を侮っておるのは、お主のほうじゃぞ、賀兵衛。肥後勢と違うて、同紋衆は足並みが揃っておらぬ。わしとて守勢に回っては、とても勝てぬ。されば一刻も早う肥後に兵を入れねばならんのじゃ」

「勝敗は兵家の常。たとえ勝っても、大友には大きな損失にございましょう」

賀兵衛も山蛭《やまびる》だ。和議の使者として遣わすよう、押し問答を繰り返した。「このまま兵を南関へお進めあるなら、それがしをお斬りくださりませ！」とまで訴えた。

鑑連も賀兵衛の執拗さに辟易したらしく、ついに「そこまで申すなら、肥後入りした後、わが使者として出向き、神五郎を説いてみよ」と折れた。

いたずらをした八幡丸《はちまんまる》を叱る杏《あんず》の怒った顔、雪《ゆき》に寄り添われて恥ずかしげに苦笑する鑑元の笑みが賀兵衛の脳裏を去来した。小井出《こいで》のしゃちほこばった糞まじめな顔も思い浮かんだ。鑑元は肥後に楽土を作ろうとしていた。戦乱に苦しんできた諸豪もこれに倣い、各自の所領で小さな楽土を築こうとしていた。その楽土を壊してはならぬ。

戦を必ず回避して見せる。できる。賀兵衛は戸次軍の宿所を出た。

闇夜を照らす篝火の爆《は》ぜる音だけがやけに耳に付いた。

†

生ぬるい雨は夜明け前から降りだした。兵たちは不快であろうが、境内の紫陽花《あじさい》と蝸牛《かたつむり》は喜んでいるようだった。会見場所に設定された月照寺《げっしょうじ》は、肥後勢の本陣に近い。だが寺の法堂《はっとう》に現れた者は小原鑑元ではなく、長身の痩せた大津《おおつ》山修理《やましゅり》ひとりであった。

「殿は、お主に会わぬと仰せじゃ」

「それがしは総大将戸次鑑連の使者として来たのでござるぞ」

「わが殿は肥後の王であらせられる。俺で十分じゃ」

修理は憮然とした表情で言い放った。肥後で独立した鑑元が、豊後の王に仕える総大将の使者に自ら会う義理もないと言われれば、それまでだった。

直情径行の修理を説き伏せるのは難事だが、修理を翻心させねば、鑑元に行く末を託す肥後衆の納得は得られまいと思い直した。じゅんじゅんと事理を説くほかはない。

「今となっては言うても詮《せん》なき話なれど、本荘らが挙兵した日、それがしは御館様と宗亀殿から――」

「一杯食わされたわ。お主が嚙んでおるとの話であったゆえ、うっかり俺も信じてしもうたがな。小井出《こいで》殿が田北の陣へ説明に赴き、ひとまず両軍が兵を引く約定になった。が、田北はわれらが兵を引く背後を襲ってきおった。同紋衆は卑怯な謀《はかりごと》を使いおるものよな」

「それは誤解でござる。御館様も処分の取消しを喜ばれ――」

「すでに戦は始まった。先に仕掛けて参ったのは大友じゃぞ」

田北鑑生《たきたあきなり》は本荘らの用いた小原家の偽旗に騙《だま》され、功を焦って攻め込んだものと賀兵衛は考えていた。だが、甘かった。田北は交戦により鑑元の謀叛を既成事実としたのだ。戦後の肥後における権益を見越して、あえて開戦を急いだに違いなかった。友軍の高橋鑑種《あきたね》はこれまで南方の最前線にあって、日々目まぐるしく変わる中央の政情を弁えていなかった。筆頭加判《かばん》衆の田北を止められずその指図に従ったとしても、責められまい。

「修理殿。今、戦うてはならぬ。戦えば、もはや後へは引けぬぞ」

「引けぬなら、われらは前へ進むのみ。大友は五年前、地獄であった肥後に希望を与えた。小原鑑元じゃ。豊後はわれらから再びその希望を奪おうとしておる。されど肥後はようやく手に入れた希望をやすやすと渡しはせぬ」

「南関《なんかん》を出る際に約したとおり、それがしは小原家改易、肥後方分《ひごほうぶん》解任の沙汰《さた》を帳消しにさせ申した。まことの話じゃ」

修理は待ち構えていたように嗤《わら》った。

「無用。肥後は独立国じゃ。大友の指図など金輪際《こんりんざい》受けぬ。お主は知恵者と思うておったが、やはり阿呆よな。肥後勢は、あの高橋大夫《たいふ》の軍勢をも破って、そっくり健在じゃ。われらが主君にして総大将はかの仁将、小原鑑元ぞ。賀兵衛殿、教えてくれぬか、勝てる戦をなぜやめねばならぬ？　なぜわれらが大友に降るのじゃ？」

今、大友軍七千と小原軍一万五千は、阿蘇北麓の車帰《くるまがえ》しと呼ばれる地で対陣していた。車帰しはこれまでもしばしば戦場となったが、その昔、若き戸次鑑連率いる大友軍が、菊池軍をこの地で撃破したと聞く。鑑連の麾下《きか》にあった無名の小原神五郎はこの戦いで初めて武勲を挙げた。だが二十年余の後、その二人が敵将として相まみえる未来を誰が予想しえたろうか。

戦場に先着した小原軍は有利な地形に大軍を布陣して、寄せ集めの大友軍を待ち構えていた。戦況は間違いなく小原に有利だった。対等な敵同士でも、一方が降りはしない。優勢な小原が大友に降る理由などありはしなかった。

「……されど、相手は鬼でござるぞ」

修理はさもおかしげに手を打って笑った。

「それがどうした。実に愉快ではないか。仏の小原鑑元と鬼の戸次鑑連、いずれが真の戦《いくさ》上手か、この地で決しようぞ。絶好の機会を逃がすまいて」

「われらは味方どうしじゃ。一緒に雨乞いをした仲ではないか。秋の実りを共に喜ぶと約したではないか。なにゆえ無益な戦をせねばならぬ？」

賀兵衛は必死で説いた。友が戦うのは幾重にも間違っている。失うだけで、何も得られはしない。

「無益と申すか？　それは豊後の、大友の理屈よ。ならば問おう。なぜ肥後は豊後にいつも膝を屈さねばならぬ？　いつも戦場にされねばならぬ？　わが殿は俺たちの府内占拠の進言を退けられたが、いずれわれらが府内を火の海にしてやるわ」

修理がさらに身を乗り出してくると、つばきが賀兵衛の顔にかかり始めた。

「肥後は苦しみ抜いた末、ついに名君を得た。女や芸事にうつつを抜かし、家臣を殺して妻を奪うようなろくでなしとは違うぞ。民と共に笑い、苦しみ、泣く主君じゃ。仏のごとき日本一の名君じゃ。肥後は豊後の属国ではない。独立国となった。大友に虐げられてきた他紋衆も加わっておる。もはや何人もわれらを止められはせぬ。たとえわが殿であってもな」

「修理殿が肥後の諸将を焚きつけておるのではあるまいな」

「わかっておらぬようじゃな。われらはこの三十年余り、大友の野望のために一族郎党を数多《あまた》失うてきた。賀兵衛殿、はっきり言おう。肥後は豊後に復讐したいのじゃ。俺が煽る必要なぞどこにもない」

甘かった。鑑元自身ではない。肥後が鑑元の挙兵と勝利、大友からの解放と独立を強く欲していた。鑑元はその意志に関係なく、反大友の希望として祀り上げられていた。

賀兵衛は己の中で希望と自信が粉々に砕け散ってゆく様子がわかった。

「とにかく鑑元公に会わせてくだされ。修理殿ではらちが明き申さぬ。今ならまだ間に合う。ただ、元に戻すだけでござる」

「殿のお心がわからぬか。謀叛人扱いされて、おめおめと帰参なぞできようか」

「田原宗亀をご覧あれ。一度は謀叛を起こし追放された身でありながら、今や大友一の大身となってござるぞ」

「わが殿と宗亀風情《ふぜい》を並べるな。人としての器が違いすぎるわ」

修理の言うとおりだ。長年、大友宗家に一途な忠誠を尽くしてきた鑑元にとって、謀叛人の烙印《らくいん》は死にも等しかったろう。非がないにせよ、鑑元は肥後で起《た》った。小原鑑元は大友に叛旗を翻したのだ。賀兵衛にだけは顔を合わせたくなかったのやも知れぬ。会えたところで説き伏せる自信など、賀兵衛にはなかったのだが。

「さてと、そろそろ話題も尽きた。開戦に先立ってお主を寄越したは、戸次の苦しまぎれの時間稼ぎか謀略じゃと見ておるが、違うか？」

「戦を避けるためでござる。信じてくだされ」

「あの服部右京助とやらも、誰ぞを信じたのであろうな。だが殿は服部のごとく惰弱《だじゃく》ではない。すでに肚をくくられた。あきらめよ。わが殿は仰せであった。自ら輝けぬ月にも、月なりの意地がある。やるからには勝たねばならぬ、とな」

賀兵衛は絶望して言葉を失い、修理を見た。

「お主の気持ちはわかるが、時すでに遅し。後三カ国の各地で氏姓の争いが起こっておる。もはや同他の共存は不可能じゃ。肥後にある同紋衆の所領は今後、他紋衆に分け与えられる。肥後はこれより楽土となる。ついては賀兵衛殿、逆に当方より内密の話がある」

修理は賀兵衛ににじり寄ると、耳元で囁いた。

「吉弘勢は機を見て戦場でわれらに味方せよ。戸次が敗れれば、大友宗家は見放され、豊後は麻のごとく乱れよう。都甲荘がすぐに敵の手に落ちるとは思えぬ。小原は田原宗亀あたりと同盟を結んでもよい。とにかく吉弘家なら大歓迎じゃ。国東半島を丸ごと治めよ」

修理は脇に置いた刀を手に取りながら、立ち上がった。

「お主は杏姫《あんず》に恋しておったようじゃが、俺も同じよ。小原は大友から独立した。姫は好色残忍な御館の桎梏《しっこく》からやっと解き放たれたわけじゃ。髪を下ろす必要もない。

お主が肥後に合力せぬなら、俺が堂々と姫をもらい受ける。とくと思案せよ」

修理が言い捨てて立ち去っても、賀兵衛はしばらく立ち上がれなかった。慰めるように降りしきる優しげな雨音だけを背に感じていた。

†

戸次鑑連《べっきあきつら》の威風辺りを払う凄みは戦場で倍増するらしかった。本陣のすぐそばへ敵が押し出してきても、泰然として動ずる気色《けしき》がまるでない。賀兵衛はそばにいるだけで、灼《や》けただれるような威圧を鑑連に感じた。

「左翼、志賀《しが》の陣形が乱れておる。松林までゆっくりと引き、林の中で邀撃《ようげき》させよ」

敵長槍隊の威力は樹林帯では木が邪魔になって減殺される。鑑連は最初から森林地帯への退却を想定して全軍の作戦指揮をしていたのだと、賀兵衛は今になって気づいた。鑑連と鑑元の巧みな用兵と駆け引きは、まるで名だたる剣豪の果し合いを観戦しているかのようだった。

堅陣を敷いて動こうとせぬ鑑連に対し、鑑元は全軍で濛々《もうもう》と砂塵をまいて押し出してきた。大津山修理が陣頭に立って槍を振るう。昨秋、境界争いをしていた寄り目の帆足《ほあし》と髯《ひげ》の野上《のがみ》が修理の左右で奮戦していた。

鑑連は押されれば引くのだが、不思議といつの間にか押し戻してもいる。刻一刻と目まぐるしく変化する戦場で、鑑連は各部隊に次々と指示を出し続けた。武で鳴る戸次勢や吉弘勢は戦慣れしているが、同紋衆の中には十分な訓練を欠く急ごしらえの部隊もあった。それでも鑑連は、寄せ集めの軍勢で倍する大軍に何とか対抗していた。鑑連が先の先まで敵の動きを読んだうえで、的確な指示を適時に出し続けているためだろう。

「高橋大夫《たいふ》からの使者はまだ来ぬか」

鑑連の見立てどおり、大友第三の将、高橋鑑種《あきたね》は筑後に逃れていた。鑑連はその鑑種に何やら指図をしてあるらしい。

「右手を見よ、賀兵衛。さすがは神五郎《じんごろう》じゃ。わずかの隙でも見逃さず、すぐに突いて来おるわ」

この会戦で鑑連が賀兵衛を幕僚として本陣に置いた理由は、賀兵衛に戦のやり方を学ばせるためだけでなく、政《まつりごと》の失敗で押し付けられた尻拭いのつらさを肌で感じさせるためかも知れなかった。吉弘勢は当主の鑑理《あきただ》が指揮している。兵数と士気と地の利で勝る肥後勢の優勢は一貫していた。豊後勢は押され続け、全体の戦線が後退してはいる。だが、大友軍は崩れなかった。強固なため崩せぬのではない、むしろ柳のように柔軟なため、押し崩したつもりでも、いつの間にか陣形が元に戻っているのだ。

「戦《いくさ》には流れがある。今はじっと耐え忍ぶ時じゃ。今日の戦は負けさえせねば、それでよい」

鑑連の兜の前立てには、金色《こんじき》の獅子頭が輝いている。鑑連の鬼瓦が怖いゆえか、獅子の風貌に獰猛《どうもう》さは感じられぬ。むしろ必ず敗死していく敵を成仏させてやる観音のごとき安らかさがあった。

――田北《たきた》勢から援軍の要請が来ておりまする！

「やはり持ちこたえられぬか。田北は大岩まで引かせ、吉弘勢に加勢させよ」

賀兵衛の父吉弘鑑理はさして戦上手ではないが、愚直な男だった。戦場に踏みとどまれと命ぜられれば、引かずに戦死するような男だ。吉弘勢とてぎりぎりの攻防で余裕はないはずだが、戦線を維持するには他に手がなかった。

――殿、高橋鑑種様よりの文が届きましたぞ。

「おお、待っておったぞ」

鑑連は鑑種からの書状を読むと、大きくうなずいて立ち上がった。

「潮時じゃ。全軍、兵を引く。殿《しんがり》は戸次が承る」

†

夕闇迫る戦場から、戸次《べっき》勢は隊伍を乱さず、粛々と兵を引いた。鑑連《あきつら》が陣頭に立って槍を振るい、追いすがる敵を踏み砕く。総大将であっても最前線に飛び込むのが鑑連の戦い方だった。降り出した雨が闇の中で強くなると、小原勢もようやく追撃を断念した。

「神五郎《じんごろう》め、最後の最後まで、片時も楽をさせてくれなんだわい」

急ごしらえの陣所で鑑連が諸将をねぎらうと、苦戦した志賀道輝《しがどうき》がぼやいた。

「楽どころか、今日は敗北ではござらんのか」

「そう見えたかの。されど、皆のふんばりで、倍する強敵を相手に崩されなんだではないか。戦《いくさ》では、最後に笑う者を勝者と呼ぶのじゃ」

「して、総大将。これより何とされるおつもりか？　兵どもは負傷と疲労で満足に戦えませぬぞ」

「雨宿りをさせながら、兵をゆるりと休ませよ。われらは明日、雨が上がり次第、全軍で南下する」

座がどよめいた。鑑連は眼前の敵を迂回して南進し、再び北上して南関城を目指すという。疲労のせいか、鑑連が放つ威圧のせいか、皆、黙り込んでいた。帷幄《いあく》に聞こえるのは天幕に打ち付ける雨音だけだった。

「おそれながら、正面からの衝突を避ければ、小原勢に府内《ふない》への侵攻を許す仕儀とはなりませぬか」

賀兵衛が、誰しも抱くはずの疑問をぶつけ始めた。

「それがしが鑑元公なら軍勢を二手に分け、一手を南関城の後詰（援軍）として守りを固めさせ、残りの一手を持って一挙に府内を衝《つ》きまする」

もし府内の田原宗亀が大友宗家を見捨てて鑑元と結べば、宗亀派の諸将もいっせいになびくであろう。小原討伐どころではない。瓦解した遠征軍は肥後から戻ることもできず進退窮まって敗北しよう。

「定石どおりなら、賀兵衛の申すとおりじゃ。国都を落とせば、佐伯らも小原に味方しよう。腰抜けの同紋衆まで寝返るやも知れぬ。さらに北の毛利《もうり》と会盟を結び、各地の同紋衆を一つひとつ撃破してゆけば、大友は滅ぶであろう」

「ならば、なぜさように危ない真似をなさいまするか」

「今夕、わしが待ちに待っておった報せが大夫《たいふ》から届いた。明け方には、筑後の高橋勢三千が南関城の北に到達する」

諸将は同時に唸った。高橋鑑種《あきたね》は北へ逃れ、筑後の大友方忠臣、蒲池《かまち》鑑盛《あきもり》の助けを得て軍勢を立て直し、南下を開始したという。驚くべき速さの侵攻だが、豊前の陣中で高橋勢の敗北を耳にした鑑連は、府内入りの前に筑後へ使者を遣わし、策を与えておいたらしい。

「神五郎は石橋を叩いて渡らぬ男よ。戦場でも博奕《ばくち》は打たぬ。ゆえにいったん必ず兵を引く」

「ならば、われらも高橋勢に呼応して追撃すべきではござらぬか」

田北が口を挟むと、鑑連はかぶりを振った。

「神五郎の用兵をうぬらも今日しかと見たはずじゃ。下手に手を出せば、わしでも返り討ちにされるわ。もうわしは神五郎と正面から戦うつもりはない。われらはゆるりと肥後に入る。行く先々で、南関で決戦じゃと触れ回れ。高橋大夫なら、機を窺うて最善の時にわが本軍と呼応できる。わしの勝ちじゃな」

総大将が優れていれば、凡将でも戦場で手柄を立てられよう。だがさらに高橋鑑種のごとき名将は、具体的な指図を待たず戦況に応じて最善の戦術を考案し、実行できるわけだ。

鑑連は翌日も荒天を理由に兵を動かさなかった。結局、鑑連が南関に兵を入れたのは、それから三日の後であった。

†

大友軍の包囲陣は実に奇妙な形をしていた。

鑑連《あきつら》は大津山修理の小原《おばら》城をほとんど無視した。そのうえ南関城を直接包囲もしない。緑の田圃を湛《たた》えた城南の小盆地を取り囲んで山間に各部隊を展開させ、馬の轡《くつわ》状に陣を敷いた。山すそでは作りかけの水路を堀にし、山からは木を伐り出し逆茂木《さかもぎ》や乱杭《らんぐい》を作って置いた。鑑連はまるで城攻めを放棄したように、攻め手の大友軍にひたすら守りを固めさせたのである。城山を挟んだ城北には筑後から来た高橋・蒲池の遠征軍が布陣し、同様に守りを固めていた。

吉弘《よしひろ》勢は小原城に最も近い東の山間に布陣していた。


――日多《ひた》衆約一千、南関城に向かっておりまする！

この物語の冒頭、大友軍の本陣にあって、総大将戸次《べっき》鑑連《あきつら》を除く大友諸将が敗色濃厚な戦況を前に、聞こえよがしの嘆息を鑑連にぶつけていたころである。

賀兵衛は、父鑑理《あきただ》の名代として軍議に参加していた。

「捨て置け。神五郎《じんごろう》め、この五年で国人衆の心を完全に摑みおったわ」

肥後国人衆のほとんどは小原鑑元を支持した。自領の城に籠り、あるいは南関城に馳せ参じた。南関城の兵はついに二万を優に超える大軍勢となった。通常、城攻めをする場合、攻め手には守り手の三倍の兵が必要とされるが、大友軍は北に布陣する高橋勢を入れても一万余だった。修復未了の南関城は攻めるに易き城だったはずが、鑑連が守りを固めているうちにずいぶん補強された。いかに戦神といえども、倍する敵の城を落とせはすまいと諸将は陰口を叩いてもいた。

「かような籠城戦は聞いた覚えもござらんぞ」

「兵法書には書いておらぬゆえな。神五郎も面喰らっておろう」

「いったい何とするのじゃ、戸次殿。敵はますます強大になるだけではないか？　いつどうやって攻めるつもりじゃ？」

田北鑑生《たきたあきなり》は初戦の敗退による失態を解消したいのか、喉から手が出るほど勝利と恩賞を欲しがっている様子で、狐顔の口先をとがらせた。

「さてとわからぬな。何しろ相手は神五郎じゃ。そう簡単に勝たせてはくれぬわ」

鑑連は例の豪放な笑いで応じたが、諸将は誰ひとり頰を緩めなかった。

「わしはあがり城《じろ》を待っておったのよ。大友の軍勢来たる、決戦じゃと聞かば、神五郎を慕う民は里、村あげてことごとく繰り上がり、南関城に閉じこもる。現にそのとおりとなった」

あがり城とは、戦闘から守ってもらうために里や村を捨てて、民が城に入る籠城戦である。鑑連は大友領である肥後での略奪を厳に禁じたが、鑑元を慕う民らは次々と南関城へ入った。入りきれぬ者は支城の小原城に入った。

「二年続いた飢饉は、肥後の北から筑後の南を集中的に襲った。神五郎は飢饉にあって、城内の兵糧の蓄えを出して民草の命を救った。菊池の時は国主が見放されたが、その時とは逆じゃ。神五郎を慕うて兵も民も集まり、あの城に籠った。心を一つに合わせて城も直しおった。じゃが、人が集えば集うほど、米は減る」

戦《いくさ》は戸次鑑連の独擅場である。鑑連は戦の話になると所かまわず夢中になった。

「むろん神五郎とて、米をかき集めたはず。城に入る者どもも多少は持参したであろう。されど私腹を肥やす同紋衆の城ならいざ知らず、仁将と名高き小原鑑元の城に、余分な金や米があるはずもない。女子供、年寄りまで数に入れれば、あの城には今、三万を超える人間がおろう。賀兵衛が仔細を知っておろうが、南関城には二万もの兵を養える兵糧など端《はな》からなかった。神五郎には大友に背く気など微塵もなかったのじゃからな」

鑑連の言うとおり、城方の兵糧はすぐに底を突くだろう。だが、寄せ手が城方より少ない籠城戦など寡聞にして聞かぬ。それは、守勢が城から討って出て、攻城軍を打ち払えば済むからだ。石宗《せきそう》に学ばずとも知りうる戦のいろはを、鑑連が知らぬはずもない。兵糧攻めではあっても、鑑連の戦い方は尋常な籠城戦ではなかった。

「籠城となれば、さっそく刈田《かりた》を始めまするかな」

田北鑑生の言葉を鑑連の大音声がさえぎった。

「無用じゃ。皆の衆、刈田はまかりならぬぞ」

刈田とは収穫前の田から稲を刈ってしまう城攻めの方法である。青田刈りをして敵の士気を削ぐのは常套《じょうとう》戦法だった。

「これは異なことを。刈田は籠城戦の定石ではござらぬか」

「うぬは一を知って二を知らぬのじゃ。神五郎は方分として仁政を敷いた。この地で刈田なぞすれば、敵の士気を高めるのみ、逆効果じゃ。されば、われらはひたすら守りを固める」

諸将がどよめいた。攻める側が城を攻めず徹底的に守りに徹する籠城戦など成立しうるのか。戦場が変わっただけで、小原軍の優勢は変わらない。鑑元が城から討って出て、総攻撃を仕掛けてくるのではないか。

「神五郎は青々と波打つ稲の原を大戦《おおいくさ》で蹂躙《じゅうりん》しとうはない。わしが青田刈りを許さぬ理由は、緑の城壁を壊さぬためじゃ。神五郎が入る前、南関は戦乱で傷ついた荒れ地であった。この地で神五郎は大友を恨む民草の心を癒し、摑み、共に田畑を作り上げてきた。特に肥後では二年、空梅雨が続いた。敵も手を出さぬのに、目の前に広がる宝を自らの手で壊しとうはないであろう。わしに子はおらぬが、わが子のようなものじゃからの。毎日のように小競り合いはあろうが、総攻撃はない。神五郎ならぎりぎりまで援軍を待つはずじゃ」

「援軍とは、南部三家が小原に味方すると？」

相良《さがら》、阿蘇、名和《なわ》の肥後南部三家はまだ動かぬと見られていた。大勢力への服属を余儀なくされる小勢力にとっては、生き延びることが最大の目標だった。大友の誇る双璧どうしの内戦で、いずれが勝つか知れぬ。三家は肥後で善政を敷いた鑑元に好意は持っていても、敗者に付くわけにはいかなかった。のらりくらりと出陣を延ばす肚に違いない。大友軍にしてもいつ敵に寝返るか知れぬ味方なら、戦場にいないほうがよかった。

誰ぞの問いに、鑑連は太すぎる首をゆっくりと横に振った。

「もっと大きな援軍じゃ。神五郎は毛利《もうり》の南下を待っておる。宇佐《うさ》三十六人衆はまだ大友に膝を屈しておらぬ。毛利来たらば、ただちにその尖兵と化すであろう」

遠く中国の毛利元就《もうりもとなり》と結び、筑前の門司《もじ》城から軍勢を南下させる。戸次軍の主力が不在となった豊前に大軍を侵攻させ、あるいは海路府内《ふない》を衝《つ》けば、大友は肥後攻めどころの話ではなくなる。

「世に敵の内戦ほどありがたい話はない。毛利は神五郎の要請を必ず承諾したであろう。じゃが、毛利は二枚舌を使う。今、小原より大友と結ぶ利が大きければ、大友に転ぶ。それは神五郎も承知しておるが、ぎりぎりまで待つはずじゃ。毛利の南下は、神五郎が一兵も損なわず、青田も無事なまま、戦わずして大友を追い返せる唯一の手ゆえな」

「おそれながら、もし毛利が南下した場合は何となさいまするか？」

賀兵衛が問うと、愚問じゃとばかり、鑑連は言下に答えた。

「わしは負け戦が嫌いでな。ただちに兵を引く。神五郎の勝ちじゃ」

将棋のように一手過《あやま》っただけで、逆転を許す綱渡りの攻防が続いている。

賀兵衛はまだ和睦をあきらめていなかった。鑑元挙兵の経緯を知る鑑連にしても、戦を避けられるなら和議に同意するはずだ。だが、肥後方は勝利を信じて疑うまい。和議に応じさせるには、大津山修理《おおつやましゆり》を始め主戦派を叩かねばならなかった。

「されど皆の衆、案ずるな。この戦、大友が必ず勝つ。敵の城に兵どもが続々と入ってゆく姿を、わしと大夫が何も手を打たず、鼻毛を抜きながら眺めておったとでも思うてか」

鑑連は豪快に笑ったが、やはり諸将は誰も笑みひとつ浮かべなかった。

十四、燦《さん》として

息が静まらぬ。たとえ自ら敵を斬らずとも、戦《いくさ》の後はやけに気分が高揚した。

「賀兵衛、大儀であったな」

夜半、戦場を照らす下弦の月が昇り始めていた。吉弘賀兵衛が局地戦の勝利を報告するために本陣を訪れると、戸次鑑連《べっきあきつら》は豪快に笑いながら労をねぎらった。

本陣の鑑連から使者が来て、今夜、吉弘の陣へ大津山《おおつやま》勢の奇襲があると知らされたのは夕刻であった。指図どおり陣をもぬけの殻にして敵を誘い込み、包囲し撃退した。夜襲の時刻、経路、兵の数、兵装までが伝えられたとおり正確だった。負けるはずがなかった。

小原鑑元は大軍こそ動かさなかったが、大友軍の攪乱《かくらん》を企図して、奇襲、夜襲を幾度もしかけてきた。だがこの日の夜襲だけではない。城方の攻撃は常に失敗に終わった。小原軍は大軍を擁しながら、局地戦でことごとく敗れ続けた。

鑑元を慕って入城した者たちは、民百姓を入れれば三万を超えていたが、肥後にも利のみで動く者、鑑元の公正な政治により既得権を失った者たちがいた。すべての者が大津山修理《しゆり》のごとく鑑元に対し忠誠を誓ってはいない。戸次と高橋の手の者や、息のかかった国人たちが数多く城に潜入していた。他方、鑑連は小原方の国人衆が古里に残してきた妻子らを捕え身柄を確保させてもいた。人質を取られて大友方に寝返りを約す者も出た。

城方が攻勢に出ても、事前に作戦が漏れているため伏兵に遭い、あるいは戦闘中に裏切りが出た。結果は例外なく大友軍の勝利に終わった。内通者が続出したせいで疑心暗鬼に陥った小原軍では、不用意な攻撃を控えるようになった。鑑連と鑑種が仕込んだ埋伏《まいふく》の毒は今や小原軍の全身に行き渡ろうとしていた。

内通者の手で城の兵糧蔵も焼かれた。大友軍は城の攻撃を放棄したかわりに、城に兵糧を運び込もうとする荷駄《にだ》隊だけは見つけ次第、執拗に攻撃した。結果として、南関《なんかん》城には人ばかりが入った。内戦の勃発後、鑑連の指図で後三カ国の米はほぼ買い占められてもいた。

ただでさえ少ない兵糧はほぼ尽きたであろう。城から抜け出す者も出始めた。裏切りというより口減らしのためだろうが、脱落者と飢えは小原軍の士気を下げた。

業を煮やしたのか、三日前には大規模な軍事作戦があった。旧菊池家臣で小原方の赤星親家《あかぼしちかいえ》らの軍勢が隈府《わいふ》城から北上して大友軍の背後を衝《つ》こうとしたのである。城からも討って出て挟撃する作戦であったろう。だが、この作戦を南関城の内通者に知らされていた鑑連は、赤星勢の侵攻路を正確に読んで伏兵の網を徹底的に張り巡らした。伏兵だらけの入り組んだ地形に侵攻してきた赤星らの軍勢は、戦場にたどりつけぬまま撤退した。

大友軍が南関に入り、城ではなく盆地を囲むように陣を構え、堀をうがち、乱杭《らんぐい》を置き、柵をめぐらし始めたとき、鑑連の指図は誰の目にも奇異に映った。味方より優勢な敵を城に籠らせる作戦に、勝機など誰も感じなかった。だが、着陣から十日も経たぬうち、兵数の優劣も変わらぬまま、形勢は逆転し始めていた。いったい誰がこのような戦の展開を予期しえたろうか。戦のなりゆきもさることながら——杏《あんず》は息災であろうか。

賀兵衛が蔦葉《ちようよう》旗のはためく南関城を眺めながら案ずるのは、想い人の身ばかりであった。

「城から聞こえる馬の嘶《いなな》きが少のうなった。馬を食らい始めた証拠じゃ。人を食う前に城を落としてやらねばなるまい」

「いよいよ鑑元公の大攻勢がありましょうか」

「神五郎《じんごろう》は手堅い用兵で、あらゆる戦を勝ち抜いてきた男よ。されどその手堅さが徒《あだ》となる。わしに勝つためには一か八かの賭けに出ねばならぬ。神五郎ほどの男が大軍での決戦に血迷うておる理由はいくつもある。いや、わしが作った。神五郎は賭けをせぬまま、わしに追い詰められてきたわけじゃ」

石宗《せきそう》に軍略を学んだ賀兵衛にもわかる。大友軍は南北に分かれて城を挟んでいた。南の鑑連を攻めれば、北の鑑種が動く。逆も然り。そのため、鑑元は常に二方面作戦を強いられる。しかも鑑連は守りに徹する小さな要害を盆地周囲の山間に張り巡らせたから、簡単には打ち破れない。南に大軍を展開すれば、自ら緑の楽土を壊す仕儀となる。それを甘受するとしても、繰り返し見せつけられた埋伏の毒により、城内に残した大友方の内通者がいつ寝返るか知れぬ。

「大友にとって最も確実な攻めは、ひたすら守りに徹することであった」

「公の采配にて不利な戦況は五分《ごぶ》となりました。今こそ和議の交渉を進め――」

「五分じゃと申すか」とこの時、鑑連はどこか寂しげに笑った。

「十分《じゅうぶ》じゃ、賀兵衛。この戦、わしの勝ちじゃ。今しがた角隈石宗《つのくませきそう》から書状が届いた。毛利《もうり》は動かぬ。府内《ふない》が落ちておれば、毛利は小原と手を結んだであろうがな。府内攻めを迷うたときに、神五郎の敗北は決まっておったのじゃ」

賀兵衛が府内で戦争回避のため奔走していた間に、石宗は肥後討伐を回避できぬと踏んで中国入りし、毛利と秘密裏に交渉を始めていたらしい。鑑連が勝利を確信していた理由には、石宗の動きがあった。宗亀を府内に残した理由も解せた。大友は滅亡必至の大内義長《よしなが》を見捨て、毛利と不戦の密約を結んだ。石宗は賀兵衛を通じて鑑連と宗亀に渡した書状に、開戦した場合の対毛利工作を記していたのだった。

戸次鑑連率いる大友軍には、名将高橋鑑種がおり、軍師角隈石宗が背後で動いていた。ただひとり、かつての盟友たちと戦わねばならぬ小原鑑元が賀兵衛には不憫でならなかった。

「わしが肥後入りしたとき、この国では一木一草に至るまで、ことごとく神五郎になびいておった。じゃが人とは弱き生き物よ。情で変ずる者あり、利で背く者あり、負けの知れた戦に味方する奇矯者《ききよう》は数えるほどじゃ。見ておれ、城《じよう》も赤星も、南部三家も大友への服従を選びおるわ。肥後は神五郎が心血を注いで蘇らせた地じゃ。地の利、人の和は神五郎にあったが、天の時はわしにあった。詰めの一手じゃ。小原城を落とす。吉弘勢はゆるりと休むがよい」

賀兵衛は耳を疑った。

大津山修理の籠る小原城は単郭の支城とはいえ、鑑元が自ら縄張りをした堅固な山城である。夜襲には失敗したが、なお五千余の兵を擁している。攻め上がっても矢や石が降り注ぎ、南関城から討って出る小原勢に挟撃される不利は目に見えていた。

大友軍は守勢に回って城方を撃退してきただけで、まだ一度も攻撃に転じていない。これまで鑑連は守りに徹したからこそ、局地戦で勝利できたにすぎぬ。いかにして城を攻略するのか。しかも小原城に一番近い山間に布陣する吉弘勢が戦に加わらぬとは。まさか――

「おそれながら、大津山修理は寝返りますまい。城を枕に討ち死にするはず」

「まあ、見ておれ。明日には小原城に杏葉《ぎょうよう》旗が翻っておるわ」

鑑連は極秘作戦の仔細を、担当する将以外には決して漏らさなかった。修理と賀兵衛の関係を慮《おもんぱか》って他の将に担当させたのか。鑑連の鬼瓦は得意げというよりも、寂寥《せきりょう》を漂わせていた。石宗が断言したように、賀兵衛にも鑑連が敗北する姿を想像できなかった。

このままでは小原家が滅ぼされる。賀兵衛は鑑連に向かい、恭しく膝を突いた。

「それがしは肥後で半年余りを過ごし、乱世に幸せを見ました。鑑元公の築き直された国はおだやかで、あたたかで、皆が喜びと悲しみを分かち合える国でございました」

「さもあろう。あの神五郎の作りし国なれば」

「なにゆえわれらは、その国を滅ぼさねばなりませぬ？　皆の笑顔を泣き顔に変えねばなりませぬ？　鑑元公にいったい何の非がありましょうや」

「非のあるなしは関係ない。小原神五郎は、大友に叛旗を翻した他紋衆の盟主じゃ」

「されど、肥後二万の兵はなお健在。決戦の末に勝利を得たとて、大友は多くの将兵を失いましょう。今こそ、和議にふさわしき時と心得まする。それがしを使者としてお遣わし――」

「この戦は長引かぬ。優れた将は敗北を悟るのも早い。明朝、小原城に翻る杏葉旗を見たとき、神五郎はもはや打つ手なしと悟るはずじゃ」

賀兵衛は鑑連に向かって、がばと身を投げ出した。

「なにとぞそれがしに機会をお与えくださりませ」

いかに鑑連とて、一日で小原城を落とすなどできるわけがなかった。攻略に仕損ずれば、鑑連も和議の必要を悟るに違いない。逆に万一、山之上《やまのうえ》衆が鑑連に降伏したとすれば、小原方の主戦派が姿を消すことになる。鑑元に和議を説くには好都合ともいえた。

「雪《ゆき》様、杏《あんず》殿、八幡丸《はちまんまる》殿のご気性なら最後まで戦い、討ち死にされるお覚悟やも知れませぬ。公は共に蛍を見ると約されたではありませぬか？」

「生死は天が決める。戦が終わった後に詫びるつもりじゃ」

「死者に詫びて、何の意味がありましょうや？」

「雪がおめおめと生き恥を晒《さら》すはずもない。じゃが神五郎の妻となり、幸せであったろう」

「実の兄に攻め滅ぼされて死ぬる結末が、幸せであろうはずがありませぬ。それがしは杏殿を府内《ふない》の祇園会《ぎおんえ》にお連れする約束をいたしました。杏殿はそれがしが守ってみせまする」

「ほう。杏ほどの女子《おなご》の心を射止めるとは、賀兵衛も隅に置けぬな」

「もしこの戦で杏殿が命を落とせば、鑑連公を一生お怨み申し上げまする」

「うぬもくどい男じゃのう。山蛭《やまびる》とは、酔いどれも巧いあだ名をつけたものよ」

「それだけが取り柄にございますれば、なにとぞ」

鑑連は腕組みをして何やら思案していたが、やがて小さくうなずいた。

「別れを告げるなら、今のうちじゃな。行きたくば、止めはせぬ。されど三日待て。その間に南部三家の兵が参るゆえ、大勢は決しよう。されば南関城へ赴くがよい」

「承知。されば降伏の条件は、一族郎党の助命及び阿南荘《あなんしょう》ほか豊後における小原領を安堵。その代わりに、肥後《ひご》方分《ほうぶん》及び加判《かばん》衆を辞し、肥後における所領の半分を返上せしめ――」

「好きにせい。わしが神五郎なら、決して降らぬ。わしには、親しき戦友へのはなむけに、名将に相応しき死に場所をくれてやるくらいしか、できぬ。神五郎もそれを望んでおる」

これが最後の機会だ。説き伏せてみせる。賀兵衛は決然と鑑連の帷幄《いあく》を辞した。

†

賀兵衛は自陣に戻り、父の鑑理《あきただ》と交代で仮眠を取っていたが、寝過ごしたらしい。鑑連《あきつら》のいる本陣へと急いだ。途中、賀兵衛は仰天した。

山肌を照らし始めた旭日で、小原城にはためく杏葉旗《ぎようよう》が見えたためだ。鑑連はいかなる手立てを講じたのか。

鑑連に呼ばれて賀兵衛が帷幄に顔を出すと、一人の長身の武士が鑑連に向かって平伏していた。

「こたび、大津山を筆頭に、山之上衆はすべて大友に降った。大津山修理《しゆり》の剛勇は神《じん》五郎《ごろう》から聞いた覚えがある。されど偽りの降伏で敵を欺くは戦の常道ゆえ、真意を見極めねばならぬ。されば修理をよく知るうぬを呼んだわけじゃ。賀兵衛、この男を信じてもよいか？」

修理は顔を上げぬまま平伏していた。肩を震わせている。修理が鑑元を見限り、降るなど信じられなかった。何が起こったのか。だが、修理の涙こそは離反の証拠であったろう。

「修理殿に、二言はないと心得まする」

「さようか。本領安堵を喜びもせず、ふてぶてしい面構えをしておるゆえ、ようわかるがの」

鑑連の豪快な笑いの余韻が薄い朝霧に消えてゆく。聞こえるのは熱心に巣作りに励むコゲラが木を突《つつ》く音と、時おり上げるギーという声だけだった。

「いつぞや神五郎と杯をくみかわしたおり、家臣の話になってのう。わしは自慢の家臣ばかりゆえ、ついつい図に乗ってしまうのじゃが、神五郎も剛直にして忠烈、自慢の家臣が肥後にできたと喜んでおったわ。修理、うぬに問う。忠臣がなにゆえ名君を見限った？」

「……生き延びる、ためでござる」

修理が絞り出した声は、傷ついた猛犬が呻《うめ》いているようだった。

鑑連は大きくうなずくと、修理に歩み寄り、親しげに両肩に手を置いた。

「修理、よう決断した。後悔はさせぬ。たとえ慕い、敬い、愛する者であっても、敵を葬らねば、生き延びられぬのが乱世じゃ。共に滅びるより、うぬは生きて、神五郎の遺志を継げ」

修理は声にはならぬ声で承諾したが、改めて鑑連に対しがばと平伏した。

「ひとつだけ願いがござる！　鑑元公のお命だけはお救いくだされ！　なにとぞ！」

「主君の命を救わんとして降ったお主の心はわかる。いかにも小原神五郎は大友が誇る名将じゃ。人望篤く、禍患《かかん》に見舞われし肥後を蘇らせもした。死なせるには惜しい男よ。されど神五郎は命よりも名を惜しむ。神五郎はこれを生涯最後の戦と決めておるはずじゃ。名将は己が命に己でけりを付ける。近く賀兵衛を行かせるが、われらには何もできまい」

修理は顔を上げられぬまま、男泣きに泣いた。

†

賀兵衛は修理を助け起こすと、帷幄《いあく》の外へ連れ出した。

修理は己の心の声と戦っているに違いない。鑑元を強く支持してきた最大の国人衆、山之《やまの》上《うえ》衆の離反は小原軍にとって致命傷に近い痛手だろう。鑑元は敗北と小原家の滅亡を悟るはずだ。言葉はかけなかった。ありきたりな気休めの言葉ひとつ、賀兵衛には思い浮かばなかった。

「俺を嗤《わら》うか、賀兵衛殿？　俺はしょせん口先だけの忠義者であった」

大津山修理の寝返りを最も予期していなかった人間は、修理自身だったのではないか。賀兵衛は小さく首を横に振った。

「六年前、俺は殿と戦場で相まみえ、激しく戦った。こたびも俺は殿と轡《くつわ》を並べて戦場に出て、敵と切り結びたかった。じゃが、この地で戸次《べつき》は戦《いくさ》らしい戦を一度もさせてくれなんだ。城におれば、内通者が虚報を流し、蔵を焼き、具足を盗まれた。討って出れば必ず裏切られ、伏兵に遭い、さんざんに踏み砕かれた。そんなとき、父上が戻られた」

死んだと思われていた父の大津山資冬《すけふゆ》が、籠城中の小原城に生還した。山之上衆は戦場往来の古強者《ふるつわもの》の帰還に湧きに湧き、修理も狂喜して迎え入れた。資冬は修理ら主戦派の出撃策を喜んで採用した。だが、修理の立案による夜襲作戦は見事に失敗し、兵を失って城へ逃げ戻った。資冬が大友軍に内通していたためだ。修理はそのとき、資冬こそが 蔓《あまずら》団の頭目であり、小原鑑元打倒の機会をうかがっていた張本人だったと気づいた。鑑連に送り込まれた資冬は、主戦派の力を削ぎ、山之上衆を降伏へ翻意させた。修理には何もできなかった。

「戸次鑑連は強すぎる。あれはまさしく戦神《いくさがみ》じゃ。まるで歯が立たぬ。何をやっても絶対に勝てぬとわかった。俺は心底から絶望した。父上に異も唱えられなんだ。殿の助命を条件としたはいいわけにすぎぬ。俺は鬼が怖かっただけじゃ。……わが殿は小原城に翻る杏葉《ぎょうよう》旗を見て、何を思われるであろうか……」

「鑑元公なら、修理殿のお気持ちを察してくださろう」

慰めにもならぬおざなりな言葉に、修理は号泣した。

「俺は殿に合わせる顔がない。賀兵衛殿、済まぬが、殿を頼む」

「任せられよ。山蛭《やまびる》の賀兵衛の口八丁を信じなされ」

和議は大友のためでもあった。賀兵衛がこれ以上の無駄な流血を防ぎ、平和を取り戻すのだ。

賀兵衛は天蓋《てんがい》を見上げた。朝空を探すと、西の山の端に沈みゆく半月が見えた。

†

戦場を見下ろす暮れなずみの空に浮かぶのは、邪気のないちぎれ雲ばかりであった。

南関城の門前に立つのは半月ぶりだが、もっと長い歳月が流れた気がした。

吉弘賀兵衛は大友軍総大将、戸次鑑連《べっきあきつら》の使者として城門をくぐった。杏《あんず》たちと作った土塁が見えた。

小原軍の最主力であった山之上《やまのうえ》衆の離反は、小原軍を大いに動揺させた。毛利軍の来援が空約束で南下がないと知れわたると、南部三家が五千の兵を率いて包囲陣に加わった。鑑元《あきもと》を支持する肥後国人衆は国中《くになか》の各地にいたが、軍事作戦を取れる規模でなく、統一もされていなかった。南関城では二万に足りぬ兵と民が、わずかな兵糧だけで孤立していた。

賀兵衛は書院ではなく、奥座敷に通された。半年の間しばしば鑑元ら家族と親しく団欒を持った部屋であった。

鑑元はなかなか現れなかった。ようやく鎧の音がすると、賀兵衛は深々と平伏した。

「しばらくじゃな、賀兵衛殿。済まぬ、長らく待たせた」

「なにとぞ、なにとぞお赦しくださりませ！」

詫びの言葉が口をついて出た。鑑元は今回の挙兵に最初から頑《かたく》なに反対していた。最後まで他紋衆の暴発を押さえようとし、内戦を回避しようとした。鑑元は、民部《みんぶ》と宗亀《そうき》の政争に巻き込まれただけだ。賀兵衛も片棒を担いだ政略の果てに、鑑元は挙兵へと追いこまれた。賀兵衛は今、敵として討伐軍の帷幄《いあく》にあり、鑑元は叛将として敗亡寸前の身であった。謝罪の言葉以外、思い浮かばなかった。

賀兵衛は床に額をこすりつけながら、絶叫した。

「力及ばずかかる仕儀に立ち至り、面目次第もございませぬ！」

「見くびってくれるな、賀兵衛殿。本意でなかったにせよ、最後にわしは己が意思で大友に叛した。わしは夜空に燦《さん》として輝く月でありたかった。じゃが一方で、皆が笑顔で暮らせる楽土を作りたいとの願いもあった。わしは楽土を照らす日輪になろうとして、敗れた。生まれて初めて、戦に負けたわ」

顔を上げた賀兵衛の前には、以前と寸分たがわぬ鑑元の穏やかな微笑みがあった。精悍な表情も変わらぬが、頰はこけていた。籠城戦でわずかな食糧を女子供や家臣らに分け与えているに違いなかった。

「祝勝のために取っておいた酒が少しだけある。敵方の使者と酒を酌み交わす法はないけれど、わしと賀兵衛殿の仲じゃ。一献、つき合わぬか」

鑑元は酒を大いに好んだが、仕事が終わらぬうちは決して一滴も口にしなかった。包囲軍の使者との交渉で酒を出す意味を、賀兵衛は唇を嚙みながら解した。これは交渉や説得の場ではない。鑑元にとって、ただの別れの場でしかなかった。

鑑元は賀兵衛に杯を注がせると、勢いよく呑み干した。毒見の意味だろうが、鑑元が賀兵衛を殺めるはずもなかった。

「久かたぶりの酒じゃ。五臓六腑《ごぞうろっぷ》に染みわたるわい」

酒を口にした賀兵衛は、途中で嗚咽《おえつ》を始めた。

味のうすい酒には水が混ぜられていた。酒好きの鑑元が味わう末期の酒にしてはあまりに粗末な酒だった。不憫でならなかった。

「起つからには必勝を期すつもりであった。されど、あのような戦い方があろうとはな。さすがは大友家最高の将よ。見事であった。手も足も出なんだわ」

戸次鑑連が南関に侵攻して以来、小原軍は戦らしい戦もできぬまま、大勢は決し、終戦を迎えようとしていた。

「公は、なにゆえ府内を攻められませなんだか？」

鑑連が認めたように、本荘、中村の暴発後速やかに府内へ侵攻していれば、佐伯も小原に与同し、高橋鑑種《あきたね》による府内奪還も困難であったはずだ。その後でもよい。田北《きた》、高橋勢を破った勢いでそのまま府内を制していれば、毛利《もうり》も、国都を失った大友ではなく、小原を選んだであろう。戸次鑑連も豊前で進退両難に陥り、大勢は決していたに違いなかった。

「その問いには胸を張って答えられる。府内は大友の国都じゃ。わしは大友の忠臣ぞ。どうして攻められようか。わしが初手を過《あやま》ったと義兄上《あにうえ》が思うておられるなら、それは間違いじゃ。わしはあの時、迷いもせなんだ。府内へ兵を進めなんだことを毫《ごう》も悔いてはおらぬ」

主君が田原宗亀《たわらそうき》と結んだ以上、府内侵攻は謀叛でしかない。小原鑑元はやむを得ず肥後に独立したが、主家を滅ぼす気など微塵もなかった。鑑連は、鑑元の変心を恐れてただちに肥後へ兵を進めたが、その必要もなかったわけだ。

対座する二人の間を、静かな時がためらいがちに流れてゆく。

同じ場所で杯を交わし、月を見ている。静かな雨が降っていたあの冬の夜から、月がめぐり、日がめぐり、今宵の月は二十日月《はつかづき》であろうか。

「少し、欠けましたな」

「満ちた月は必ず欠ける。とこしえに変わらぬ摂理よ」

「されど、じっと待っておれば、月は再び満ち始めまする。それもまた、世の道理」

「月と違うて人の生は一度きりじゃ。お主が来た理由は百も承知よ。されど、潮時じゃ」

鑑元に降伏の意思はない。死ぬ気だとわかった。

賀兵衛はがばと平伏した。生木を裂かれる思いで涙がこぼれ出た。

「われら近習衆が負うべき責めを、すべて公に負わせてしまい申した。お詫びの言葉も見つかりませぬ」

「戦《いくさ》では弱き者が敗れる。賀兵衛殿に罪はない。国事には関わらぬよう気に留めておったつもりが、うまく行かなんだだけじゃ」

「二万に届かんとする肥後兵との決戦回避なれば、和議の名目はいかようにも立ててみせまする。降伏してくださりませ。伏してお願い申し上げまする」

「欠け始めた月は消えゆくのみ。かくも氏姓が鋭く対立すれば、もはや融和は望めまい。わしが生きておる限り、他紋衆はわしを担ごうとするであろう。同紋衆に強き不満を抱く者たちを道連れに滅びるが、大友に対するわしの最後の忠義じゃ」

大友にとって長らく他紋衆は不安定要素であり、悩みの種であり続けた。同紋衆に不満を持つ他紋衆を一掃して一枚岩となれば、国家の屋台骨はますます強固となろう。すべては宗亀や石宗《せきそう》の思う壺ではないか。

「わしを信じ従ってきてくれた者たちがおる。すでに死出の旅へ出た将兵もおる。その者たちに対し、わし以外の誰が責めを負えようか。残された道はひとつしかない」

鑑元を慕い、救いを求めてきた者たちを、鑑元は最後まで見捨てられなかった。それが鑑元の強さであり、同時に弱さでもあった。胸をかきむしられた。

「ただ一時の屈辱にございまする。何とぞ命をお拾いくださりませ！　何とぞ！」

賀兵衛は無駄だと知りながら、必死に訴えた。

「わが死が次代の大友を支える礎《いしずえ》となるならば、本望」

「死はただ生の終わりでしかありませぬ。犬死にをなされますな。何とぞ！」

鑑元はおだやかな笑みで応じた。

「賀兵衛殿、憶えておくがよい。この世には意味のある死が、間違いなくあるのだ」

必死なのは賀兵衛だけだった。鑑元はあくまで無風に立つムクノキの巨木のように落ち着き払っていた。鑑連が断言したように、鑑元は命より名を重んじている。翻意させる術《すべ》を賀兵衛は知らなかった。鑑元は死を望んでいた。やはり石宗が預言したように、鑑元は謀叛を起こして、死ぬ。そういう星のさだめだったのだ。鑑元も、賀兵衛も、定められた運命にはついに勝てなかった。

賀兵衛は涙を流しながら、鑑元の命をあきらめた。

「ならばせめて……せめて、お方様と杏《あんず》殿のお命をお守りしとう存じまする」

和議に応じず最後まで抵抗するなら、小原家の嫡男である八幡丸《はちまんまる》は死を免れまい。

鑑元も承知している。幼い八幡丸が不憫でならず、賀兵衛の視界が大きくゆがんだ。

「謀叛人の妻子なれば、肩身は狭かろうのう」

「もし杏姫が御館様のご側室となられるなら、小原家の再興も夢ではありませぬ」

珠《たま》姫を得られなかった義鎮《よししげ》が、杏を寵愛する可能性は十分にあった。杏の命と幸せを得るためなら、己が恋でも捨てられると、賀兵衛は思った。

「あの杏が承知するとは思えぬが。もとより妻女の命は、義兄上《あにうえ》とお主に託すつもりであった。お主が来たと聞き、今しがた二人を説いてみたのじゃが、わしよりも強情でな。お主にも会わぬと言うておる。困ったことに家中に誰ひとり、降伏に賛同する者がおらぬのじゃ。兵糧もほぼ尽きたゆえ、近々決戦の日を迎えよう。その時、雪《ゆき》と杏を救えるなら、お主に頼みたい」

鑑元は話を打ち切るようにゆっくりと立ち上がると、うすく微笑んだ。

「賀兵衛殿のおかげでひさしぶりにうまい酒を味わえた。礼を申す」

これが最期の別れだ。突き上げてくる激情がふたたび賀兵衛を突き動かした。

「いま一度、お考え直しくだされ！　何とぞ！」

鑑元は賀兵衛の両肩に優しく手を置いた。厚みのある大きな手だった。

「大友にも、よき若者が育ってきた。わしも安心して亡き御館様にご挨拶できる。義兄上《あにうえ》に伝えてくれぬか。月は落ちても天を離れず、後を頼むと。戦場で会おう、さらばじゃ」

鑑元は一抹の未練さえ残さずに去った。賀兵衛は自失して座っていたが、やがて現れた小井出《こいで》に伴われて奥座敷を出た。杏や八幡丸の様子を尋ねてみたが、小井出はいい、やはやとも言わず、無愛想に黙ったまま何も答えなかった。今の小原家にとって賀兵衛は敵だった。

南の城門を出ると、眼下には大友包囲軍の篝火が半円形に広がっていた。それは山火事のように赤々と燃え盛っていた。杏はどんな気持ちでこの光を見ているだろう。賀兵衛の救いを待っているのだろうか。

賀兵衛の背後で、城門が固く閉ざされる無情な金属音がした。

†

小原城の従属に伴い、布陣を変更する触れがあり、吉弘勢は本陣の真下へ移動した。

夜半、戸次鑑連《べっきあきつら》に呼ばれ、賀兵衛は本陣に出向いた。すでに大津山修理《おおつやましゅり》がいた。

「こたびは内通者よりの報せはないが、神五郎《じんごろう》は明日の日の出前に討って出るであろう」

城から馬の嘶《いなな》きが止んだ。すべての馬を食い尽くしたに違いない。だが、なぜ明朝なのか。鑑連によれば、今夜は冷えているため、明日は田から蒸気霧があがる。鑑元は決死の足軽隊を率い、霧に紛れて接近し、一気に本陣へ攻め上がる決死の作戦に出るだろうと説明した。

「神五郎に勝機があるなら、一か八かの捨て身の攻めで、わしの首を挙げるほかない」

小原軍二万弱に対し、大友軍は山之上《やまのうえ》衆に続く国人衆の離反や南部三家の与力などがあって三万に近く、山中から出て、堂々たる堅陣を敷いてもいた。しかも息のかかった少数の国人衆が城内で寝返りの機会をうかがっている。

南関《なんかん》城内の多くの肥後衆は、忠誠は変わらずとも士気を喪失している。勝敗は見えていた。

「神五郎が討って出れば、内から搦手門《からめて》が開かれ、高橋大夫《たいふ》の軍勢が北より攻め入る。それを合図に、城内から火の手が上がる手筈じゃ。明日、この無用の内戦は終わる。神五郎を知るうぬらが死に花を咲かせてやれ」

鑑連は北の高橋鑑種《あきたね》と共に、南関城を陥落させるための手立てを幾重にも講じていた。

「うぬら二人に本軍中央を任せる。山之上衆は中央の最前列に陣替えじゃ。吉弘《よしひろ》勢はその後ろから支えよ。小原神五郎鑑元はたぐいまれなる豪将。心して挑めよ」

かしこまって帷幄《いあく》を辞すると、賀兵衛は松明《たいまつ》を手に、修理と並んで歩いた。

「われらの手で鑑元公を生け捕りにできれば、まだ望みはござる」

「わかっておる。悔しいが、鑑連公はやはり名将の中の名将じゃ」

鑑連は修理への信頼を示しただけではない。降将の部隊を激戦必至の最前線に配置替えする本当の理由を、修理も解していた。捕虜にできれば鑑元の命を救える可能性も皆無ではない。それが無理でも、いち早く城内に侵入すれば、鑑元の家族を助けられるやも知れぬ。それができるのは賀兵衛と修理しかいなかった。

修理と別れ、賀兵衛は自陣に戻った。戦場で聞こえてくるのは篝火の爆ぜる音と軽やかな舌打ちのような夜鷹のさえずりだけだった。

†

鑑連が予想したとおり、緑の楽土の生んだ朝霧が戦場を包んでいた。

大友三将を出した当代の戸次、小原、高橋に及ばぬにせよ、吉弘もまた武勇の誉れ高き武家である。当主鑑理《あきただ》と賀兵衛の武技はやっと人並みだが、たとえば賀兵衛の叔父に当たる吉弘鑑広《あきひろ》は戸次鑑連の向こうを張るほどの勇将だった。惜しくも先年の肥後攻めで戦死したが、鑑広が遺した精兵はなお健在だった。鑑広の嫡子で、賀兵衛の従弟《いとこ》に当たる若い吉弘五郎太《ごろうた》統清《むねきよ》は一騎当千の武者である。その統清に鑑元を生け捕らせ、命だけは救いたいと賀兵衛は願っていた。

前方でにわかに鬨《とき》の声が上がり、剣戟《けんげき》の甲高い音がした。城から出撃した部隊が大津山修理の率いる山之上《やまのうえ》衆と交戦を始めたに違いない。鑑元であろうか。

賀兵衛は驚愕した。寸刻で山之上衆の壁を突き破る一隊が現れたためである。

視界の得られぬ白霧の中から現れた一隊は、足軽隊だった。旗指物を風にひるがえし、槍を振るう敵影が駆ける。槍を手に先陣を切る将は小原鑑元であった。小原兵は統清の指揮する騎馬隊に向かって突撃を開始した。待ちかまえていた吉弘勢が猛然と迎撃する。鑑元が故郷から連れてきた歴戦の阿南荘《あなんしょう》の兵たちが、そこかしこで死に花を咲かせてゆく。

賀兵衛は修羅場を吹き抜けた一陣の風に、血の匂いを嗅《か》いだ。

予期していた攻撃であるはずが、吉弘勢の誇る統清隊の鉄壁は、小原兵の怒濤の進撃によってもろくも突き崩された。

吉弘の騎馬兵から馬を奪い、鑑元と数名の小原兵が、放たれた矢の如く本陣に迫る。

賀兵衛はあわてて騎馬隊を率い、鑑元を追った。

朝風に乗せられて霧が晴れてゆく。陽光が差す。

血のしたたる戦場に朝が入ってきた。

戦場を駆ける鑑元から、鑑連《あきつら》の本陣へ向かい、一条の道が開かれたように見えた。

吉弘勢を突破した小原勢が、猛然と最後の突撃を開始した。ほとんどの兵を失いながら、鑑元は瞬く間に鑑連の本陣へたどり着いた。防御を固める屈強の兵らを追い散らして、突き入る。

本陣まで百間《けん》（約百八十メートル）もない。尋常ならざる事態であった。

本陣脇を固める弓兵隊の遠射を物ともせず、鑑元は突撃した。

が、鑑元の馬が前足を上げて棒立ちになった。鑑元は馬を乗り捨てて駆けた。

「義兄上！　覚悟！」

鑑元の先、三十間（約五十メートル）の場所に、総大将戸次鑑連は身じろぎひとつせず、床几《しょうぎ》にどっかりと構えていた。

鑑連の馬廻衆が防御のために駆け出た。鑑元は歩速を緩めない。腰を沈め、身体を後傾させた。槍を手にした右手を、大きく後ろに引く。左手の先が鑑連を指した。鑑元がむちのように身体をしならせる。穂先は鑑連に精確に合わされている。ボッと空気を貫く鈍い音がした。尖った巨大な針がうなりを立てる。

鑑連は太い猪首《いくび》を軽く右に傾けた。投擲《とうてき》された槍は、鑑連をわずかに逸れ、後背にある戸次の真っ赤な陣幕を突き破った。

鑑元は立ち止まらなかった。太刀を抜き、馬廻衆を蹴散らして走り出た。鑑元に続く小原兵は二名だけだった。

賀兵衛は鑑連の身の危険を感じた。必死で馬を駆った。だが、心配は無用だった。

鑑連はゆっくりと上げていた右手を、憐れむように下ろした。

いっせいに、大気をつんざく弦音がした。

鑑元の動きが止まった。小原兵が声もなく倒れた。鑑元は全身に矢を浴びながら、なおも数歩、あゆんだ。だが、そのまま永遠に歩みを止めた。立ったまま事切れたようだった。

賀兵衛は目を背けながら馬を返し、統清に吉弘勢の南関城一番乗りを命じた。

†

「鑑元公は討たれた！　降伏せよ！　同じ大友の民ぞ！　無駄に命を散らすな！」

吉弘賀兵衛は城内を駆けていた。鑑元が討ち死にすると、大友兵が城内へいっせいに雪崩れ込んだ。すでに南関城の正門は開かれ、城内の各所で火の手が上がっていた。北からも高橋鑑種《あきたね》の兵が搦手《からめて》へ回り、山の手から侵攻していた。

賀兵衛は杏《あんず》の名を叫びながら、勝手知ったる階段を駆け上がった。時おり血のぬめりに足を取られた。本丸の奥座敷へ至る廊下は、血の海になっていた。どこもかしこも、生臭い匂いで満ちていた。

狂おしい感情が、賀兵衛の身体の芯を震わせながら突き抜けた。

――早まるな。生きてさえあれば――

賀兵衛は血の味を感じた。歯を食い縛りすぎて、歯茎から出た己の血だった。開け放たれた襖の向こう、すでに事切れた侍女たちの骸《むくろ》の向こうに、見馴れた二人の変わり果てた姿があった。賀兵衛の視界が泪《なみだ》でゆがむ。おそるおそる近づいた。

雪《ゆき》は折り重なるようにして八幡丸《はちまんまる》を抱いていた。八幡丸は武士らしく見事に腹を切ったろうか。命の営みを止めるには早すぎる身体は余りに小さかった。

――あれ、は……。

二人の骸の奥に、左胸を真っ赤に染めた杏が倒れていた。賀兵衛が府内からの土産《みやげ》に持ち帰った杏色の小袖を着ていた。賀兵衛が声にならぬ声を上げると、かすかに杏の身体が動いた気がした。まだ息が残っている。

賀兵衛は駆け寄った。杏の名を叫びながら、助け起こした。背に当てた手に生温かい血のぬめりを感じた。助からぬとわかった。

それでも賀兵衛が想い人の名を呼び続けると、杏はうっすらと長睫毛の眼を開いた。

「賀兵衛どの……母上の仰せのとおり、化粧をしておいて正解でした」

「なぜじゃ？　なぜ待ってくださらなんだ？」

「賀兵衛どのを……服部右京助にしたく、なかったのです」

杏を妻にした賀兵衛がいずれ義鎮《よししげ》に滅ぼされ、妻を奪われる。ありえぬ話ではなかった。因果応報というべきなのか。義鎮は珠《たま》姫を失い、民部《みんぶ》は失脚し、賀兵衛は杏を失った。服部事件に関わった者への天罰やも知れぬと思った。だが、天罰を下すなら、罪もない杏でなく、咎人《とがにん》である賀兵衛を罰すべきではないか。

「……お赦しくだされ。杏殿を、守れませなんだ……」

「さすがは伯父上。父上を討つとは日ノ本いちの名将です。賀兵衛どのも見習いなされ」

敬愛してやまぬ大好きな伯父に攻め滅ぼされる宿命に、杏は何を想い、いかなる気持ちで自らの胸を突いたのか。

「全ての 謀《はかりごと》が裏目に出申した。お赦しくだされ。それがしの力では如何とも……」

「承知しています。知恵者の賀兵衛どのが防げなんだのですから、これでよいのです」

「いつものように怒ってくだされ、杏殿。それがしの非力を責めてくだされ」

「最後くらい赦してさしあげます。それよりも賀兵衛どの、最後にわたしたちの南関《なんかん》を見せてくださいまし」

賀兵衛は両腕で杏を抱き上げると、天守の窓辺に歩み寄った。霧はきれいに晴れ渡り、戦の終わった南関を朝の陽ざしがやわらかに照らし出している。

「見て、白い月……。賀兵衛どのと大分川で初めて会った日にも出ていましたね」

「杏殿が覚えておられるとは思いませなんだ」

「えらの張った四角いお顔ですもの、珍しくて。……滝室坂でお会いしたのが二度目」

杏がいたずらっぽい微笑みを浮かべている。鑑元暗殺に失敗した時だ。最初から杏は賀兵衛に気づいていたのだ。今となってはすべてが懐かしい思い出だった。

「おお、ご覧なされ。遠い西の空に墨雲《すみぐも》が出てござる」

杏の残された生には間に合わぬが、じきに待ち望んだ青梅雨《あおつゆ》が来る。

「今年の肥後は必ずや豊かな実りの秋となりましょうね。わたしたちがあれだけ田畑を広げ、野良仕事に精を出したのですから」

「雨乞いのおかげで、肥後はこれからもきっと雨に恵まれ申そう」

杏は微笑みを浮かべた。その笑みは、もうすぐ消える炎が最後に揺らめくように刹那的に力強く、しかしはかなげだった。

涼やかな風が、凄惨な天守の間を吹き渡ってゆく。

「口達者な賀兵衛どのが、今日は物静かですね。これでは、口げんかもできぬではありませぬか？」

「己の声なぞ、これからいくらでも聞け申す。されど杏殿の声は……」

泪《なみだ》で言葉を途切らせると、杏が軽口をたたいた。

「山蛭《やまびる》の賀兵衛どのらしゅうもない。もう、そろそろ南関に……」

血塊《けつかい》が喉に詰まったのか、苦吟《くぎん》してあえぐ杏の言葉の先が、賀兵衛にはわかった。

「蛍が舞いまするな」

杏がうなずいて、賀兵衛を見た。続きを促しているように見えた。背をさすってやり、杏の口元から流れている血を接吻《せっぷん》でぬぐった。

「ご覧なされ。祇園会《ぎおんえ》の山鉾が府内《ふない》を練り歩いておりまするぞ」

焼け落ちた府内で、祇園会など開かれようはずもなかった。開かれたとて、杏の生には間に合わなかった。だが、賀兵衛の語りとともに、ふたりが一緒に思い描く夢の中で今、この楽土で祇園会を開けばいい。十二基の荘山が、府内に立つにぎやかな市の間を曳かれていけばいい、獅子が舞い踊っていればいい、祇園社前で奏される八撥《やつばち》の舞曲《ぶきよく》が聞こえればいい。

「さあ杏殿、屋形桟敷に参りましょうぞ。おお、もう汁物とまんちうが振る舞われてござる」

「悪うありませぬが、もう少し餡《あん》をたっぷりと入れて下さいまし」

微笑んでいた杏が咳き込んで夥《おびただ》しい血を吐いた。賀兵衛の胸が真っ赤に染まった。

「祇園会も楽しませてもらいました。お礼を申します。わたしは賀兵衛どのが嫌いではありませんでした。もし夫婦《めおと》になっておれば、毎日けんかをしながら、きっと仲良く――」

杏の息遣いが忙しくなった。杏は死の間際まで素直でなかった。杏らしかった。

「最後くらい意地を張らず、正直におっしゃいまし。わたしを、好き、だ、と……」

愛おしさに狂いそうだった。賀兵衛は杏に夢中で頰ずりしながら、「好きじゃ、杏殿がずっと好きじゃった」と繰り返した。杏の身体が重くなった。永遠に閉じられる間に合ったろうか。杏は賀兵衛の言葉を聞いて逝ったのだろうか。永遠に閉じられた眼からは、まだ温かい泪《なみだ》がふた筋流れていた。

賀兵衛が朝空のどこを探しても、白い月はもう見つからなかった。

十五、夕蛍

陽のうすづき始めた西の空には、駘蕩《たいとう》と流れる一朶《いちだ》の雲があるだけだった。どこぞで木槌の音がする。吉弘賀兵衛は、数名の供を連れた戸次鑑連《べっきあきつら》と南関城の櫓《やぐら》門《もん》を出た。賀兵衛は己でも持て余すぐらい気分がささくれ立ってしかたなかった。南関城が陥落した日からひと月近くが経っていた。その間、鑑連は小原家や鑑元についての、ただのひと言も語らなかった。

賀兵衛の恋も含め、すべてが終わったあの日、杏《あんず》たちの待ち望んだ青梅雨《あおつゆ》が南関を潤した。鑑元の家族全員の死を聞いた鑑連は帷幄《いあく》を出て、独り雨に打たれながら、梅雨雲に覆われた肥後の天蓋をゆっくりと仰いでいた。鑑連の胸に去来した想いは何であったろうか。義弟と実妹、甥、姪をことごとく死なせた鑑連の心中いかばかりかと、賀兵衛は同情していた。いや、やるせない悲痛を鑑連と共有しているつもりだった。鬼が一掬《いっきく》の涙を隠しているのやも知れぬと、賀兵衛は勘違いしていた。だが鬼にはやはり、血も涙もありはしなかった。

——まさしく小原神五郎《おばらじんごろう》が首級じゃ。このイボに住まう雪女も、うぬを救えなんだのう。

即日行われた首実検で、物言わぬ鑑元と対面した鑑連は、真顔でゆっくりうなずくと、己が手で敗死させた畏友《いゆう》に向かって手を合わせた。それだけだった。居並ぶ諸将は皆、鑑連と鑑元の関係を知っていた。志賀《しが》や田北《たきた》などは鑑連が総大将として叛将に下す最後の沙汰をむしろ興味深げに待っているようにさえ見えた。

鑑連はやがて巨眼を見開くと、「叛将小原神五郎が首、嗣子の首と共に城門に晒《さら》し、見せしめとせよ」と命じた。

賀兵衛は心臓が城石で押し潰されるような息苦しさを感じた。賀兵衛は小原家の末路に責めがあった。滅亡を避けられなかったのなら、せめてその霊くらい鄭重に弔いたかった。それが賀兵衛にできる、ただひとつの罪滅ぼしだと信じた。

——お待ち下さりませ。

賀兵衛は、鑑連の前に進み出て片膝を突いた。鑑連は、己の親族に対する特別の配慮を自ら言い出しかねたに違いない。軍目付《いくさめつけ》として肥後を知る賀兵衛の進言なら受け入れやすい。賀兵衛の諫《いさ》めがあれば扱いを変えるだろうと考えていた。

――おそれながら、小原鑑元は三十年の長きにわたり大友に仕えし宿将。肥後に平和と安定をもたらし、仏とも慕われた鑑元公の屍《しかばね》に鞭打てば、肥後の将兵と民草の怒りを生むだけにございまする。晒し首はご再考――

あにはからんや、鑑連は太すぎる腕を伸ばして、賀兵衛の進言を途中で乱暴に遮ってきた。

――笑止。大友に背きし叛将の首は、見せしめとして晒すが法じゃ。小原神五郎は大友に叛した。法は曲げられぬ。

賀兵衛は怯《ひる》まなかった。鑑連とて鄭重な弔いと供養を強く望んでいるはずだ、最後には折れるつもりだろうと踏んでいた。

――小原鑑元が生前の大功に免じ、枉《ま》げて格別なるご高配を賜りたく願い奉りまする。南関正勝寺《しょうしょうじ》の住持は鑑元公と懇意にされし高僧。正勝寺にて小原一族の霊を鄭重に弔って大友の寛容を示し、もって肥後の人心の安定を図るべきものと思料――

――痴《し》れ者が。謀叛人の霊を弔うなぞもってのほかじゃ。

鑑連は取りつく島もなく冷淡に吐き捨てたが、賀兵衛も山蛭《やまびる》とあだ名された男だ。

簡単には引き下がらなかった。緊張と腹立ちで声が震えた。

――鑑元公が心ならずも肥後に独立せし経緯《いきさつ》は、総大将もよくご存じのはず。

――戦《いくさ》は結果がすべてじゃ。謀叛が起こり、これを誅伐《ちゅうばつ》した。それだけの話よ。経緯などに意味はない。無用じゃ、賀兵衛。下がれ。

――下がりませぬ。総大将と鑑元公は、格別の間柄でおわしたではありませぬか。

火山が噴火したように、鑑連が憤怒の形相に変わった。鬼と化したと賀兵衛は思った。

――たわけが！　このわしが情にほだされるとでも思うてか！

鬼だ。鬼はそのあだ名のとおり、一片の情も持ち合わせていないのだと、賀兵衛は悟った。だから鬼と呼ばれるのだ。が、鬼であろうと負けはせぬ。賀兵衛は忘我して吼《ほ》えた。鑑連が声を荒らげて応じた。居並ぶ諸将は固唾《かたず》をのんで、鑑連と賀兵衛の押し問答を眺めていた。

八幡丸《はちまんまる》は伯父の鑑連を誇りとし、いつの日か鑑連と轡《くつわ》を並べて九州を制すると豪語していた。燕の巣と蛍を鑑連に見せたがっていた。幼くして死んだ悪童が不憫《ふびん》でならなかった。

鑑連への怒りと怖れと、杏《あんず》らを失った悲しみが肚の底から胸に突き上げてきた。身体ががたがた震えた。せめて八幡丸の誇りだけは守ってやりたかった。

——小原家の嗣子、八幡丸はわずか八歳。童《わらべ》の小さな首まで晒すと仰せか！　せめて……

嗚咽で賀兵衛の声が途切れると、静まり返った座に鑑連の濁声《だみごえ》が響いた。

——世迷言《よまいごと》を申すな。皆の衆、よう聞け。肥後だけではない。大友に敵し、抗う者の末路は世にあまねく示さねばならぬ。さもなくば再び背く者が現れ、また、要らざる悲劇を生む。味方が味方を討たねばならぬ悲劇をな。

鑑連は巨きすぎる眼で座を睨み渡してから、続けた。

——よいか！　謀叛人はことごとく、この戸次鑑連が討ち果たす。大友に背けば首を刎《は》ねられ、その首が朽ち果てるまで晒されると知れ！　例外はない。

——されど、こたびの鑑元公の挙兵は……

賀兵衛の反駁《はんばく》など聞くそぶりも見せず、鑑連は濁声でさえぎった。

——皆の衆、大儀であった。今宵は勝ち戦を祝おうぞ。

——何とぞ！　無念の最期を遂げられし鑑元公の霊に、お慈悲を！

賀兵衛の最後の絶叫に、鑑連は烈火のごとく怒った。がしりと胸倉をつかまれた。すぐに凄まじい衝撃が賀兵衛の左頬を襲った。

——無念じゃと？　慈悲じゃと？　うぬが神五郎の何を知っておると申すか！　戦

を知らぬ青二才めが！　下がれ！

　賀兵衛は口元の血を手でぬぐい、涙を流しながら、それでも必死に食い下がった。鑑連の凄まじい怒気を見かねた諸将が割って入ったが、鑑連は頑として応じなかった。

　ちょうど、籠城していた民を里に帰らせた高橋鑑種《あきたね》が戻ると、機嫌を直した鑑連はすっかり相好《そうごう》を崩して、鑑種の功をねぎらった。

　賀兵衛は鑑元の首級に目を向けられず、鑑連の鬼瓦だけを睨んでいた。憎らしかった。この男がかくも強くなければ、和議の道もあったのではないか、そうすれば杏も生きられたろうにと筋違いの怨みさえ抱いた。この時ほど鑑連の鬼瓦が憎々しげに見えたことはなかった。

　首実検が終わると、鑑連は最後に賀兵衛に命じた。

　――うぬに、祝勝の宴の差配を申しつける。城の者たちに指図して支度させよ。

　小原家を滅ぼした祝いの席を賀兵衛に用意させるとは、何と非情な男か。意趣《いしゅ》返しに違いなかった。賀兵衛は歯を食いしばって、鑑連の命を受けた。二度とこの鬼の下で戦なぞしたくない、せぬと誓った。

†

戦後、小原鑑元の戦《いくさ》ぶりは物笑いの種になった。

攻城軍の倍近い兵を擁しながら追い詰められたあげく、本陣へ無謀に突撃してあっけなく敗死した鑑元は、意外に戦下手であったと散々にこき下ろされた。〈大友第二の将〉と称されたのも、まぐれ勝ちを続けてきただけの話だと馬鹿にされた。戦勝の祝宴でも、俺なら包囲される前に討って出て大友軍に攻めさせなかったとか、せめて最後の決戦は全軍で出撃して乾坤一擲《けんこんいってき》の博奕《ばくち》を打てば結果は違ったろうとか、諸将は口々に言い合ったものだった。

さらには肥後における鑑元の内政さえ酷評された。

あの日、鑑元と共に死んだ兵が結局、二百名にも満たなかったとあげつらって、小原は肥後の民に慕われてなぞいなかった、現に国人衆は次々と降り、民も戸次《べっき》に懐《なつ》いておるではないか、小原はしたたかな肥後人に騙されておっただけだと結論づけて、うなずきかわしている者たちもいた。

この戦で賀兵衛が見たもっとも醜い光景は、田北《たきた》の兵に捕えられ見苦しいまでに必死の命乞いをする小井出《こいで》の姿だった。目を背けたくなる醜悪な姿だった。この老将ほど小原家のために尽くしてきた家臣はいまいと賀兵衛は信じていた。だが、小井出ほどの忠臣でも、いざ死を目前にすると平気で主君を裏切るのだと知った。

鑑連《あきつら》は肥後をよく知る小原家の筆頭家老を重宝し、小井出も掌を返したように鑑連のためにかいがいしく働いた。

賀兵衛はたれか一人くらいは、鑑元のために鑑連に抵抗してはくれぬものかと良からぬ期待を抱きもした。だが、鑑元につき従った肥後の諸将もおとなしく干戈《かんか》を収め、あっけないほど順調に肥後は再征服された。落城からひと月にもならぬのに、まるで最初から鑑連が肥後をそっくり治めていたかのように平安が戻った。

賀兵衛の気が塞いでならぬ理由は、想い人を含め大切な者たちを失ったせいだけではなかった。多くの肥後の者たちが、鑑元の挙兵から滅亡に至るすべての経緯を熟知しているはずの修理《しゅり》や小井出でさえ、鑑元の非業の死と新たな秩序をすんなり受け容れたことへの失望と不満が根底にあった。鑑元を死に追いやったことを切実に後悔するほどに大友が痛手を被る事態が起こらぬものかとさえ、賀兵衛は内心望んでいた。

だが、現実にはそうならなかった。小原鑑元など名もなき凡将にすぎなかったかのように、鑑元が守ろうとした杏《あんず》も、雪《ゆき》も、八幡丸《はちまんまる》もまるで存在さえしなかったかのように、豊かな青梅雨は南関の山野を潤し続けた。梅雨の晴れ間には心地よい青田風が吹き、民草の平穏な暮らしが滞りなく営まれていった。

†

鬱々《うつうつ》と歩む賀兵衛《かへえ》の前を今、鑑連《あきつら》が地を踏みしめながら歩いている。半刻ほど前、賀兵衛が新たに持ち込まれた公事《くじ》（裁判）の訴えを吟味していると、鑑連に「賀兵衛、ついて来てくれぬか」とだけ声を掛けられた。行く先は聞いていない。黙ってつき従った。鑑元《あきもと》の梟首《きようしゆ》を巡って鑑連と激しく対立してから、賀兵衛はろくに口もきいていなかった。

賀兵衛は鑑連に対し、強い怒りと失望を抱いていた。

どこにいても時おり聞こえてくる鑑連の豪放な笑いが不愉快でしかたなかった。小《お》原《ばら》家の滅亡を悼むそぶりが鑑連にまるでないことが、悲しいというより腹立たしかった。何も事情を知らぬ者ならやむをえまい。だが、三十年にわたり戦場を共にしてきた姻族の鑑連ならば、賀兵衛と悲しみを共有できるはずだった。

しかるに鑑連は、苦悩する様子をまったく見せなかった。過去に無頓着すぎる姿が、鑑連に対する憎しみにも似た感情を生み出し続けていた。鑑連の豪快な笑い声を聞くにつけ、もしや鑑連は、好敵手であった鑑元を破り、己が大友最強の将たる事実を万人に認めさせえたことを無邪気に喜び、有頂天になっているのではないかとさえ思えるのだった。

鑑連が城の出隅《ですみ》を右に折れたとき、行く先が知れた。降将小井出掃部《こいでかもん》が仮に住まう茅屋《かやや》だ。降伏後の小井出の活躍はめざましく、その滑舌の悪い舌先で、肥後の諸将を戦わずして次々と降らせた。政《まつりごと》について鑑連は、良い部下がいれば任せきるらしく、肥後の国人衆はまず小井出に話を通すようになったため、件《くだん》の茅屋には始終、人が出入りしていた。

小井出の変わり身の早さに、賀兵衛は強い苛立ちを覚えた。自然、小井出との接触を避けた。さいわい賀兵衛は戦後もっぱら公事沙汰を任されており、小井出にも後ろめたさがあったのか、ずっと顔を合わせずに済んでいた。

昨日、国中《くになか》で不服従の姿勢を示していた最後の国人衆が矛を収めて服従したため、軍事面の終戦処理がほぼ完了した。わざわざ小井出を訪れる理由は知れぬが、鑑連は今後の内政運営につき、小井出と賀兵衛を連携させる話でもするのかと予測した。そういえば昨夕、小井出が執務中の賀兵衛を訪ねてきたらしいが、多忙を理由に会わなかった。身寄りもなく、老い先短い将が立身していく姿なぞ見たくもなかった。

†

前を歩く鑑連が太い首を伸ばして、振り向いた。

「言いそびれておったが、賀兵衛よ。祝勝の宴の支度、大儀であったな」

南関城攻略を祝う宴の差配をゆだねられた賀兵衛は思案のすえ、変わった趣向を試みた。水で薄めた酒と採れたてのキュウリの浅漬けを出したのである。それしか出さなかった。諸将はあまりの粗餐に面喰らって口々に文句を言い始めたが、「この浅漬けは最高の美味じゃ」との鑑連の一喝で黙り込んだ。

賀兵衛は、飢饉の後さらに籠城戦にも苦しんだ小原家と肥後に対し、あたう限りの敬意を払い、鑑連に対する最大限の抗議を込めたつもりだった。むろん処罰も覚悟していた。

賀兵衛が不愛想に会釈して返すと、鑑連がまた豪快に笑った。

「あの宴は、うぬ以外の者には任せられなんだのじゃ」

賀兵衛の心を解していたのなら、鑑元たちの死に対し一片の情くらい見せてもよかったのではないか。

小井出の茅屋《かやや》が見えた。山陰に入っており、火を灯してよい時分だが、茅屋から明かりは漏れていなかった。不在なのか。それでも鑑連はだんだんと足踏みして進んでゆく。

鑑連は軽く一礼してから茅屋へ入り、松明に火をつけた供の者が後に続いた。どくんと胸騒ぎがした。粗末な茅屋に足を踏み入れた瞬間、賀兵衛は血の匂いを嗅いだ。

事切れて前のめりに倒れている小井出の姿を、松明が照らしていた。介錯なしの自死であった様子だが、老将の死に顔は、火が己の意思ですっと消えたような安らかさがあった。

「さすがは小原神五郎《おばらじんごろう》の片腕であった男よ。あっぱれ忠義を貫きおったわ」

鑑連は動かぬ遺骸《いがい》の前で手を合わせ、瞑目した。賀兵衛もあわててならった。

「この者は神五郎から『わが死を以て、すべての者に干戈《かんか》を収めさせよ』と遺言されておった。鬼気迫る語りで神五郎の遺志を伝えるこの者がおらねば、肥後の戦乱はかつてと同じくさらに続いたであろう。叛してもなお小原神五郎が大友の忠臣であったことは、この男の死に様を見れば明らかじゃ」

首を打たれそうになった小井出が見苦しく命乞いする姿を思い浮かべながら、賀兵衛ははたと気づいた。小井出には何としても、あと少しだけ生きねばならぬ理由が残っていた。

「家中にはこの者の心を知らず、謗《そし》る者もおった。が、小井出は神五郎自慢の家臣じゃ。わしも昔からよう知っておってな。欲深な話じゃが、戸次《べっき》に仕えてくれぬものかと思うておった。されど、神五郎の壮絶なる死に様を見せつけられた時、無理じゃと悟った。小井出が命乞いする姿を見た時、この男はなすべき事を成した後、追い腹を切る気じゃとわかった」

賀兵衛は今、すべてを解した。

鑑元《あきもと》は最後に、南関城の兵二万をもって大決戦を挑むことができた。あるいは落ち延びて再起を図ることもできたはずだ。だが鑑元はその道を選ばなかった。かえって寡兵で自ら無謀な突撃をして、敵味方が見守る中、あっけない戦死を遂げた。

鑑元があえて己が死を城の肥後勢に見せつけた理由は、肥後全土が争乱に陥る事態を避けるためだったのだ。鑑連《あきつら》が友の首を晒《さら》した理由も同じだ。鑑連はいち早く鑑元の首を見せしめとして、仏はもう死んだのだと宣言し、刃向かおうとする者たちの心を折り砕いて絶望させた。小原鑑元を慕い殉じようとする肥後勢二万と各地の肥後国人衆が、戸次鑑連を相手に最後の一兵に至るまで徹底抗戦したならば、肥後は焦土と化し、外敵の介入を招いた大友は滅んだやも知れぬ。

鑑元は氏姓の争いとして勃発した後三カ国にまたがる大乱を、南関城の落城と他紋衆の盟主たる己の死だけで速やかに終わらせようとした。その遺志を受け継いだ小井出は屈辱を耐え忍んででも生き延びる必要があった。小井出には生きながらえて、鑑元を慕いなお抵抗しようとする者たちに、鑑元の遺志を伝える使命が託されていた。鑑元の遺志を忠実に果たして、最後の役割を終えた後、生きる理由を失った小井出は、鑑元らの後を追い、人知れず独り静かに腹を切ったのだった。

「神五郎のために追い腹を切った者がおるようじゃと報せがあってな。今までできなんだが、うぬとともに本来の弔いをしたいと思うたのじゃ。小井出掃部《こいでかもん》は大友に降り、大友の将として死んだ。されば、降将ゆかりの者たちを弔うに躊躇はいるまい。参るぞ」

正勝寺《しょうしょうじ》では法要の準備が整えられていた。鑑連は鑑元、雪《ゆき》、杏《あんず》、八幡丸《はちまんまる》の遺骨を供の者に持たせていた。正勝寺の住持が一人ひとりのために経を読み、最後に小井出を弔った。

懸命に念仏を唱える鑑連の横顔はいつもと違わぬ鬼瓦のはずだが、賀兵衛にはまるで慈母観音のように見えた。

小原家の滅亡と鑑元らの死は、さらに小井出の死も、小原討伐の総大将であった戸次鑑連の責めに違いなかった。賀兵衛は小原家の悲運を嘆き、己の悲恋に涙し、あるいは裏切った小井出を軽蔑し、冷徹な鑑連を憎んでいればいいだけだった。だが、鑑連は泣き言、恨み言のひとつも口にせず、すべての業と責めを一身に背負っていた。

「賀兵衛よ、あと一カ所つき合うてくれぬか」

黙ってうなずき、鑑連に従った。

†

長い夏の日もようやく終わろうとして、南関《なんかん》は暮れなずんでいた。恵みの雨をもたらした梅雨もやがて去り、肥後に本物の夏が訪れるだろう。

後世に「氏姓の争い」ないし「小原鑑元《おばらあきもと》の乱」と呼ばれた大友家の大乱では、十三家の他紋衆が滅ぼされ、彼我《ひが》に七千人に上る戦死者が出た。兵を動かす機を逸し続けた佐伯惟教《これのり》は結局、宗亀《そうき》に逐《お》われて伊予《いよ》へ逃れた。

「よき田畑じゃ。よき領主を得れば、土地が潤う」

大友が誇る双璧同士が戦った最初で最後の南関城攻防戦で、両将は耕地への被害を最小限に抑えた。二万の大軍を動かせたはずの鑑元は、最終決戦で全軍から募った志願兵わずか百二十四名を率いて打って出た。その全員が玉砕したが、大友側には百九十二名の戦死者が出た。両軍合わせて数万名の総力戦にしては極端に少ない戦死者にとどまったのは偶然ではない。鑑元の遺志だった。

草とりに勤《いそ》しんでいるのは、権之助だった。戦のせいで子も孫も失ったこの老農が米を育て続ける理由は何なのだろうか。

「権之助、今年は実りそうか？」

大友が誇る最高の武将に向かって、権之助は顔も上げずぶっきらぼうに答えた。

「必ず実りますわい。この田んぼをいっしょに作った仏様が天から見守っておわすからのう。雪様も、杏様も、八幡丸様も手伝《てつど》うてくださるわい」

史書はこの不幸な氏姓の争いを、同紋衆に対して不満を募らせた他紋衆が、盟主である小原鑑元を担ぎ上げて起こした謀叛として記すであろう。後世の史家たちは鑑元を自ら日輪になろうと企てた叛将として描くやも知れぬ。だが吉弘賀兵衛は、事の経緯《いきさつ》と小原鑑元の真意を知っていた。乱を鎮定した戸次鑑連も同じだった。小原鑑元は悲運の忠臣であった。

「あの老爺《ろうや》が、蛍のたくさんおる場所を教えてくれた。この先にあるそうじゃ」

櫓門《やぐら》は燃えて燕の巣はなくなっていたが、蛍は戦《いくさ》なぞ気にせず、今夏も舞うはずだ。

「この戦はいったい何のための戦だったのでござりましょうか」

「戦はしょせん人と人の醜い殺し合いにすぎぬ。正義じゃ何じゃといかに理由をつけてみたとて、双方に言い分はある。正しい戦なんぞありはせぬ。あるのは理屈ではない、いかなる戦でも勝たねばならぬという真理だけじゃ。こたび神五郎は生き延びるために兵を挙げた。わしは大友を守るために戦うた。正邪はない。あるのはただ、勝《かち》敗《まけ》だけじゃ」

小高い山の各所から湯気が立ち上っている。

見覚えのある場所だった。が、蛍火はない。

「以前、この辺りで神五郎《じんごろう》と岩風呂に入った覚えがある。が、蛍め、わしを嫌いおるか」

城の石垣とするために再び持ち去られ、今は各所に湧き出る湯煙しかないが、南関に初めて来た時、ちょうど岩風呂があった辺りだ。鑑元と二人で風呂に浸かり、その後、杏と雪ともめごとになった。わずか半年前の出来事だが、今でははるか昔に思えた。

鑑連と鑑元は岩風呂に浸かりながら、何を話したのだろうか。大友の来し方ゆくすえを語り合った二人は、近い将来に敵として戦場で相まみえる日をわずかでも予想しえたろうか。

運命が司《つかさど》る時の流れのなかで、いつ何をしていれば賀兵衛は鑑元の挙兵を、内戦の勃発を、小原家の敗亡を防ぎえたのか。民部《みんぶ》と謀って鑑元の暗殺を試みた昨秋からの行動をいちいち思い返しては、何度も考えてみた。たとえば杏との淡い恋にうつつを抜かすのでなく、肥後赴任後も足しげく府内《ふない》に戻り、民部と協議を重ねていれば、民部の謀《はかりごと》を止められたろうか。いや、もっと前に服部事件さえ阻止していれば……などと。

いや、何をどうやったとしても、定められた運命は変えられなかったのか。

「死んだ人間は二度と帰らぬ。遺されし者はそれを受け容れ、祈るよりほかない」

賀兵衛の思いを察したのか、鑑連が戦の果てにたどり着いた心境なのやも知れぬ。

「石宗《せきそう》先生が言うておられました。宿星の回座を見るに、小原の滅びのさだめは変えられぬと。……人は運命のままに生き、死なねばならぬのでございましょうか」

民部も運命に抗って戦ったが、宗亀《そうき》に敗れた。すべて石宗の預言したとおりになった。

鑑連はぶあつい胸板の前で右手の拳を握りしめながら、ゆっくりと大きく首を横に振った。

「否じゃ、賀兵衛。答えは否じゃ。星の定めし運命なぞによって生き方が決まるのではない。生き様によって運命を変えてやるのじゃ。気に食わぬ運命なら叩き潰し、踏み砕けばよい」

鑑連は鬼瓦に透き通るような笑みを浮かべた。

「神五郎を見よ。わしは人相見など信じぬが、石宗は神五郎に反骨の相ありと常々申しておった。が、酔いどれの見立ては誤りであったぞ。神五郎は大友への忠義を貫いて死んだ忠臣じゃ。己が生と死をもって、富める肥後の地と民と二万の精兵をそっくり大友に遺したではないか。月は落ちても、天を離れず。神五郎は大友に叛する己が運命に打ち克ったのじゃ。むろん、世の者は知るまい。されど天と、わしと賀兵衛が真実を知っておる」

そうだ。小原鑑元は運命に抗った死で、運命に勝ってみせた。その死には大友を救い、肥後を守る大きな意味があったのだ。

蛍が出た。次々と出た。尽きぬ光の泉のように湧き出てきた。

光だけで作られた花がそよ風に咲き散るように、蛍が舞っている。

ちょうど今回の無用の内戦で命を落とした者の数くらいはいるだろうか。

賀兵衛がそっと手を出すと、一匹の蛍が指先に止まった。杏《あんず》やも知れぬと思った。

「杏が生まれた時、神五郎が言うておった。大友への無二の忠誠を表すため、娘を杏と名づけたのじゃと」

杏の葉を抱く宗家の杏葉紋《ぎょうようもん》と大友への忠誠を意識したのは明らかだ。だが、他紋衆の小原鑑元はついに抱《だ》き杏葉《ぎょうよう》の旗を掲げることはなかった。

「八幡丸が生まれた時はの。神五郎と雪に乞われて、わしが名付け親になった。三日ほど頭を捻って悩んだが、どうしてもよい名を思いつかんでな。結局、わしの幼名を与えた」

鑑連はいかなる思いで、幼名まで与えて可愛がった幼い甥を死なせ、その首を晒《さら》したのか。

賀兵衛はかたわらの鑑連を見やった。鬼瓦は蛍たちに向かって限りない慈愛の表情を浮かべていた。この戦を最も嫌い、回避したかったのは鑑連であったに違いない。

「おお八幡丸か？　杏か？　雪か？　そこにおるのか？　神五郎よ、守ってやってくれい」

鑑連は金色の玉雪のごとく舞う光の粒たちに向かって、太い腕を差し出した。蛍たちは鑑連の節くれだった太い指に止まろうとしない。手が震えているように、賀兵衛には見えた。

「さてと、戦《いくさ》がまた、わしを待っておるでな」

戸次鑑連ほど戦場の似合う男はいまい。肥後の戦後処理をあらかた終えた鑑連は明日、次の戦場である豊前へ進発するという。肥後で残っているのは文官の仕事だ。

「それがしは戦が嫌いにございまする。されど、叶うことならまた、公の指揮のもとで戦場へ出たいと存じまする」

今となってはあの時、鑑連が賀兵衛を殴りつけた理由も解しえた。公の場で謀叛人に異常な肩入れを見せる元《もと》軍目付には要らざる嫌疑が生じかねなかった。激情に駆られて前後を見失った賀兵衛に対し、有無を言わさずその場で掣肘《せいちゅう》を加えることで、鑑連は賀兵衛を救ったのだ。

戸次鑑連は鬼だ。たしかに苛烈な鬼だが、情にあふれた鬼だ。

「戦ある所には、いつもわしがおる。賀兵衛、いずれ戦場で会おうぞ」

鑑連は最後にもう一度、蛍たちに向かって手を合わせた。祈りの姿もまた鑑連に似合っていると賀兵衛は思った。

†

戸次鑑連《べっきあきつら》は最前線に復した。鑑連に請われて大友義鎮《よししげ》が出陣すると、宇佐《うさ》三十六人衆もついに服従した。豊前（福岡県南部）を制した鑑連はさらなる北上を開始し、筑前（福岡県北部）攻略の途に就いた。他方、田原民部親賢《たわらみんぶちかかた》は内戦の責めを負い、出家して紹忍《じょうにん》と名乗った。今は不遇を忍ぶ時期だと考えたらしい。妻のいそからは所領の今市《いまいち》で読書三昧の日々を送っていると文が来た。義鎮は珠姫《たま》を得られなかったが、避難先の丹生島《にゅうしま》の地をいたく気に入り遷都も思案しているらしい。キリスト教なる異教にも強い関心を持ち始めているそうだ。

政敵を打ち払った田原宗亀《たわらそうき》の権勢はさらに強まったが、ひたひたと迫る外敵毛利《もうり》の脅威が大友を結束させていた。賀兵衛《かへえ》の吉弘《よしひろ》家は小原鑑元《おばらあきもと》征討の功で、かつて肥後に領していた土地を回復し加増された。父鑑理《あきただ》の加判《かばん》衆としての復権も噂されている。

杏《あんず》たちの願いが叶ったのか、肥後はその年、かつてない豊作に恵まれた。鑑元が予定していた米と麦の二毛作も手探りで始まった。

秋が深まるころ、吉弘賀兵衛は肥後を去り、府内《ふない》へ戻ることになった。賀兵衛は、鑑元に代わって南関城督《なんかん》とされた大津山家《おおつやま》の修理《しゅり》と並んで、肥後の豊かな実りをしかと見届けた。その夜、修復された南関城の奥座敷で、二人残された賀兵衛と修理は月見酒をしながら、静かに思い出語りをした。

澄みわたる夜空に浮かんで豊穣の南関を照らしていたのは、これから満ちようとする、ひときわ大きな秋月だった。

（了）

【主な参考文献】

『大友宗麟』外山幹夫　吉川弘文館
『大友宗麟のすべて』芥川龍男編　新人物往来社
『大友宗麟』竹本弘文著　大分県立先哲史料館編　大分県教育委員会
『大友館と府内の研究　「大友家年中作法日記」を読む』大友館研究会編　東京堂出版
『大友興廃記の翻訳と検証』杉谷宗重原著　秋好政寿翻訳　九州歴史研究会
『大分歴史事典』大分放送大分歴史事典刊行本部編　大分放送
『玉名市史　通史篇上巻』玉名市立歴史博物館こころピア編　玉名市
『玉名郡誌』熊本県教育会玉名郡支会編纂　名著出版
『大分県史　中世篇Ⅲ』大分県総務部総務課編　大分県
『県史44　大分県の歴史　第二版』豊田寛三、後藤宗俊、飯沼賢司、末廣利人　山川出版社
『戦国大名論集7　九州大名の研究』木村忠夫編　吉川弘文館
『熊本歴史叢書3　乱世を駆けた武士たち』阿蘇品保夫他著　熊本日日新聞情報文化センター
『新・熊本の歴史4　近世（上）』「新・熊本の歴史」編集委員会編　熊本日日新聞社

『九州治乱記』友松玄益
『日本戦史 九州役 附図及附表』参謀本部編 村田書店
その他、多数の史料・資料を参照いたしました。

解説

末國善己

源頼朝《みなもとのよりとも》に抜擢され、豊前《ぶぜん》・豊後《ぶんご》の守護兼鎮西《ちんぜい》奉行に任じられた大友能直《おおともよしなお》を初代とする大友家は、やはり鎌倉時代から九州を治めた島津《しまづ》家、少弐《しょうに》家と並ぶ名門である。

大友家の長い歴史の中でも最も有名なのは、戦国時代に大友家を継いだ大友義鎮《よししげ》（法号・宗麟《そうりん》。キリシタン大名で洗礼名はドン・フランシスコ）ではないか。義鎮は、陶隆房《すえたかふさ》（後の晴賢《はるかた》）が下克上《げこくじょう》で周防《すおう》の大名・大内義隆《おおうちよしたか》を排除すると、隆房の求めに応じて実弟の晴英《はるふさ》（隆房の傀儡《かいらい》として大内家を継ぎ義長《よしなが》を名乗る）を送り、室町時代から続いた大内家との確執に終止符を打つと同時に、筑前《ちくぜん》や周防への影響力を確保し、菊池《きくち》家を滅ぼして肥後《ひご》を手に入れ、少弐家を攻めて肥前《ひぜん》国の守護にも任じられるなど版図を拡大していった。義鎮は遣明《けんみん》貿易や南蛮貿易などで経済力を蓄え、書画、茶道、蹴鞠《けまり》などに精通する趣味人でもあったが、一族や家臣の美しい妻を奪ったり、反対派を処刑したりする好色で残忍な一面も持ち合わせていた。

複雑な性格で、大友家の全盛期を築きながらも、少弐家を倒した龍造寺隆信《りゅうぞうじたかのぶ》と、北上する島津家に敗れ、大友家を衰退させた義鎮は、波乱万丈で型破りな生涯を追った白石一郎《しらいしいちろう》『火炎城』、クリスチャンだった遠藤周作《えんどうしゅうさく》が同じ信仰を持つ義鎮の内面に迫った『王の挽歌』など、これまでも多くの作家が取り上げてきた。義鎮の家督相続時の混乱を題材にした『大友二階崩れ』で、第九回日経小説大賞を受賞（応募時のタイトル「義と愛と」を改題）してデビューした赤神諒《あかがみりょう》も、その一人である。

『大友二階崩れ』は、義鎮を廃嫡《はいちゃく》し、愛妾《あいしょう》の子・塩市丸《しおいちまる》を後継者にした義鑑《よしあき》を排除するため、重臣の津久見美作守《つくみみまさかのかみ》、田口蔵人佐《たぐちくらんどのすけ》らが、館の二階で寝ていた義鑑、塩市丸らを襲撃し殺害した「二階崩れの変」を題材にしていた。著者が独創的だったのは、義鑑や義鎮でも、襲撃の実行犯である津久見、田口でもなく、実在の人物ながらまったく無名の吉弘左近鑑理《よしひろさこんあきただ》を歴史の中から掘り起こし、主人公にしたことにある。

鑑理は忠義一徹の人物で、実子を殺そうとしている義鑑を諌《いさ》めるが聞き入れられず、「二階崩れの変」で義鎮が主君になると塩市丸派と見なされお家存亡の危機に立たされる。著者は、主君への忠義を貫くあまり転落していく鑑理と、家族への愛を大切にするが故に鑑理と異なる見解を持つ弟の右近鑑広《うこんあきひろ》を描くことで、歴史小説の重要なテーマになってきた「義」のあり方を問い直してみせたのである。

『大友二階崩れ』の続編となる本書『大友落月記』は、鑑理の息子・賀兵衛《かへえ》を軸に、再び大友家で起きたお家騒動「小原鑑元《おばらあきもと》の乱（氏姓の争い）」を描いている。「二階崩れの変」は、高橋直樹《たかはしなおき》が短編「大友二階崩れ」（『戦国繚乱《りょうらん》』所収）で描くなど先行作があるが、「小原鑑元の乱」が歴史小説になるのは初ではないか。常に斬新なモチーフを見つけているところからも、著者の歴史への高い洞察力がうかがえる。

著者はデビュー当初から戦国時代の大友家を家臣の視点で描く〈大友サーガ〉を構想しており、本書もその一編だ。著者は、講談社の文芸ニュースサイト「tree」に発表したエッセイで、〈大友サーガ〉を書く切っ掛けを「最盛期には6カ国の守護となり、九州探題《たんだい》職にも補任された大友家は、あたかも『平家物語』のごとくに勃興《ぼっこう》して、繁栄を謳歌《おうか》しながらも、あっという間に滅亡していきます。／その甘美にして残酷な歴史には英雄、奸物《かんぶつ》、豪傑、軍師、美姫《びき》、悪女、聖者や豪商などなどが、時として色濃く南蛮文化の装いをまといながら登場します。／戦国大友家は、ただ史実をたどるだけで面白い。素材が抜群なのですから、空白を想像で補いながら脚色し、小説として描けば、至高の歴史エンタメ小説となるに決まっていますね」と書いている。

この言葉に偽りはなく、本書は、権謀術数が渦巻く政治ドラマあり、少数の戦闘から大軍がぶつかる合戦までが連続する活劇あり、政敵の美しい娘・杏《あんず》に想いを寄せる賀兵衛の恋の行方も物語を牽引するので、「歴史エンタメ小説」のすべての要素が詰まっている。本書から読み始めても問題はないが、共通する登場人物やエピソードも少なくないので、先に『大友二階崩れ』を読んでおくとより楽しめるだろう。

　戦国時代の大友家の家臣団は、大友家の家紋「抱き杏葉《ぎょうよう》」が使用できる一族の同紋《どうもん》衆と、大友家が入る前から豊後で暮らしていた土着の他紋《たもん》衆にわかれ、登用や席次などで同紋衆の差別を受けてきた他紋衆は不満を募らせていた。同紋衆の横暴に憤る他紋衆を糾合《きゅうごう》して「小原鑑元の乱」を起こした鑑元は、長く主家に弓引いた謀叛人《むほんにん》とされてきた。これに対し著者は、芸術と美女に耽溺《たんでき》する義鎮に政務を任され絶大な権力を握った田原宗亀《たわらそうき》の一派と、宗亀の失脚を目論《もくろ》む義鎮派の確執という新たな対立軸を導入することで、鑑元が謀叛に走った真意を浮かび上がらせている。

　義鎮派の田原民部《みんぶ》親賢《ちかかた》と賀兵衛は宗亀派の鑑元の闇討ちを試みるが、にわか兵法は「大友第二の将」の鑑元には通用せず、伏兵を見破られ失敗する。忠義のためであれば平然と冷酷な手段も採る民部は、殺そうとした鑑元を宗亀打倒の盟主にする謀略をめぐらせ、賀兵衛は、一度、民部の要請を断った鑑元を説得する役目を与えられた。

　大友家が新たに獲得した肥後の方分《ほうぶん》（守護代に相当）になった鑑元は、廃した小領主の土地を諸将に配分した時の処置が公明正大で、凶作の年には流民《るみん》にも米を分け与える善政を行ったため「仏」と呼ばれ領民から慕われていた。鑑元の高潔な人柄に魅了された賀兵衛は、鑑元を陰謀から守る方法がないか模索するようになる。

賀兵衛が一目惚《ぼ》れするのが、鑑元の娘の杏で、シェークスピアの『ロミオとジュリエット』のような敵同士の恋物語になると思いきや、杏が民部に想いを寄せ、さらに義鎮が杏の美貌に目をつけたことが分かるなど複雑になっていく。奥手な賀兵衛の恋と、鑑元の薫陶《くんとう》を受けた賀兵衛が少しずつ成長する青春小説のエッセンスは、ダークなエピソードが続く本書の中で清涼剤になっているといっても過言ではあるまい。

歴史小説は、ただ過去の人物や事件を描いているのではなく、歴史を通して現代人が共感できるテーマを抽出している。そのことは、有能であれば身分を問わず抜擢するが、無能なら譜代の家臣でも放逐する合理守護者の織田信長《おだのぶなが》を、適材適所に人材を配置して経済成長を成し遂げた戦後日本の経営者に重ねた司馬遼太郎《しばりようたろう》『国盗り物語』や、バブル経済が崩壊し所得格差が広がる時期に発表された火坂雅志《ひさかまさし》『沢彦《たくげん》』が、信長を利益のためなら家臣や領民を情け容赦なく切り捨てるブラック企業の経営者になぞらえたことからもうかがえる。

バブル崩壊後、経済の長期低迷と少子化が進んだ日本では、シナジー効果とスケールメリットを最大限に活かすため、企業の合併、業界の再編が進んだ。様々な形の経営統合は、組織をシンプルにして重複部門、余剰人員が整理できる、企業文化の融合によりイノベーションが起こる可能性があるなどのメリットもあるが、合併前にどちらの企業に属していたかで派閥が生まれたり、重要ポストにどちらの企業の人間を就けるかで争いが起きたりするデメリットもある。

領土拡大に走った大友家が、譜代の家臣（同紋衆）と新参の家臣（他紋衆）の対立に悩まされ、それに譜代の家臣の派閥争いまでがからみ複雑に入り組む本書の状況は、企業の合併が珍しくなくなり、ごく普通の会社員が、その混乱に巻き込まれるようになった現代の世相を反映していたように思える。そのため、反主流派ゆえに苦労を強いられる賀兵衛、同紋衆の横暴に鬱屈《うっくつ》を溜める他紋衆の悲哀は、宮仕えの経験がある読者には共感が大きいのではないか。

人物や実力は関係なく、同紋衆の家に生まれたというだけで人事や出世が有利になる大友家の体制は、大都市出身か、地方出身か、あるいは世帯収入や親の職業によって子供が受けられる教育の質や学力に違いが出る教育格差も想起させるだけに、現代日本の現状に一石を投じたとも解釈できる。

物語が進むにつれ明らかになってくるのは、鑑元が大友家に抱く忠義を利用して政争を有利に進めようとする理知的な民部と、民が飢えず安心して暮らせることを第一に考える人情家の鑑元が織り成す〝理〟と〝情〟の相克《そうこく》である。民部が「義」を教条主義的にとらえ、義鎮のためなら手段を選ばない冷酷な人間とするなら、鑑元は間違った命令であれば良心に従って拒否し、信念を貫く強さを秘めている。組織に属していると、時に理不尽な命令に従わなければならないこともあるが、それが法には触れないがモラルを著しく逸脱している場合、金や出世のため割り切って指示に従うか、たとえ処分を受けることになっても拒否するかは、正解がないし、判断が分かれるだろう。〝理〟の民部と〝情〟の鑑元が下す決断は、自分ならどうするかを読者に問い掛ける一種の思考実験ともいえるので、己の内面と向き合うことになるはずだ。

大友家の最高意思決定機関は、原則的に同紋衆三人、他紋衆三人からなる加判衆《かばん》(現代の企業でいえば取締役会に相当)である。宗亀は加判衆になれる実力者だが、あえてその地位につかず相談役的な「名代」になっていた。折から他紋衆の加判衆が一人欠員になっており、本来であれば他紋衆から新しい加判衆が選ばれるはずだが、ここに宗亀が入り、同紋衆、他紋衆半々の慣例を破るのではないかとの話が浮上する。この派閥間の綱引きはビジネス小説そのもので、緊迫感は圧倒的である。そして、鑑元を守る最後の手段として宗亀のもとへ向かった賀兵衛が、ロジカルな法律論で加判衆のあり方を議論する場面は、合戦に勝るとも劣らない迫力のリーガル・サスペンスになっており、弁護士で大学の法学部の教授でもある著者の面目躍如《めんもくやくじょ》といえる。

大友家のために忠義を尽くし、家臣と領民に正しく接するなど美しく生きた鑑元は、当初は政敵だった賀兵衛を変えたように、その理想を確実に次の世代に伝えた。最後の一行を読むと、鑑元の想いを受け取って生きるには何が必要かを、誰もがしみじみと考えてしまうように感じられた。

著者の〈大友サーガ〉は、大友家の宿将・戸次鑑連《べつきあきつら》（後の道雪《どうせつ》）に仕える柴田治右衛門《じえもん》（後の天徳寺《てんとくじ》リイノ）を描く『大友の聖将《ヘラクレス》』、本書でも重要な役割を果たす戸次鑑連を正面から取り上げた『戦神《いくさがみ》』、島津の大軍と戦った尼僧を主人公にした『妙麟《みょうりん》』、大友家の名将・立花《たちばな》家にかかわる三人の武将に着目した『立花三将伝』が発表されており、これからどのような作品が書かれるのかも楽しみにしたい。

●本書は二〇一八年九月に、日本経済新聞出版社より刊行されました。
文庫化にあたり、一部を加筆・修正しました。

|著者|赤神 諒　1972年京都府生まれ。同志社大学文学部卒業。私立大学教授、法学博士、弁護士。2017年、「義と愛と」(『大友二階崩れ』に改題)で第9回日経小説大賞を受賞し作家デビュー。同作品は「新人離れしたデビュー作」として大いに話題となった。他の著書に『大友の聖将《ヘラクレス》』『神遊《しんゆう》の城』『戦神《いくさがみ》』『妙麟』『計策師　甲駿相三国同盟異聞』『空《うつせ》貝《がい》　村上水軍の神姫《しんき》』『北前船用心棒 赤穂ノ湊 犬侍見参』『立花三将伝』などがある。

大友落月記《おおともらくげつき》

赤神《あかがみ》 諒《りょう》

講談社文庫

定価はカバーに
表示してあります

2021年5月14日第1刷発行

発行者――鈴木章一
発行所――株式会社 講談社
東京都文京区音羽2-12-21　〒112-8001
電話 出版 (03) 5395-3510
　　 販売 (03) 5395-5817
　　 業務 (03) 5395-3615

デザイン―菊地信義
本文データ制作―講談社デジタル製作
印刷―――豊国印刷株式会社
製本―――株式会社国宝社

Printed in Japan

ISBN978-4-06-523064-0

講談社文庫刊行の辞

二十一世紀の到来を目睫に望みながら、われわれはいま、人類史上かつて例を見ない巨大な転換期をむかえようとしている。

世界も、日本も、激動の予兆に対する期待とおののきを内に蔵して、未知の時代に歩み入ろうとしている。このときにあたり、創業の人野間清治の「ナショナル・エデュケイター」への志を現代に甦らせようと意図して、われわれはここに古今の文芸作品はいうまでもなく、ひろく人文・社会・自然の諸科学から東西の名著を網羅する、新しい綜合文庫の発刊を決意した。

激動の転換期はまた断絶の時代である。われわれは戦後二十五年間の出版文化のありかたへの深い反省をこめて、この断絶の時代にあえて人間的な持続を求めようとする。いたずらに浮薄な商業主義のあだ花を追い求めることなく、長期にわたって良書に生命をあたえようとつとめるところにしか、今後の出版文化の真の繁栄はあり得ないと信じるからである。

同時にわれわれはこの綜合文庫の刊行を通じて、人文・社会・自然の諸科学が、結局人間の学にほかならないことを立証しようと願っている。かつて知識とは、「汝自身を知る」ことにつきていた。現代社会の瑣末な情報の氾濫のなかから、力強い知識の源泉を掘り起し、技術文明のただなかに、生きた人間の姿を復活させること。それこそわれわれの切なる希求である。

われわれは権威に盲従せず、俗流に媚びることなく、渾然一体となって日本の「草の根」をかたちづくる若く新しい世代の人々に、心をこめてこの新しい綜合文庫をおくり届けたい。それは知識の泉であるとともに感受性のふるさとであり、もっとも有機的に組織され、社会に開かれた万人のための大学をめざしている。大方の支援と協力を衷心より切望してやまない。

一九七一年七月

野間省一